列宁号

沈靖 著

中原出版传媒集团
大地传媒
大象出版社
·郑州·

图书在版编目(CIP)数据

列宁号 / 沈靖著.— 郑州 ：大象出版社 ,2015. 8 (2017. 3 重印)
ISBN 978-7-5347-8083-7

Ⅰ. ①列… Ⅱ. ①沈… Ⅲ. ①长篇小说—中国—当代
Ⅳ. ①I247. 5

中国版本图书馆 CIP 数据核字(2015)第 101868 号

列宁号

沈 靖 著

出版人 王刘纯
责任编辑 邵培松
责任校对 马 宁 陶媛媛 李婧慧
封面设计 王莉娟

出版发行 大象出版社(郑州市开元路 16 号 邮政编码 450044)
发行科 0371-63863551 总编室 0371-65597936
网 址 www.daxiang.cn
印 刷 新乡市豫北印务有限公司
经 销 各地新华书店经销
开 本 787mm×1092mm 1/16
印 张 22.75
字 数 311 千字
版 次 2015 年 8 月第 1 版 2017 年 3 月第 4 次印刷
定 价 38.00 元
若发现印、装质量问题,影响阅读,请与承印厂联系调换。
印厂地址 新乡县翟坡镇兴宁村
邮政编码 453000 电话 0373-5635065

目录

第一章

缴获

初中的时候，很少有课外读物，到初二下学期，校园里忽然疯传一些书，多是小说，还是手抄本。这些书不多，就那么两三本，都是用笔记本抄写的。因为书少，传看就显得金贵；还因为书少，许多人看不到。吃不到葡萄说葡萄酸，也是人之常情。

对如何看待课外读物，情感很复杂，其中有眼馋的、妒忌的，也有嗤之以鼻的。譬如我，看到同桌朱满意眼睛红红的，就明知故问。朱满意说，你不知道，太好看了，我几乎一夜没合眼。我惊诧地问，看的是什么？他说是《摩天大楼》。

我不知道“摩天大楼”是个什么物件，读音上“摩”“魔”同音，就以为一座楼里有古怪，说不定有魔鬼出没，闹出一些不可思议的事情，更不知道“摩天大楼”在美国，还驻着联合国，所以就问，写的是啥？他说，一句两句说不完，总之就是好看。我当时就想，不好好学习，看乱七八糟的东西，不成器。

有一天在课堂上，我发现一位长得特漂亮的女生也在看，她叫胡曼莉，高挑个儿，修长腿儿，说话从来不笑，很冷，就是这“很冷”在我心里印象很深。虽说我当时还小，但也分得清美丑，用现在的时髦话说，她就是我心中的女神。她不仅学习好，还听话，在班里威信高。就是我敬仰的这么个人物，咋也看“邪书”呢？想不通。

想不通也就是好奇。别小看“好奇”这玩意儿，有时候就是陷阱，会耽误你一辈子。

记得是秋天，风摇曳着校园过道两旁的梧桐树，树梢挂不住太阳了，光线像一根根绳子慢慢细下来，直到看不见头发丝儿，黑板上的粉笔字儿虽说还闪着白光，但是已经辨不清横竖了。看看四周，空荡荡的，教室里只有胡曼莉还低头啃书，仿佛夜幕降临时草原上一头饥饿的牛在吃草，听到的只有怦怦的心跳声。就在这个时候，我捏着一把汗，轻轻地走到她侧面说，曼莉，咋还没有回家呀？

像破冰，她被我吓得吃惊，抬起头瞪着我说，你是鬼呀，这般吓人！

我说，吓着你了？对不起！

她慢慢平静下来说，唉，也不全怪你，要怪就怪王大望这个“催命鬼”，一天三次催着要。一天时间，一百多页，手抄的，字迹又潦草，还得猜，咋能看完呢？

啥东西让你这般入迷呀？

你还不知道呀？全校都在传呢，是小说，手抄本的。

都看些啥样的小说呢？

别人我不知道，我才看两本：《一双绣花鞋》《一个女特务》。《一双绣花鞋》是写破案的；《一个女特务》，就是写我们这儿的。

哦，《一个女特务》啊，还我们这儿的。我问，啥意思呀？

顾不上跟你说了，天不早了，我得回去。吃过饭，准备看半夜，明天交还王大望。要是多一天，还得加倍呢？

你看书还要钱呀？

看来你真没看过。胡曼莉说，我好不容易找俺妈要，才要了一角钱，一分钱一天，多看一天就变成两分钱了。

昨天才找俺爹要的两角钱，你把书借给我看，只看一夜，明天还你，给你二分钱，咋样？

胡曼莉鼻子哼了声，轻蔑地斜视说，咋可能呢？我还没看完呢。再说了，转手会出错的，到时候找谁去？我明天就还王大望，你找他借吧。说完，不再理睬我，从课桌抽屉里拽出书包，把手抄本轻轻塞进去，系上带子，背着，走了。

听胡曼莉这么一说，我心里就像蚊子叮了一下，不仅微痛，还痒痒的，有一种渴了想喝水的感觉。我一边走一边琢磨，对了，明天找王大望借。

到了第二天，王大望对我说，别说今天，就是明天后天早就有人订了，都排着队呢。要借，六天后再说。不过嘛，我给你记着。说完，掏出小本本，弯着腰，弓起腿，把本子顶在膝盖上，掀开，找到记录借书那一页，在其他同学名字后面写上我的名字，并在我的名字后面弄个括号，括号里用铅笔写上预借书日期。搞得跟真的一样。

这般弄，还真的勾起我的兴趣。心焦呀，我似乎在等日子，每天都在关注传递过程。从胡曼莉开始，听说到了外班，我的心顿时一沉，仿佛也跟到了外班；听说又回到我们班，我的心又回来了。不管是传到外班，还是回到我们班，我都特担心，总害怕传丢了，甚至梦中还说，到了，到了，第六天到了。早上，日头出来，有望了。给我看看吧。近似一种祈求。

左等右等，班车终于来了，正挥手呢，司机使劲儿按喇叭，嘀嘀嘀，屁股冒股烟，客满了，走了。我有一种被抛弃的感觉。

就是这么个运气，终于等到第五天传到我同桌朱满意手里了，似乎近在咫尺，就有点高兴，但是更加渴望。

趁朱满意停下来听老师讲课时，我低下头，偷偷把手抄本拿来，粗略翻阅了几页。因时间短，只看了个开头，更谈不上抄下来，仅凭记忆，回味着，觉得还挺有意思的。

早上，不是太阳还没有升起，而是被雾遮挡住了，所以都起得比较晚。但是，有一个人起得比较早，这个人就是朱来福。

朱来福自从当上赤卫队队长之后也讨了老婆，有了田地，日子过得才有点滋味儿。有点滋味儿的朱来福就睡得早，早上起得也早。起床了，先喝一大碗凉水，然后洗把脸，拿出水烟袋，咕噜咕噜地抽，眯着眼睛在那儿想：人生真的不容易，要不是共产党，能有这一切吗？就说婆姨，本来是个要饭的，也是个可怜人，来了，就不走了，一问才知道，一家三口都被土匪杀了，她是躲在鸡圈里才幸免的。

说是土匪，实际上就是小炮队那些该死的。他们白天装人，夜晚装鬼，到处祸害。还不是她爹做个小生意混了一点钱？什么世道！

女人姓白，没有名字，朱来福认识字，也就给婆姨起了个很喜庆的名字“白花花”。这个名字又好听又响亮，还好记。

打下商城，蒋先生在县城学了一首歌，回来教唱，是《八月桂花遍地开》，里面有一句：鲜红的旗子竖呀竖起来。蒋先生就说好，还说这句词儿虽说很随便，但听起来响亮，像雨点打在水面上，能看到一个个窝窝。蒋先生一说，仔细品味，还真的就是那个意思。

给婆姨起名字很有意义，是蒋先生说的。蒋先生说，你看看，如今在农村，年岁大的几个有名字？什么张奶奶李奶奶，还他奶奶呢，都没有名字，那是因为男尊女卑的封建思想祸害的，说女人就不该有名字。人有名树有皮，自古就应该有名字。就是鱼鳖虾蟹还有名字呢。什么鲤鱼、鲫鱼、河虾，不都是名字吗？难道一个人连这些低级动物都不如吗？问题是社会不公平。地主老财，他们的女人是女人，都有那么好听的名字；穷人的女人就不是女人了？就不应该有名字吗？

蒋先生知道朱来福给婆姨起了这么个名字后很惊讶，想了一会儿拍手说，起得好呀，起得好！我们农民兄弟还是有智慧嘛。中国人的名字大多是仨字，要么俩字，就是仨字也不重叠，而你呢，给婆姨起仨字，实际上还是俩字，都包括了。问题是，最动人的是重叠，打破了常规，也就等于说你打破了封建思想，意义重大呀。仔细品味，白花花，白花花，听起来叮叮当当，悦耳。好，实在是好！

正在眯细眼睛想事呢，就听到头顶上嘤嘤叫。朱来福立即抬头，雾太大，看不清楚，只能竖起耳朵听。听着听着，就像在头顶盘旋。按常规是应该“嬎蛋”的。

老百姓最怕蒋介石的飞机了。老百姓不说飞机，只喊一个字：鸡！痛恨之极，但是没办法，飞机一来就“嬎蛋”，到处轰炸，一片狼藉。河口彭大头家，一个小孙女，才三岁，正坐在石碌上挑花花呢，谁知道飞机来了，不管三七二十一就“嬎蛋”，把小女孩的肠子都炸飞了。你想，蒋介石不完蛋，还能有天理吗？

朱来福这般想着，起身想告诉人们躲避，抬起头看看，见不到人影儿，浓雾像棉花瓤子，升腾着。朱来福笑了。

老母鸡钻错窝了，这不是胡搞吗？朱来福自言自语，也不再关心，又坐在石碌上喊，花花，花花，饭好了没有？吃了有事呢。

白花花从厨房出来，用手把额头的头发往后抹抹说，早好了，等着娘呢。

娘干啥去了？

又忘了？石头他奶奶瘫在床上，哪天不是娘伺候？还有，你昨天回来说，斑竹园后勤医院收护士，娘说麻子闺女长得好看，想让她去学，学好了，好给石头他奶看病呢。

娘也真是的。朱来福站起来又坐下说，那我们还等一等吧。

还等啥呢？朱来福的娘从屋山角拐过来就听到儿子的话了，赶紧说，我不是跟你说了吗？有事先吃，别穷讲究了。

白花花说，娘回来了，那就吃饭。

朱来福从屋里捞一条矮板凳递给娘说，娘，坐，我去给您端来。说完，到厨房端来一大海碗菜糊糊说，娘，没有米，就吃菜糊糊。

娘老了，吃不完，搁在肚里不消化。朱来福的娘把碗往儿子面前推，又说，我吃多少自个盛。

娘给你的，你就接着吧。白花花说，我再给娘盛。说着，到厨房又盛了一海碗出来，虽说稀汤寡水，但是还有许多季节菜，伴着这些菜里还有些糊涂面，也算很好的。

这些年，赤区就像打鱼，你一网他一网，捞去捞来，没有捞到鱼，把百姓捞苦了。县成立妇救会，为妇女解放服务的，很大程度上是做妇女工作，让妇女自觉帮红军，譬如缝缝补补，纳鞋底，送干粮，支援前线，妇女也乐意。因为在赤区，哪一家都有参加红军的，没参加红军的就是反革命，就是地主恶霸，他们想参加还不让呢。参加红军可光荣了，门头上钉块牌子，用毛笔写上“光荣”俩字，就没人欺负你。

下面是范大麻子的婆姨与一位红军战士的老婆对话，可有意思了。

你家男人现在搞啥呢？（在周师长部队呢。）那敢情好。听说呀，你知道呗，周师长会飞檐走壁呢。（尽瞎说。俺男人上晚回来了，他说，回来了解民团情况。我跟他说俺去城里，歪腿吴绪红呀，最近不知道咋搞的，神魂颠倒的，听说城里又来了个“骚狐狸”，就是管家“大公子”。什么“公子”，狗屁，假妮子，狐狸精呢，没有迷住纣王，可把姜子牙迷住了。）你说那个“吴歪子”是姜子牙呀？我看是姜汤，发发汗还行，说到底就是个窝囊废。（也不是呢，你想一想呀姐儿，要是窝囊废能带兵吗？听说呀，他可是什么军校毕业的，有两把刷子呢，神枪手，飞花摘叶，百发百中呢。）不是说他能耐，哦，就是说他能耐嘛，既然有这么大能耐，咋就迷上“狐狸精”了呢？（还不是萝卜白菜各有所爱呗。）就是。（就是啥呀？我看呀，是没有菜，菜水也是好的；没有女人，烂腿也是好的呢。）哈哈。我问你，你家那口子，脸上全是鸡窝窝，还搂着，恶心不？（去你的，我不是恶心，我是担心呢，我怕你见到了，也想在那鸡窝窝里嬎蛋呢。）瞎说，想这个想那个，也不能想你家那个鸡窝窝呀，要是陷进去了，我可吃不消呢。大热天，没搞呢，虚脱了，可折本啰。（不会呢，那是清火的，咋能上火呢。）

先是闹着玩，然后放下针线活开始打闹，正在打闹呢，秃子在凤凰山吹响了喇叭。

啥事情呢？都停住了。

麻子的老婆说，一定是红军要打县城了。

好呀，打县城可有粮食吃了。上次，都担不动呢。嫂子，你家不也分了东西吗？

范大麻子的婆姨先软了下来，这般一软，和解了，也不再打闹。

那个喊嫂子的就是赵志刚的婆姨蔡妮，人长得蛮结实，有点矬，但心地善良，别人拿她和她当家的开玩笑，也是一种乐趣。

赵志刚家里的叫蔡妮，在农村，妮、狸不分，都是一个读音，什么《三国演义》《封神榜》《西游记》，虽没看过，但听过大鼓书，说书唱戏的都唱里面的故事，自然也就晓得了。坐在一起经常说道说道，说多了，也就滚瓜烂熟了。蔡妮蔡妮的叫，很容易联想到狐狸，也不知道是谁叫了第一句，接着就有人喊蔡妮狐狸，第一声挺不适应的，想发火，麻子老婆潘荷花开了个处方。

荷花说，那有啥子哟，还不是自找乐子呗，说你是狐狸你就是狐狸了？人家还喊我潘金莲呢，我都不生气，你生啥子气哟。你想一想，要真是狐狸还好呢，你知道狐狸长得多漂亮吗？能把皇帝迷倒，能把天下搞乱，你有那本事吗？再说了，这不是贬你，那是夸你呢。夸你长得漂亮，夸你有姿色呢。说你是狐狸的人自己想成狐狸，就是没那个道行。那叫什么？叫吃不到葡萄说葡萄酸呢。

说完俩人哈哈大笑。从此，再有人喊狐狸，蔡妮不仅不生气还答应。虽说答应，蔡妮忽然想到把那个杀人不眨眼的管雪凤也喊狐狸，还多加了一个字：骚狐狸！蔡妮总觉得哪地方不舒服。再开这种玩笑，蔡妮就说，我看呀，得给管雪凤改名字，“骚狐狸”用在这种人身上太浪费了。

开始，大家都不明白，潘荷花知道，就说，那好，狐狸提得也对，哪能弄两个狐狸呢？我看呀，管雪凤应该叫刺猬，刺猬扎人可痛呢。

蔡妮忽然说，那要是这般说，吴歪子就是一条老骚狗了？

潘荷花说，为啥？

一问之后都哈哈大笑。潘荷花回过味来说，还是你洋货（聪明）：狗咬刺猬难下牙嘛！

笑过之后，总觉得有点轻描淡写，蔡妮定了盘子说，干脆，来个毒的，叫“清水彪”，咋样？

“清水彪”是一种毒蛇，山里人都憎恶，谁见了不是躲开就是拿棍打。潘荷花听了，也觉得这个外号起得好，拍手说，就这么叫，要是传到县城，骚女人知道了，非气死不可！

俩女人正要站起来走呢，白花花来了，慌慌张张地说，赶快哟，男人都去了，让我们帮忙呢。

啥子哟这么慌张？潘荷花说。

我也知道得不太详细。我家来福先跑了，带麻子还有四五个队员呢，让我喊你们。狐狸嫂子，你是知道的，还有荷花嫂子，你可是妇救会主席呀，要我们帮忙，你咋不急呢？

急啥？总得搞懂是啥事吧？潘荷花也站起来了。

哦，忘了，你看我，只抓盐没看秤呢。白花花说，是这样的，有一架飞机，就是经常“媲蛋”的，在天上飞呢，也许是蛋太多了，屁眼太小，屙不出来，一使劲儿，头晕，趴下了，掉在山那边，至于哪地方，还不清楚。老远看离我们这儿不远，抄近路儿跑也就半个时辰。我家老朱已经去了，要是没人帮忙，可就坏菜了。

是这么回事呀，那还真是大事呢。奇了怪了，鸡嬎蛋咋就掉了呢？莫不是老母鸡遇到老公鸡了，压趴下了？

别贫嘴了好不好？一个个嘴上没个把门的，有也说无也说，耽误事。白花花急得只跺脚说，在这里说笑有啥用，去了不就知道了。

咦呦，嘚嘚，急啥？荷花还是沉着冷静，看看天，雾还很大，就说，我知道了，是迷路了。哎，飞机迷路了可以降落，要是人迷路了，就危险了。花花，你呢，翻过龙嘴山，去王家寨，那里是周师长的宿营地。昨天，麻子跟我说的。你找周师长，问题就解决了。像你这样干着急有啥用？还有，狐狸，你呢，看看寨子还有多少男女老少，都集中起来，先找到石头，让他跑到“嬎蛋”的地方瞧个究竟，需要什么，再准备。现在，啥也不知道，也不清楚需要啥，准备个球呀？

那也是。蔡妮点头。

我呢，带妇救会的，随后到。我看呀，最需要的还是防止吴歪子，要是他们先到了，问题就难办了。

飞行员朱文光确实遇到他一生飞行中的大难题，飞机在天空中盘旋，就像苍蝇。要说苍蝇是为了那一点腥臭，那么他是为了脱险。但很无助，也很无奈。在空中，找不到方向是常事，到了天上，一百多斤也就交给上帝了。

朱文光还真的信奉上帝，听说在苏联留学的时候，很多人都加入了共产党，朱文光不加入，因为他信奉基督教。回国后，让他当蒋介石的飞行员，面试时说不好普通话，一口四川口音让蒋介石听上去极不舒服，不由得想起了那个不听话的刘湘“刘老道”，十分讨厌，也就没用。

宋美龄从档案里知道他信基督教，算是找到知音，就安排他到武汉飞行队。后来，刘湘在苏联买了几架飞机，知道朱文光留学过苏联，就要去了。没想到，过了一段时间，宋美龄还记着，见到刘湘，开玩笑说，四川不是没人才，我就记得有一个会开飞机的青年叫朱文光呢。既然宋美龄惦记着，刘湘也不得不忍痛割爱，又把朱文光送还飞行队。

朱文光到武汉，宋美龄也只是说说，根本没有记在心上，时间久了，也许忘了，或者说宋美龄知道人在自己手里，不忙着过问。朱文光还在武汉飞行队工作。

武汉飞行队有近百架美国制造的柯塞式飞机，主要用途是执行对赤区的轰炸任务。朱文光到了飞行队，因为宋美龄的影响，又因为技术好，操作规范，很快得到提升。从一般飞行员到教练，又从教练升为小队长，也算是正营级，按照军衔制，实为少校。在国民党将军多如牛毛的年代，一个少校不算啥，但是飞行队很特殊，是天上的骄子，前途远大。再加之飞行员身材都相当好，也可以说是标准的男模，就有许多女孩儿追求。

管雪凤曾经追过飞行队的大队长马世武，但是马世武是大队长，少说也是个少将。是少将的人都有家眷，老婆是个醋坛子，也是军情处的一枝花，所以说，管雪凤只能暗度陈仓，睡过两次。又因为飞行任务重，飞行员不得不节制，不能让管雪凤开怀，就离开了。

朱文光虽说只是少校，但是他留学过苏联，身份又很特殊，特批结婚。

朱文光的女人是武汉京剧演员，人称“一枝花”。朱文光是京剧票友，在飞行队举办的一次联欢当中认识的。女人艺名叫黄秋英，真名甘莉娜，是武大中文系教授甘儒墨的女儿，可谓才貌双全。

执行任务之前，朱文光蜜月期刚过，回到飞行队，就接到这么个任务。

朱文光坐在驾驶舱里，飞到这里，被大雾包裹，冲了几次都无效，心里不免产生恐惧。心想，这么飞在空中，总也冲不出去，飞机的燃油不多了，估计再有几分钟就耗尽了。要是燃油耗尽，掉了下去，撞到哪个山头上，机毁人亡不说，到那时，漂亮的妻子咋办？朱文光想都不敢想，但是不想又不行。要想让飞机不至于撞到山头，那就只能迫降。

朱文光经过仔细思考，做出选择。在迫降之前，朱文光又做了个礼拜，用手在胸口画个“十”字：耶稣呀，我的主，保佑我吧，可别降到匪区，因为那里是吃人的地方。在国统区宣讲时知道，赤区都是共产共妻的红毛野人，要是被逮住了，受尽折磨不说，还要使用妖术把老婆骗去，也共产了，罪过可就大了。这般一祷告，又觉得哪里不对，忽然想起这是在中国，耶稣是洋人，管不到这里。这里谁管呢？哦，救苦救难的观世音。朱文光怀疑：这样临时抱佛脚是不是灵验？看看飞机穿过了一个峡谷，隐隐看清是个沙滩，也管不了那么多了，赶紧喊了几声救命，忽然想到在开封地摊上看到的那个故事，心有灵犀，就觉得沙滩是观世音搞的，是观世音为了救他，在此点化他呢。于是，毫不犹豫，急拉操纵杆，飞机像树叶，忽忽悠悠，砰的一声，落在沙滩之上。

这是一架银灰色的双引擎飞机，机尾有“青天白日”标志，机身不长，飞机降落时螺旋桨还在转动。朱文光不怎么怕，他降落之后只感到有点不适，也没有急着走出驾驶舱，伏在前面的台子上稳定情绪。心里想，这么大雾，一定不会有人知道的，我在这里休息片刻，想想该怎么逃。这里距离武汉很远，一时也回不去。要是国统区就好了，这地方平整，弄来汽油，再做个跑道，就可以飞回去。这般想着，怦怦乱跳的心也就慢慢平静。又坐了一会儿，觉得还是耶稣起了作用。别说外国东西不好，人家就是好，不仅科技先进，宗教也比中国强。人家耶稣能体谅人，你想啥，跟他一说，他都能原谅，宁愿自己被钉在十字架上也不愿让人类受苦。想到这儿，朱文光又在胸前画了“十”字，祷告国民党地方武装，最好是正规军能及时赶到，最好是天兵天将。

大约也就两袋烟的工夫，真是天兵天将，但不是朱文光希望的那个穿着军装皮靴，端着机枪的国民党士兵，而是穿着破褂、半截裤子、歪三扭四的，好像还有穿草鞋的几个农民。这个也能理解，国统区也有农民嘛。朱文光觉得是附近农民来看热闹的，就没有当回事儿，只是下意识摸摸腰间的手枪，还在。还在就好。就是这么耽误，那群不太整齐的农民居然跑到面前，为首的像小老头，不，看不出年龄，胡子拉碴，面皮黑瘦。此人像麻雀，一下子飞到了面前，大声说，举起手，出来！声音生硬。

朱文光没有买账，心想，几个蟊贼……于是笑笑说，你是哪一部分的？

你问我？瘦子指指自己的鼻子，眼睛睁得圆溜溜地说，搞错了吧你？该我们问你。

我，飞行队的。

废话，不是飞行队的，难道还是挖煤球的？不是飞行队的，咋还坐在飞机上？下来，下来。瘦子用那粗糙的大手勾勾，声音细小，像唤小孩。

朱文光生气了，伸手摸枪，没了。这个泥腿子，咋这般速度，像鬼魅，什么时候把手枪弄去了呢？看看，确实在那瘦子手里。这一下，朱文光知道了：完了，完蛋了，彻底没戏了！朱文光想，也许那个耶稣根本就没到过中国。

下来，举起手来！

下来，滚下来！

再不下来，我可要请你下来了。

……

十多个人都一齐吆喝，朱文光不怕，扭头看着，反而镇定了。似见惯风雨的海燕，如游过北冥之鱼，更加坦然。朱文光唯一感到对不起的人就是他妻子，至于那个耶稣，不怎么样。不但不怎么样，还是个稻草人，吓唬吓唬稻田里的雀鸟还可以，除此，就是误人子弟了。

范大麻子要动粗，说着就伸出手，准备把朱文光揪下来。这个时候，在河湾岸边放哨的石头大声喊，队长，北边来人了，像吴歪子的民团。

朱文光眼睛一亮，心想，耶稣不是不来这里，路程太远了，紧赶慢赶还是来迟了，但是，耶稣有法力，来迟了不要紧，只要能来，就有救了。朱文光知道有救了，主动配合，准备下飞机。朱来福脑子转弯快，赶紧对赵志刚说，你和麻子在这儿守着，别让“彩头”到处跑。走，其余的随我去。

说过，朱来福带人跑出沙河湾，上了岸，翻过一条田埂，对面就是一座小山。朱来福知道这叫岔子山，因为中央凹，两头凸，老远看像骆驼背，也有人叫骆驼峰。

上了岔子山，抬头一看，果然来了七八个人，领头的穿国民党军装，其余的穿泛白的衣服，走路一歪一歪的，有几个伸着头张着嘴，好像还在打呵欠。

朱来福知道，飞机降落的地点正好是两区交界处。河对岸就是国统区，敌人是从河对岸过来的，因为雾大，没听到飞机的声音，是来看动静的。

已经是半晌午了，窝在县城里的团丁才起床。还没有吃早饭就有人来说，特派员来了，让叫吴团总。吴团总就是吴绪红，外号“吴歪子”。吴绪红赶紧戴上帽子出门迎接，即便如此还是迟了一步。只见特派员手里拿着鞭子，尖尖的下巴翘着，跨过门槛，下巴上的黑痣抖动了一下，眼睛斜视，问，没睡好？

睡好了特派员，说完，没忍住又打了一个呵欠。

“睡好了特派员。”管雪凤听了刺耳，表情一抖动，微微一笑，想说什么又没有说出，立在那儿，威武之中透出妖媚。

吴绪红又想到昨夜，特派员那么温柔，跳罢舞又吃了点心，还抽了洋烟。大别山一般都抽水烟袋，因为抽起来咕噜咕噜响，像咕咕噜鸟在叫。成盒的烟称洋烟。抽过洋烟，特派员主动喝酒，小脸红扑扑的。一双眼睛，水汪汪的，故意装醉，顺势倒在吴绪红身上，胳膊勾住他的脖子，出气如兰，身上还散发着外国香水的味道。这种味道在武汉时闻到过，回到县城，就没有了。吴绪红不知道是谁从外国带来的，但是他听说过管雪凤与曾扩情的绯闻。吴绪红抱着心中的女神真的不知所措，心跳得厉害。管雪凤眼睛半睁半闭，还呻吟。一边呻吟，一边装着很热，伸手把胸部按按，随即扒开，露出雪白的胸肌还有那突兀的奶子。

吴绪红看看周围，没人了，就低头小声对管雪凤说，特派员，你醉了，我扶你回去，好吗？

不嘛，红哥。

这地方是酒店，老板到里面去了。吴绪红还是小声说。

不嘛，我要睡。红哥，红哥，我要睡。

好，好，回去睡，特派员。

不嘛，别喊我特派员，喊我妹子。

吴绪红还是喊不出来，好像突如其来的幸福全是一把塑料花儿，有一种不真实的感觉。吴绪红又看看周围，静得一点声音也没有。两个团丁在外把门，于是就喊，徐老板，徐老板。

哦，忘记介绍了，这家酒店叫“徐继升歌舞酒吧百老汇”，是石生财开的，让他的一位远房亲戚招呼，也是县城唯一的一家“夜市”。平时，石生财在这里招待来宾，宴请达官贵人，吴绪红和团丁也经常在这里消费。

人生世事难预料，果不其然，这个手抄本的小说与我的缘分就是偷看了几眼和利用课间操看了不到十分钟的时间，对于手抄本后面写的什么，我就不知道了，但是我很渴望，耐心等待，直到第六天，在学校的黑板栏里看到用粉笔写的通报，并在黑板的右下方贴着一页纸的检查，才算死心。

两者大意是说，王大望同学利用手抄本，在学校里卖钱，非法经营，以致严重影响教学秩序。有的学生在课堂上不听老师讲课，偷看邪书，造成极坏影响。按照校规，予以重惩。但因王大望同学能及时交出手抄本，又写了检查，并向校方承诺改正错误。本着惩前毖后、治病救人之原则，经校方研究，给王大望警告处分。希望在校学生，以此为鉴，发奋学习，遵守校规，力争做一个又红又专的革命事业接班人！

你说我倒霉不倒霉，怕什么就来什么。王大望的手抄本居然被学校收走了，并且还倒了霉。我想，王大望的书虽说收走了，但他一定熟知里面的故事。于是，我就找到王大望。不想，王大望当时情绪低落，看着我，咬牙切齿地说，你是看我笑话，是吗？你也不比我（学习）强哪儿去。最后还恼怒地吐出一个字：“滚。”

王大望比我高，比我有劲儿，否则，我非揍他一顿不可。挨了一顿训，遭到奚落，仍贼心不死，还想让美女胡曼莉给我讲讲她看过的故事，不想，胡曼莉听后，哈哈大笑，几乎笑出眼泪。笑过之后说，傻子，那叫不识相，懂吗？这般说，我也不好意思等她给我讲故事了。

有一天，坐在座位上，忽然想到同桌读过，这真是舍近求远，不如问问同桌。哪想到朱满意讳莫如深地对我说，再也别提了。王大望那个狗熊儿把我们害苦了。把我们的名字都记在本子上，一并交给老师，我们都被出卖了。真的还不如手抄本里面的吴绪红和朱来福有情义呢。王大望是一点道义都不讲，你说，你把我们都供出来，能减轻对你的处罚吗？做梦吧。我看呀，完全是大骗子管雪凤。你知道吗？老师把我们叫过去，让我们都写检查呢，有的写了三遍还没有过关。坑苦了我们。受害者气急，给王大望起外号“特务”，喊“特务”不过瘾，干脆喊“彪子”！

“彪子”是贬义词，原意是“傻子”，引申为不靠谱。

我听后，不再到处找了，也不再让人给我讲故事了。我感到庆幸，觉得自己没有看到手抄本是好事，但是我也怀疑，自己的名字，当时不也是被王大望写在那个破本子上吗？咋没有叫我呢？一定是人太多，有个顺序。先是“罪魁祸首”王大望，再就是“胁从者”胡曼莉、朱满意等，最后才是像我这样的“嫌疑犯”。于是，我又怀着忐忑不安的心情设计着怎么应付，还焦虑地等待。

一个月过去了，两个月过去了，慢慢冷却了，老师也没有找我，直到我初中毕业考上高中，也没有见到老师找我。

老师没找我，按说是好事，但是心里总是堵得慌，原因是那个手抄本我只看了半拉，还有一半在我心中成了谜，到底故事怎么发展的，那里的人物命运如何，一概不知。但是，最要命的是，我一点不知道就好了。一点不知道，我也就没有那种念想了。关键是，我知道了一点点儿。譬如，故事中有个飞机，有个游击队长朱来福，有个大美女管雪凤，还有一个爱着大美女的吴绪红。这些问题一直存放在我心里。不仅存放，还在发酵。老实说，有好几个夜晚，我都梦见那架飞机了，还梦见美女拿枪指着我，想要我的命。我一下子吓醒了。醒来了，里面的故事还在吸引着我，那里面的人物还在叩问着我，我的思想很纠结。也许，就是那个时候，心中萌生了一个念头——找到这个故事，探究这个故事的最后结局，考证这个故事的真实性。

到了高中，我同桌也考上了高中，但我们不在一个班。

上高中时，改革开放了，恢复高考制度，学习一下子紧张起来，都在备考大学，吃饭走路都在飞，见同桌朱满意的机会也少。一次偶然，一起照毕业相，短暂相聚，我问到《一个女特务》手抄本的事情，他很惊诧，过了好一会儿说，太长，一时半会儿说不完，有好多记不得了，再说了，现在是什么时候？都在努力考大学，哪有闲心聊那种书呢？

不是有点失望，是很失望。当我考上大学，这个故事的开头还被我带到了大学，与我一起生活了三四年。1986 年毕业，有幸分配到家乡的一个乡，也叫河口乡。分配到政府办工作。正赶上该县搞地方志搜集编纂，河口乡的地方志负责人老杨是个老同志，因为高血压，在那年的冬天去世了。乡领导认为我是大学毕业，有基本功，就让我接替老杨的工作。

我到县里参加了一次会议，具体事项是普查各乡红军失联人员，属于民政工作，但是涉及党史方面的知识，也让我去了。说是中央有政策，准备给这部分人生活补贴。回来后，把这个精神向领导汇报了，并在会上做了传达。接下来，就是各村普查登记，再报到乡，由乡民政部门审查之后报到县民政局，待批复后实施。至于里面有多大实惠，谁也不知道。跟我一起参加会议的民政助理叫李刚，在“文革”中当过公社副书记、革委会副主任，是“双头”干部。

啥叫“双头”干部呢？就是表现好，又入党，又提干，说去说来属于造反派。不知道咋弄的，“文革”之后，这样的人居然保留了公职，只是开除了党籍而已。

乡里有个计生助理姓张，白塔集人，老婆在农村，长得一般。这个张助理很有意思，是个斜眼，看人总有股邪气。这一点自己还不知道，还把咨询计划生育的妇女带到屋里，门掩着，一说就是半天。李刚就有点看不惯，于是两个人之间就疙疙瘩瘩，不愉快。有一天，一起在乡政府吃饭，铃声一响，张助理就跑去了，并且站在队伍前面，一旦窗口开了，他就第二个打饭。李刚排在最后面，心里不太舒服，就喊，张助理。张助理扭头，鼻子嗯了一声。李刚说，才开的会，普查红失人员，你来，到我面前来，你父亲年岁大，我问你情况。张助理不知就里，以为有什么好事考虑到自己了，也就去了。到了面前，李刚让他排在自己后面，扭头问，你父亲是什么时候参加革命的？张助理突然听问这个问题，来不及思考，一激动就说，是共产党打八路的那一年。这么一说，在场的人都哈哈大笑。张助理自知说错了，本来想说是张国焘“肃反”的时候参加革命的，却闹出一个大笑话。再加之都知道他父亲是淮海战役时从敌方阵营俘虏的，后来参加了解放军，也算新中国成立前参加革命的，属于老干部。这一历史不太光彩，“文革”时多次被拿出来说事，今天又被李刚奚落，十分生气，当即骂李刚不是东西，故意调戏他。

吃过饭，回到屋里，张助理想到他父亲已经离休，住在白塔集，又不在河口，李刚也管不到，就更加生气。想想里面原因，最后结论是吃饭时，李刚看到自己排到他前面了，故意使坏，把自己调到后面，更是气不打一处来。于是，张助理就找到乡党委书记，说李刚是“双头”，搞民政可以，但是不能再参加党史编纂。书记想想，李刚不是党员，又是“双头”，再参加党史编纂，是不大合适，于是，开会明确，让我一个人负责党史编纂工作。

我当时只是一个毛头小伙子，党史知识十分匮乏，更不用说编纂党史了。好在一段时间也没有紧急任务，李刚在交接时，把一抽屉破书、破本子也交给我了，还对我说，这些，都是去世的老杨交给他的，他有自知之明，还没有看过这些东西。估计都是老杨花费了几十年的工夫搜集整理出来的，你看看，熟悉熟悉，也许会有用处的。

打开抽屉，一抽屉破东烂西，还有一层灰，看来，李刚没有看过是真的，但是也让我厌烦，心想，这里能有什么好东西呢？你要是说古墓里，或许还有古董，在一个人家里，或许还藏着什么“禁书”，在政府办的一个破桌子的破抽屉里，估计都是老杨遗留下来的废物吧。但是，在办公室又没有太多的事可做，闲下来的时候还感觉挺寂寞的，于是，无意中把抽屉拉开，弹去上面的灰尘，看到一个皮壳笔记本。我大脑里一下子想到初中读到的几页《一个女特务》那本书，是不是老杨也有收藏？

翻开一看，真是不负所望，还真的是这本书。但是很奇怪，一是翻开内瓤，没有找到书名叫“一个女特务”，或者说根本就没有名字。二是一段一段的，也没有记录是搜集的还是创作的，没有时间地点，也没有采访对象，这个书就有点不伦不类了。三是里面的人名字，与我读到的那本书人名，有一种无缝对接的吻合，这一点十分让我惊诧，还让我感到惊喜，于是，我如饥似渴地读了下去。

大革命失败后，一个叫商城的弹丸之地，发生了一连串让蒋介石意想不到的事情。1928 年，从武汉农民讲习所回商城的周维炯，因为特殊关系被安排到斑竹园王亚宏民团工作。周维炯很有人缘，又是科班出身，不到半年，就当上了小队长。

这一天，民团没事，由正副排长带弟兄到斑竹园东南的关帝庙执勤。关帝庙名字得来是因为有一座大庙，大庙南边就是斑竹园乡公所驻地。驻地有一条街，还有一条小河，街道呈“一”字长蛇状，住着三四十户人家，在商南山区，也算是重镇了。街上的百姓不大待见民团，但又害怕民团。原因是民团好吃好喝，还爱赌博，不赌博就调戏大姑娘小媳妇，比流氓还流氓，比土匪还土匪。百姓知道民团不好惹，只能躲得远远的，也不敢声张。

按当地风俗，睡了人家的媳妇，就是往人家头上扣屎盆子，给人家戴“绿帽子”，是一种耻辱。为了这个事情，也有不少状子告到县衙。山高皇帝远，关帝庙在商城东南角，来回一二百里，要翻好几座山，山路也特别难走，因此，县上只能下一道关于管束民团队伍的规定。王亚宏也不例外，在训练时也要按照县里的指示搞一些纪律训诫。

民团整顿内务，也收到了实实在在的效果，一时间，境内安然。

商城属于大别山腹地，在大别山金刚台北麓。当时，在大别山腹地还有不少县，这个地方又是鸡鸣听三省的地方。虽说同处大别山腹地，但是，河南、安徽相对稳定。在河南省的东南部湖北，就不那么消停。早在 1927 年年底，湖北的黄安、麻城，十万民众，揭竿而起，武装暴动，还攻陷了黄安，改黄安为红安。农民没有经验，军事上缺乏训练，武器弹药不足，占领黄安后短时间又被国民党镇压下去了。大部分被杀，只有三百多人跑到金兰山打游击，并与金兰山的土匪换帖子结金兰，这才得以苟延。形势紧张的时候在山里躲着，形势松弛下来，这伙人在一个叫吴光浩的领导下打游击，在游击战当中，解决了吃饭问题，并获得了一些信息。吴光浩按照上级指示，把这股部队改编成红七军。红七军组建之后，吴光浩就成了主心骨，大伙都认为他是个人才。但是，因为民团围剿，还因为饥饿、疾病，也有不少人投敌叛变，短短几个月，由三百多人减至七十二人，史称为“七十二勇士”。

到了1928年春，雪化了，草木生长，困难过去了。吴光浩就觉得要趁这个机会发展队伍，于是带领人马，趁黑夜下山，袭击了县城附近的乡镇，并在乡公所驻地找到了邮局。吴光浩在地方报纸上看到一则通告，是捉拿共党的。原因是人称“石屠户”的商城县长石生财，在县城一中逮捕了一个叫王锡良的教书先生，搜出不少进步书刊，这些书是他从上海带过来的，这说明他就是共产党。为了杀一儆百，枪毙了王锡良，割下头颅悬挂在城门示众。有人看不过去，买通看守，半夜把头取走，现在报纸上悬赏通缉案犯。这说明商城有共产党，并且不止王锡良一个，还有同党。

当时情况是，在黄安发展十分困难。一是黄安经过暴动，惊动了国民党驻军，该区重点防范，就像捕鱼，三天两头清网。与此同时，还组织大批民团和驻军到山里“剿匪”，让许多百姓一听说“共匪”，都不寒而栗。即使是在夜晚，红七军敲门喊老乡，人家在屋里装着不吱声，敲多了，他们哀求：我们知道你们是为我们好，但是，我们不能开，要是开门，全家都没命呀。要粮食，明天赶集，在小河湾东头的庙里，你们去拿就是了。这样的形势，不说发展，自保都难。但是商城就不一样，虽说有共产党，但是形势没有这里紧张。经过再三考虑，吴光浩决定，亲自带人前往商城。红七军暂由戴克敏、徐其虚、王树声、吴焕先、郭述申等人领导。

吴光浩带十名战士，化装成生意人，包着头巾，担着挑子，下山往商城走，到滕家堡地界，遭商城民团围攻，当时被打死九人，活捉两人，包括吴光浩在内十一人全部遇害。

消息传来，戴克敏等人十分震惊，立即研究，作出决定，一方面隐瞒消息，一方面报告湖北省委。湖北省委立即报告中央，中央派徐向前等富有军事才能的人到黄安，接替吴光浩指挥。徐向前到黄安找到戴克敏等人，传达中央指示，把红七军改编为红十一军三十一师，自任副师长，再派人到商城，搞农民暴动，组建红十一军三十二师。

派谁去，争论很大。主要是对商城不太熟悉，又因为吴光浩遇害，大家心存忌惮。时任鄂东特委委员的徐其虚认为，吴军长不能白白牺牲，也不能因为他的牺牲就停止联系，要把吴军长未完成的事业继承下来，这样才是最好的，才能对得起死去的同志。徐其虚一直做地方工作，有一定工作经验，对去商城联络很积极，组织再三考虑，同意其带侄子徐子清，还有黄安县委的部分委员如王若喔、李梯云等前去商城。

接受前次受挫的经验教训，这十多人化装成做生意的，也不带枪，躲过了路途盘查，越过黄柏山，到达金寨的斑竹园。在斑竹园，挑着担子，走村串户，利用门头会、结干亲等发展党员，通过当地人找到了时任商南党支部书记的詹谷堂，传达八七会议精神，准备在1929年的八月十五前后暴动。本来形势发展顺利，没想到叛徒告密。徐其虚得到消息后，当机立断，计划起义提前，拟定在端午节。

在徐其虚到达商南的时候，周维炯已是商南支部委员。端午节前，王亚宏命令民团小队，由张、王两位队长带着驻扎在关帝庙的大庙里。

民团驻扎下之后，詹谷堂派人联系周维炯，在关帝庙后竹园商讨，征求周维炯意见，让他在端午节暴动的时候脱离民团，随农民搞暴动。周维炯二话没说同意了。回去后，翻来覆去睡不着，脑子一动，想了一条妙计。

夜晚，月光清澈，周维炯借故小便，把在民团里发展的党员集中起来，到后竹园开会，传达了支部会议精神。党员何良美说出了打算。周维炯连连称好。

第二天，保长组织大户杀猪宰羊，挑到庙里孝敬民团。周维炯也不客气，让人做了饭，在庙里摆四张八仙桌，准备宴席。接下来把县里的文件拿来宣读，从自身查问题，说明民团纪律松散。为了整理纪律，体现民团风范，即日起，每隔两天整顿一次内务。张、王二位也认为好，于是就让周维炯按照县要求办理。周维炯就让每个人把腰带改了，把枪擦好，集中挂在墙上，别吃饭喝酒的时候还带在身上，放在桌边，让百姓见了，认为是兵痞。

开始吃饭的时候，周维炯请张、王正副排长坐在桌上首。周维炯第一个站起来敬酒，说道，平日里俩排长十分辛苦，今日过节，我们难得表示一下孝心。于是，轮番敬酒，不到一根烟工夫就把正副排长灌醉了。此时，何良美跑进来，端着枪，周维炯一下子跳到桌子上，对大家伙说，别动，老子宣布，从今天起，暴动了，老子是共产党。

正副排长一听，酒醒了大半，准备拔枪，周维炯踢翻了俩人，随手操起枪，对着俩人砰砰两枪，结果了俩人的性命。其余人等，赶紧跪在地上，连喊炯爷饶命。

周维炯说，只要不反抗，就不伤及性命。要是愿意跟着我干的，都还是兄弟；不愿意跟着我干的，发路费，滚蛋！但是，以后不准再给国民党卖命了。

商城起义算是成功了。一时间，遍地红火。周维炯部队不断扩大，组建成红十一军三十二师，周维炯任师长，徐其虚任“书记”，徐子清任副师长兼参谋长。

起义虽说成功了，起义军还很弱小。虽叫“师”，其实就是百十条枪，也就是一个连的人马。在当时，形势很严峻。起义军这点人马就仿佛是在漆黑的夜晚的一点烛光，很危险，随时可能被大风吹灭。为此，周维炯带领队伍打金家寨，攻六霍，壮大队伍，成立红三十三师，然后回师斑竹园。

回来后才知道，地方民团趁红军主力东进之际，突袭斑竹园，杀害了农会主席詹谷堂等三百多人。周维炯为了给牺牲的烈士报仇，准备带领红军西进。就在这个时候，蒋孝智派人送来一封信，陈述了此时攻打商城县城的有利因素。周维炯看了信，对警卫员小张说，你去把送信人叫来，我跟他了解一些情况。

送信的不是别人，此人就是人称“朱瞎子”的朱来福。此时的朱来福，有点黑瘦，但是看上去还是比较精干。他穿着灰粗布褂，戴着破帽子，腰里扎着草腰子，脚上穿的是草鞋。周维炯上下打量，一眼看出，此人是个地地道道的农民。

朱来福也在打量周维炯。周维炯眉毛很粗，“国”字脸，穿着蓝色褂子，中山装。朱来福不知道这种衣服的名字，只知道是个短褂，腰里扎着皮带，有一个皮套，腿用布条裹着，显得精神。

周维炯见到朱来福，伸出手，打声招呼说，你就是那个送信的？他的脸上没有笑容，显得严肃。

朱来福说，是的。您就是周师长？

周维炯点头，才有点松弛地微笑说，别见怪，打仗多了，习惯了，警惕性高些。你先坐，他指指面前的竹椅。

朱来福坐下，周维炯没有坐，围着朱来福转了一圈，朱来福眼神也跟着转。转到朱来福正面，周维炯问，你叫什么名字？

我叫朱来福。

哦。周维炯回到一张条桌前面，在一张竹椅上坐下，盯着朱来福说，是这样的。蒋孝智这封信的内容恐怕你也知道了。我看了之后，有几个问题想当面问问，你能回答吗？

朱来福有点紧张，于是说，周师长，只要我知道的，我都说。

那好，周维炯说，蒋孝智的信，是让我趁此攻打县城，但是，有几个问题我没有搞清楚，你呢，要是知道，跟我说说。

是呀，周师长，蒋先生在我来时交代过，说一封信不可能说得那么详细，让我来，就是让我当面跟您说说的。您问吧，我知道啥就说啥。

嗯。周维炯迟疑了一下问，有三个问题，我说出来，你呢，一条条跟我说，行吗？还没等朱来福回答，周维炯又说，第一个问题是，这个蒋孝智，你叫蒋先生的，是干啥的？第二个问题就是信中提到的河口，我知道，但是我没有去过，知道离城关很近。河口是个啥情况，我不大清楚。第三个问题是，打县城，蒋先生列举了几个有利条件，这些条件我也知道，但是，我不知道蒋先生是通过什么途径知道的。别急，知道多少说多少，越详细越好。

周维炯说得很慢，朱来福听着，不知道该从哪儿说起，于是，愣在那儿思考。趁着这个当儿，周维炯说，小张，通知多加一份餐，我要留人在这吃晚饭。朱同志，你不急着回去吧？

朱来福说，河口离这儿太远，晚上回去，恐怕路难走。

周维炯说，时间不早了，就是现在回去，恐怕走到笔架山就黑透了，我不能让你摸黑走夜路呀。这百十里山路，土匪很多，要是有个闪失，咋搞？你在这儿住一晚上，明天趁早，我派人送你过笔架山。你看行吗？

朱来福想想，也只有如此了。

经过这么一说，朱来福不太着急，思路也打开了，于是就把情况介绍了一遍。

朱来福说，蒋孝智，我们叫蒋先生，他不是当地人，具体哪儿人，我们平时也没有问，只知道他是南方人。他跟我们说，1927年就参加了共产党，闹过学潮，因不满蒋介石屠杀，避难才到我们这里来的。刚到我们这儿是1927年冬，下着雪，他没有地方住，就住在凤凰岭上面的娘娘庙里，一直住到现在。

哦，你看我这晕三倒四的。朱来福说，周师长一问，我就不知道咋介绍了。要说蒋先生，话长，有些也说不透，既像教书先生，又像学生，很有学问，懂得挺多的。

接下来，我想说说河口。河口这个地方，周师长知道，说是没去过。这个地方十分特殊。特殊在于这几点。一个是这地方离城关近，只有二十多里路，但是，二十多里路，却又很远，因为是山区。河口乡有两座山，一座叫凤凰山，一座叫龙头山，也叫龙嘴。两座山像一个大裤衩子，裤腰地带就是大别山主峰金刚台，再往南就是黄柏山。这个地方可谓山山相连。再说了，裤衩子的顶部有一条河，是山上流水的去处，都流到灌河、白鹭河、双河里面了，也就是几条河的交叉口，所以叫河口。

蒋先生说，这个地方离城关近，交通不便，适宜居住。实际上也就是适宜避难，所以，蒋先生就选择在那儿居住。我们那儿，在凤凰山往南，有好几拨儿土匪。娘娘庙里曾经也住过人，但是土匪不高兴，认为娘娘庙离河口近，是他们下山必经之路，是歇脚的好地方，于是在老住持死后，谁要是住进去，他们就捣蛋，曾经打死打伤三四个人，从那以后，也就没有人敢在那里居住了。

那，蒋孝智咋敢呢？周维炯问。

这你就不知道了。朱来福说，这与我们东家有关。你要是没有事，我也把这个事儿说说。

周维炯点头，示意朱来福不要急，慢慢说。

朱来福说，俺东家叫管云龙，在河口是孤门独户，老祖宗是什么时候来的，为什么来的，不知道，但是，管云龙是个大户，很富裕，家里有许多地，但就是缺少"放牛"的。管云龙住在凤凰山下，听说那是一官大地。管家住着，一脉单传，传到他这一辈儿，只生了三个闺女，没有生男娃。管云龙又不愿意纳妾，到了四十多岁，也就只有三个闺女了。

为啥不愿意纳妾呢？周维炯说，据我所知，一般来说，大户都有钱财纳妾呀，更何况这个管云龙的老婆没有为管家生育男娃哟。

这个事情很复杂。朱来福说，年轻时，管云龙对待他老婆很好，一个接着一个生，也盼能生一个男娃。到了第三个生下来，管云龙老婆不生育了。这个时候，管云龙想纳妾，但是没说出来，他老婆感觉到了，就找了一根带子，拴在门头上吊，被大女儿发现了，喊人把她妈救下来。三个女儿知道了，都说要是妈死了，弄个后妈，受虐待，不如跟着妈死了算了。管云龙摸着几个闺女的小脸，当面发誓说，再也别提爹娶小了，三个闺女就是管家的后代。这事儿发生不长时间，蒋先生就来到了河口。

管云龙虽是大户，看来，还是有人性的。周维炯说，你说管家三个闺女？听起来，还蛮有个性的。

管家三个闺女都很优秀。小时候，东家让我们不要喊姑娘，要叫"公子"，于是，论资排辈，就该叫"大公子""二公子""三公子"。这么叫着，分明是想讨口气，再来个男娃，但是，直到现在也没有生。算是绝后了。在我们那儿，要是绝后了，那可不得了。混世面，讲的就是一张脸。管云龙又是爱摆排场的人，到哪儿都把文明棍拿着，穿着靛蓝长褂，说话装绅士。没有儿子，又是富户，就有人起窍，就是想管家田产。特别是河口下游的吴玉龙，是个大地主，贪得很，仗着与管云龙老婆一个姓，有点沾亲带故，就拿话刺管云龙。有一次剃头，吴玉龙后去，在镜子里一看，是管云龙，就故意说，哟，我说谁耶，还是老管呀。你这么剃头，是要当和尚呀？要是当和尚了，你那田地可不能捐到庙里去了，可得让我，我出高价买呢。管云龙生气，气不打一处来，但是没办法，只能忍气吞声，还赔着笑脸说，是玉龙三弟呀。因为吴玉龙在家排行老三，管云龙就这样叫。管云龙说，是不是蔡剃头的这镜子有问题呀？我在剃头，不能背过去打招呼，从镜子里看，那里咋站着一只癞蛤蟆呢？吴玉龙是个大老粗，一时拐不过来弯子，又见管云龙这么客气，就到处找，趴在镜子跟前看，还说，没看到呀？剃头老蔡说，老吴，你等一等，马上轮到你了。别跟管老爷一般见识，人家在拐弯抹角奚落你呢。这么一说，吴玉龙才恍然大悟，立即上火，咬着牙说，大哥，我要是你呀，也不用去当和尚，干脆，把田产卖了，该吃吃，该喝喝，要是哪天睡觉醒不来了，翘辫子，你那些田宅，还有家眷，可都是人家的菜了。这话说得毒呀。管云龙气不过，回去就睡了，好几天没吃饭，得了一场大病。病好后，就遇到蒋先生，在他家谈了一个晚上，晚饭也在管家吃的。两个人很投机，烤着炭火，说到鸡叫三遍，蒋先生看看窗户已经透亮了，才说，那好，我走了，此时上山，也不用摸黑了。

一语双关呀，呵，周维炯说，看来，这个蒋孝智是个能人。

此时，饭端上来了。一大盘毛芋头，一盘苋菜，最诱人的还是干饭，上来一大盆。朱来福看着热气腾腾的干饭问，还说不说？

周维炯说，你说，我来给你盛饭。于是拿着大海碗，盛了一大海碗，还用筷子把干饭压压说，条件有限，先吃着。

朱来福说，能这么吃干饭，还有啥说的。吃了一口说，不长时间，管云龙到临堡请来了远近闻名的阴阳仙樊大梁，樊还带着俩徒弟。来到管家，有吃有喝。管云龙还把自家猪杀了一头。樊大梁很高兴，带着徒弟围着管云龙家的宅基地、老坟地看了三圈，守着围观的人点评说，管家，这是一官大地呀。你看看，在凤凰岭的凤冠上，这边呢，刚好搭上了龙头岭的龙脉。又问，管先生，你家是不是生了三个丫头片子？管云龙说，是呀，婆姨生了第三个闺女之后，再也不生了。在我们这儿，无后为大。我没有儿子，是不是宅基地有问题呀？

樊大梁说，唉，话可不能那么说，依说，什么东西都是命，对你来说，也是命。你能有这么好的命，别人是眼馋不来的。别看别人都生男娃，还说女娃是人家人，什么泼出去的水，嫁出去的女儿，都是胡扯。你家三个闺女可不简单，那可都是龙凤命呀。你将来不仅有后，还都姓管。光宗耀祖的还真的是你三个闺女呢。

管云龙问，这是什么道理?

樊大梁摆着手说，天机不可泄露，天机不可泄露呀。连说了几遍，说罢，带着管云龙给的钱和猪肉，走了。

于是，社会面传开了，整个河口，都知道了。都说，管家三个闺女不简单，将来必成大事。

在这个时候，管云龙就对蒋孝智说，我把三个闺女送到你这儿学习，你就在娘娘庙里办个学堂，也算是为河口办点事。蒋孝智很乐意地同意了。

不过嘛，很可惜，管云龙三个闺女，性格迥异。去年春天，三个闺女都离开了。大女儿管雪凤到武汉，干啥，不太清楚。二女儿管雪兰是在县女子高中上学，不到半年，被下游大户吴承轩看中，娶回家当小了。三闺女管雪梅，听说还在县里学习。三个闺女都走了，田地也被人租去了。俺家欠管家的债务也还清了，俺租了管家几亩地，也不在管家打长工了。打长工时认识蒋孝智，在庙里识字，接触到马列主义，又经过蒋孝智介绍，加入党组织的。

河口党组织发展什么样呢？周维炯问。

朱来福说，遭到过破坏，但是，蒋先生费尽千辛万苦，又发展了几个。

建党支部没有？周维炯说。

暗地里都叫“河口党支部”，这算不算？朱来福似乎有点疑问。

也算。周维炯说，那你说说，为啥主张打县城?

朱来福说，我听蒋先生说的。目前，蒋冯大战在即。驻扎在商城县的冯玉祥部队一个营，拉到潢川去了，城里只有石生财的保安团，也就是小炮队。人马嘛，蒋先生到城里借故买书，暗地里了解过，也只有百十号人，大多数都在各乡催粮派款呢，要想及时收拢，也不是那么容易的事情。

哦，倒是个机会，与我们掌握的情况大体一致。周维炯说，詹主席牺牲了，我们都很悲痛，都一门心思想报仇，但是，我们也只有四五百人，三百多杆枪，力量还很不足，就怕打不过，即使打过民团，也守不住。守不住还不如不打，一打，老百姓遭殃。再说了，城墙那么高，就怕进不去，还没有想到咋打呢。

这个很好办。朱来福说，蒋先生对我说，这些天，他到城里比较多，看到每天早上很早都开城门。为啥？快立秋了，山里老百姓打柴火，都往城里担。城里人，没烧的，都在购买柴火，有的大户多购买，囤积起来过冬。万一哪天下雪了，没有柴烧，就断顿了，可不得了，所以呀，蒋先生说，硬来不行，巧取为妙。

朱来福这般说，周维炯一边听一边观察，感觉此人真诚，同时，许多情况也与他们了解的一样，这个时候，周维炯才取消对朱来福的怀疑，心想，真是不谋而合。于是，哈哈笑了几声，顺口说，这个蒋孝智，还真有两下子呢。

1929 年 12 月 25 日拂晓，做好准备之后，周维炯带领部队，按照事前约定好的，装扮成卖柴的混进了城，不到俩时辰就把县城拿下来了。蒋孝智为此作出了贡献，受到了表彰。在商城县委的领导下，河口组建了由朱来福任队长、范老五（范大麻子）任副队长的河口赤卫队。当时蒋孝智已到红三十二师任职，为了搞好河口的土地革命，又回到河口，临时任河口党支部书记，领导农民打土豪分田地。

通过打土豪分田地，河口赤卫队也壮大起来了，有三十多人。赤卫队里配两把手枪，八把汉阳造，两把歪把子，其余都是土铳和大刀。河口赤卫队的配备是比较好的，原因是周维炯打县城立功了。在打县城时，不仅探路，还参加了战斗。

壮大之后，赤卫队交朱来福管理，又增加了赵志刚为副队长。三十多人分成三个小队，正副队长各带十多人，平日里配合地方党组织维护稳定，遇到紧急情况，随时参加战斗。

1930 年春天，蒋冯大战爆发在即，南京政府十分着急，就让武汉飞行大队往开封送一份密件，任务落在飞行队小队长朱文光身上。朱文光接到飞行任务之后，觉得事情重大，不敢专擅，就找到大队长商讨。大队长马世武说，你虽新婚，但你是小队长，有二百多架次的飞行经验，技术精湛，最主要的是历次到匪区轰炸，都能顺利完成任务。为确保万无一失，你辛苦一趟。

朱文光得到明确指示，想想也对，就说了一句四川话：说啥子嘛，要得。

朱文光驾着飞机从武汉起飞，到了开封，见了长官，把密件呈上，算是完成了任务。正准备返航时没想到南京急电，让他在开封停留，驻防在郑州的刘将军有一封绝密信件要他带回，于是朱文光就在开封住了一宿。到第二天早上，郑州来电说，刘将军有紧急军情，连夜回到南京，不需他带信了，让他立即返回武汉。说实在的，朱文光纠结呀，心想，这是哪跟哪呀，这不是折腾人嘛。但是，军人以服从命令为天职，要求返航不能不听，于是加了油，驾着飞机就往武汉方向飞。

据朱文光交代，当天，一片晴空，万里无云，感觉特别好，又不是去轰炸，就有点放松。在飞机上，一边平稳飞行一边还唱着《夜上海》，不知不觉来到大别山上空。来到大别山，能见度很低，还夹杂着一股股回旋气流，进入浓雾就像裹在棉絮中，怎么飞也飞不出去，最主要是找不到方向。飞机就像一个小孩在大海里游泳，看到的全是他妈的海水，朱文光一下子没了自信。

朱文光虽说慌张，此时还在想着如何补救——往回飞不可能，因为快没油了；不往回飞，往东往西，大别山就是东西走向，肯定飞不出去。那么，供朱文光选择的只有一个方向：就是向南，向南，再向南！

吴绪红的爹得了肺痨，很快死了。刚好那一年，管雪凤反对蒋孝智的宣传说教，认为那叫造反，与自己接触达官贵人的目标越来越远。造反的都是泥腿子，他们脸朝黄土背朝天，被太阳烤得黑不溜秋，能有多少能耐？大江大海都能过，国民党这只船还能被小泥鳅掀翻了？不可能！再说了，管云龙也反对。开始俩人交往过密，有说不完的话儿，到了讨论革命，讨论三个闺女的发展前途时，出现了分歧。按照管云龙的想法，孩子都嫁给达官贵人，即使不是达官贵人，那也应该嫁给有前途的人，等待着时机出人头地。可蒋孝智呢，却认为革命才是最好的出路。只有革命，才能打倒旧世界，建立新世界，才能让三个丫头成为人中凤凰。管云龙认为师爷的话有点过激，与当前形势相左。管云龙想，要是那样，天下还不大乱？最为主要的是，现在管云龙是乡长，也算是官了，咋能挑头造反呢？把自家的田产分给穷鬼，那不是“棒槌”吗？这样的傻事谁爱干谁干，反正他管云龙打死也不干。确实如此。后来红军到了河口，要分田，管云龙死活不干，还说，他已经算过了，这些人是妖魔鬼怪，国家该有一场劫难。本来这些妖魔鬼怪都被阎罗收走了，可是阎罗这个人爱喝酒，喝多了，醉了，以为小瓶子装的都是水，就把塞子拔了，一股浓烟冒出来了，出来了这些妖魔，都下凡了。等到时机成熟，阎罗会把他们收回去的。说的实际上是《荡寇志》里面的鬼话，但是管云龙到处说，得到了国民党方面的支持。

管雪凤属于党务调查科的人，隶属武汉曾扩情处长管辖。当时，国民党为了剿灭大别山“匪患”，知道管雪凤老家是大别山的，于是就派管雪凤回商城，职务是少校特派员，主要任务是协助民团“剿匪”。不知道是机缘巧合还是冤家路窄，竟然碰上了老熟人吴绪红。管雪凤知道吴绪红对她情缘未了，也就加以利用，于是就使出了老办法——打一巴掌给个糖豆。

管雪凤昨天在大会上训斥民团，说民团也快成了土匪，要是这样下去，她就报请蒋委员长解散民团，把他们一个个拉出去作为土匪毙了。话呢，说得有点陡，大家也不知道管雪凤什么来头，话里有几分真，但是团丁听这样的话听多了，就习以为常，认为这是新官上任三把火，三把火过后再拿石磙轧都轧不出一个屁来了，但是，团丁不知道管雪凤这是说给吴绪红听的。吴绪红听了，就像鞭子抽在脸上。民团毕竟是维持一方治安的。石生财手下还有几百人，分住在各区，在县城的有二百来号人，都归吴绪红管。

自从管雪凤来到商城，见到吴绪红，就主动接近。经过几次貌似亲昵，吴绪红被彻底俘虏了。吴绪红在武汉上学，为的就是管雪凤，但是管雪凤拒绝了。

吴绪红经过失恋这个痛苦的过程，曾一度不想活，有轻生的念头。好在他投身军界，虽没有忘记管雪凤，但痛苦逐渐减轻。回到商城，当上团总，石生财又是那般器重，他就觉得这个老同学很够意思，于是又把自己的命运交给了石生财。

石生财何等聪明，一见吴绪红对他的态度，就认为他是老实人，义气，够朋友，也当他是自己人。

吴绪红一表人才，特别是枪法，神准！又上过军校，更是人才难得。石生财回到地方，用谎言和实力打败了一个个对手，到如今，他觉得自己要想超越，要想走出商城，就必须混钱。因为蒋介石不仅要地盘，要枪，要人，还要钱！同时，有了钱，就能买到枪，买到人，买到地盘，所以说，为了钱，为了一大家子，更为了前途，哪还能顾得上民团？于是就把民团交给了吴绪红。交给吴绪红，是石生财深思熟虑过的，也是石生财最为放心的，但是，管雪凤鬼使神差地来到了商城，又以特派员的身份出现。吴绪红见了梦中情人，而且又都是为党国工作的，可谓志同道合，大喜过望，似乎原来的痛苦都是为了今天准备的，原来的分离也是上帝安排的，管雪凤曾对他的无情拒绝，只当是爱情对他的考验，这般一想，过去的一切都因为管雪凤的到来而化为喜悦，一切痛楚的记忆都烟消云散了。

美好的日子在悄悄盛开。实际上也是真的。管雪凤到商城，见到吴绪红，故意装着很惊讶的样子。管雪凤穿着军装，腰里扎着黑皮带，皮带发亮，皮带上挂着枪套，枪套里装一把乌黑的小手枪，立在吴绪红面前。久久愣在那里，那鼓囊囊的胸脯一起一伏，似乎是饥渴的嘴巴，更像久已没有见到的情人，激动呀，煽情呀，再也抑制不住，要是不撤火，滚烫的油锅就会出事。在即将出事时，管雪凤抬起右手，指着吴绪红说，你是……吴绪红！老同学了，哦，变了，白了，帅气了！似乎那时候的拒绝与吴绪红长得太黑太难看有关。

吴绪红一时还没有反应过来。与其说是没有反应过来，不如说是感到意外，傻掉了。

管雪凤这般变化，也是吴绪红意想不到的。

管雪凤的头发剪短了，戴着军帽，英姿飒爽，赛过天仙。吴绪红在那起伏不定的胸脯上还看到了一种让他无法克制的风景，特别是管雪凤的热情，让他不知所措。就在这极短时间里，没算到管雪凤是那么的大方，主动走上前，伸出手，喊，绪红，咋了？握个手。

吴绪红机械地握着。更让吴绪红脸红的是管雪凤贴得更紧，一下子抱住了，用香腮在吴绪红有点络腮胡须的脸上蹭了一下，随即分开了。

吴团总，管雪凤说，喊得对吗?

回到屋里，吴绪红心里怦怦乱跳，回味着，似梦非梦，于是，他又用鼻子嗅嗅袖子，用手摸着管雪凤香腮碰过的胡须，驰骋想象，似乎还能闻到残留的那种幽香。此时，他才相信，发生在眼前的，和痛苦一样真实。

管雪凤十分自信。虽说好多年没见面了，虽说一个在武汉一个在商城，管雪凤与吴绪红之间的距离好像不是取自两点之间的线段，而是取自管雪凤这一原点的变化。吴绪红那一点是固定的，管雪凤是活动的。管雪凤可以把距离无限拉长，也可以把距离缩短为零。怎么缩短，什么时候缩短，取决于管雪凤。这对于吴绪红来说，似乎意味着许多幸福，但也埋藏着更多的不公与不幸。

吴绪红也经常叩问，这就是爱吗？好像没有答案，也好像有，关键是吴绪红自己的感觉。

管雪凤来商城，就这么短暂的瞬间，弥合了所有的缝隙。经过无缝对接，吴绪红就是她管雪凤的了，是她管雪凤煮熟的鸭子，再也飞不了啦，但是，吴绪红好像是慢热型的，开始并不是那般主动，比起在武汉时的那种狂热，有点让管雪凤失望，更让管雪凤着恼，还让管雪凤不放心。有时候，管雪凤怀疑吴绪红是否还爱自己，是不是有了心上人？要想了解，对于党务调查科的管雪凤来说，简直是小菜一碟。管雪凤稍微用功，不到半月时间，就彻底查清楚了——吴绪红还是单身，对女人不多热心。

清楚了，心里也就有底了，如同一个医生，查出病情，就开始用药了。管雪凤施展妖媚，使用最为实用也最为经济的是美人计。也许是管雪凤的需要。因为管雪凤睡在吴绪红身边的时候问过一句傻话：绪红，男人的感受咋样？因为问的是“男人”，而不是“你”，吴绪红有点莫名其妙，没有及时回答，只是嗯了一声。随即，管雪凤哼，又示意下面。吴绪红懂了，就说了一句：还行吧。管雪凤不高兴，明说了。啥叫“还行吧”？我问你，在我之前，你跟过别人没有？吴绪红惊诧，赌咒发誓，我要是跟过别人我就不得好死！

哎，别别别，管雪凤好像一位老手，还故意装害羞地说，那么，这点我相信你，但是我问你，跟了我之后还想跟别人吗？看见吴绪红想跟她急，就赶紧解释说，我是说，你看哟，咋跟你说呢？就是说，你跟过我，那我们不可能永远不分开，要是我回南京或另有任务。你要是急了，会不会找别人？

吴绪红真的脸红了，但是他很干脆，说，废话，啥叫“你要是急了”？我急什么？咋可能？这种话你以后永远别说！

管雪凤很满意，只是觉得很奇怪，从武汉回到这里，才不长时间，但是就像小猫偷腥，永远也忘不了，一个男人一个味道，要是天下的男人都是自己的，该多好呀！

这般一想，又对吴绪红不太放心——这个男人不诚实，天下就没有好男人，都是哄人的。戴笠就是混蛋，睡了，才给一个少校。曾扩情，禽兽，差点没有把我捏死。疼死我了！我哭得嗷嗷叫，那家伙还高兴，高兴得咯咯笑，一个性变态！还说，就这样叫好，听起来像杀猪！畜生，咋对猪嚎感兴趣呢？活变态！哎，这个吴绪红，像个小绵羊，你咋弄他就咋顺服。不过嘛，家乡的男人，就像山沟沟那小米酒。不是听妈说的，也不是听爹说的，是自己感受出来的。

记得过年了，爹让姊妹仨也喝点米酒。二妹不喝，我和三妹喝了。甜的，一点也不辣，我喝得最多，就喝了一大碗。爹说，大儿就是能喝。爹做梦都想儿，可惜我们都是“儿”字前缀“女”，就像一个局长，前面加一个“副”字，虽多一个字，就不一样了。

爹说，不能多喝，多喝会醉的。真小气！不叫喝偏要喝。于是又喝了一大碗。没想到，到了半夜，吐得一塌糊涂，直到初一，日头偏西了才起床。起床了，还觉得头痛，想呕吐。这就是小米酒。

吴绪红就是小米酒，便宜，让人瞧不起，想喝多少就喝多少。可是，喝多了，不知不觉就醉了。醒来了，又感到恶心，难过，但是也有好处，性温，持久，有耐性，让人想着恋着。这一点，比那两个该死的老贼好多了！

酒喝多了，有点醉。吴绪红试着改口叫“妹子”。管雪凤高兴了，答应了“哎”，就说，我醉了，到里屋去，我想休息一会儿再回县党部，你陪我说说话。

吴绪红激动得说不出话，抱住温软的身子，一歪一歪地往里屋走。放在床上，管雪凤就扒自己的衣服，还说，红哥，帮忙，我好热呀。吴绪红就把管雪凤的皮靴脱了，轻轻放在床榻边，再把管雪凤的上衣也脱了，挂在蚊帐的挂钩上。

脱了军装，裸体的管雪凤还真的是个女人。吴绪红看着，有点颤抖。因为管雪凤在那儿侧着，一只手支着头，小脸红晕，哼着，眼睛眨巴着，全身肌肤雪白，呈S状。吴绪红难以相信这是真的，但是他心里说过一千次了：雪凤，哪怕是陷阱，哪怕是地狱，我也敢往里跳，就是死了，也值得。说过这些话的人，一下子就勇敢起来。

吴绪红不再多想，用手抚摸，从管雪凤的脚开始，慢慢地，一直到头发，就像耕种自己的菜地，每一锄头都是实在的，每一个眼神都是细心的，每迈开一步都要后顾，总是害怕会遗漏，会荒芜。

事情虽不是草草进入的，但却是草草收场的。

吴绪红好在刚好收场，管雪凤已经呼呼大睡，不过时间不长，只半个时辰就醒来了，看见身边睡个男人，勃然大怒，对着吴绪红就是两巴掌，凶神恶煞地质问，这是怎么回事?

吴绪红无言以对，只能承认错了。

管雪凤反而冷静下来，穿好衣服，从腰里拔出枪，顶着吴绪红的前额，咬牙切齿地说：我崩了你!

吴绪红没有惊慌，也没有跪地求饶，只是把眼睛闭着，从眼眶里淌出泪水说，开枪吧，能死在你手里，也算是我的愿望。

管雪凤似乎没有收到应有的效果，哈哈大笑，收起了枪，摸着吴绪红的脸蛋，用手指捏着吴绪红的嘴使劲儿拽，说，我不要你说得好听，我要你的行动。你给我记住，从此，你就是我的了，是我养的一条狗！说完，也没有酒意了，拽开门，大步流星地走了。

都睡死了？听不到飞机的声音。告诉你们，南京来电，说是武汉飞行队的飞机飞到这儿迷失方向，让我们查找。我已经派了几拨人都没有找到。据可靠消息，就在附近。管雪凤厉声喊，吴团总。

到。吴绪红立正，抬起头，睁开眼皮看着。

管雪凤停住，看了一眼说，你，立即带人寻找，一有线索，立即发兵。跟你们说实话，委员长亲自打电话给刘将军，要他无论如何寻找到，不能落入匪手；要是落入匪手，堪称奇耻大辱。

有个团丁，外号“二流子”，实际上他姓刘，叫刘和宝，小名叫大眼，疤眼皮，都知道他有两大爱好，一是女人，二是老母鸡。提起爱女人，刘和宝说，就因为这个才当兵的。说了大家都摇头。小队长二虎不想收，但兵源难找，也就收下了。收下了，这两点都是当兵的痛处，改不了会误大事。当了几年兵也没什么了不得的战斗，有两次剿匪，他开小差，跑去偷了一只鸡，二虎踢了他几脚，他不当回事儿，还嘻嘻笑，也就过去了。还有一次是周维炯打商城，他守城门，早上，他见一个坐轿子的姑娘长得俏，就去摸，被周维炯拿住了，拿棍子给他一棍。回到城里还不改，又去睡寡妇，又舍不得掏钱，寡妇泼辣，找到民团大闹，二虎生气把他吊起来打，问他改不改。刘大眼说，咋改？一个人，又是男人，把这两点都改了，还叫男人吗？二虎想想，自己也好这口，气得抽了他一顿又把他放了。

刘和宝有一颗虎牙，伸在外，说话时不自觉暴出，十分难看。越是丑越喜欢女人，可女人见到了多半不喜欢他。论个头，瘦长条，走路摇头晃脑，好像那颗脑袋在肩膀上随时要掉似的。

管雪凤不是蠢蛋，更不是花瓶。来到商城，把吴绪红的来龙去脉都能搞得一清二楚，更何况吴绪红手下呢。民团的人，大小都有毛病，管雪凤也都知晓。仔细归类，无外乎三种。一是祸害女人；二是祸害百姓；三是兵匪一家。这三点说到底就是“吃喝嫖赌”，大同小异。因为法不责众，所以也无法追究，但是，管雪凤得知这个“二流子”的一些劣迹后，就有点讨厌，刀口磨得雪亮，就差死期问题了。

现在要找飞机，把团丁叫起来，在大院子列队，布置任务，“二流子”站在队列前面，刚才还打着呵欠，看着特派员长得这般好看，就忍不住笑了起来。

“二流子”遇到煞星，活该倒霉，也可能是死期到了。管雪凤二话没说，大声喝：出列。“二流子”也没弄清，就乖乖出列。只听枪声清脆，枪口冒出一股烟，管雪凤尖着小嘴吹吹，迅速把枪插到腰间，骂道，猪！这样的人还能打仗吗？谁要是玩忽职守，就是这个下场！说过，走了。

管雪凤走了，站在操场上的团丁还在望着她的身影，吓得大气不敢出。等看不见身影了，再回头看地上，“二流子”躺着，翻着大眼睛，腿动弹几下，说不出话，好像很痛苦，胸口冒着血，嘴里扑哧扑哧，一口口往外吐。吐了几口，头耷拉地上，死球了。

管雪凤既为昨天晚上的事后悔，又为“二流子”的龌龊痛下杀心。石生财知道这是管雪凤借“二流子”的头立威，但是他不知道管雪凤心中纠结。管雪凤是南京的人，特派员，又是第一次来，没有摸着脾性，石生财也只是记着，当即没有说什么。

管雪凤走了，看着背影，吴绪红心里也产生了埋怨，心想，简直不把人当人，杀“二流子”就像踩死一只蚂蚁，越想越感到寒冷。

管雪凤走了，吴绪红不敢停留，让二虎派人安葬“二流子”，亲自带着八名团丁，骑上一匹白马，跑到驼峰山边。这么一折腾，耽误了时间不说，带的人也少了。等看到机翼的时候已近中午，虽说还有点雾，但雾气已稀薄。老远看，影影绰绰有一堆白色的东西，是飞机，因为飞机的尾部是“青天白日”旗，侧身图案像齿轮，更像山边的一种叫“白头翁”的草。另一侧看不到。有这一点足够了。

吴绪红开始激动，基本锁定是要找的飞机。确定后就认为自己找到了，应该说是大功一件。骑在马上，跑得快，跑了几步，有点怀疑——为啥没有动静呢？吴绪红拽了一下缰绳，马跑得慢了，下了山坎，不敢再往前走，凭经验，觉得有埋伏。于是，一边看四周，一边叫后面的团丁喊。团丁不敢怠慢，立即吆喝：喂，有人没有，死到哪里去了？大声吆喝好几遍，没人答应。

赵志刚和范大麻子押着飞行员窝在飞机的一侧，被飞机挡住视线，无法看清。朱文光倒是听到了喊声，想答应，麻子一把将他按倒，瞪着眼睛，腮帮肌肉乱跳。朱文光有点讨厌，还很生气，心想，这帮人真是笨蛋，飞机在沙河湾里，还问有人没有，就好比偷瓜，对瓜棚说，没人吧？那不是菜鸟吗？一气之下，也就不吱声了。

吴绪红说，奇怪，咋没人呢？难道飞机失事了？也不会呀。吴绪红毕竟上过讲武学堂，懂得这方面的知识，知道飞机失事会起火，现在安然无恙，说明还是好的。不是失事，那就是另一种解释：飞机降落时冲撞力太大，飞行员把持不住，撞晕过去了，或者撞死球了。想到这儿，吴绪红说，快，赶快，救人要紧。说罢，一马当先，往山下冲去。

吴绪红也应该想到红军了，因为他与红军打交道也不止一次两次，知道红军的厉害，但是他知道，距离最近的红三十二师也有四十多里。师长周维炯很厉害，用兵如神，但是他也不是神仙，咋知道这儿有飞机呢？应该不知道。地方赤匪，算个球，虽在三十二师两度攻打县城时引路，也发挥了作用，但都是些乌合之众。大刀长矛怎么能与快枪比呢？那是不可能的。想到这儿，他也就胆大了，没有过细察查看，更没有设防，骑着白马下山，指挥团丁下河湾看。

他们下去的地方是驼峰沟，沟往东就是南北走向的大河，驼峰山上隐藏着朱来福的赤卫队员，沙河湾还有赵志刚、范老五。吴绪红下山，往河湾里冲，等于两边夹击，包了饺子。等吴绪红下到河湾，距离飞机一百米左右，只听朱来福一声喊：打！

乒乒乓乓，乱七八糟。有的嗵的一声，有的咕咚两下，还有的像放屁哧溜就出去了。不管啥声音，但是都有用处。说时迟，那时快，七八个团丁都中枪了。有的耳朵打掉了，有的脑袋开花了，还有的抱着屁股在地上打滚，喊爹叫妈地号。因为多数都是土铳，猎枪改装的，里面装的不是子弹，而是犁铧、洋铁片、石子儿、洋钉，打到了，啾的一声像打在墙上，钻个眼，虽没多大杀伤力，但是十分痛，能让人立即失去战斗力。

吴绪红听到枪响，赶紧跳下马，伏在地上观察动静，等到都在地上打滚，枪声也就停了。

此时，不知道谁对马就是一枪，马受伤了，可能是打在屁股上，咴咴叫，使劲儿想跑。吴绪红一只手攥着缰绳，一只手握着手枪，拽着马在那儿转圈。听到枪声停下来，山上的人就往这边冲，好像河里也有人，也在大声吆喝：缴枪不杀！趁这个当口，一抖缰绳，那马十分灵性，主人指示了，屁股还在流血，只一弯后腿，迎着冲下来的人冲了过去。

朱来福没有算着这一招，本来都提着枪，赶紧端起来，晚了。因为那土铳还要灌药，朱来福的手枪也来不及抬。吴绪红的白马已经从身边冲了过去。在白马冲过去时，吴绪红像蒙古骑手，歪着，贴着马腹，斜端着枪，正对朱来福的后脑勺。你要知道，这个吴绪红可是神枪手，百发百中。

想当年，追管雪凤到武汉，在讲武学堂学习，训练时，吴绪红每门课都不及格，就是射击，特别有天赋。第一次打靶，根本就没有练习，二百米开外，一枪命中靶心。

声音咋这么熟悉？吴绪红又多看了一眼，喔，朱来福？咋是他呢？咋办？马在奔跑，吴绪红思考着，犹豫了，他真的又不知道该咋办了。

吴绪红根本没来得及思考，当他从声音到身影确定是朱来福之后，无形中手就颤。好几年没见面了，没想到朱来福当了赤匪，走了一条绝路。

要不是朱来福，他也碰不上雪凤；碰不上雪凤，也许这一辈子就白活了。

吴绪红一时来不及多想，看也没看，往背后就是一枪，就是这样胡乱一枪，朱来福应声倒下。

倒在地上，朱来福“哎哟”一声对麻子说，是民团，吴大个子，别追了，他是个神枪手。他也认出了吴绪红。

吴绪红回去了，是只身一个人回去的。吴绪红本来想把撵他的人也一枪打死，再收拾那几个人的，但听到是朱来福的声音，手不自觉地软了。

按照吴绪红汇报的，共匪只有几个人，也都是土包子，枪械都是土枪土炮。吴绪红还说，关键是怕耽误时间，夜长梦多。飞机那东西也不是青菜萝卜，弄到了，担着就走。要是运走，没个十天半月是不行的。就是弄到手了，守得住守不住也是个问题。共匪别看先占领，有可能是个套子，能套住很多人。你知道的，共匪头子徐向前就会打埋伏，听说叫什么“围点打援”，搞不好这架飞机就是利用的把式，是一个点，等待国军上当呢。共匪奸计我们识破了，我们也利用一下，这就叫钓鱼。国军的六十四师正在向这边移动，到时候来个滚水下饺子——里外开花！

石生财听了，连说妙，还夸吴绪红是大才——不仅知道徐向前的招数，同时还能利用敌人的招数设计，按照练武人的说法，叫借力打力，按照兵法上说的，这叫以其人之道还治其人之身。不简单，真的不简单。

管雪凤却不这般认为，这个女人心眼实在多，她在屋里来回走，不时拿眼睛斜视，还发问一句：你当共匪都是吃干饭的？你们装备比他们强十倍，人员也是训练有素的，咋没有消灭他们？而你咋一个人跑回来了？

这般一问，可把吴绪红问得心里难受，这不是明显不信任吗？但是，不信任为啥又跟自己呢？吴绪红咋也想不通。过了一会儿，似乎又想明白了。管雪凤这般良苦用心，到头来还是为了我吴绪红。是呀，既然为了我，我也得拍胸脯。朱来福受伤了，地点开阔，赤匪援兵未到，抓住这个空当，还是能抢回来的。这是个难得的机会，有道是机不可失，假如刚才一番话都不成立了，那八个兄弟算是白送命了，自己一个人逃回来不但不光彩，根本就说不清楚。

此事，不应该吴绪红亲自去的，但是，确确实实是管雪凤的主意。当时管雪凤说，要是找到了，就立大功了。在这个时候，立功也不多，不是说总是打败仗，而是没有立功的机会。要打大胜仗，不容易，要救人，还得救将军以上的人才行。可是，哪个将军敢冒死深入前沿呢？刚好送来一个立功的机会，管雪凤也是为我好才让我这样的。这般一想，吴绪红就说，这样，我立军令状，要是抢不来飞机，就拿我项上人头担保！

可当真？石生财也来了兴趣，因为吴绪红毕竟代表民团，民团又是他石生财的，吴绪红的功劳也是他的功劳。飞机降落，本来是个不幸的事情，要是抢过来，坏事能变成好事，对他来说可是十分有利的。

吴绪红说，兄弟我什么时候吹过？你就相信兄弟我一次吧！石县长，不瞒你说，那是“稳”字后面加个“当”，叫稳稳当当。

话可不能说满了。管雪凤与昨晚上的态度截然不同，说出话来十分不屑，连正眼也没有看。越是这样，越是激起吴绪红的好胜心。吴绪红马上说，特派员，我既然敢保证，就能办到。还是那句话，拿我项上人头担保!

只是……需要多少人？石生财环视一下，觉得管雪凤很感兴趣，感兴趣是因为她是特派员，上级给她有任务，要是完成了，可以拿头奖，而自己，一点好处也没有。石生财忽然觉得即使抢回来，也没有太多的功劳；抢不回来，损失也不大。用的人马是自己的，好像拿他的心肝宝贝给管雪凤逗乐子。石生财想到这儿，对抢回飞机没了兴趣。再说了，已经死伤七八个了，需要许多钱安置，再要去，害怕没有好果子吃。

管雪凤转过身，盯着石生财，好像看穿了他的心思，说，飞机，别看是一架飞机，抢来了，上面也不会奖励你，但是，要是抢不回来，恐怕要倒大霉。飞机对于南京来说十分重要。管雪凤把“代”和“南京”两个词说得很重。

把石虎的中队给我。吴绪红忽然想到飞机不好运输，还得保护，补充说，不过嘛，一个中队只能打仗，后续问题还得很多人。我想先把那地方拿下，把那小股赤匪灭了，撒上岗哨，再找民工运输。特派员，还得劳驾，你必须立即电告南京，请求支援。万一，万一……

你是指共匪的三十二师？管雪凤问，三十二师有多少人？

也不全是害怕这个，我是担心共匪把飞机炸了。吴绪红又说，人可不少，目前，也只知道大概。有三千多人，两千多杆枪。

有那么多？管雪凤也有点担心，但觉得炸飞机可能性不是没有，要是炸了，也等于我们完成任务了。关键是，不能让共匪把飞机弄去了，这个你懂吗？

吴绪红说，特派员这么说我就放心了，万不得已，我们也可以孤注一掷，把飞机炸了。

管雪凤不置可否。此时，石生财说，论实力我们根本保不住，要是再中埋伏了，到时候想跑都来不及。

屁话！石县长，你说这就是畏敌不前。

岂敢，岂敢！石生财像挨了一破鞋底，脸上热辣辣的，心里难受，但是，石生财阴险，还是忍着说，不过嘛，既然特派员鼓励，老弟，你又有信心，还是你带人走一趟，给你俩中队，咋样？

行。吴绪红说，你们保重，兵贵神速，我去了。要是晚了，三十二师到了，就不好办了。

停停，我话还没说完呢。管雪凤说，磨刀不误砍柴工，你急啥？不是说不成问题吗？咋这样急切呢？告诉你，电报我不发，南京也会催。你说我是实话实说，还是暂缓报告？

啥意思？吴绪红说。

啥意思你还不知道吗？要是暂缓，到时候，你弄不来飞机，还可以做另一种解释。要是报告了，就没退路了。管雪凤忽然声音小了，鄙夷地说，你知道吗？这些，都是为你好。

吴绪红脸憋得通红，咬咬牙说，特派员，你就如实电告，让派兵驰援。否则，就是拿下来了，共匪三十二师在旁，也会突袭，到时候可顶不住。

那是后话。要是能拿下来，之后的事情，我来想办法。管雪凤一会儿阴一会儿阳，此时，眼珠一翻，把桌子一拍说，当过军人就应该战死，别他妈婆婆妈妈，说那么多干啥？还不是想推脱责任？好，跟你说，吴团总，你要找死，我成全你。我在这边发报，你去打仗吧。说完，直挺挺地转过身，走了。

兄弟，你得注意呀。石生财看到管雪凤走远，拍着吴绪红的肩膀说。

吴绪红很感动，点着头，眼泪汪汪说，大哥，我豁出去了。

不用我说大家也能猜到，事情办砸了，而且不是一般的办砸了，是彻底办砸了。

吴绪红带一百多号人，骑着高头大马，抬着两挺机枪，往驼峰山方向赶。这边呢，管雪凤到电讯室，打开发报机，亲自给南京发报。过了半个小时，戴笠回电说，委员长知道了，对你们能快速反应，十分高兴，电令嘉奖。同时，要求民团在大部队未到之时全力保护飞机。还谎说那架飞机是从美国高价买来的，性能好，是飞行队少有的宝贝，少说可敌三万精兵。只字未提飞行员朱文光的死活。朱文光对于他们来说已经不重要了，也许，国民党已经按照飞机失事、飞行员已牺牲给朱文光家属补贴了。后来知道，果然不假，不知道是谁，在电文里加了“朱文光少校为党国尽忠”的字样。

电文递给了石生财，石生财盯着，眼睛越来越大，眼珠子似乎想从眼眶里蹦出来。他不相信，逐字逐段读了两遍，放下那张纸，疑惑地对着管雪凤说，就这些？

怎么？你还希望给你啥？管雪凤知道石生财啥意思，也不想说破。

是不是还没有接到答复？石生财说。

答复都在这儿，管雪凤说，我也汇报了，还说共匪的一个师就在旁边，你知道戴老板咋回复的？

……

戴老板责令不惜一切代价消灭共匪三十二师。

比唱得还好听。石生财眼睛翻得更大了，似乎不认识管雪凤了，叹了一口气，推开门，很无奈地走了。

朱来福带着赤卫队员第一时间赶到，活捉了飞行员朱文光，抢到了飞机，消灭了吴绪红的第一拨民团。吴绪红逃了。临走，一枪伤了朱来福，但这些都不影响白花花带人找到了周维炯。赶得早不如赶得巧。周维炯带领三千多人在汤泉池洗了一个澡，休息一夜，清早就有总部送来信，说是发现敌人的一个旅，不知道番号，正从新集往光山县城方向运动，要求迅速截住，防止掉头向东，袭击斑竹园后勤医院。

周维炯接到任务，也没吃早饭，每个人带了四天的干粮，其中有两天的炒米，两天的青稞。一路走一路吃。好在大别山不缺水，河沟、小溪、山泉特别多，哪怕是干旱之年，在山里走，都很容易发现滴答滴答的溪流。《商城县志》记载，在商城县境内，大小山泉达千余处，常年流水的就有八百余处。山泉清冽甘甜，十分解渴。

红三十二师刚好走到河口东头，距离驼峰山还有四五十里路远近，碰见了白花花。部队里河口参军的人多，通过熟人找到了周师长。经人介绍，知道是妇救会的。周师长没架子，坐在田埂边儿就聊开了。

白花花说，有一架飞机掉了，好像掉在驼峰山那边。说这话时白花花也是听说，不确定。又过了一会儿，麻子跑来了，赶紧对周维炯说，师长，一个飞行员，姓朱，说是炸过我们。我打了他两耳刮子，还挺硬。

周维炯说，你这个同志嘛，咋不知道红军是有纪律的呢？不许打骂俘虏嘛。

细节不需多说，周维炯立即感到情报特别重要。一方面派人报告军部，另一方面带人抢飞机，并立即召开会议，研究措施，形成作战方案。兵分两路。他亲自带领八百余人，也就是两个营，快步跑到驼峰山白鹭河。

红三十二师刚赶到，吴绪红的民团一百多人也从山那边过来了，等于一个从东，一个从西，目的地都是白鹭河中的那架飞机。虽说民团武器装备不比红三十二师差，但是战斗作风太臭，一接触，像一堆鸡鸭，到处飞。说飞还算好的，有的干脆躲起来，等待时机逃。吴绪红见状，浑身是胆也没有办法，眼看自己的人不是逃就是死伤，也支撑不住了，于是大叫一声，对着对面机枪手就是两枪，一跃上马，带着三十多人，杀开一条血路，又逃了回去。

实际上是周维炯故意放走的，要是想消灭，只一眨眼的工夫而已。为啥放走？周维炯说，穷寇莫追，也让他带个信儿，知道红军的厉害，有利于挫其锐气，灭其气焰。再说了，一个民团团总，回去了也没有好果子吃。

果不其然，还真被周维炯言中了。吴绪红骑在马上，浑身是血，平时里脸膛黝黑，这次变得惨白。他一边走一边流泪说，石虎，我恐怕活不成了，倒不是我贪生怕死，只是，老哥我放心不下呀！

石虎问，老哥，什么事你放心不下？再说了，还没到山穷水尽的时候呀。

你不知道。吴绪红说，我立了军令状！

算个球！石虎说，要不，当土匪去。

胡说，我们剿匪，剿来剿去自己剿成了土匪，岂不让人笑死！

王卓说，特派员不会那么狠心吧？

吴绪红抬着头，长啸一声，天不佑我呀！

回到县城，一切都完了。县党部聚集了许多人，还有当地绅士。本来是开庆功会的，听说如此结果，都激动不已。区长刘善举说，国家就是败在这些人手里。两塘口街长王百胜讥讽说，国民党出了这样带兵打仗的，比纸上谈兵要好得多。

石生财也很生气，扶着坐在椅子上不能动弹的吴绪红说，兄弟呀，说一千道一万，最不该的是一百多号人，一百多条性命呀。飞机呢？飞机呢？

石生财眯细眼睛，不知道什么时候走了。

石生财走了，门闪出一条缝，一位女军官大步流星走了进来。她看也没看，果断地把桌子一拍说，走，还在这儿干啥，装吗？

吴绪红难过死了，看着管雪凤，眼泪流出来了。吴绪红最后看了一眼管雪凤，从腰里拔出手枪，顶着自己脑门，扣动了扳机。

屋里叽哇高叫，吴玉龙吓晕在地上。石虎跑了进来，看见瘫软在地上的吴绪红，不知道是高兴还是悲伤，哇哇哭了起来。

石生财走回来，假惺惺地说，石虎，你到师爷那儿支一百块大洋，给吴团总买口上好的棺材，再买几套衣服，找人送行，吹吹打打，办热闹一点。

有必要吗？送到义地埋了，也算对得起他了。管雪凤咬着牙，十分气愤地说，一个罪人！党国的罪人呀！没有把头砍下来悬在城门，以儆效尤，已经算是对得起他了。

石虎难过，也没多说，弯下腰，抱着吴绪红，鼻子一吸一吸地出去了。

望着石虎的背影，屋里鸦雀无声。有两个年岁大的豪绅在发抖，跟随的赶紧扶住，找到文明棍，背着出去了。剩下的，除了几个年轻好事的，就是石生财和一班民团小队长了。

管雪凤气急，也没有办法，看了一圈，寂静无声，把手一挥说，好了，我们研究如何对付共匪吧。共匪大部集结于此，不能说不是好事。我已经给戴老板发电，戴老板回电，已经调卫立煌将军火速增援。我坚信，不久就可把这股共匪消灭。只不过嘛，戴老板还是把寻找飞机的事交给民团。石县长，你可得加把劲儿，最主要的是要学会用人！

石虎还是很佩服吴绪红的，因为吴绪红当团总，从来不克扣弟兄的军饷，另外，也从来不打骂团丁，更不用说随便杀人了。石虎还佩服吴绪红是神枪手。

在战场上，吴绪红是不含糊的。这些，管雪凤不知道，石生财也不知道。正因为这些，石虎感觉到吴绪红是个正人君子，但是，咋就死了呢？还是自杀。看来是管雪凤逼的。

吴绪红死了，石虎抱着，刚出门，感觉手指在动，好像手臂也在动。石虎赶紧跑到自己的屋里，把吴绪红放下，用手在鼻子上试试，对跟班的小张说，不要说出去，赶快请街南头“陈一针”止血施救。

终于读完了，大失所望，就是这么个故事，与我希望的真是差着十万八千里呢。咋能是这么个故事呢？虽说读完了，但是不甘心。心里总在琢磨，吴绪红死了没有？咋赶上这个时候结尾呢？这种结尾是不是老师讲过的“留有悬念”，也可能是吧。

人有时就是这样，当你想得到某种东西，你是那么渴望，甚至发誓为其付出一生也值得，但是，当你真正得到之后就感到索然无味。我从初中看到这个手抄本开始，到看到老杨的这个皮壳本，之间相差十多年。这十多年，就像爱着一个人一样，不，就像吴绪红爱着管雪凤一样，日夜思念，梦寐以求。其间有自己的幻想，还有自己的创作，似乎这个本子，有许多我不知道的新鲜离奇的故事。可一旦得到了，却是催命鬼，害得吴绪红自杀。我虽不像吴绪红那样自杀，但是，一下子让我的感情破灭了，感觉到什么都无所谓，还感觉到十分疲倦。于是，我就跟乡领导请假，说是回家一趟，看望父亲，实际上，是想换个环境，调节一下思想情绪而已。

我是在一个秋天的下午回家的，骑了三个小时的自行车，回到家已经是傍晚。太阳已经落山了，晚霞还浓抹在灰土的墙壁上，把墙壁也美化了，似乎是住进了砖瓦房，四周都显得金碧辉煌。父亲见我坐在当院里，一直盯着墙壁看，一脸倦容，就问在乡里工作忙不忙，我还是无精打采地回答着。父亲不知道我为什么这样，就把椅凳端来，坐在我对面说，你已经很不错了，我们家祖祖辈辈都是农民，都是扛大锄的，你这一辈能吃上商品粮，还在公社上班，风吹不到雨淋不到，即使挨了领导批评，或者同事误会，算啥呢？提拔不提拔，那也要看机会，想开点。

父亲把我说得一惊，回过头来，对父亲笑笑说，你想多了，我没事儿。这不是回家了吗？回到家，歇歇，等着吃饭，我养会儿精神。再说了，我看着墙，金碧辉煌，跟假的似的，让我想起最近在单位，领导让我搞党史，看到一本书，很奇怪的。这本书里面写的故事，跟我初中时看到一个手抄本写的一样，不过那个手抄本只是看了一个开头。这个本子倒是看完了，但是，看完了确实令我失望，里面写的，就像这墙上的霞光，有点虚幻。

什么故事，你讲给我听听。父亲说。

我扭头看看，娘在厨屋里做饭，农村饭比较晚，我又从乡里回来，估计要弄两个菜什么的，饭好还需要一会儿。再加之，看了那本书之后十分想到处讲一讲，一是得到印证，二是炫耀那本书里面的离奇故事，我就把那本书连同我初中看到的手抄本讲了一遍。

父亲听得很认真，听了，问我，讲完了没有？

我说，讲完了。只是，那个吴绪红死了还是没死，不知道，留有悬念。再说了，朱来福他们弄到一架飞机，最后到哪里去了，也没有交代。这两点，你知道吗？

父亲摇头说，我们这儿还降落过一架飞机？没听说过。这是什么时候的事情？

我说，我不是说过吗？是大革命时期的事情，也就是解放前，我们这儿闹革命的时候。再说了，不管是手抄本，还是老杨留下的东西，都是不可信的。是小说。小说，就是文人创作的，是编的故事。

父亲说，大革命时期？是不是商城起义之后？

我说，就是那个时候。

这就对了，是有这么回事情。父亲想了想说，你奶奶有一个日记本，过世的时候，我在墙旮旯捡到的，本来想甩的，但是想到是你奶奶的遗物，按照农村规矩，应该烧给她。我当时翻了几页，像是你奶奶记的日记，觉得这个东西有价值，也就没有烧。你刚才说的，里面提到一个人的名字：管雪凤。你奶奶叫管雪兰，你奶奶的大姐就叫管雪凤，在日记里也记录，好像是一个人。还说一架飞机，日记里也有……

父亲说到这里，我已经急不可待，打断父亲的话说，有这种事，咋不早找给我呢？

父亲说，那时候是“文革”，你还小，我们也不知道。你奶奶去世，你大学刚毕业，我们也没有想起来，也不知道你想要，怪什么呢？一个本子，你要是想要，我到屋找给你。

奶奶日记中有一段记载：

承轩回来说，又失败了，县长、保安团都挨了训，大姐也被降职了。承轩好像没事，还哼着黄梅小调，不知道他咋那么着迷，不就是六安党部委员吗？没职没权又没有钱，就是名声好听。问他为啥高兴，他说是蒋委员长的一架飞机掉了，就掉在我们这儿，被赤匪劫了，还改装成“来您好”。最主要的是赤匪都消灭了，还是没有找到。承轩说，据可靠消息，没有带走，估计是藏在山洞里。大姐领的任务，要求限期找到。这说明很重要。承轩还说，要是他找到了，不仅发财了，还出名了，听说悬赏五万大洋，到时候就带我到上海逛一逛。

大姐窝囊，都中校了，还是那个死脾气，动不动就发火，一发火就杀人，得罪人太多，人家都恨她，她还不知道。承轩说，急了，没办法。老蒋催逼得紧。大姐又是个想提拔的人。我问承轩，要是你咋办？他说，古人言，狡兔三窟。要是我，一方面派人到处打听，一方面悬赏，重赏之下必有勇夫。还有一种办法叫牵牛鼻子，找到藏飞机的人，也等于找到飞机了。

大姐不是这样做的，就知道派保安团，还美其名曰“清乡剿共”。好多村庄见到保安团就跑反。大姐没办法，杀了不少人。承轩说大姐是恶魔，不想让大姐到家来……

不多讲。现在看奶奶的日记，除了对奶奶身世好奇之外，对于奶奶这段文字，也产生了许多疑问。

第一个疑问是“来您好”。经考证，是一架飞机，叫“列宁号”，不是“来您好”，属口误，发音问题。奶奶以为是“来您好”，是奶奶记错了，或者说，奶奶当时不知道“列宁号”咋写。“列宁号”是一架飞机的名称，这架飞机就是传说的土地革命时期，大别山发生的“三大起义”，即“黄麻起义”“商城起义”“六霍起义”。三大起义组建红十一军三十一、三十二、三十三师。经历红十一军、红一军、红四军、红四方面军的转型，达鼎盛。在红四方面军组建之前，国民党送来一架飞机，之后，红四方面军转战大别山，纵横八百里，围绕主峰金刚台这个碾心，像推磨一样把周围的反动派磨得粉身碎骨。再之后，红四方面军退出根据地，转道川陕，因为走得匆忙，飞机也顾不上带，就留在当地。至于留在哪地方，托谁保管，后来怎样，成了一个谜。

第二个疑问是一个女人。奶奶日记里明确记录的姐姐，奶奶活着的时候从未提过。奶奶的姐姐还是一位女军官，中校，这就奇了。为此，我必须读下去。反复研究，只是很可惜，没了，就是这么一段没头没尾的文字。我火急火燎往下翻，翻到最后一页，翻出一张照片。一位女人的照片。

这是奶奶的照片吗？因为时间太长，照片紧紧粘在日记本的背面内瓤上，有些模糊。我小心翼翼地揭下来。太阳光很微弱，透过窗户，看清是一张女人的照片。我心想，要是奶奶就好了，要是奶奶，可以透过久远的岁月看到她当年的容貌，但是我又摇头，觉得不太像，因为奶奶下巴没有黑痣。听父亲说过，奶奶年轻时，爷爷得知城里有照相馆，拉去照相，奶奶说什么也不去。我问父亲，奶奶就没有留下照片吗？父亲说，这一点可以肯定。这般说，这张照片就不是奶奶的了。

不是奶奶的，那是谁的呢？仔细端详，黑白照，时间久了，有点泛黄。我用手拍打了一下，吹了吹，还用袖子轻轻擦，看不清楚。拿到外面有阳光的地方辨认。不是奶奶，绝对不是奶奶！我忽然把照片反过来，照片的背面有一行歪歪扭扭的小字：

管雪凤，32.8.15，妹妹。

这行小字不难猜出。“管雪凤”是一个人的名字，一定是照片主人的名字。数码字，更容易猜出是年月日。至于“妹妹”俩字，我当时没有在意，只顾揣摩时间和名字。

这个女人穿着国民党军服，一定是个军官，再说了，时间是农历还是公历？是赠送照片的时间还是拍照的时间？都不得而知。一切都不重要，“管雪凤”是谁最重要。从奶奶记录的一段文字对照，“管雪凤”应该是奶奶的姐姐。落款“妹妹”，这就对了。但是，问题也出来了，因为有“管雪凤”“妹妹”两句话，是俩人还是一个人？要是一个人说不通，因为奶奶是妹妹，奶奶不叫管雪凤，那么，只有一种解释，就是俩人。

一般来说，把东西赠给谁，谁的名字应该放在前面，后面才是赠送人的落款。要是奶奶赠给姐姐照片，说不通，也不像。更合理的解释就是管雪凤赠送给我奶奶的，妹妹后面还有字，没有写，应该是“留存”或“留念”俩字。从字迹看是奶奶的笔迹，这说明不是管雪凤写上的，是奶奶自己写上的，后面只是说明奶奶与管雪凤的关系。

这般解释，问题就迎刃而解了。

虽说问题解决了，但是我心里还是很好奇，好奇的原因是照片上的女人。这个女人有点怪！要说她美吧，从面相和穿戴看，有一种阴森狡猾的感觉，不仅仅是冷，简直冷得你盯视时心里直发毛；说不美吧，老远看英姿飒爽，豪气逼人。透过这些还可以想象到，一定是个大美女！鉴于此，我回到单位，找到老杨搜集的关于大革命时期的资料，认真阅读。掩卷思考，还对这段历史进行了一般性猜测。

此人穿着国民党军装，虽说是黑白照，但那翻着的大衣领子还有领章说明是军装。这个女人留二男头，下巴仿佛贴上一颗黑珍珠。那个位置，据相书上说，要是男人不仅非常英俊而且还有帝王之相，可惜是个女人，黑痣长在那儿就有点多余。因为太模糊，总也看不清，心急火燎用手捭，再拿近看才看清是四个袋，领章上还有两道深色条纹，条纹上有两个三角形豆，没有绑腿，呢子布料，讲究美感，透出质感，女人穿着更显妩媚风骚，更能凸显女性阴柔之美。

我查阅了一下资料，这种样式，一般来说是中校衔。

奶奶是经过“文革”的，像奶奶这样当过大地主的姨太太，日记要是被造反派知道了，那可不得了。这就说明奶奶的日记本没有人知道，所以，当时我拿到这本日记的时候，以为也像手抄本，是奶奶看过的故事抄写下来的，但仔细阅读，觉得更像日记。为此我就假设，奶奶的日记不是手抄本，是记录她生活的真实，那么日记里有一位女军官也叫管雪凤，这个管雪凤与我看到的手抄本中的管雪凤，还有老杨记录的管雪凤，三者是不是一个人？

假设是一个人，就说明手抄本是写实小说，那个手抄本后面的故事也可以通过奶奶日记留下的线索考证，从而揭开我心中的一段困惑，打通“任督”二脉，搬掉心灵的堵塞，让气血贯通。但是我又有疑问，一是中国人太多，同名同姓的人也多，更何况是手抄本，说到底是小说，臆造一个名字，与奶奶日记里面的名字撞车，那也是可能的。二是在中国，叫凤呀，龙呀，梅呀，桃呀，梨花呀，雪花呀等，也是常见的，更何况我读了奶奶日记前几页，除了这段话之外，就没有找到与手抄本相关的内容，也可以说不沾边儿，这就说明，是两码事情。要是两码事，手抄本后面的故事仍然是个谜，那块石头仍然还堆放在我心中。看来，不管怎么想，都能自圆其说，只是一个假设问题，于是，就干脆不想，也不再假设，只是把考证奶奶日记作为一个乐趣，说不定还能失之东隅，收之桑榆呢。也许，就是这种心情，我走上了一条无聊的考证之路。

资料显示，1926 年开始，大别山就拉开了农民起义的序幕，像敲锣打鼓，叽里咣当，时断时续，到 1929 年才轰轰烈烈，到 1932 年走向鼎盛。红四方面军组建之后即遭到国民党反动派三十余万大军的“围剿”，因为张国焘的错误路线导致第四次反“围剿”失败，红军不得不离开大别山，一路西进，在川陕之间建立根据地。红军退出大别山，赤区立即遭到了刘峙、卫立煌、蒋伏生，以及当地反动武装的摧残和蹂躏。这个女军官难道就是那时候来到大别山的？要是那时候来到大别山的，就应该是国民党官太太或姨太太。我这般猜想，又拿着照片看，觉得不像。国民党姨太太大多穿旗袍，穿戎装，还是国民党中校，恐怕很难找。

老杨的资料记载，岳维峻是在大别山摔跟头的第一人，也是摔得最响的人。岳虽说是小小旅长，但那是加强旅，相当于整编师。实际上岳维峻就当过师长、军长，死后追认上将。被俘后其太太在国民党高层奔走，为救其夫不遗余力，听说荡尽家资找遍熟人，为红军输送了一大火车皮枪支弹药还有棉衣棉被，以及汽油等，但是岳的运气不好，碰上了张国焘这个丧门星，还牵出许继慎的案子，最后被枪毙了。理由是国共两党是对立的，这场斗争是生死决战，对国民党反动派绝不能心慈手软。

为什么会发生这种背信弃义的事情呢？原因是这样的。周维炯在战场上活捉了敌旅长岳维峻，本来要砍头的，报到军部，徐向前与许继慎都熟悉这个人，两人合计，想利用岳解决当时红军物资紧缺问题，于是就与岳维峻谈了条件：只要满足红军要求，就可以释放。为了表示诚意，在红军收到第一批军用物资时释放了岳维峻的部分部下，其中就有岳维峻的小舅子。

岳维峻小舅子回去后与姐说了，还说了红军不像国民党宣传的那样不守信用，也不像国民党描述的那样凶神恶煞，更不像国统区丑化的那样共产共妻。说他见到的红军也有黄埔毕业的，还有留学生，挺有知识的，就是当地人也很规矩。打仗很勇敢，挺讲义气。最主要是官兵平等，对老百姓好，当地百姓见了都称兄道弟。

岳维峻的老婆信以为真，就答应了要求，正准备第二批物资呢，传来岳维峻被枪毙了，岳维峻老婆顿感天崩地裂，气得咬牙切齿，认为上当受骗，被共匪坑了，非替夫报仇不可。难道是岳维峻的老婆？

为了证实这种猜测，我查阅了资料，《商城县志》记载，这年冬天，岳维峻的老婆并没有来大别山，而是去了武汉，找岳维峻的老朋友曾扩情，让人抢回了岳维峻的尸体，安葬后得了重病，没多久死球了。

岳维峻的事情惊动了委员长，蒋介石骂了“娘希匹”，拿文明棍指着一堆高级将领骂岳维峻是猪！还说，打败仗并不可惜，自古道，胜败乃兵家常事。想当年，国父中山先生，为了国家，舍生忘死，几经成败，才创下今日之辉煌。

忆往昔，我中正也打过败仗，但是我主张杀身成仁。岳维峻，堂堂旅长，被共匪打败了，杀了，不可惜。为了剿灭匪患，还天下太平，死而后已，也是为党国效忠，堪称英雄，但是，最为可恨的是，临死了还上当受骗，资匪，被人家卖了，还替人家数钱，猪都不如！娘希匹！

当场挨骂的军官确实不少。力行社设立特务处，戴笠是处长，主持日常工作。他知道蒋介石是在指桑骂槐，顿感羞愧。戴笠心想，出尔反尔，这般雕虫小技本来是我老戴惯用的伎俩，共匪这帮龟儿子什么时候学去了？一点学费也不交，气煞老夫！于是就打着为岳报仇的旗号，对红四方面军导演了离间计。

为了查清楚，我又考证了当时进攻大别山的另外两位重量级人物。

一位是国民党少将刘峙。都说是他打跑了红四方面军，攻下了鄂豫皖首府新集。红四方面军转移后，刘峙高兴得发疯，立即给蒋介石发报，蒋介石也得了流感，几乎跳起来，走路也有劲了，文明棍在地上捣得叭叭响，不假思索地说，剿灭共匪，指日可待。又说，刘峙，福将，有谋略，善打仗，实为全军表率，特晋升为中将，以示嘉奖。随后又让国防部颁嘉奖令：把新集改为经扶，设县治，名垂青史。各级官兵依次论功行赏，报国防部核。

刘峙高兴之余大开杀戒，在小潢河一次屠杀无辜百姓三千余人，并在新集实行铁壁合围，采取拉网搜查，把可疑人员统统赶尽杀绝。当时“经扶县”只有十万人众，杀了八万，幸存两万。两万之中有一万八千人是乡绅及其亲贵。一时间，小潢河两岸，尸骨遍野，日夜号啼，惨不忍睹。听一位大爷说，到武汉必经新集，还没到新集，顺着南风就闻到奇臭无比，好多要到武汉的只能改道，搞得百十里杳无人烟。

《新县志》记载，当地人称龙虎岭，如今叫将军山。山沟有个万人坑，杀人后集体掩埋。因为人多土薄，掩埋较浅。山沟水大，几次冲洗，浮土被水冲走，尸体裸露，腐臭之水顺山边淌到河里。河鱼肥硕，一条足有十多斤。刘峙得知，感到稀奇，让人打捞几条，做成氽鱼，犒劳机要人员。大家都知道，机要员大多是女的，吃后毒死四五个。并排躺在地上，嘴唇发乌，脸部肿大，刘峙看了，想到曾与之舞，甚至接吻，就感到恶心，赶紧回屋洗漱，呕吐半天才站起来，气得半死。

刘峙老婆，当时住在南京，知道后还挺高兴，经蒋夫人特批，亲自到新集，见刘峙说，还是你命大福大造化大，要不是视察去了，也吃了，不就完球了。

刘峙想想也对，感到庆幸，虽不再生气，但是，为那几个死去的幺妹甚为惋惜。

刘峙老婆也不是个东西，尽出歪主意，她让刘峙找人把河里鱼捞上来，做成鱼汤，监狱里关着许多政治犯，让他们吃，省子弹。一次性毒死一千六百多人，其中多是妇女儿童。

查了一下，刘峙实际上是不爱带老婆的，他老婆不知道是从哪儿听到的，说是大别山女人水灵，就跟来了。刘峙老婆没有当官，是宋美龄保的媒，后来给宋美龄做了干女儿。他老婆给宋美龄做干女儿之后，刘峙怕老婆就出名了，还在军政界留下了许多话柄，这都是有史可查的。既然刘峙老婆有这般后台，他也不敢花心，退一万步，即使花心也不敢明目张胆娶姨太太，而且是中校，带到大别山剿匪，更是不可能。

排除刘峙，再来考察大别山剿匪并取得辉煌成绩的卫立煌，资料是这样记载的。

1932 年 5 月，蒋介石纠集三十万兵力分三路向鄂豫皖赤区进行“围剿”。卫立煌为中路第六纵队指挥官，7 月初指挥第十师、第八十三师，由平汉线南端东进，向河口镇、黄安城进发，策应商城县之主力第一、二纵队。卫认为这道命令有违兵法，要求先攻击河口镇，待机向黄安前进，复电请示照准。8 月上旬，卫部向河口镇进发。适逢红军向黄安转移。卫部遂占河口镇。随即又率部向黄安进击。当日黄昏，被红军包围于黄安之冯寿地区。入夜，他命令各部队加紧收缩于两翼防线，并将指挥部官兵全部投入战斗。同时在战斗最紧张阶段，亲率武器精良的特务连拼死抵抗，才免于被活捉。

国民党军自黄安、新渠、七里坪战役后，各纵队皆怯于再遭失利，而各自寻找理由按兵不前。蒋介石用重赏的办法，明令各纵队，谁先占领豫皖苏维埃的军政中心金家寨，此镇即用占领者的名字命名，并改为县治，但重赏之下未见“勇夫”。9月上旬，卫立煌奉命策应行进受阻的陈继承部。他亲率一个师翻山越岭，攀藤而行，前锋到达汤家汇附近，遭红军防守部队的英勇抵抗，卫部感到处境危险，即与在南城的友军连成一片，并及时补充给养，占据制高点。不久，汤家汇红军主力转移，卫立煌遂率部尾随，乘虚占领了金家寨。

当蒋介石接到卫占领金家寨的电报后大喜过望，亲自前去慰问。蒋除给卫巨额金钱的奖励之外，还将安徽省的六安、霍山、霍邱和河南省的固始、商城等五个县的部分地区划出，以金家寨为中心，成立县的建制，称“立煌县”。卫立煌部之蒋伏生的第八十三师进驻金家寨后，到处抓捕，杀害赤区干部、赤卫队员和红军家属。短短三个月内就杀害了九百多人，引起极大民愤。蒋伏生是黄埔一期生，仗着是“天子门生”，反共狂热，凶狠好杀。后来卫立煌把蒋调出了他的军事班子。

据《回忆卫立煌先生》一书记载，卫立煌是抗日名将，人品端正。而卫夫人是搞教育的，没在军界干过，当然不会授衔。卫立煌也没有娶中校军官的姨太太。

考察工作又陷入困境，但是我这次没有灰心，我想到一句古诗：山重水复疑无路，柳暗花明又一村。人们做事往往就是这样，经常会舍近求远。日记是奶奶的，爹是奶奶的儿子，与奶奶最近的人应该是爹，我何不问问爹呢？也许爹知道。

吴绪红是吴承轩的远门侄儿。一家三口，种二十亩薄田，在河口龙嘴一方也算是有些田产的人家，家庭还算殷实。没有兄妹，就他一个。吴绪红的爹得了独苗也很知足，盼着孩子长大继承家业，最好是个文化人，当个教书先生。

教书先生虽说没有什么好的待遇，但是社会地位很高，都认为有知识有学问，知书达礼，受人尊敬。再者，教书先生整天捧着书在更楼里，风吹不着雨淋不着，令人羡慕。庄稼人就不同，白夜干活还吃不饱，要是自家的田地干着舒心，但大多是帮地主家干，挺没意思的。

吴绪红家虽说有些田产，但是劳力少，农忙时还要雇人。特别是春夏之交六七月份和夏秋之交九十月份，雨量比较集中。六七月份，秧插上了；九十月份，正是水稻收割的季节。这两个时段都叫梅雨季节。梅雨季节，庄稼不需要雨水。真正需要水的还是四五月份、七八月份，这两个时段，一是插秧，二是灌浆，但是往往天不遂人愿，就是不下雨，只能请人车水。

水车是木头做的，四个人趴到水车上，吆喝着，旁边还有人敲锣打鼓，唱着，就像一场战争。有时候，庄稼汉累了，下了水车，一头扎到水里，叫“扛猛子”，洗个痛快澡，上来了再唱个小曲，也十分畅快。毒花花的太阳不饶人，把人晒得像乌鱼，头上还要戴草帽，否则就要长一头疮，所以说，请人车水最辛苦，也得侍候好。一天不是吃三顿，而是五顿，这都是有规矩的。去掉正常的早中晚，半晌、半晚都得加餐，加餐叫“打尖”。就是这样侍候，也很难找到棒劳力。

那时候收成薄，一亩水稻也就是四五百斤，小麦只能收二百来斤。算下来，吴绪红家也只能收万把斤水稻。万把斤水稻，一家是吃不完，还要卖，还要付工钱，还要上缴。民国时，苛捐杂税特别多，什么人头税、田亩税、保安税、青苗税，随便一说就有七八样，实在找不到名堂了，就安个站稻税，等等，仔细统计，税费加起来二十多种，七算八算，一万斤水稻也要扣一大半，剩下两三千斤，吃喝拉撒也就将够。

吴绪红到了十多岁，像山里的竹笋，一蹿能蹿出老高。十五岁就像大人，村里人都叫他“傻大个”。个大力不亏，很有一把劲儿。虽说他爹从小就让他读私塾，但是他好动，喜欢舞刀弄枪，又在山里居住，闲不着，就练了一身劲儿。

五月间，大家都忙，要是请人车水，不仅要花本钱，请得动请不动，一看脸面，二要私人感情。吴绪红家要车水，找去找来只找到俩，就算吴绪红搭上，也还差一个。近两年，吴绪红的爹得了痨病，整天睡在床上咯血，眼看命不久矣。吴绪红他妈还要做饭，最主要是女人不上水车。吴绪红的爹在床上急得直哼，把村里几个能支使的人盘去盘来也凑不齐。

吴绪红说，爹，我有一个好朋友，不知道行不行？

吴绪红他爹苍白精瘦的脸上忽然发亮，头一下子抬了起来，看看，又耷拉下去，躺在床上咳。吴绪红的妈赶紧帮忙捶，捶过之后说，“大个”说他能找到，也许能呢。“大个”，你说说。

“傻大个”是别人喊着玩的，习惯了就成了绰号。吴绪红的妈当然不会喊“傻大个”，只喊“大个”，意思就变了。吴绪红说，凤凰岭村东头老朱家大孩来福，和我同庚，个头也不小，让他来帮忙。

废话。吴绪红的爹说了俩字，上气接不了下气，眼睛闭着，不再说。

吴绪红不敢吱声。

吴绪红的妈使劲儿捶，说，死鬼，听“大个”说完呀，没听完咋知道呢？

是这样的，妈。吴绪红说，放牛认识的。那天早上，翻过几条田埂，过对面那条山岭，到河口放牛，他与我说话，我不想搭理，可他很热情，我们就说话。说话才知道，他是大户管云龙家的长工。知道我读书识字，就请教我几个字。问我，管云龙的“管”字咋写。我告诉他了，他摇头，说，一个屁字，这般难，读书真是不简单。又问我“吴”字咋写。我又告诉他，他歪着头看，看了半天说，这个字好像“有”呢，咋叫“吴”呢？把我说愣住了，我问他咋讲。他说，你看，上面一个口，下面一个天，一口把天吞了，还能说没有吗？原来他也认字，还挺聪明，看来是我小看他了。我就说，是这么个道理，本来呢，开始还是有的，一口把天吞了，天都没了，你说还能有吗？他说，虽说吞了，天还是存在的，只不过放的地方不同而已。就像田地，要是不在你家，在俺家，也不少一根毛，都在地上，也没有跑到天上，你说对不？

他这般说，明明是抬杠，细分析也还算有道理，于是我问他，你会写你的名字吗？他摇头。我以为他哄我的，不吱声。这时候他对我说，我真不知道，问你一大圈儿，实际上就是问清我“朱来福”三个字咋写。“朱”，是不是圈养的“猪”？一下子把我说笑了。笑过之后觉得这个人挺逗的，也就告诉他了。告诉他，他很认真，拿着小棍，在手板上画，画着，还说着，既然不是圈养的“猪”，那我为啥要别人养活呢？管家与俺朱家，咋就不一样呢？

全说些莫名其妙的话儿，不知不觉忘记放牛。那牛不老实，扯嘴，偷吃田里秧苗，我发现了。你知道的，那地方是俺大伯吴承轩家的，要是被大伯家知道了，非要挨一顿不可。朱来福赶紧哀求我，让我想办法。我当时调侃他说，你看看，本来呢，你不认字，也不知道是哪个朱（猪），等你弄明白了，却糊涂了，真的变成“猪”了，恍惚间，就犯了错误，要是大伯家知道了，你一定挨一顿鞭子。

没想到这小子脾气倔，鼓着嘴说，挨一顿也值得。

看他那么认真，我有点喜欢他了。于是给他出主意说，咱俩跑，我不告诉大伯就行。就这样，成了好朋友。

小孩家家的，全是些鸡毛蒜皮的事，那就是交情了？算个球！我看不着数。吴绪红的爹说了一句。

不是，从那以后我又教了他好多字，他很聪明，教他，他都会，昨天他跟我说，要是俺家有什么活需要帮忙，可以叫他。

嗯，是这样。他是想报答你。吴绪红的爹说，那你走一趟。他可没有你自由。他是管家的长工，要是管家不放人，也白搭。

天还早，我去试试。

说过，吴绪红就连忙出门了。

到了管家，门掩着。吴绪红本来忐忑，迟疑了一下还是敲门，正好是朱来福开门。开开门，朱来福闪身出来，轻轻把门掩上，对吴绪红说，不是说好了，有事情早上说吗，你早上没说呀？

那时候，太阳已经落山了，晚霞像不怀好意的女人斜视着板打的土坯墙，把墙壁照得金晃晃的。小蜜蜂嘤嘤叫，似乎被梦中的世界感染了，也想在这个时候营造自己的金碧辉煌。于是，一个接着一个，胡乱地排列着，像一群小孩手牵手在做游戏，在闪光的墙上钻着。实际上，那只是太阳的余晖，不是金子，也不是天堂。

吴绪红与朱来福争论着，忘记了蜜蜂的存在。争论的主题就是东家同意不同意。来福说，得问东家，要是东家同意了，你家怎么还？吴绪红说，这还不简单？要粮食给粮食，要钱给钱，有价。

朱来福说，要是我家还差不多，东家除了缺放牛的，啥都不缺！

那咋办？吴绪红急了，对朱来福说，我可答应爹了，再说了，其他俩人都说定了，只差一个。差一个，车水就成了问题。

嗯。这样，我得跟老爷说说。有一个办法可行，那就是换工。老爷说，他家的田最迟后天也得车水，到时候你来帮忙。

我看行。吴绪红迫切地说，就是不知道你家老爷同意不？

我看还行。朱来福说，一大家子都是黄毛丫头，你不是不知道。

那好，就这样说定了。

那好，好什么？说定什么？门吱的一声开了，出来的是个姑娘。这个人不说大家也能猜出，就是十分霸道的管雪凤。朱来福出门，管家是大木门，随手一关，发出吱的一声。管雪凤正在院子里够李子，听到声音，扭头一看，朱来福出门，门还掩着，心想，这个朱来福，越来越粗心，要是要饭的进来该怎么办？丢了东西，看爹不把你揍死！

管雪凤本能地向大门走去，想把大门插上。来到大门旁，就听到两个人在门外叽叽咕咕，隔着一扇木门，隔住了身影，隔不住声音。管雪凤在门内听，听了多时，听到这里，实在忍不住了，把门拽开，高声说，来福，好大胆，居然嘲笑我家。我让爹把你赶走，饿死你。

管姑娘，不，“大公子”，朱来福说，我只是说说。

管雪凤不喜欢别人说她管姑娘，在家里只准叫“大公子”，朱来福第一句说错了，管雪凤白了他一眼，赶紧改口，管雪凤哼一声说，你不仅说我家坏话，还带生人来。

“大公子”，他不是生人。朱来福说，他是龙嘴的吴家少爷，离这儿不远，翻过山就到了。

吴绪红没说话，打量管雪凤，至于他们说了什么，一句也没有听。看着看着，就觉得是在梦中，不，梦中也没有见过这般美的，特别是管雪凤那颗黑痣，把吴绪红吸引住了。

管雪凤也在打量吴绪红。推开门，以为说话的另一个人一定像朱来福一样，哪知跃入眼帘的是另一种形象。这个人像当院里经常看到的螳螂，两条腿瘦长，全身黝黑，分不清眼睛和皮肤，喉结在蠕动，好像见到一堆牛粪，有点恶心。

搁在平时，朱来福就会采取逃跑来抗拒，虽说逃跑会遭到许多辱骂，但是朱来福心里并不屈服。因为吴绪红是他的好朋友，不说为朋友两肋插刀，在困难的时候出点力是应该的，更何况吴绪红从来没有求过自己，自己许诺过，要是对方有什么困难需要帮忙，可以找他。今天来了，也说定了，却出现如此尴尬局面。朱来福想到了后果，要是这个事情黄了，以后再不能与吴绪红交往了。吴绪红家车不上水，秧插不上，到秋了，吃什么？一大家子，车水也等于救急。不能再僵持了，也顾不了那么多了。这么一想，朱来福坦然了，开口说，“大公子”，你来了正好，帮帮忙，跟老爷说说，吴家明天要车水，少一个人，想让我去。听老爷说，你家明天也没有大事，再过些天，你家也要车水，说不定还要请人，到时候就不用多请了，让他来帮忙，换工。

换工在农村是常见的，但必须有感情，因为时节问题，换工往往达不到目的，最后也有闹崩的。朱来福是央求。朱来福家穷，又是管家的长工，干粗活，没有多大出息。这一点，管雪凤看得明白。也正因为这点，管雪凤一直看不起朱来福，时常欺负他，两个人也因此结下梁子，但是，朱来福脾气硬，管雪凤也是领教过的。对于这一点，管雪凤总想征服，但是都没有成功。如今朱来福主动求她帮忙，很开心，本来想奚落一下吴绪红，此时也不再刻薄，一反常态，落落大方说，不用跟爹说，我同意了，回来我跟爹说。朱来福，你听着，我可不是看在你的面子，我是看在你说什么“吴家少爷”的面子。

那就感谢了。朱来福还没有说话，吴绪红抢先搭茬。

管雪凤微微一笑，扭过头进去了。朱来福看吴绪红，吴绪红看管雪凤，直到两扇门合严，把仅有的一点风景也关在院子里，吴绪红才叹了一口气，回过头看着朱来福。

就是这么简单。虽说管家不是深宫，但是平时见面也不可能，这也是个机会。

第一次撞击，第一次震动，吴绪红见到了不该见的人：管雪凤。就是那么几句话，也就是那么几眼，让吴绪红失眠了。

大热天失眠，在农村也正常。山里树木葱茏，水草丛生，蚊虫滋生，到了晚上，特别是天要黑的时候，对着太阳光就能看见一圈圈蚊子，嗡嗡叫，像飞机。没办法，只能用黄蒿熏，用扇子打。坐在蚊帐里，热得够呛。睡不着，只能无聊地看天上的星星，回味无法述说的喜悦。

人有时是糊涂的，好歹是分不清的。明明是灾难，却认为是幸福；明明是彻底的毁灭，却当成是希望的再现。在蚊帐中等待的吴绪红居然觉得一生没有白活，因为他见到了管雪凤。就这么一面，也就是那么一小段时间，管雪凤的容貌已经烙在他的心里。有时候也会模糊，不知道管雪凤的脸蛋长得怎么样。这个时候，吴绪红拍拍脑袋，管雪凤那声音，下巴那颗黑痣，还有那种特别的冷飕飕的微笑，又像底版洗出的照片，清晰地摆放在面前。吴绪红生怕管雪凤跑了，不停地摇晃大脑，怕睡着了，不停地一遍又一遍叫着俩字：雪凤。好像这俩字已经不是抽象的名字，是一个人，一种东西。对，雪凤，雪里的凤凰，太好听了！世界上还有这般美的名字，还有叫雪里凤凰的。此时，他在心里已经改口叫“雪凤”了。

管雪凤这个名字还是听朱来福说的。问雪凤的婆家，朱来福笑，再问，还是神秘地笑，问多了，摇头，说不知道。再问，雪凤整天干吗？朱来福说，上私塾，先生多半到家教，有时候也到娘娘庙。要是在家教我也能听得到，也能多认几个字。有一次被管老爷看到了，骂了一顿，说我干活认字没用，耽误事儿。管雪凤也跟风上，说我不安分，要让我长长记性，就把我绑在树上打。“三公子”送来馍馍，给我松绑。“三公子”还小，不懂事，还给我一条毛巾。

“三公子”？是不是三个女娃都像“大公子”雪凤一样美呀？

看着吴绪红渴望的眼神，朱来福不知道怎么描述。朱来福第一次认真地想了想，然后说，三个姑娘都很美，不过嘛，脾气不太一样。

咋个不一样了？吴绪红不厌其烦地询问。

一句两句也说不清。

说不清，你就说说，也许我能听得清呢？

朱来福又一声叹息，对吴绪红说，你真无聊，总问这些干吗？

吴绪红说，不是好奇嘛？你就说说吧。

朱来福摇摇头说，“大公子”，你见到了，我就不说了。“二公子”很懒，整天在屋里，很少出门，就是吃饭时下楼。就是到娘娘庙学习，也是最后一个去的。“三公子”活泼好动，但心肠特别好。

那她们去娘娘庙都走哪条路？吴绪红问。

你想干什么？朱来福开玩笑说，想打劫呀？

开玩笑！吴绪红说，不想干什么，随便问问呗，你紧张什么？

朱来福说，我也不知道，都是管老爷自己送。

不想告诉我吧？吴绪红说，我虽说见到“大公子”，但是对她了解不多，你说说她嘛，嗯？

说什么？朱来福说，你想了解什么？

随便说说。吴绪红有点不好意思，忍了一下说，譬如，穿衣吃饭，喜好什么。

人家是“公子”，眼界高。朱来福诚恳地说，我们是朋友，得劝劝你，可不能有非分之想。

哪能呢？只是感到好奇。吴绪红嘴上这么说，心里痛，他觉得朱来福命真好，要是自己，整天挨打也是幸福的。但朱来福却说，你还不知道，她心狠，故意害我。有一次，被老爷打骂，我不服，顶撞几句，老爷就把我绑起来，体罚我。六月天，很热，把我绑在院子一棵梨树下，老爷是有用意的，说是让我立志，改正错误，可是我认为自己做得对，坚决不承认，老爷就不松绑。我被太阳晒得直流汗，难过得要死，汗水就顺着脚往下淌，地上都汗湿了。“大公子”看到了，故意奚落我，说些可怜话，她爹当面骂她不要可怜我，她故意要给我松绑，把她爹气得够呛。她爹暴跳如雷，拿起鞭子就抽打我。她不走，她爹怕她给我松绑，也不走，就端个板凳在屋檐下。她使了一计，告诉她爹，蒋先生带信来，让他到娘娘庙去，有一盘龙棋解不开。她爹信了，让“三公子”跟他一起去。把我交给她看管，临走还说，要是不承认错误，就站到天黑。

老爷刚走，她就来了，还笑嘻嘻地说，真男人哟，我拿鞭打你几下，不许叫哟，要是叫，就说你不老实，还让爹打你。我十分生气，心里憋屈，身上疼，就呸，在地上吐了一口唾沫，眼睛闭着，懒得理她。我心里明镜似的，知道她是想让我求她。我越是求她，她越是高兴，也越是使劲儿折磨我。求与不求一个样，大不了一死。她见我不求她，还闭着眼睛，就牙咬着使劲儿打，比她爹还狠。打得我血水直流才松手。她见我咬着牙，一点也不叫唤，再加之大热天，站在当院里也冒汗，觉得不好玩，就笑着说，有毅力。还说鬼话，什么天将降大任于斯人也……就得受罪，记不全了，反正就是吃苦。说完了，嘻嘻笑。

吴绪红已经失去理智，心里难过至极，心想，要是雪凤对我这样就好了。吴绪红像朗诵诗歌一般叫着“雪凤”，叫着想着。是呀，朱来福说雪凤好阴险毒辣，我看也不见得，那是他一面之词。

朱来福说，管雪凤说去找馍馍，也真的找来了馍馍，吃了，吃了一口才知道是馊的。管雪凤这个时候还流泪了，小声说，你知道吗来福哥，爹妈让我离你远点，还把中午吃剩下的东西全拿走了，这两个馍馍还是趁爹妈不在意的时候藏起来的，没有好地方藏的，只能放在菜畚里，怕人看见，没见到菜畚里有菜水，还好，有菜水更好，吃着有味儿呢。

吴绪红回忆着，朱来福不说实话，还说是雪凤故意的。管雪凤送馍馍，声音很大，到处找，还问厨房李婆婆。李婆婆说，没了，你自己藏的我哪能知道？你知道管雪凤咋办？跟李婆婆说，朱来福快饿死了，你们心真狠。这样，我在这里找，你去问问我妈，也许她知道。李婆婆不知道是陷阱，赶紧去问。管雪凤的妈站在二楼看，还把管家喊着看，看见管雪凤在递东西给朱来福吃，更加生气，让管家继续打，还骂说，癞蛤蟆想吃天鹅肉，打死算了。打死了赔点钱。朱来福说，管家这样打我，还让我吃馊馍馍，胃里难受死了。吃几口，全吐出来了。要不是李婆婆拦住，真被打死了。娘知道了，跑到管家问，管雪凤她妈说，朱来福不安分。娘说，自家儿子自己知道，要是这样，打死算了！管雪凤说我偷她家院子李子吃，被她爹发现了，还顶嘴，才被打的。管雪凤她妈知道真相，给了两块银元，算是医药费，娘死活没要。说这话，谁信？哄鬼呀！

吴绪红夜里睡不着，只能坐在蚊帐里斜视着天上的月亮和星星。月亮落得早，只有星星在天上忽闪，吴绪红就觉得那不是星星，那是雪凤的眼睛，似乎对他微笑。越是这样，吴绪红越是感到有希望，觉得能够把星星摘下来。直到下半夜，蚊帐顶上滴下湿漉漉的露水，凉爽地滴在他的脸上，他才感到疲倦，呼呼睡着了。

吴绪红还在梦中，似乎还没有睡着，他妈已经喊他，说是趁早。

吴绪红坐起来，头有点晕，揉揉眼睛，天也已经大亮了。

夏天，就得赶早，得赶在太阳出来之前。还好，帮工来得也早，他妈已经把饭做好了。一张方桌四个人围着，算是比过年还要丰盛。哧溜哧溜喝着稀饭，每个人又吃了两大碗干饭，算是对车水的特别照顾了。

给吴绪红家车水并没有故事，吴绪红家的秧田少，半天时间也就把水车上了。看着浑嘟嘟的一田水，就像给秧浇上了一层油，吴绪红的妈高兴得不得了。帮工的知道吴绪红的爹得了痨病，又是热天，都在厨房的偏屋吃的饭。朱来福倒是进去了一趟，觉得吴绪红的爹睡的那个屋有点腥臭，没有多待，捂着鼻子出来了。出来见到吴绪红，就说，大伯这病咋不治呢？吴绪红说，到县城去了一趟，找到县城一个“神医”，他说爹这病是痨病。痨病，“神医”说，就是扁鹊在世也救不活。

朱来福一愣说，那咋办？

吴绪红心里难过，只是说，没办法，挺着。

朱来福也没有办法。该走了，就说，东家回来对我说，初八早上你去。

初八，今天是初几？吴绪红有点高兴，心里想着，到那天兴许还能见到雪凤呢。

今天是初四。

哦，那行。要是不改时间，就不用通知了。吴绪红说着算着，觉得时间太长。

朱来福看吴绪红有点疲倦，说，你得休息好，东家田多，说不定得一整天。

不怕。吴绪红喜滋滋的，心想，越长越好，时间长，机会多嘛。

那我走了。

再玩一会儿吧？吴绪红说，不知道你东家“公子”在哪儿上私塾？

我不是告诉你了吗？私塾在家里，东家每年给蒋先生二十石稻，十石麦，三个女儿，你那天见到的是老大，叫管雪凤。

我知道她的名字，只是脾气……吴绪红说，那天把我吓了一跳。

你才不跳呢，你当我不知道，你老盯着，我跟你说，她可不好惹，拐（凶）着呢，再说了，大伯病着，我劝你还是死了这条心。说过，洗洗手，放下裤边，走了。

路上，朱来福也许是受到吴绪红的感染，情绪来了，看着茫茫大山，走过一条田埂，见到田沟的水哗哗流，朱来福弯下腰，掬一捧喝，顺便洗一把脸，起身，擦掉脸上的水珠，唱起了商城民歌《打黄瓜》："小姐姐在园里摘黄瓜，小哥哥在外面甩渣巴，打坏了母花不坐果，打坏了公花不开花，开开园门将你骂。——砍头的，作死呀，难道你不想吃黄瓜？"

"渣巴"也叫泥巴头子，就是晒干的泥巴，很硬；"坐果"就是结果。

朱来福唱了一遍，歌声在山边儿回荡，似乎还感到不过瘾，又唱了一遍，直到翻过龙嘴，看见凤凰山那洼窝里的高楼，知道快到了，才停住歌声。

管家不是不着急栽秧，也很急。管家一共有五十多石田，大部分租给别人耕种，收地租就行了，还有几石田自己耕种，主要依靠像朱来福这样的长工。佃户用水，也用管家的。管家塘堰五口，都挨着田地。对于别家耕种，管家管不了，但是管家自己耕种，就有点讲究。管云龙很迷信，算去算来，初八是好日子，有利于生发，于是就把车水定在初八。

天没亮吴绪红就起床了，跟妈说一声，要给人家车水，吴绪红的妈说，大热天，走路过点细，山路毒蛇多。吴绪红答应唉，披着褂子走了。

吴绪红也应该走朱来福走过的那条路，因为出门时天麻麻亮，吴绪红就想早一点去到管家，又怕去早了管家大门还没有开，在外等不太合适，就走了另一条路。这条路有点弯，但是，是大路，好走些。走着走着，管雪凤又出现了，那种泼辣的性格在他眼前不停晃动，吴绪红就格外高兴，于是就想起听过的花鼓唱《俺跟二姐隔条河》，轻哼起来："俺跟二姐隔条河，丈夫打她俺望着。

有心上前去拉劝，面条子点灯是不着。腿弯子抽筋疼坏我。”“面条子”就是手擀面，“是不着”就是感受不到。

轻哼一遍，觉得不过瘾，吴绪红埋怨自己，唱的是啥耶？雪凤有丈夫吗？于是又唱起山歌《乖姐本是陷人的坑》：“鸦雀叽喳要天晴，斑鸠叫唤要天阴。棺材本是装人的斗，乖姐本是陷人的坑。坑坏了多少青年人！”

唱了山歌，吴绪红感到还是山歌好，能吆喝，痛快，但是，又觉得词不达意，不能把心思拨拉出来，于是，翻江倒海寻思，又唱了一首《丢开稗子秧发旺》：“郎比稗子姐比秧，稗子扒在秧根上。瞧水大哥心肠好，拔了稗子秧发旺。”

吴绪红唱了，自己傻笑了，笑着说，唉，这些山歌咋都对不上呢？还不如自己改一改。于是，按照原曲调唱了一遍改了的歌词：“郎比稗子姐比秧，稗子扒在秧根上。拔去稗子秧流泪，谁再为我挡风霜。”

这般唱着，过瘾，不仅把心中郁闷呼喊出来了，还感到浑身轻松多了，不觉翻过几条田埂，又越过一条冲，爬上凤凰山，站在山坡上，看管家的更楼。管家正在烧早饭。树林包裹着的管家，不仅是雾，还有一团烟。

很让吴绪红失望。从去到吃过饭，只见到五十多岁满脸皱巴皮、有点驼背的管家，也姓管，逃荒要饭来到这里，扯到一家子。人比较本分，无依无靠，就在管家帮忙。

吴绪红似乎在寻找什么，管家也问了一下，是不是需要帮忙，吴绪红赶紧说，没什么，就觉得好奇。还说，东家的房子气派。管家不知道黑不溜秋的小伙“傻大个”用意，笑笑，也没有回答。

聚齐了，开始开饭。

方桌就放在餐厅，专门招待客人的。管家虽不是豪门，但是从餐厅看，还比较阔气。吴绪红看着，与自家比，一个在天上，一个在地上，就觉得管家是大户。越是这般看，就越自卑。好在不一会儿都到齐了，这些人都是近邻，本来都认识，不认识的一介绍也就知道了。食不言寝不语，寒暄几句之后，呼呼啦啦，一顿饭吃了，拍拍肚子，说一声：走，干活。也就走了。

照样是吆喝，照样有人使劲儿擂鼓。吆喝声响彻云天。可是那天一点云彩也没有，万里晴空，太阳太使劲了，显得苍白，悬在天上，像明晃晃的小圆镜子，照得人眼都睁不开；又好像明晃晃的砍刀，搁在脖颈上，冷飕飕的。太阳光照在身上，有一种被火烤焦的疼。每个人都赤裸上身，穿粗布裤头，肩膀搭一条湿漉漉的粗毛巾，穿着草鞋，把吃奶的劲儿使出来，在车轱辘上拼命跑。

管家的田真多，车了一上午，好像都流到地缝里去了。看看附近的田块，仍是白的，远处还冒着白烟。下午，太阳被凤凰山背住了水才回头，田里涌起一层薄薄的水。此时管云龙来了，说了一句“辛苦”，说完，又说，要不，明天还干半天吧，还请大家帮衬。

车水里有个范老五，好像有急事，就说，东家，你放心，我们还有一个时辰就好了，保证让你家插上秧。说过，对大家说，明天，堂弟定亲，让我帮衬。够伙计，就帮衬使劲儿。

哦，原来有偏呀。朱来福说，你个狗日的，吃香的喝辣的，我们为你干了。

对不起兄弟，要不是你邀我，我还顾不上来呢。范老五说。

行。再加把劲儿。东家，你在这儿，只要你说停我们就停。朱来福说完，第一个上了水车，喊声“吆喝”，接着“吆喝，吆喝，吆喝——”，是劳动号子，就车了起来。

管云龙眯着眼睛，带着微笑，拿着文明棍，躲到树荫下去了。

车水灌田是奇怪的事情，就像沙漠，一眼望不到头，要是急着走，越走越感到绝望，但是你要是不急，说不定在某一天的什么时候就看见了前边的绿洲。这不，一使劲儿，不到一个时辰，晚霞还没褪尽，管云龙就招手说，下来吧，好了，辛苦了！

用挥汗如雨来形容一点也不过分。一说下来，大家都感到渴了。下了水车，骨头就散架了。看看西边，范老五说，还是加把劲儿好，有道是“西边出鱼鳞，必定晒死人”。你们说，明天还能干吗？

你们洗洗，我回去让管家上饭。朱来福又对管云龙说，东家，你帮不上忙，站在这儿冒汗。也别客气了，他们自个招呼，请你回去吧。

吴绪红也累了，听了朱来福这么一说，弯腰喝了几口塘水，感觉甜的，于是衣服也没有脱，一头扎进水里去了。等从水里冒出来的时候，岸上，有人高呼，看看呀爸爸，看看呀，那是谁呀，咋在水里冒出来了？

此人正是管雪凤。一天没见到的人，天黑的时候来了。本来绝望了，此时又有了希望。

管雪凤是跟管家来的，是来找她爹的，也是来看她家的田地的。当她看见从池塘冲出一个人的时候，惊呆了！那个人看不清黑白，只见像一条鱼从水里蹿了出来，蹿出一丈来高。冲出来时手里拿着一只甲鱼，高高举起，往塘边游。吴绪红游到塘边，才看清“风景”。

管雪凤穿得有点特别。一条短裤，丝绸短褂，立在霞光里，跳跃着，大呼小叫，那种热情，那种活力，让吴绪红陶醉了。忽然想到自己还光着膀子，感到害羞，立即矮到水里，像甲鱼露出黑黑的头儿。

太好玩了，你咋矮进水里了？你那手里拿的是什么？管雪凤跳着问，然后弯着腰看。

吴绪红说，甲鱼，一只甲鱼，你们不要，自己要。还有，我光着膀子，不敢出去。

管雪凤发现的时候，车水的几个人都还没有发现，等到管雪凤吆喝，车水的几个人都站了起来，看水塘里的吴绪红。

朱来福说，绪红，把甲鱼放了吧，上来，该吃饭了。

吴绪红好像没听见，还在水里，双手捏着，在等待。

朱来福说完，见他不买账，也就没再说，转头看管云龙。管云龙本来起身走了，听到管雪凤的声音又立住了，看池塘动静儿，这个时候，范老五也看到了，先是一惊，然后说，没想到绪红还有这本事，会逮鱼呀。车水的王卓说，不简单，能从泥巴里把甲鱼抠出来，不简单。不过呀，绪红，你知道这是谁家的塘吗？

范老五说，谁家的？管家的呗。

岸上七嘴八舌，吴绪红都听到了。

趁这个机会，朱来福又说，绪红，放了吧。

吴绪红站在水里说，不，我要带回去。

这么一说，等于不知好歹了。范老五说，哎，小屁孩，还真是“傻大个”哟。你从人家塘里逮住甲鱼，在我们这儿就叫“王八”，你知道啥意思吗？

吴绪红说，我有用，我有用。

王卓说，谁不知道甲鱼好吃，有用哈。只是摆上桌面，大户人家都不屑一顾呢。但是，你知道不？你在东家塘里逮住甲鱼，就等于骂东家呀。

王卓这般一说，看似严重了，但仔细琢磨，隐隐当中也有这个意思。吴绪红迟疑，就在这个时候，管雪凤在岸边高兴，指着吴绪红说，傻子，傻子，把甲鱼抛上来。

吴绪红听到管雪凤居然叫他傻子，再看看手中的甲鱼，想想王卓说的话，心中悲痛，也没多想，就听管雪凤的，直接把甲鱼抛了过去。谁也没有想到，吴绪红就是天才，这么一抛，抛出了问题，也抛出了水平，直接把三四斤重的甲鱼抛到管雪凤怀里去了。

管雪凤站在岸边，看见吴绪红逮住甲鱼，觉得好玩，欢呼雀跃，但是，真要把甲鱼抛到她怀里时，她也是叶公好龙，傻了，两只手连忙拨弄，就是这样，脚下没有站稳，一头钻到水里去了。

吴绪红格外冷静，赶紧游到管雪凤面前，把她搂着，用力游到岸边，在人们吆喝声中，把管雪凤推上了岸。

这件事情按说并不是大事，最起码没有出人命。管雪凤落水，也只是喝了几口，受到惊吓，并且还是吴绪红救上来的，但是，毕竟发生了事情。最主要是管雪凤是因为吴绪红在管家塘里逮住一只甲鱼，并且是吴绪红把甲鱼甩到管雪凤怀里，导致落水的，至于管雪凤大呼小叫，让吴绪红把甲鱼抛到岸边的过程，都忽略了，剩下的是尴尬，是激怒，是难以解决的埋怨。

管云龙气疯了，脸发黑，像漆，愤怒慢慢升起，站在那儿，举起文明棍，指着吴绪红，不知道说什么好，咬紧牙关蹦出一句：太不像话了！说完，一屁股拍到地上。

朱来福也感到吴绪红闯了大祸，赶紧跑回来说，东家，他不懂事儿，别跟他一般见识。

管云龙不知道生谁的气好，坐在那里，恼怒地看四周。一大家子，三个闺女，没有儿子，就让人瞧不起，这些年，自己不断努力才赢得尊重，保住这点家业。可今天，这个不知好歹的家伙，居然在私人塘里逮住一只甲鱼，什么意思？要说是碰巧，为啥还要往闺女身上甩？是有气还是故意侮辱？想到这儿，管雪凤跳着吆喝着的形象又在眼前飞舞。管云龙就把火气撒在吴绪红和管雪凤身上，认为吴绪红是故意侮辱他，女儿又不争气，给自己丢人了。于是，从地上爬起来，迅速走到女儿面前，看着还在塘里站着的吴绪红，举起手，吧唧一巴掌，还骂道，滚回去。

管雪凤也愣住了，一时没有再大叫，旁边的朱来福抱住管云龙，劝说，他不懂事，她不懂事，东家，你就饶了他吧。也不知道是说吴绪红还是说管雪凤，就这般说着。

管云龙瞪了一眼朱来福，气鼓鼓地走了。

管云龙走了，管雪凤没有哭，在摸着她爹打她的那一巴掌。

吴绪红还没动，愣在水里，看着管云龙，又看管雪凤。管雪凤等她爹走远了，回过头，牙咬得嘎嘣响，瞪了一眼吴绪红，看见他还在水里，立即擦了一下水说，你叫吴绪红，是朱来福介绍来的，我算记住了！你等着！

管雪凤说过这句莫名其妙的话，头也不回走了。

还愣在水里干吗？朱来福说，她走了，上来吃饭吧。

“傻大个”哭了。哭着，慢慢爬上岸，一句话也不说，擦洗后对朱来福说，我不去了，得回家，爹还躺在床上呢。

饭也不吃了？朱来福说这话，底气也不足。

我回去吃。吴绪红回答很干脆。

你等一下，我跑回去给你拿两个馍馍。

吴绪红不置可否，穿好衣服，裤头还在滴水，回头一看，那只甲鱼爬上岸了。此时，四下没人，只有自己还待在岸边。吴绪红叹了一口气，说了一句：命呀，注定的。拿起那只甲鱼，找了一根草穿着，提着，急匆匆往家走。

翻过田埂，后面朱来福喊，绪红，等一下。

吴绪红没有答应，大脑一片空白，走得很慢，一点力气也没有了。

朱来福跑了过来，提着一只口袋，口袋里装一条菜瓜，两个馍馍，一块半斤来重的熟肉，交给吴绪红说，馍馍是我到厨房要的，肉是管家让给的，菜瓜是我摘的。忙一大天，饭也没有吃，家里也都吃过了，不能饿着。接着。嗯。

吴绪红忙接着，朱来福看到吴绪红手里提着甲鱼，一惊说，绪红，你也真是的，一只甲鱼，咋看得那么重呢？趁这工夫又下塘了？

不是的，你们走了，甲鱼又爬上岸了。

奇怪。莫不是甩晕头了！朱来福说，咋可能呢？

不信你莫信！你们走了，我要是下塘了，咋那么巧就能再逮住一只呢？难道说，管家塘里都是甲鱼？

朱来福哈哈大笑，笑过说，有点意思。真是找死，本来甩到塘里了，还爬上岸，天意呀。

吴绪红再也忍不住了，边流泪边解释说，来福，俺爹是肺痨，先生说，长期喝药很伤身体，需要补品，还说母鸡汤、甲鱼汤是大补，没想到下塘洗澡就逮住一个，说实话，真是舍不得甩。哎，我也不知道大户人家哪有那么多忌讳，一只甲鱼，都不吃的，东家还生气，我真是不知道为啥生气。

这个嘛，可能是误会。朱来福说，说别人是甲鱼，骂人的。东家往这方面想多了。再者，东家没儿，三个闺女，一提到传宗接代，就十分敏感。你逮住一只甲鱼，又是在他的塘里逮住的，那个死王卓，不是我们村的，经常来这里，也不知道干啥，我看就不是个东西。这次东家车水，他趴在杆子上，只管跑，一点也不使劲儿。又故意挑事，东家当真了。这个，你别介意。

哦，原来是这样。吴绪红说，你遇到机会跟东家解释一下。

行。

只是，雪凤挨了她爹一巴掌，临走瞅我一眼，怕是记恨我了。

也不是的。她就是那个性子，不打紧。朱来福说，她不会记仇。就算埋怨你，一个大闺女，你个爷们，井水不犯河水，也不会咋样。

吴绪红一听，不知道说什么好，看着朱来福说，要是遇到机会，你还是帮我解释解释，省得产生误会，造成不必要的麻烦。

那行，我记着。朱来福又说，我们还是好朋友。天黑了，月亮小，又是大热天，毒蛇多，注意路。说过走了。刚走了一步又转回头说，管雪凤在大门口遇见了我，问你呢？

问我？吴绪红来了精神说，问我啥？

问你兄弟几人。

吴绪红很紧张，说，你咋说？

一个呗。朱来福说，你不就是你一个吗？

嗯。吴绪红说，她问我兄弟几个，啥意思？

我也不知道。走吧。绪红，这个人不好惹，还是离远点。

吴绪红以为管雪凤对他有意思，满怀希望，还找人到管家提亲。管家说，提亲可以，倒插门。吴绪红的爹不同意，以为不孝，因此病情加重，不到半年去世了。

爹死后，吴绪红又缠着他妈到管家提亲，他妈说，你爹才过世，万万不能。要是提亲也得开过年再说。吴绪红害怕夜长梦多，时常跑到山上，对着管家瞭望。

这些事情，管雪凤都知道，因为管家的更楼就建在凤凰山的山洼，又是面朝东方，从窗户里就能瞧见凤凰山的动静，更何况吴绪红故意让她发现呢。

管雪凤看见吴绪红站在山坡上，就搔首弄姿，对镜梳妆，还把窗户打开拿箫吹，换衣服就站在窗户前面。透过窗户，能看见影子。

有时候影子比真人更动人。在吴绪红大脑里，管雪凤的形象模糊了。一会儿是西施，一会儿是七仙女，一会儿又是嫦娥。总之，在变换当中，也在美化当中。就是这些摸不到只能看见的魅影搞得他心神不宁，还神经兮兮地用梧桐叶剪成白天看见的人影。

吴绪红也找到朱来福，带信给管雪凤，管雪凤不回信；吴绪红让朱来福帮邀管雪凤，朱来福犹豫，对吴绪红说，你在信上写明。

吴绪红说，每次都写明了。

朱来福硬着头皮对管雪凤说了，管雪凤眼睛慢慢变小，哈哈大笑，轻飘飘说了一句：不见。

八月十五，月亮高悬，管家在楼顶点上蜡烛，女眷赏月，唱歌跳舞。管雪凤大显身手，吹笛子，唱大别山情歌，特别是那首《小小鲤鱼压红腮》，歌词是：“小小鲤鱼压红腮，上游游到下呀嘛下江来。头摇尾巴摆呀哈，头摇尾巴摆呀哈，打一把小金钩钓呀嘛钓上来。小呀郎来呀啊，小呀郎来呀啊，不为冤家不到此处来。”吴绪红听着，感觉简直就是管雪凤专门为他唱的，待在树上，看着楼顶上人影婆娑，真的是如痴如醉呀。

因为是夜晚，又是八月十五，白天热，夜晚凉，吴绪红去时穿短褂短裤，猫到凤凰山的一棵松树枝丫上偷看。开始还可以，到了半夜，下起露珠，山风也刮起来，管家把火灭了，点起了罩子灯。在灯光中，歌声清脆，笛声悠远，很容易让人沉醉。这时，忽然爬来一条蛇，对他的脚板就是一下，吴绪红“哎哟”摔到地上，好在树不太高，没有摔折。吴绪红爬起就往家跑。他妈知道蛇毒治疗方法，找药敷上，在家养了半年，到第二年春才好。

吴绪红生病了，管雪凤在窗户下看不到，通过朱来福了解，委托朱来福送好多吃的东西，还把一块绣着鸳鸯戏水的手帕送给吴绪红。一个姑娘，哪有这样的手帕？后来才知道，那是王卓送给她的，当时收下了，转手倒卖给了吴绪红。

吴绪红收到礼物，情不自禁，算是死心塌地对管雪凤好了，并当场写下“永结同心”四个大字，又让朱来福回送过去。

管云龙知道此事，到吴家问罪。因为有物证，吴家也不好抵赖。没办法把本家吴承轩找来调解。吴承轩两边撮合，算是把吴绪红妈说通了，同意倒插门，就算没生过儿子，但是管云龙又不同意了，觉得吴绪红虽说人高马大，但是家太穷，再说了，接触几次，总觉得做事离谱，不想同意。碍着吴承轩面子，不好当面拒绝，就说，回去问问闺女她自己。没想到，管雪凤听了，哈哈笑，笑够了，说了一句：做梦，除非天下的男人都愿意为我去死！

又过许多年，是一个秋天，王大望回来了。我在乡里工作，书记告诉我，说是来客了，本乡人，现是洛阳市某区的人武部部长，正团级，牡丹节时认识的，人特讲义气，让我整一桌饭。也没有说名字，可能以为我不认识，我也就没问。

太阳快落山的时候，一辆写着“老城区人武部”几个字的小白车开到院子里，拉开车门，走出一位人高马大的人物，我既感到眼熟，又感到眼生。眼熟是因为神态在哪儿见过，面生是因为他脸部有一道伤疤。

接到招待室，相互介绍。介绍我的时候，他指着我说，我们是同学呀，我是王大望，你忘了吗？哦，我想起来了，立即拉着，又握了一次手。此时，书记说有事要办，让我陪着絮叨。趁这个工夫，我们叙旧，一下子就把正题切入到那个时候要看的手抄本。

王大望说，成也萧何败也萧何，一点不假。要不是那个手抄本，我也不会参军，也许咱也是乡政府干部了。我说，干部就是为人民服务的，通信员，你来了，我还为你拉车门呢，有啥眼馋的？王大望说，那不一样，说是为人民服务，其实是为人民币服务，再就是倒过来，为名人服务，为大款服务。这些年，我不是为人民服务，我是为国家服务，味道就不一样。参加自卫还击战，一刀下来，就像摄影师，用瞬间留下了永恒！他指着脸上伤疤说，这东西，恐怕要带入棺材了。

我说，那能有啥呢？我们都在变化，即使不挨一刀，时光的刀也十分锋利，还不把脸修理成一道道皱纹？就是骨头，也要削矮一大截儿呢。

唉，老同学，你上过大学就不一样，说话这般艺术。风趣幽默呀。王大望喝了一口水，似乎想起什么问，我们那一班的，都在搞啥，你知道吗？

我说，具体到人不好说，要是分类，基本上四个类型。一个类型就是像你，当兵，转干，当军官，既有钱又有地位。没出息的，回原单位，或打工，也还不错，我那同桌朱满意就是。第二类走直路，回农村，教书或当工人，当农民。第三类抄近路，嫁一个好老公，当官太太。胡曼莉，你还记得吗？……

王大望一下子来了情绪，插嘴说，知道，一朵花嘛，那时候我们都还没有长开，都不知道追。不知道她嫁给谁了？

我说，不提名道姓了，总之，是一个比我们先懂事先动手的人捡了便宜。我往楼上指指说，就是我们的书记。

王大望很惊讶也很失望，“哦”了一声说，怪不得这般热情，是不是知道我们在学校的一些事情呀？

我说，狗屁，知道又该咋了？我们又没有干啥。我还没有说出第四类，像我这样的，钻到书里，把眼睛搞近视，如今还没有离开本土呢。王大望已经不感兴趣了，已经把交谈的话题转移到他挨学校处分上去了。这个时候，我心里忽然涌起许多好奇，把原来潜水多年的东西翻了出来。我调侃说，你可不同呀，你在学校里，那可是名人呀。

王大望赶紧摆手说，光棍不打脸，那时候不懂事。我说你不要笑话，就是胡曼莉看书，我也是公平对待，也是一天收一分钱的费用，只是，她第二天对我说，回到家里，父母让她干活，没办法，耽误了，没看完。我咬咬牙说，那好吧，让你再看半天。说实话，就是这半天惹的祸。你知道第二天是谁吗？

我说，我哪能知道。那时候，我想看，借不到，还排队呢。

王大望说，对呀，我都给你记着呢。第二天是班长吴彩厚，他脸皮厚，知道胡曼莉的把戏后，也照本宣科，都要求延迟半天，这样一来，就把时间耽误了。到了第四个人，就是你同桌朱满意，貌似忠厚，实乃奸诈！他看后，非要延迟一天不可，我说哪有那个道理？于是就发生矛盾，结果呢，他不给我，别人又催着要。人，应该讲信义的。我就罚款，他气不过，就把我告到老师那儿去了。

原来是这样！怪不得在高中时每次问到这个问题,朱满意总是躲躲闪闪哟。我说，我为了了解手抄本的故事情节，也不知道费了多少力气。我奶奶有一本日记，回来后，看了，里面的人名与你说的，还有当时社会流传的，都是一样的。在乡里工作，有一个搞乡志的，也有一个本本，我也看了，还很详细。我就怀疑，很可能是哪位高手，根据社会流传的故事杜撰的。但是，太吸引人，我现在还想知道那个手抄本最后的结尾呢。

王大望感到奇怪，看着我说，你奶奶还会记日记？你把你奶奶记的日记说给我听听。

于是，我就把奶奶日记里面的故事和我在乡里查阅的资料混合着讲了一遍。王大望听得津津有味，听了，对我说，奇了怪了。是那么回事情，但是，又不是那么回事情。人物一致，你说的关于吴绪红、管雪凤和朱来福少年的事情，我没有听说过，那本书里也没有记载。那本书直接从“列宁号”飞机走错了，降落到大别山开始的，以后的事情嘛……

我说，时间还早，书记的事情还没有安排完，你就讲讲吧。

王大望给我讲了，书记也来了，我就跟书记说，大望部长与贵夫人曼莉也是同学，是不是把贵夫人喊来见一面呀？刚才说的，为了一本书，还与贵夫人有点瓜葛呢。

王大望说，别听他胡扯。

书记说，哦，那行。于是又把胡曼莉叫来了。

老同学见面，出现许多故事。先是尴尬，后是惊诧，再就是亲热，后来就是一起回忆过去的往事。说到借书，我们都笑成一团，也许是喝酒太多了，胡曼莉才知道都是她惹的祸，不仅赔罪，还一再表示抱歉，端酒之后，不免又说起那个手抄本的故事。胡曼莉说，你不知道，当时，看第一页就吸引住了，就像后来看路遥的《平凡的世界》，爱不释手。说实话，是看完了，但是还是不过瘾，又看了一遍，所以说谎了，才导致老师把你的书收走了。不过嘛，书收走了，以后的事情，你知道吗？

王大望说，从那以后，头都抬不起来，我哪能知道呢？

班主任不是王春光吗？胡曼莉说，他妻子叫胡晓丽，我们一家子，经常喊姐。胡晓丽回到家里，看到供桌上有一本翻烂了的手抄本，就准备扔。封面写着“一个女特务”几个字，饭也没有做，就站在那儿看。王老师回到家里，以为还像往常一样饭做好了，哪知道锅还是凉的，一气之下，大吵一架，还把书都拽撕了。

呵呵，有这回事情？王大望说，这个本子是从县城里弄来的，说是一个写小说的，根据我们县发生的真实故事创作的，说实话，挺吸引人的。为了这本书，挨批，划算！

这个事情过去了，我作为爱好写书的人，走遍了商城山山水水，了解了不少人，知道这个故事的来龙去脉，但是，再去找，没了。寻找创作者，找不到。为此，根据王大望和胡曼莉的讲述，我还是把手抄本还原，或叫再创作，作为历史。

就这样红四军不仅得到了一架飞机，遂将它命名为“列宁号”，还活捉了飞行员。这个飞行员可是个宝贝。宝贝体现在两个方面：一是他是飞行员，曾经坐在飞机上对赤区耀武扬威，想“嬎蛋”就“嬎蛋”，百姓见了，就像见到长翅膀的雷震子，吓得喊爹叫娘，直到各区赤卫队接到总部命令，对飞机轰炸进行安全知识培训，才恍然大悟——原来不是雷震子，也是人，那人叫飞行员，飞行员可是万里挑一的，不仅长得帅，更重要的是身体棒，这样一来，赤区的许多女孩就把飞行员当成美男，立为偶像。那时候没有粉丝之说，但是崇拜埋在心里。人跟植物没两样，一般来说，植物结果之后要是掉落在土里，到了来年就会发芽，要不发芽，一定是没有土，也没有水分，或者说已经腐烂；人的心里也不能种下种子，要是播下种子也要发芽的。

朱文光刚刚被押到师部，就有许多人来看。先是部队上的女战士，喊个报告，说送材料，进来了，实际上是想看一眼朱文光。看到了，出去后，同志们问起，就有炫耀的资本，见人就说，确实长得俏巴，高个，直溜一条线，还是个小白脸。看似轻飘飘的，形容词都是方言土语，但是极具杀伤力。搞得许多没有借口的女孩睡觉还说梦话：朱文光，朱文光，好好俏巴哟。

当然，朱文光没有感觉，不光走一路担心一路，就是坐在茅草屋里也觉得是进了班房，下一步等待他的就是审判。据说，共匪还搞什么公审大会，假惺惺的。国民党内部资料，说是好多地主被共匪逮住了，老婆孩娃都分了，然后五花大绑，拉到黑屋里住着，最后一顿饭是干饭，然后就拉到审判大会上公审。参与审判的都是农民，他们最恨地主了。为啥恨地主，主要是眼红。说是你当地主凭啥？还不是你老子给你留下的？那些田地都是你老子剥削农民的工具，应该还给农民。接下来就是数落你犯下的滔天罪行。是人哪能没有罪？你是人，你就会吃，吃多了，长胖了也是罪。那些穷鬼会踢你的肚子说，这就是剥削的罪证，真是叫你无话可说。当然，审判没有律师，也就没有申辩的机会。公审结束，大家齐声喊，血债要用血来还！高声，再高声一点，那就是举起拳头高呼：打倒地主，打倒叛徒，打倒反动派！

对了，朱文光想起来了，自己不是地主，家里也很穷，住在四川的一个穷乡僻壤的山沟里，还有兄弟姐妹，还有两眼凹陷的老爹。记得好多年没有回去了，在部队里混也是不容易的，然而，还是把钱寄回家。听爹找人写信说，自从他当上了飞行员，政府就把光荣牌送到家，老爹也被接到县里，又吃又喝，表彰了一番。老爹还夸说，狗崽子有出息了，给朱家争光了。还到祠堂，对着列祖列宗祷告，祈求保佑，说我娃是雷震子，但是也担心。因为天上不像地上，那是很危险的。爹还说，要好好混，混出个人模狗样，到将军了就好了。可是，自己还是个少校，什么时候才能到将军呢？这些都不能再想了，一切都如苏轼词里所写——灰飞烟灭了。

自己不算啥，要是传到老家，爹咋办？娘咋办？还有，朱文光想到他的爱妻，那个京剧明星甘丽娜。丽娜呀，你还好吗？你知道吗？丽娜肯定知道了，走的时候就与她说了，当天就可返回的，阴差阳错，咋就耽误了一天呢？人生就是这样。记得爹打柴卖，供自己读私塾，家里实在困难，但是爹说，娃呀，历朝历代都是有文化的人当官，圣人说，劳力者治于人，劳心者治人。爹就搞不懂，“治人”与“治于人”有啥区别。爹骨瘦如柴，就像先生说的，你，是个扛犁的，你的作业就是在田地里；我就是扛教鞭的，作业就是在课堂上；那个屌县长，嘴像瓢瓢，但是人家是秀才，在国民党这一朝也用得着，所以就让他拿笔，审判案子，吃喝玩乐都有人伺候。这就是命！要想改变就得读书。爹说，我娃也读书了，将来长大了有没有出息呀？教书先生说，光在这地方读还不行，到大城市，最起码到武汉。我们那儿离武汉比较近，爹不知道武汉在哪里，但是听说过武汉繁华，就与娘商量。松子油结的灯花拨了好几起了，鸡都打鸣三遍了，就因为教书先生那句“治人”“治于人”的区别，爹下了决心。

爹打个呵欠说，舍不得金弹子打不到好鸳鸯。就这样定了。爹睡了，娘哭了，泪水一直流到我走。站在小木筏上，看着岸边的娘，挥着手，擦掉眼泪，捂着嘴。心痛呀，七八年了，至今还记得。

丽娜后面的日子该怎么过呀？丽娜爹妈都反对，还对丽娜说，你也找个职业稳定的，这么个人在天上飞，什么时候有危险，老天爷也不会说话，也不知道吆喝一声，要是哪天不注意，飞掉了，咋办？一句话，找这么个人当丈夫，不靠谱！丽娜说，守寡呗。

丽娜的爹是大学教授，看着女儿说，日本在中国东北虎视眈眈，我敢断定，最近几年就要侵略中原，到那时候朱文光还不驾机保卫祖国？当然，身为军人，理应马革裹尸，也是职业军人的光荣。但是，丽娜，你是我的女儿，甘家就你这么个女儿，你才二十岁，在武汉也算名人，北京的余叔岩老爷子也听说你了，带信给我，想收你为徒，你要是辞掉这门婚事去北京，一定会大有前途的。

甘丽娜说，我身为女人已经不幸了，再不能找一个可心的丈夫，活着还不是僵尸？

教授无言。朱文光是知道的，国民党飞行大队有手册，上面写得明明白白，要是落入敌手，杀身成仁，效忠党国。要是自己被拉出去审判，面对着那么多陌生的眼睛，一个个像夜间的狼，眼冒绿光，该怎么办？朱文光已经在做杀身成仁的准备。

人们虽然对飞机“嬎蛋”有所认识，也深恶痛绝，但对飞机怎么“嬎蛋”却一无所知。赤区没有飞机，破天荒来了一架，神仙也没有算到，真是喜从天降。师部立即请示红四军总部，许继慎、徐向前等人商量，立即发去一份电文，大意说，你们做得太好了，得到一个宝贝，不，俩宝贝，值得表彰。俩宝贝都要设法保护好，即使牺牲一个营也要保护好。对飞行员要特别照顾。

周维炯接到电报，行动相当迅速，分十五个小组，跑到附近的赤区，召集光山、商城、罗山、潢川等县的赤卫队，组织人马，保护飞机与飞行员。对于飞机，要立即转移，搞好隐蔽。雾散之后，国民党就要来轰炸，要抢在国民党飞机飞来之前做好工作。

周师长的命令一刻也不能耽误。各县接到信件，火速行动，不到四个小时，居然组织上万民工，飞行员也被押到周师长的师部。说是师部，实际上就是一个山洞。在山洞里，周维炯接见了这个看起来十分英俊但是精神却萎靡不振的飞行员朱文光。

飞机，现在看起来不太大，但是那个时候这个东西已经是庞然大物了。有的说有三间屋那么大。有的摇头说，才不呢，我看呀就有小山包那么大。还有的说，狗屁！啥小山包，就有龙嘴那下面的大山包大。说去说来，没办法测量，只能在那儿瞎争论。

副师长王树声亲自到现场，看过之后召开会议。副队长赵志刚在抢飞机的时候被民团打中要害，牺牲了。朱来福受伤住进医院。副队长范大麻子代表游击队参加了会议。朱来福躺在担架上告诉麻子一句十分有用的话：飞机该藏在……

先是县大队发言。大多说，国民党飞机对人民犯下滔天罪行，不如砸了卖废铁，让国民党反动派心疼，但是也有个别人有远见卓识，发言说，砸了，炸了，都不可。飞机是死的，就像国民党的枪支弹药，都是工具，到了我们手里，就是我们打倒反动派的法宝了。说得好是好，但是有两点，一是没有人会开呀，弄个死家伙在这里，还要人守着，要是国民党飞机来了，丢一枚炸弹，不就完蛋了？再说了，就是不丢炸弹，来了队伍，再夺回去，就像诸葛亮的木牛流马，反复倒腾，损失可就惨了。二是太大，藏起来困难。

有人说，这个家伙看起来有四个轮子，越多越不行，不如哪吒的两个轮子灵便。另一个人说，狗屁，我没去也知道，既然是“鸡”，俩腿是对的，咋来四个腿呢？还有一个人说，你们没去不知道，我去了，忙着打仗，也没有趴下看几个轮子，不过嘛，不管几个轮子，掉下来没有摔碎，说明轮子也起作用。

大家都七嘴八舌，没个统一意见。王树声急得抓耳挠腮，一时想不出妥善的解决办法。最主要是庞然大物停放在河湾里。河湾，低洼，要是弄到岸边就十分困难，更不用说藏起来了。王树声急得拍脑袋说，这不是废话吗？总部要求务必在天黑前把飞机弄走，最迟也要赶到天亮前。在这儿争论几个轮子，有屌用呀？王树声拍脑袋是个习惯，只要是拍脑袋，就说明遇到麻烦了。

王树声这么一说，大家争论的声音稀疏下来，身边的警卫员小张一直站在王树声身后，这时候用手拨拉一下，王树声扭头。小张是河口人，河口人都认识，于是小张说，那个角落里坐的是河口的赤卫队副队长范老五，朱来福负伤了，听说是他们发现的，来得最早，还跟民团干了一仗，打死打伤不少人，敌团总跑了，副队长赵志刚也牺牲了。我知道范老五挺有办法的，他们又有功劳，听听他们说什么。

这么建议，虽说小张有私心，但是歪打正着。

王树声点名让麻子发言，还表彰了一番，说，要不是你们提早发现，就被民团占了，要是那样，我们即使得到了，也报废了。这次战斗，河口赤卫队有功劳，各区小队、县大队都应该向河口赤卫队学习，学习他们敏锐的洞察力，学习他们高度的警惕性，学习他们灵活多变的战术，学习他们不怕牺牲的精神。王树声与大家说，副队长赵志刚英勇牺牲了，队长朱来福为了保卫胜利果实，被敌团总吴歪子打了一枪，正中小腿棒子，能不能站起来，另当别论。现在，我们想听一听副队长范老五的介绍，你们说好不好？

大家齐声说好。等掌声落下，麻子站起来说，先发现并不稀奇，我们离得近嘛，换着兄弟部队，也是如此，只是，副队长赵志刚牺牲，队长受伤，我们很难过。朱来福临抬走时告诉我，他有办法能藏好飞机。

大家一听，呼啦转过身，都把目光齐刷刷地投向身后的麻子，麻子反而不好意思了，结结巴巴说，你们干什么？我说错了吗？

王树声笑着说，大家想听下文，你就直说吧，不管对错，都不怪你。

麻子得到王树声的肯定，稳稳情绪说，队长说，在河口的凤凰山下有一个小村庄，叫管家庙，实际上就是娘娘庙。那地方偏，地形特殊，松树多，松树都有可抱搂那么粗，四周都是枫叶梨树，还有一种树叫柏树，树叶一层一层的，厚实，就是光线也透不过。我们每次打那儿经过，都感到阴森森的。鸟雀飞，也要慢，否则就会被树枝掸掉。那里原来是管家大院，大院的西边是个稻场，堆了许多稻草，我们把飞机放在稻场和房屋之间，上面盖上稻草，就是神仙也发现不了。赤卫队常年在山口站岗，守住，就不会有人经过。坏人来，也不会发现。

好主意，实在是个好主意。王树声高兴地把桌子一拍说，麻子，你还有这一手，不简单。我请示师长，给你们赤卫队奖励。

王副师长，我们不要奖励，你把朱队长治好，再给我们十把王八盒子就好了。

没问题，再给你们多配几把，达到人手一把。今后，你们的任务还重呢。王树声说兴奋了，对其他区县中队、大队说，到时候，各赤卫队教育群众，严守秘密，最主要的是防止敌人破坏。你们要做好准备，密切关注河口，只要发出求救信号，无条件支援，听从范代队长安排。哦，朱队长没好之前，范老五，你就担任队长，回头我跟县委书记李梯云说一下。要是朱队长好了，另有安排。

是！

说过了，大家都离开了，留下几个重要人物继续开会。

虽说知道藏哪儿，但是怎么运走，还是个问题。周维炯知道他们的难处，派了六位机械师，又从各连队抽调十八位会维修的工人，带着扳子、钳子还有其他机械来了。王树声见了，有些不认识。连长张富贵介绍说，上次打仗，俘虏了他们的几个机械师，他们懂维修。我们部队里也有几个懂得的，这个吴汉军，留过苏联，对飞机的构造了解，也来了。

第二章

较量

处理完吴绪红的事儿，管雪凤向南京汇报，得到的奖赏是一顿臭骂，心里窝火，对于吴绪红自杀谢罪不光不同情，还认为是罪有应得，十分厌恶。

时间在商城的沟沟坎坎中慢慢流淌，流淌过后，天已经黑了，管雪凤忽然感到少有的孤独，觉得除了吴绪红没有心腹了。看看石生财，想损他两句，又觉得没啥意思，想起吴绪红的死又有点难过，于是对石虎说，尽量给吴团总安置好点儿。

石虎感到不安，他很害怕管雪凤追究，更害怕蛇蝎心肠的特派员要参加吊唁。石虎赶紧说，多谢特派员，已经遵照您的吩咐送到岔子山的义岗地了。

真是哪壶不开提哪壶。不说还好，这么一说，管雪凤忙问，什么？

遵照您的指令！石虎眼神有点担忧，但是在精神上还得装着，于是吐字特慢。

我让你吃屎你也吃吗？管雪凤骂，猪猡，听话也听不懂。那不是气话吗？妈的，你是吃饭长大的还是吃屎长大的？你不知道本地的规矩，死者为大吗？

管雪凤一生气，说话也不讲究了，把商城的土话都带出来了。商城有“两头洼不带妈不说话”之说，虽是恶习，但也是一个地方的风俗。

石虎感到极不适应，皱着眉头，愣在那儿。

石生财虽不知道毛病出在哪里，但他是个聪明人，察言观色，见管雪凤发怒，又是朝令夕改，心想，吴绪红走了，飞机不知道下落，自己的前途不能因此搞砸了，说不定此后还仰仗这个女人呢。于是把头一摆对石虎说，特派员训你，你还不知道呀？赶紧找人把吴团总的尸体找回来，顺便买口棺材，热热闹闹做个道场。到时候，特派员还要亲自参加。又扭头问，特派员，你说对吗？

我也就不去了。管雪凤心情不好，情绪忽高忽低，看着石生财眼珠乱动，害怕在这件事情上做文章，于是说，绪红虽说误了大事，从自戕谢罪来看，还是忠于党国的，精神可嘉。当时我也是气急，说了过头话。作为一个团总，又没有成家，家里也没有其他人，这样死了，没有功劳也有苦劳。给他办好点儿。师兄，你是一县之长，到时候代我主持就行了。

石生财听了，眉头直皱，这是管雪凤到商城来第一次这么称呼他。这么称呼，他有点不适应，因为在他的记忆里，凡是套近乎的，都是另有所图的。心想，这个女人今后还得防着点。

作为管雪凤，来到商城，是带着任务的，如今，任务没完成，还死了一个帮手，心里自然不痛快。可是，吴绪红要是不自杀谢罪，她对南京不好交差，也影响她在商城的威信，尤其是民团。吴绪红自杀，说明纪律还是严厉的。但是，管雪凤也知道，在商城，只有吴绪红与她走得最近。吴绪红一死，要想越过石生财，像从前那样轻易指挥民团，恐怕费事多了。

两个人都在想心事，虽只是瞬间，但是都明白。石生财听到管雪凤这么一说，再看看管雪凤似水柔情的眼睛，立即说声“是”，挥挥手，石虎退出去了。

石虎走后，管雪凤背过脸，在那儿长吁短叹，似乎很难过。

石生财心想，你心里咋想的我能不知道？你这是既想当婊子又想立牌坊。你是怕有人再向南京告状，你他妈的才几岁，我吃过的盐比你吃过的米都多，一个黄花大闺女，四个屋角还没有摸到一个，想来糊弄我，没门。想过了，也就想开了。望着天花板，腿跷在方桌角上，一副傲慢的样子。

石生财是有想法的。你想一想，吴绪红是他的团总，他能不了解？要是不了解能让他当团总吗？想当年，在冯玉祥将军麾下，也是一员虎将，打了三次仗，升到营长，那也是很不容易的。要不是他们的团长指挥失误，也不至于脚筋挨了一枪，接不上，走路有点歪，但是不影响行军打仗。后来，阎锡山知道了，还送来帖子，招吴绪红，给个团长干干。那时候管雪凤还没来，吴绪红想去，又怕石生财伤心，天天喝酒，一句话也不说。我知道了，心想，是龙留也留不住，不如放走算了，到时候，也许还能对我石生财有大帮助呢。那一晚上，两个人喝了不少酒，掏心窝子的话都说了。最后说了，他那地方是龙嘴，是龙就得到大江大海里锻炼，于是，石生财同意了，他也高兴。正准备说走呢，不知道咋弄的，半个月过去了，他不提走了；一个月过去了，更是不提走了，还很卖劲儿。石虎说，大哥，你知道吗？吴绪红讲感情，大哥跟他谈了，他觉得过意不去，犹豫呢，一个月过去了，管雪凤来了。管雪凤一来，吴绪红就留下来了。这说明什么？说明吴绪红太痴情了。一个大男人，又是生在这么个年代，太痴情不是好事。心里这么想，日子慢慢过着，一天天过去，石生财也一天天观察。管雪凤一天到晚板着脸，吴绪红好像很听她的，这就让人担心呀。石生财这样下去，这点血本会不会拼光？吴绪红说，大哥，你放心，我不会那么傻。

吴绪红死了，看来是被管雪凤逼死的。吴绪红别看是个歪腿，但是心不歪，把情和义都放在心里装着呢。一个重义的人就有点古板，古板就是傻帽儿，方言叫“勺”，就是后脑勺缺根筋的意思。要是一个人又重义还痴情，那就不是“勺”，简直就是一头猪了。一头猪，遇到管雪凤这么个屠户，能不被宰吗？

管雪凤有点急躁，也有点烦躁，看看石生财，她知道石生财不像吴绪红那么听话。石生财的眼睛是长在屋顶上的，比眼睛长在头顶上还坏。管雪凤掂着电报，没办法只能忍气吞声坐下，脸对着石生财的鞋底说话：你是一县之长，大哥，你说，下一步该怎么办？

天已经马虎影了，明天再说吧。石生财好像没有吃饭，明显是在搪塞。

夜长梦多呀，大哥，再说了，戴老板催逼得紧呀。电文，你也是知道的。

呵，电文？从你手里出来，再从你手里出去，谁知道是咋回事情？

管雪凤一下子跳起来，把电文甩到石生财脸上，骂道，你他妈的，别给脸不要脸，谁不知道你外号叫“石屠户”，对待百姓你狠心，对共匪你软蛋了？你有本事今天就把我杀了，看你是什么下场？要是不杀我，明天就叫你滚蛋，你要是能坐稳县长的位置，就算我管雪凤放屁，放了一通大臭屁！

管雪凤是带着尚方宝剑来的人，这般一发火，石生财可真的害怕了。要知道，石生财在国民党高层没有人，管雪凤来了，是老乡，又是一个学校毕业的，本打算联合搞点事情，没想到只两三个月，马屁没拍上还拍到马蹄上了。这个管雪凤，是个跳蚤，是个不能惹的人。石生财是演戏高手，也是实打实的变色龙，要是在舞台上就好了，一定很好看，只不过在现实中就有点讨厌。只屁大点工夫，石生财驴脸立即变成狗脸，像盛开的秋菊，还赶紧把脚从桌子上放下来，站起来，弓着腰说，特派员，别生气，消消气，消消气，我这不是在想办法吗？你要知道，我说那话可是为您着想呀。

怎么说？管雪凤借坡下驴，语气也缓和了。

你想想，你是本地人，对本地情况也是了解的。石生财偷看一眼，觉得管雪凤像冰开始融化。他一边说话，一边使眼色让警卫员给管雪凤倒了一杯信阳毛尖茶，又亲自给管雪凤递上一支雪茄，点着，说，特派员，大哥心里不能过呀！说罢，眼泪像算盘珠，不停地掉，哭着还吸着鼻子，显得十分难过。

管雪凤抽了一口雪茄，有点蒙了，眉头一皱，不知咋弄的，忙说，啥事情这般伤心？

哎呀呀，我的好兄弟呀，死得好冤枉呀，大哥……大哥我没有照顾好你呀。哎呀呀，哎呀呀，你可是庙门前竖旗杆——独一根，谁是你的亲人呀？你还没有讨老婆呀，就这样走了，为了啥呀？哎呀呀，哎呀呀呀……

你他妈的哭够了没有？一个大男人咋这样呢？管雪凤骂，可心里也慌了神。

石生财斜着一只眼看管雪凤，知道她语气硬实际上心软了，目的达到了，抹了一把眼泪，带着哭腔说，你可不知道呀，我与绪红老弟认识早呀。在汉正街上碰到的，他一口商城方音，我就知道他是地道的商城人。我知道他没有地方上学，介绍到讲武学堂。我先毕业回到地方，他后毕业到冯玉祥部队，还算有缘，又回来了，真是我的左膀右臂。我折了左膀右臂，你说我能不痛吗？能不伤心吗？

别说了！管雪凤也伤心了，眼睛湿漉漉的，叹口气说，大哥，要是论与绪红的交情，我可比你认识早呀。我们从小就认识。管雪凤说到这里，害怕石生财误会，看了看他。果然，石生财惊讶地问，你们是……

你不要胡猜，管雪凤说，从小认识是因为他给俺家帮过工。

噢。石生财心想，草腰子拴驴大松绳！于是，忙点头说，那以后呢？

管雪凤说，以后各奔东西。在武汉女子班上学与他没来往。只是到这儿来了，见到了，才知道吴团总就是吴绪红。

哦，是这样。石生财连续用“噢”“哦”表示惊讶，知道管雪凤在说谎，也不便戳穿，就说，吴团总死得亏呀。你是特派员，不知道具体情况。这些年，周匪（周维炯）从一个嫩芽已经修炼成参天大树了。用锯是锯不断的。商城县城，他已经打了两次，我在南乡，知道厉害，每次来，我都到处躲藏。那些穷鬼，没东西吃，打仗可不含糊，个个都像不要命似的，眼睛红着，迎着子弹，拼命往上跑，还吆喝着，就如同到哪儿捡大洋似的；那大刀片子，迎着光就来了，也不管是头还是屁股，见到就砍。别说打仗了，就是在旁边看，就吓晕乎了，也因此，我对他们绝对没有手软过。绪红打仗是条汉子。我没到前线，据石虎说，他们接受了前次教训，一百多条枪，兵分三路，到面前才看清楚，河沙湾里，驼峰山上，旮旮旯旯，到处都是人，都拿着长枪，少说也有四五千人，照这般说，准是周匪的三十二师。乖乖，别说是民团，就是国军的一个旅，也照样吃掉。这已经不是一次两次了。一百多号人马，在那么多人面前，说不定就像一个桃子，每人啃一口就能把桃核啃光。绪红还能打死打伤共匪一百多个，还能从那儿逃回三十多人，算是立大功了。立功不奖赏，却落个自杀，这是兵家之大忌呀。

他立了军令状的呀！实际上，管雪凤是听不进去的，但是这话是石生财说的，此时，又没了吴绪红这个依靠，也不能不顾忌。虽说在争辩，但是口气已经软下来了。

啥事情不是人说的吗？他立啥军令状？有白纸黑字吗？就是白纸黑字也不是板上钉钉呀？就是板上钉钉，你是特派员，手里有老虎钳子，也能拔下来呀？你拔下来了，钉子不会钉你，别人也不会小瞧你。拔下的钉子，攥在手里，想什么时候用就什么时候用，多得劲儿呀。

石生财老奸巨猾，娓娓道来，管雪凤心里虽说反感，但是听着，觉得很有道理。开弓没有回头箭，事情闹到这一步，只能亡羊补牢。管雪凤抽了一口烟说，戴老板催逼得紧，师兄，你说咋办？

戴老板嘛，他毕竟在南京，山高皇帝远，他能看到吗？石生财说，你给他拍一封电报，就说飞行员叛变，驾机投共，我们虽尽全力，但是于事无补。这么说，我想，戴老板是能够咂摸出味道的。要是这样，一切不就得了！

妙计呀！拨云见日，一语中的，师兄高见！管雪凤没想到石生财是造假高手，瞬间能黑白颠倒。看着石生财那么得意，管雪凤立生畏惧，于是又说，飞机掉在这里是不能否认的，明天，最迟明天，国军的飞机就会飞到这里侦察，到时候，治我们个救治不力之罪，咋办？

这个很好办呀，国军一个旅就驻扎在潢川的半个店，离这里也就是半天路程，你立即电告南京，让他们火速赶到，打跑共军，飞机不就得到了吗？这叫借刀杀人。你也是讲武学堂毕业的高才生，还受过特训，又熟读兵书，孙子兵法，咋忘了呢？

石生财说得轻描淡写，管雪凤这才领教这只老狐狸的厉害，于是说，你身为党国军人，一定得为党国大业奋斗。

你这个美丽的小师妹呀，你咋知道我不为党国大业而奋斗呢？石生财到了这一步，在炒好菜时还不忘加点感情味精，很煽情地说，你没来，我们就向南京报告了，说这里匪患滋生，请求委员长派兵进剿。蒋委员长接到信后，立即派遣了好几拨军队，但是那些军队都是各自为战，不仅没有灭火，还火上浇油。如今火势蔓延，已成燎原之势，要想消灭，还真得下一番功夫呢。现在，国军驻扎半个店，他那儿少说也有四五千人，有大炮还有机枪，弹药充足，粮食满仓，消灭共匪十一军不太可能，但是消灭共匪三十二师，还绰绰有余。小师妹，你呢，一定要上天言好事。你得想想，你是本地人，我也是本地人，都了解本地情况。再说了，利益一致。如果败了，军队没了，县长没了。到那时，我没职没权，一个兵也使唤不动，你也不可能一走了之，共匪想逮我们，就如同在鸡罩里抓小鸡，手到擒来。

不打不成交，两个人反而达成了统一战线，这也是石生财想要的结果。

管雪凤委婉地说，小妹我也是急了，说话有点刻薄，你这般一说，我想这样：我给南京发报，敦促薛旅长带兵夺飞机，即使抢不到，派人毁了也很容易，绝对不能落入共匪手里。薛部是大部队，在山区行军慢，我想你呢，明早天不亮就带兵前去骚扰，叫共匪疲于应付。特务连侦察飞行员，哦，武汉回电，飞行员是飞行大队小队长，姓朱。派人侦察他现在关在哪里。混进去，找机会灭了。要是办得顺当，我向南京发报，给你请功。

多谢了。这样很好。还是特派员处事妥当，我石某遵令。说完，喊来石豹，让通知各队，立即到作战室。扭过头问，特派员，你就下达作战命令吧。

管雪凤说，对于军事部署，作为特派员我就不干预了，只说一句，吴绪红走了，团总你自个儿担着，有功好晋升。

那好，我也就勉为其难。石生财说完，又对身边警卫说，特派员辛苦了，你让厨房备酒菜，上好的，我为特派员解乏。

天没亮石生财就起床了，洗漱完毕，吃了一点东西，石虎也到了。

石虎对石生财说，各队集合完毕，用过早餐了，可以开拔了。

石生财到管雪凤屋里，管雪凤刚起床，没穿军装，显出女人味，妩媚中带点刚毅，让石生财吃惊，暗暗说道，真是美人坯子，怪不得吴承轩这只老狐狸娶走她二妹，敢情老大比老二还美三分呢。心里想着，要不是上面派来的，又那么毒，非抢了不可。看着，舔舔嘴唇，忽然想到自己的几个姨太太，心里哆嗦，觉得管雪凤另有一番味道，就像一朵花儿，虽然娇艳，但是毒性太大，还是不摸的好。于是闲聊了几句，有点嘘寒问暖的味道。管雪凤穿好军装，石生财忙着要走，也不好多看。管雪凤鼓励一番，石生财带兵出发了。

奔了四五十里，来到驼峰山，嘎嘎两声，惊起几只白鹭。石生财赶紧让部队小心，因为这次倾城出动是绝密，要是共匪乘机攻打县城，那可不得了。再说了，县城还住着特派员，还有军需物资等，最主要是一家老小和几个店铺都在那儿，那可是大事。

石虎说共匪有四五千人马，要是那么多，正面进攻是不可能的。作战方案是骚扰，趁机炸毁飞机，但石生财又想到一个问题，骚扰可以，骚扰之后及时脱离可就难了。为了稳妥起见，还是格外谨慎。想到这儿，石生财按照既定部署，到了驼峰山下，先派石虎带着一队人马从一条小溪旁的小径悄悄插入，侦察后再决定偷袭。

此时天刚亮，雾还很大，虽说在驼峰山上居高临下，但还是看不清河湾真相。石生财招手，石虎赶到面前。石生财说，石虎，你从这边，沿水沟下去，那里雾很大，看不清楚，要格外小心，防止中埋伏。王队长，你带一队人马沿山边侦察，要是有共匪，藏在山边儿，碰见了，你就把他们引开，边打边退，退往西边薛旅长驻扎的方向，共匪一定认为是钓鱼，就不会真打了，这样，你就可以摆脱追击。吴队长，你带的煤油呢？吴队长说，背着呢。那好，有洋火没有？有。特派员一人发了两盒，今天没风真好。

好个屁！石生财说，没风火能烧得旺吗？

吴队长嘿嘿笑，没有说啥。

石生财说，我就知道你们的小九九。不要怕多划洋火，要是能烧掉飞机，我保证，每人给你们奖励十盒，够你们回去烧包的了。再者，做两手准备，把手榴弹捆好，要是来不及烧，就炸掉。

吴队长答“是”，转头对团丁说，听到没有，你们俩要抱着手榴弹跟在我屁股后面，到了近跟前，遇到机会，就拉响。你，你，还有你们几个，要大把大把地划，只要能把飞机烧了，就算成功。

团丁十分紧张，连忙说“是”，说完，准备去了。

瞎子点灯白费蜡，忙了一圈儿，天已经大亮。山哟还是那个山，河哟还是那个河，只不过一个人影也没有了。留在白鹭河的是黄沙，金灿灿地堆在那里。哗哗的流水旁，站着许多白鹭。满河湾的白鹭好像睡了一个好觉，做了一夜的好梦，见到人来，才被惊醒，好梦还没有做完似的，在那儿亮着翅膀打呵欠。有的嬉戏着，嘎嘎两声，试飞着，奔跑着。除了这些，就是越来越薄的雾，这些雾也显得无聊，玩够了，撒腿该走了，无声无息地离开。一个个黑黑的戴着帽子的团丁傻眼了，看着河湾，好像做梦，在梦中还没有醒来似的。

石虎说，我们来得也很早啊，咋没有了呢？

你们昨天来的是这个地方吗？石生财有点怀疑。

王队长说，我腿都跑酸了，还能有假吗？我清楚记得，瞧，就是那地方，这里还有血，就是这地方。吴团长一枪打倒一个共匪，那个共匪脑袋冒出一股血，倒在地上死了。就是这地方，一点不假。

王队长看到大家都不说话，又赌咒说，谁要是说瞎话谁是甲鱼，我说的你们咋不信呢？

说不信了吗？我们正感到奇怪呢。神了，这帮共匪长能耐了？飞机是咋弄走的呢？石生财在寻找痕迹，只可惜，只有沙滩，还有两边青莽莽的大山，也没有脚印。那些脚印都被抹平了。看来，这帮土匪真不简单，做事细致周密，打仗神出鬼没，一点章法也不讲，真是难以对付的主哟。

朱文光本着死猪不怕开水烫的态度，在过去的几个小时内他考虑得太多了。说，也没有什么秘密；不说，估计更受罪。朱文光到过国民党监狱，那里关押着政治犯，可以说不是人待的地方。不仅潮湿、黑暗，还透着一股霉臭味儿，每次拷问都得出血，叫“出门见喜”。对于那些拷问官来说是个好兆头，打牌会赢，遇到长官会得表扬，甚至还会有意外之财到手，就好像出征之前要杀人祭旗。朱文光怎么也没有想到自己会被共匪抓住，用他的血来祭旗。所以说，朱文光心想，反正都是一死，何必死得那般屈辱呢？就像共匪，被杀被砍，都要站着，叫跪着不干。朱文光的一个朋友参加了一次枪毙政治犯的观摩，有一位共党，腰杆挺直着，为了防止喊口号，舌头已经被割掉。只有几片破布遮着下身，身上露出一道道血痕，有些已经化脓，冒着血水，腥臭无比。一个军官走到他面前，吆喝：跪下！上去对腰就是一枪托，没有把他砸趴下。另一个上去对着腿弯就是一脚，他跪下了，又站起来了，嘴都歪了还是坚持嚷。朋友说，这才是好样的。虽说人都是从娘肚里爬出来的，但是死也不能跪着呀。死了，都是躺着，在死之前，是人，是要站着的。这般想着，朱文光不自觉有了骨气。一句话：不说话，不跪，视死如归！

周维炯给朱文光端来一把椅子，是竹子做的，还挺雅，就是有点旧，上面出现黑色的斑点。其实朱文光不认识，那是一种特殊的竹子，叫斑竹，是周维炯从老家斑竹园带来的。他老家就是以这种竹子命名的。这个椅子是周维炯他爹亲自做的，所以周师长走哪儿带哪儿。按照周维炯的说法，有感情。周维炯说，斑竹上的斑点都是穷人的血和泪，我得记住。周维炯说得很慢，害怕朱文光听不懂，斟酌着，温和地说，坐吧。

朱文光算是听懂了，也不客气，头昂着，坐下了。坐下了，往下一看，觉得给自己端椅子的年轻人与他年龄相仿，可能是领导的警卫员吧。这个人国字脸，眉毛很重，嘴唇厚，行动显得很稳重，又不像小兵，虽满脸稚气，但行动倒有点老辣。态度也很温和，似乎在想办法与自己沟通。这一套，朱文光也设计过，这就叫先礼后兵，到时候，灌辣椒水，坐老虎凳，十八般刑具都用上，到后来就是扒皮抽筋了。朱文光很怀疑自己能否挺得住，但他已经做好了准备，要挺下去。想到这儿，朱文光干脆闭上眼睛，决定不吃那一套，镇定地在那儿养神。

周维炯微微笑笑，走到一张条桌旁边，翻开证件，看了一会儿坐下说，你叫朱文光？

朱文光睁开眼睛，看看，还是没说话。

周维炯说，国民党对你们宣传很多，说我们是红毛野人，是杀人不眨眼的土匪。还说我们是共产共妻，是败坏伦理纲常的恶人。看见朱文光，看着自己，周维炯把手摆摆，这个时候，朱文光才发现周维炯的手与自己的手不一样，这个年轻人虽说个头中等，手臂也不算长，但是手掌特大，像芭蕉扇。这般一挥，虎虎生风，让人感到有一股难以抗拒的力量。周维炯示意他不要说话，保持沉默。接着说，你以后就会明白，我也不与你解释，我想说的是，你不说话，但是我知道你是四川人。

朱文光有点吃惊。在飞行队里，哪里人是要保密的，就是证件也不允许显示，就连甘丽娜也不知道。结婚在武汉，没有告诉家里，这是纪律，谁要是泄露了，有可能被怀疑。在飞行队，大队长说，一年前，有一个飞行员叫吴波，技术好，又在美国培训过，就提拔当了小队长，还特批找了一个爱人，但是，没过半年，此人无影无踪了。有的说是派往美国学习去了，有的说是在执行特殊任务时牺牲了，不管怎么说，都不知道真相。作为大队长，他心里明白，就是不能说透。就像大队长说的，在飞行队，最最重要的是纯洁性，连秘密都保守不了，何谈纯洁性？要是被赤化了，损失可就大了。朱文光心想，面前这个年轻人咋知道的呢？一定是猜的。

周维炯继续说，你家也是穷人，你父母还有你两个哥哥三个姐姐也都是农民，在四川，他们也过着水深火热的生活。

朱文光听着，眼睛开始睁开，看着周维炯，很奇怪这个年轻人能在一两天之内就知道自己远在千里之外的情况。不知道为啥，朱文光还是不说话，他现在认定，这个年轻人就是共党特务，也许飞行队的底细他都知道，这样说来，那些哥们，今后可危险了。

你刚结婚吧？周维炯问。

听到这话，朱文光已经不是惊讶那么简单了，他再也忍不住了，眼睛从小变大，睁着大眼睛说，这你也知道？说过，垂下头，后悔。

不要紧的，朱文光，也许我们可以做朋友的，你妻子叫黄秋英，这是艺名，真名叫甘丽娜，她爹是教授，对吗？我们不会给你难堪，只想跟你交朋友，要是你愿意，可以放你。

太假了！狐狸尾巴终于露出来了。一个特务，说这样的话，哄骗三岁小孩还差不多。朱文光这样想，也就真不真假不假地问了一下：放我回去，真的？

还能有假吗？周维炯说，我不是跟你做宣传，你也可以不听，但是我必须说。你在国民党那里听来的都是假的，都是对我党的造谣诽谤。中山先生在世的时候，两党都奉行联俄联共扶助农工的“三民主义”，可中山先生尸骨未寒，蒋介石就发动内战，要置我们于死地，你说我们该咋办？

……

你可能很奇怪，我们怎么能在一两天之内就知道你的全部情况，跟你说吧，你留学苏联，在苏联学习驾驶技术，回国后，被国民党招为特级飞行员，这一点，我们多年前就通过苏联朋友把你的档案搞到了。不光你的，在苏联上过学的，我们这儿都有。至于你新婚，是最近的事情，我们有朋友，不告诉你，对你保密，也对所有人保密。因为我们要对朋友的生命负责。至于你在苏联的档案，那个也很秘密，为啥对你说？我们也是充分研究过的，觉得你可以成为我们的朋友。退一步讲，即使不能成为朋友，苏联那边，也没有损失。

巧舌如簧。朱文光出了一身冷汗，他虽在心里说，但是不得不承认，人家工作做得细致、完美、超前，太超前了。

椅子发出咯咯吱吱的声响，朱文光坐着觉得不舒服，扭头看看。

周维炯说，你不用看，这种竹子别看黑点多，可结实了，也很卫生。你们四川就没有这种竹子。跟你说，这种竹子叫斑竹，我老家就住在斑竹园。那里盛产。

为啥长满黑斑呢？朱文光抬眼看看，似乎在询问。

周围炯说，在我们老家有个传说。

朱文光似乎有了点兴趣，问：什么传说？

你喜爱京剧，但是你知道黄梅戏吗？朱文光还是盯着，没说话，周维炯知道朱文光很想知道，于是就说，说起来还是有点来头的。有一个叫黄梅的姑娘，不仅长得好看，嗓音像百灵，唱歌特别好听，特别是本地歌儿，唱起来有滋有味。黄梅母亲得病，为了治疗，向当地张财主借了一大笔钱，最后也没有治好。母亲死了，债务也到期了，没法偿还，只能与她爹相依为命，到处以卖唱谋生。黄梅长到十七八岁，她爹就给她许配了人家。小伙儿长得不错，身体结实，与黄梅年龄相仿，两人情投意合，但是小伙儿家境贫困，不得不给张财主家打长工。黄梅也不嫌弃，还是愿意嫁给他。可是，黄梅的美貌和歌声被张财主知道了。张财主贪恋美色，已经有了六房，还不满足，就到姑娘家逼债。黄梅父女没钱，小伙儿也拿不出来，无奈之下，黄梅只好以身抵债，就嫁给了张财主。黄梅嫁过去之后，闷闷不乐，再加之思念情人，就在高楼上唱歌。声音传遍山野，小伙儿听到了，就躲在竹园里，远远欣赏。黄梅一边唱歌一边哭泣，泪水从楼上落下，打湿竹子，又顺着竹子往下流，流在竹子上的泪水，迎着月光，像杜鹃啼血。到第二天太阳一晒，竹子上就出现了斑点。大财主为啥是大财主，就是依靠方圆百里的竹子。竹子生了黑点卖不掉，有个道士点拨，说是搭个戏台，请戏班唱三天大戏，可以治疗。财主就在自家竹园里搭台唱戏。小伙子利用这个机会带着姑娘逃出财主家，到另一个地方谋生，在那儿唱戏。因为是用心血唱的，曲调哀婉柔媚，十分好听，姑娘唱着，思念家乡，思念她爹，不久便辞世。人们世代传唱，就以黄梅姑娘的名字命名，所以叫黄梅戏。

噢，还有这样的传说？朱文光爱听京剧，听说黄梅戏，就来了兴致。听了周维炯这般娓娓道来，结冰的思想开始松动。于是他抬头看周维炯，觉得他不像传说的那样，这位说起话来还蛮有文化的。

四川嘛，是个好地方呀！自古都是富庶之地，是国家的米粮仓呀。但是，就是这么个地方，也是官匪勾结，欺压百姓，饿殍遍野，民不聊生。想你家里，姊妹多，能够活下来就很不容易了。周维炯说着，从布袋里掏出一张电文，递到朱文光的手里说，南京，已经把你除名了，说你为党国牺牲了。为啥这样做？就是想让你自杀，就是想让我们认为你对他们已经没有价值了。

朱文光的手有点儿颤抖，看完电文，问了一句，那我的妻子呢？

周维炯知道他是问他的妻子是否相信，但是周维炯没说话，从布袋里掏出了另一份电文说，这是说你和你妻子的情况，我们也在设法营救。这两封电文，都是我们截获的，不是派出的人侦察回来说的，也没有那么快。电文说，你还活着，已经叛变了。是这边拍去的，我想这里一定有特务，用意很明显。关键是，国民党特务机关就相信了，他们已经作出了反应，把你妻子抓起来了。

抓起来了？朱文光脸色煞白，结结巴巴地说，那怎么办？

这就叫黄泥巴掉到裤裆里，不是屎也是屎了。王树声这时走了进来说，周师长，徐总来了。

原来是师长，朱文光有点儿不太相信。

门开了，徐向前在光线里，似乎是个纸人，轻飘飘进屋来了，一点响声也没有。徐向前穿着草鞋，裤脚扎着，像两根麻秆，但是人很精神，不大说话，进来后对朱文光说，我是徐向前，你是朱文光吧？刚刚得到消息，敌人已经派人潜入我区，在侦察你的住处，被我们捉住了一个，另一个跑了。据此人交代，他们是来杀你的，你恐怕不知道吧？

这是真的还是假的？朱文光糊涂了。

徐向前又说，我徐向前你应该知道，我也是从国民党军队里过来的。南昌起义，你知道吧。你们最敬重的叶挺将军，也起义了。国民党不是对你们封锁消息就是反面宣传，一定是说我们叛乱，是匪。刚才周师长说的话你不信，现在就可以放你回去，我是这里的副总指挥，你应该相信。

朱文光还是半信半疑，此时，徐向前对周维炯说，你那部队的肖宏伟我给带来了，他说他认识朱文光。朱少校，肖宏伟是你表兄，在武汉，你就只有这么一个亲戚，是吗？

肖宏伟？他怎么在这里？朱文光在心里问。

就在朱文光迟疑的时候，肖宏伟进来了。朱文光上下打量，肖宏伟，是肖宏伟，咋穿这么破呀？肖宏伟看见朱文光，喊了一句，蛮子哈。是方言，大家还没有听懂，说的是朱文光的小名。接着，两个人抱在一起。

朱文光彻底被击垮了。朱文光承认，自己的意志垮了。那种联想，那种对国民党的期待，彻底完了。朱文光后来在大会上发言说，原来呀，总认为国民党才是正儿八经的合法政府，共产党就是土匪，是不会长久的。就像闷在罐子里的蛐蛐，只知道在罐子里叫。从此，要改过自新，跟着共产党，打败国民党，为受压迫的劳苦大众，也是为自己，更是为丽娜奋斗。想起丽娜，朱文光心里就痛——丽娜已经怀孕了。

徐向前说，你得与甘丽娜脱离关系，这样对她有利，我们也在找人做甘丽娜的工作，让她声明与你脱离关系。这样才能保住性命。同时，我们已经找人活动，积极营救。

朱文光知道，就像好多共产党员一样，能否营救出来，还是个未知数。再说了，丽娜就是出来，她相信共产党吗？能来赤区吗？

这点疑问还是徐总给解决的，至于咋解决的，是个谜。

为了更好地执行上级任务，管雪凤向曾扩情反映，要求配备特务连。曾扩情没有这个能耐，不能从正规军中调拨人，但是管雪凤这般要求，说明她遇到困难了，这个困难还需要解决。思去想来，就想到民团。于是，直接给石生财发了一份电报，让石任商城县长兼民团总队长，要求从民团抽调精干人员百名，组建特务连，交给管雪凤指挥。

石生财接到电文，十分高兴，终于把“代”字去掉，成了正儿八经的石县长了。可是，要自己拿出百十号人给管雪凤，确实不大放心，因为这个女人虽然是美女，但是做事不靠谱，喜欢疯狂。万一做出什么事来，谁来收拾？正在着急，石虎点拨一句，石生财觉得可行。

石虎说，吴绪红在的时候说过，让管雪凤带一个队，管雪凤说有规定，就没有接受。现在要成立特务连，也许只是个试点，就让她试试，万一有问题，也好把责任推到她身上，到那时，就以违反规定为名，捏她一个错，不死也蜕她一层皮。

管雪凤不是傻瓜，成立特务连，目的是寻找飞机和飞行员，保护自己，再说了，也是为了树立威信，至于连长，她不感兴趣，于是就把石虎调来，担任连长职务。

石虎担任连长之后，管雪凤立即给石虎下达了任务，要他想方设法寻找飞机和飞行员。石虎接到任务没有反对，觉得正是自己发挥能耐的好时候，要是找到飞机或飞行员，就可以立大功，到那时，民团团总还不是自己的？于是，也不假思索，就带领两个人化装成算命的，到了河口赤区。

刚走到河口，一眼就被麻子认出来了。不是麻子见过石虎，是石虎一帮人的化装技术太差，差到什么程度，连三流都不如，一句话：太假了！把面糊当牛奶卖，人们尝不出来吗？你当人家都是傻子，那你可就傻完了。牛奶与面糊虽然都是白的，但是面糊能有牛奶的味道吗？石虎外观上装得倒像算命瞎子，戴着眼镜，穿着粗布长褂，长褂上还故意补了几个补丁，两个五大三粗的人腰里别着盒子炮，虽没有露在外面，但是腰里鼓鼓囊囊的，还穿着皮鞋，打扮成童子，跟在石虎后面，打着像《封神榜》里面招魂幡一样的算命招牌，哈着腰，贼头贼脑的，到了村口。

一条小河沟，没有桥，得过水，咋办？石虎看四下无人，就对两位说，谁背我过去？

一个叫张国光的随从说，还是老四背。老四就是张四德，在家排行老四，大家就喊他老四。张四德说，我不会水。张国光说，你眼睛瞎呀，这水只齐脚背，跟会不会水有啥关系？

张四德没办法，把鞋脱了，掂在手里，蹲着，把石虎背上，慢慢蹚过河。过了河，屁股扭过去，对着河岸蹲下，石虎下来，上了岸，站在对岸，查看四周。

张国光也想让张四德背，张四德就不干了。还说，你长有脚，咋不过水？这水很好，很清凉，十分舒服呢。张国光说，我也想，只是我的脚板儿昨天训练时扎了一个刺，灌脓了，夜里跳着痛，我一夜都没有睡着觉呢。

张四德说，你把脚板抬高我看看。

张国光就脱掉鞋，抬起脚给张四德看。虽说隔着河，但河面窄，迎着阳光，果然脚板有个红红的小针眼，就笑笑说，算个屁，老子屁股挨了一枪也没像你这样装。

石虎也生气了，骂，张秃子你个日娘的，回去跟你算账。

张国光实际上叫张顶光更合适。张国光不到四十，顶秃了，这样的人给一个二十多岁的人当童子，像吗？这个假也做得太大了。还有，他们来到河口，就像做贼一样四处打量，自己还感觉良好，觉得悄无声息，就连天空中飞翔的燕子也不叫，认为没人注意。实际上他们错了，不仅错了，而且大错特错。其实，有暗哨。麻子已经安排好几个人包括少先队儿童团都在山顶上卧着呢，没人的时候都干活，要是来人了，该干啥干啥，但有专人盯着。这些人都是人精，老远就看见张国光把脚抬起来，虽不知道干啥，什么用意，但是一看那脚板，模糊当中也能辨别，哪像干活跑江湖的？再看看三个人，鬼头鬼脑，着装打扮不伦不类，还穿着皮鞋。年纪大的侍候年纪轻的，这说明那个年轻的就是头。

到了村庄，麻子一方面给周师长送信，一方面把三个人引进屋，热情招待，还让三个人看门向，看老坟。石虎来之前也得到训练，也就是说，先说好的，再说孬的，看户主脸色行事。如果户主很迫切，再说出破解方法，这样就能让户主深信不疑。但是，石虎这次来的目的是侦察飞机下落，找到飞行员住处，伺机下手除掉飞行员，不是被一大群土包子围着算命的，也不是当上客来混饭的，咋办？在算命的间隙，石虎问，厕所在哪里？

听着的人皱眉，说，你说的是茅池吧？

石虎看着女眷，嘿嘿笑，意思是忌讳。

女眷离开，儿童团长小石头指了指后山，说是那片竹林里。石虎就去了。

这个时候，周维炯已经派人来了，一下子把二张围住了。二张见露了马脚，拔出枪就打，周维炯派来的人都是神枪手，两枪就把二张撂倒了。问，还有一个人呢？都说到后山屙屎去了。

石虎听到枪响，吓得哪还顾上屙屎，提着裤子就跑，顺着娘娘庙就下去了。下去了就是一条大沟，叫桃花溪。沟里满是桃花。三四月间，这里能落半尺厚的桃花瓣，漂在水上，顺流而下，十分浪漫。桃花溪不长，走半里路就过了兰花坡。这地方是兰草的属地。每当春天，打草砍柴的人累了，喝一口溪水，坐下来小憩，顺着微风吸一吸兰香，神清气爽，疲惫顿消。到了兰花坡再往前走，可就没有路了，往下看是万丈悬崖，最为主要的是还有许多茅草，地方湿滑，一不小心就会滑落悬崖。

石虎跑到这里，停住脚步，准备回头，只听人声已近。石虎仰天长啸，觉得死在这里实在窝囊，但是反过来一想，那些落在自己手里的共匪，下场何等凄惨，就说那个穷棒子教书先生詹谷堂，被逮捕后，扒皮抽筋，活活流血而死，要是落在他们手里，还不一样？这般想，总觉得死在这里划算，比死在共匪手里强。

石虎干脆不走了，坐下来捋一捋思路。是哪里错了呢？这就叫若要人不知，除非己莫为，自己以为做得刁隐藏深，就好比皇帝的新装，其实你已经暴露在众目睽睽之下。石虎知道错了，后悔也来不及了，眼看后面追兵一到，就要被打死。石虎深呼吸，说道，要是有来生，我石虎再也不做傻事了。说完，就往那荆棘丛生的地方走去。

荆棘在青草地旁，穿过去是松树，松树下面黑压压全是草，深不见底，也看不见什么东西。石虎心想，一定是万丈悬崖，于是，就闭着眼睛奋力一跳。

这一跳没想到发生了奇迹——不是悬崖，是一个山洞。山洞里盘着葛藤，呈网状。石虎就落在上面。也算命不该绝。

石虎感觉后背生痛，是被葛藤划开了，确认自己没死，睁开眼睛，往下一看，还有三四丈。石虎就顺着葛藤哧溜哧溜下到洞底，仔细看看，这里有百十平方米，能放下十几张方桌。真是别有洞天，但是，石虎又绝望了，因为这个洞是天洞，也叫天坑，只有上面有个出口，下面没有出口。石虎觉得命真的很苦，死在这么个洞里，还真的不如那个被砍头的共党痛快，在这里慢慢死去，太受罪了，这样受罪与老鼠、毒蛇何异？想到老鼠、毒蛇，惊出一身冷汗，要是死了，就是毒蛇的美餐了。看看自己的肚子微挺，心想，就是下脚料，也能把老鼠撑死。咋办呢？不能等死呀。此时石虎悟出了许多道理——人生，何不是等死呢？只不过整天忙，没有觉悟罢了。在石洞里，石虎觉得自己有点宿命。记得《三国演义》里面的庞统，又名凤雏。在随刘备取西川时，路过一个叫“落凤坡”的地方。庞统有才，刘备也有才；一个是龙，一个是凤。落凤坡！庞统一听，知道完了。果然中箭，死于落凤坡。此时，石虎看看，这是个石洞。石洞，死洞，在商城县的读音是一样的，所以石虎觉得自己必死于此地，但是，石虎这般奔跑，只觉得饥肠辘辘，要能有水就好了。石虎立即觉得有了希望，为啥？这些葛藤都还青绿，葛藤的根部一定就是水源。石虎就顺着葛藤寻找。拨开藤蔓，又走到里面一个石室。再往前找，拐过一道弯，忽然有一丝亮光透出。再拨开藤蔓，原来是谷底。如此这般，石虎长出一口气，也不忙着走了，喝点水，坐下来休息。

天，慢慢暗了下来，周围十分沉静。一朝被蛇咬，十年怕井绳。石虎接受教训，要等到天黑。在山谷里没事，就是肚子饿得咕咕叫。石虎听到天上飞机盘旋，知道南京也有所行动，就更加显示寻找失落飞机的重要性。石虎心想，奇怪，“难道钻洞了吗？”这一句大别山的顺口溜让石虎顿开茅塞，冥冥之中命不该绝，冥冥之中有神灵帮助，这是神灵在暗示呀，对，一定是被共匪放进洞里了。放进洞里，你飞机不就打瞎了？还找什么？就是知道也轰炸不了呀？地面，这些赤区你进不去；天空，你侦察不到。咋办呢？只有一个办法，那就是逮老百姓，让他们交代，从他们口中寻找飞机和飞行员的下落。

人急躁是思考不了问题的，只有平静下来，慢慢思考才有所收获。石虎打定主意，用手拨开藤蔓。外面已经黑了下来，好在有月亮。天快亮的时候，也是人们最瞌睡的时候，就在这个时候，石虎迎着灰灰的月光，偷偷从桃花溪又溜了回去。

管雪凤起了变化，这次没有训斥。听了石虎的叙述，安慰了一番。管雪凤说，你为党国尽力了，你的兄弟为党国尽忠了。死了的弟兄，每人五十块大洋，另发二十块作为慰劳金。你去办吧。

石虎出去了，石生财故意坐不住了，站起来对管雪凤说，特派员，你为啥不处分石虎？这个石虎，三个人出去，一个人回来，他说的那些鬼话你相信吗？

管雪凤微笑着说，石县长，你稍安勿躁。石虎与吴绪红不一样。吴绪红是团总，职责大，这是一个方面；另一个方面是吴绪红立了军令状。这可不是闹着玩的。最主要的是石虎不仅是特务连的人，也是你石县长的人，是你民团的队长，还是你的把兄弟，我只不过借来用用。能够逃回来，还给我们送来这么多可贵的情报，就是功臣。最起码，我会马上电告南京，让他们不要派飞机来了，来了既耗费汽油，也不中用，还有危险。最主要的是人家把飞机藏进了山洞，你在天上咋找到？要不是石虎冒死侦察，我们能知道这些吗？至于如何寻找飞机，我看，石虎的意见值得考虑。

石生财心里暗笑，知道管雪凤说的也是心里话，心想，傻女人，看来也是绣花枕头，花瓶一个，呆鸟而已。至于吴绪红，那是绣花枕头遮住了眼睛，被花瓶的假花迷惑了，以为呆鸟就是凤凰。凡是被鸡屎糊住眼睛的人，死了也活该！不过也好，这样的人与自己同行，是没有危险的。想到这儿，石生财看着管雪凤说，那……剿匪之事？

哦，我已经电告南京了。如今，形势相当复杂。这样跟你说吧，就像一个蜘蛛网，谁也不想碰，谁碰了就黏住了，脱不掉干系。委员长已经给好几个将军下达命令，只有俩人还在努力。一个是卫立煌，委员长让他到合肥招兵买马，给了一个师的编制，听说卫将军在今年上半年已经招毕，正在巢湖集结整训，接到命令，指日可来克敌。

停停停。石生财说，你说的是早年追随孙中山，后又打退孙传芳的世称“虎将军”的卫立煌吗？

正是此人。在国民党军界威望很高，是军界元老级人物。管雪凤又说，还有一位就是刘峙将军，也是很早就得委员长器重的。其他几位不是不听，都被共匪打怕了，接到命令还是畏首畏尾，迟疑不前。在皖西的孙钫将军，在湖北的陈继承将军，还有在江西的蒋维学将军，他们都吃过共匪的亏。最近嘛，飞机失事，给南京震动很大，武汉飞行大队都不敢再到大别山执行任务了。戴老板回电说，让我抓紧搜集敌情，对于委员长下决心剿匪，十分有用。委员长偕夫人在鸡公山度假，说是度假，实际上是在研究如何戡乱剿匪。在对戴老板的电报里，我已经为你请赏，理由是，目前，光山、麻城、六安都是匪区，只有商城还在国军手里，原因是商城县长拥有雄兵上万，誓死抵抗，这才得以保存弹丸之地。戴老板回电说，在适当机会面呈委员长，给你嘉奖。

多谢特派员美言，鄙人一定竭尽全力效忠党国，为商城乃至南五县境内安定而努力。

石生财作揖打拱表示感谢，同时心里嘀咕，你害谁呀，你以为我是吴绪红呀，任你摆布吗？没有下旨都是假，或者说都是写在瓢把子上的，可不能当真，有道是哄死人不偿命。只有实力可以说话。再说了，就目前形势，你毛嘴鸽子只说对了一半，还有一半你还没有说呢。你认为共匪不会消灭你，不是的，为啥还没打商城？是因为人家还没有腾出手。人家一方面南下攻打麻城、黄安，一方面东出攻打六安、霍邱，还有共匪三十二师屯兵于白鹭河以西的光山境内拦截薛岳，围得水泄不通，哪有力量来打我们？但是，我们也不能掉以轻心，那些匪区的赤卫队也不可低估。这般想来，石生财倒有点担忧，慢慢地在给自己琢磨后路。石生财已经觉察到赤匪的游击战术很好，要是他们再打商城，还是带着队伍钻黄柏山，就像老鼠钻进洞里，那里才是最安全的。

红四方面军要转移了，可“列宁号”飞机该怎么处理呢？这是一个棘手的问题。最省事的办法就是毁掉，但是红四方面军的转移并不是有计划的，而是被逼的，所以说，行动也是仓促的。

那时候，在红四方面军的队伍里，不论是最高指挥者还是红军战士，心里都存在一种思想——到外线只是暂时的，过不了多长时间还会打回来的。在这种思想指导下，你说还能把飞机毁掉吗？显然是不可能的。红军还指望“列宁号”在他们回到赤区之后再次大显神威呢。

该咋处理呢？最早想到这个问题的是陈昌浩，因为飞机给他带来荣耀；该咋处理，张国焘没有想到这个问题，因为该问题对于张国焘来说，在决定红军命运的天平上只是一粒沙子而已。一粒沙子是不会使天平倾斜的。张国焘不关心，有人关心。当时的红军领导当中，陈昌浩算是一个。除陈昌浩外，还有一个人关心，此人就是赤卫队长朱来福。

朱来福虽在一次战斗负伤了，在红军医院住了十多个月，如今已康复。他带领赤卫队参加了数十次战斗。他知道红军要转移了，在路上碰见了飞行局政委钱钧，他问，红军转移了，飞机带着吗？钱钧说，你傻呀，带着，咋带啊？飞机是需要跑道的，再说了，去向都不明确，是拉着还是扛着？朱来福想想也对，也就没往下问。

任何事情都是偶然，但是也是必然。怎么处理飞机的事情，经过研究，决定交给七十三师师长王树声和飞行局政治委员钱钧处理。此时，经过去冬今春的两次“肃反”，红二师师长周维炯在“肃反”中被杀了，由中央派来的陈赓接替。陈赓在第四次反“围剿”中受伤了，准备到外地治疗，由红二师改编成的红十一师，就由王树声接替。在商潢战役中，王树声负伤，到红军转移时，王树声任红二十五军七十三师师长。

钱钧已改任飞行局局长，负责拆卸，王树声自然要负责掩藏。但是，红四方面军要转移了，就意味着国军和当地民团及土豪劣绅进来，他们进来能找不到吗？要想敌人找不到，第一是藏的地点让人意想不到，第二是保密工作要绝对保证，第三是看守人可靠。能够具备这三个条件的只有一个人，那就是朱来福。有了这个想法，钱钧就告诉了王树声，王树声想了一会儿也觉很妥当，只是保密问题很重要。

王树声说，你觉得这个人咋样？

钱钧说，飞机是他发现的，也算是老党员了，政治可靠。当时与国民党地方民团打了几仗，还被打伤了，治好后带着赤卫队配合红军打岳维峻，到黄安送粮食，表现不俗。

还有没有更合适的人选？王树声问。

钱钧想了想说，王师长，我想，飞机必须拆卸，那是我们的宝贝，也是我们的功臣，我们要善待，不能出尔反尔。我现在觉得，要是岳维峻不杀，也许对我们红四方面军更有利，再说了，我们对他们许诺过。

别说了，那不是你考虑的事情，现在像乱麻，我们在这里说事情，一分一秒都十分宝贵，我们的战士都在流血牺牲，得抓紧时间，但是也不能慌乱，更不能乱中出错。王树声说，你说说，为啥要朱来福？

好，我也不拐弯抹角了。钱钧说，飞机，不是小东西好藏，这个庞然大物，在房子里是藏不住的，必须藏在一个隐秘的地方，这个地方只能一个人知道，这个人还必须可靠，才能安全。同时，这个人还要活下去，要有智慧地活下去。再一个就是得找到这么个秘密的地方，这个地方不仅秘密，还要让人意想不到。作为朱来福，是土生土长的，对这里的环境十分熟悉，知道哪个地方最隐秘。这是其一。朱来福是赤卫队长，与民团打交道有好几年了，他有打游击的经验，还能吃苦，很有毅力，留下来的人中，他的基本素质是最好的。在新集，我们召开大会，对在赤区做出贡献的同志进行表彰，那时候就有他，我给他佩戴的大红花，我问他，你为什么当英雄？他说，打死多少敌人都不算啥，“列宁号”飞机才是我的荣耀。这说明朱来福把“列宁号”飞机看得很重要。这就是他可靠的政治条件。还有……

好了，通过了。王树声又说，把飞机埋到这里，你就成了光杆局长，你不感到可惜吗？

我是党员，是为党的事业奋斗的，飞机只是工具，等将来打回来，我们不就能再拥有飞机了吗？只是，我建议，掩埋工作就不必找群众了，最好是即将转移的战士，因为转移了，也就把秘密带走了。这样对朱来福、对飞机都有好处，对我们的保密工作也有好处。再说了，找群众，一旦混入特务，我们就会功亏一篑。如今又是非常时期，我们没有时间搞政治审查。

王树声说，这个我知道，我已经挑选一百名战士，这些人不知道要干啥。干完了，就随我转移。再说了，你看看天气，虽说已经是秋冬时节，但是好像还要下暴雨。

钱钧抬头，乌云密布，四周刮起了风。钱钧说，王师长，就在今天晚上，怎么样？

好时间。你考虑得很对。我看呀，将来即使没了飞机，你也可以到保密局，干保密工作。王树声说，子时吧，子时好。

娘娘庙与凤凰山之间隔着一条脊，南北向，东西坡度很大。那地方土质肥沃，适合种茶。那座山属于老管家的。管云龙就把那块茶园交给朱来福打理。施肥、中耕、除草、补苗、间苗等，朱来福也干了不少。到了春天，找人采摘，朱来福不会炒，采下来的鲜叶也不晾干就放在锅里炒。山里柴火多，就用柴火当燃料，自然一会儿火大一会儿火小，炒出来的颜色青黑不均，有的呈条状，有的支棱着，像怀孕的妇女，两头尖中间粗；用水冲泡，不是泡不出汤水就是有一股梅干菜味儿。蒋孝智是个有心人，第一次到管家就知道管家虽然有一大块茶园，但是不懂炒茶技术，更不知道茶道。

炒茶是一项要求很高的技术，特别是信阳毛尖，载入陆羽的《茶经》，虽属茶中上品，但若是不懂茶，炒出来的就是下品，甚至不入品。蒋孝智就把《茶经》拿来研究，不多时就掌握了信阳毛尖的炒制技术。

说起来，信阳毛尖的炒制也不是高科技，与造原子弹没法比。有道是隔行如隔山，你要是不会，那就隔了一层纸。蒋孝智居然研究出了一整套信阳茶炒制方法，而且还达到了相当高的水平。管云龙知道后，感到诧异，对蒋孝智更加刮目相看。

蒋孝智住的娘娘庙是在凤凰山上面，离凤凰山顶端还有十多里路。在凤凰山的对面就是孤山，有一座寺庙叫孤山寺。孤山寺很出名，听说大明开国皇帝朱元璋曾经去过，不仅在那里参禅悟道，最重要的是能吃上饭，长身体。朱元璋说，他在孤山寺最大的收获就是廉政，最大的失败也是廉政，而且“廉政”这两个字始终困扰着朱元璋，致死也没有破解。这是为啥呢？那时候比现在更难，不说一粒粮食没有，到处都是饿殍。化缘，只有找大山了。朱元璋就在大山里寻找，打野兔，逮昆虫，挖野菜，饮山泉，过着野人的生活。实在过不下去了才走出大山。走出大山，才知道元朝江山已经风雨飘摇。

朱元璋出道了。

实际上，朱元璋在说瞎话，他真正在孤山寺得到的经验就是如何让自己活下去。孤山寺是一座僧尼合住的寺庙。也没办法，谁让释迦牟尼要普度众生呢？作为女人，在这个链条中是弱者，但也是人，也需要普度。孤山寺庙的尼姑很安分，她们缝缝补补，到处挖野菜，刮树皮，寻找能填饱肚子的东西。作为正长身体的朱元璋，一定到孤山寺尼姑庵化过缘，所以有人说，要不，朱元璋最后娶了马大脚，对女人已经分不出美丑了。

在蒋孝智住进娘娘庙的时候，孤山寺也住着不少人，其中就有许多女人，还有一个小男孩叫宋二丹。当时庙里的人都以为他是女孩，因为头发很长，又小，这个人没爹没妈，也没有地方住，于是就到了孤山寺。在这里有许多姐姐，他就像刘姥姥进了大观园，除了惊讶还是惊讶，时不时闹出一通笑话，叫逗乐子。不过刘姥姥从来没有自卑过。这个宋二丹不行，很自卑，感觉自己就是天底下的可怜虫，于是他看到谁有实力就跟谁。

当初，他在寺庙里跟一位叫宋丹丹的，因为宋丹丹运气不好，不光是吃不饱，一年三百六十五天没过完，她家的人都死光了。她有一个儿子起名叫“家狗”，表示贱，容易养活，没想到这般贱的“家狗”还是死了。

宋二丹嘴特甜，开始只是见宋丹丹喊娘，时间久了，见谁都喊娘，宋丹丹就有点难过，被喊的人也不太舒服，于是这群女尼在开玩笑的时候又给宋二丹起了一个小名叫“二蛋”，再加一个“宋”姓，就是“宋二蛋”，实际上，大家都明白，意思就是“顺二蛋”，也就是“扛二蛋”的意思。

天还没有黑，蒋孝智从娘娘庙出来，看见一只野鸡在那儿嬎蛋，他装作没看见，弯腰从地上捡起一块鹅卵石，足有半斤重，掂在手里，闭上一只眼瞄了一下，砸去，没想到居然打中野鸡的头，野鸡像跳天鹅舞，围着一棵小松树转了一圈，扑棱扑棱两下，死了！

蒋孝智也饿了，路上松毛也多，刚好看见用石头垒成的一个窝窝，那是放牛的怕冷，烧火暖手用的，今天借来一用。

蒋孝智把烟袋掏出来，按上烟丝，拿出火折子打着，咕噜噜吸了几口。眼睛四处望望，开始寻找松毛和朽木，找到一抱，放在窝窝旁边，提着鸡到山坎下面的溪水旁，蹲下抠一些黄泥巴把野鸡泥好，找一根棍子从鸡嘴里穿进去，再把找到的一把松毛放在窝窝里，燃着，把泥好的野鸡放在上面烤。虽说是背风山，但是一股股烧烤野鸡的香味儿顺着山边滴溜溜打转，转了一会儿，飞走了。

太巧了。宋二丹从外面化缘经过此地，正要爬上山呢，忽然闻到了一股香味，感觉是烧鸡的味道。那股香味，好闻。宋二丹连忙吸了几口。

这里要说明一下，孤山寺是修心不修身的。来这里的，主要是修心。对于是否出家要求不严格。不出家，也就能吃荤腥，更不用禁忌酒肉饭菜了，所以说，宋二丹赶紧沿着香味飘来的方向爬到山顶。爬到山顶了，顺着冒烟的地方一看，一个大人！让宋二丹大失所望。还好，在宋二丹的情绪还没到达低谷的时候蒋孝智也看见了一个小屁孩，赶紧站起来招呼：来得早不如来得巧，要得，要得。

嗯，啥叫“要得”？宋二丹微笑着，看见蒋孝智一尺多长的胡须在风中飘，以为自己碰到了神仙。佛道不同路，宋二丹上孤山时师父教的。宋二丹刚要扭头岔开呢，蒋孝智又说，我知道你，你叫顺二蛋（蒋孝智以为是外号），是个小叫花子。吃叫花鸡，你不敢？

师父，不是不敢，是，是……宋二丹居然说不出来。

是什么？别怕嘛，我知道你们那儿也吃肉的。你那儿有个宋丹丹，我给她看过相。

宋二丹赶紧说，你胡说，她是俺娘。

那就好说，来，给你一只鸡腿。

宋二丹真的饿了，不自觉地走了过去，还把手在破衣服上蹭蹭，接了过来。看见上面直流油，猛然咬了一口。野鸡烤得时间不够，没有熟透，宋二丹龇牙咧嘴，啃了半天撕下一小块，嘴也烫了，一边嚼一边吸。嚼了一会儿咽下去说，好吃，就是没有烂。

这你说对了。蒋孝智又说，但是你说得又不对。

宋二丹迷糊了，心想，咋有这般说话的，这不是自相矛盾吗？反正啃不动，也就不啃了，翻着大眼睛盯着。

蒋孝智说，不矛盾。你说没烂是对的，因为时间短，所以还没有烤熟透。但是，你说没烂又是错误的，因为烂了就没有味道了，只有这样嚼着，才有味道。世界上任何事情都是这样的，要知道适可而止。还有，只有自己动手劳动得来的东西吃着才香。

最后一句宋二丹算是听懂了，也很有体会，于是附和说，你说得对，怪不得我娘说，有个教书先生在娘娘庙，很有见地。当时说起来我们都还以为是个怪物，要不为啥住娘娘庙呢？娘说，也没有规定娘娘庙不准住男人，更何况蒋先生是个教书的，管家三个姑娘都送到那里。今天在这儿见了。你就是蒋先生是吗？

嗯。蒋孝智微微笑着说，是的。

可是蒋先生，听我娘说，管家三个姑娘，大姑娘叫管雪凤，二姑娘叫管雪兰，三姑娘叫管雪梅，一个比一个长得俏巴，不知道三个人中最俏巴的是谁？

蒋孝智听不懂顺二蛋说的“俏巴”俩字是啥意思。来到这儿这些天，也听人说过，蒋孝智就琢磨，刚才顺二蛋用“俏巴”来说管家姑娘，估计是“漂亮”的意思，于是笑着说，咋说呢，仁者见仁，智者见智。要是论温顺还是老二，没有脾气，就是不太爱学习。估计还是涉世太浅，没有太多思想。要是论长相，还是老大。那个头，那身段，特别是那气质，从未见过。你要是说自以为是，也很有味道；要说太辣，辣得有点邪乎。不过嘛，接触多了，会感到说话刻薄，思想守旧。老三呢，还小，个头矮一点，像熟透的樱桃，红得透亮，娇贵疼人。不过嘛，性格直率，将来恐要吃亏。

蒋孝智说这话时看着天空，似乎没有把面前的顺二蛋放在眼里。他知道顺二蛋听不懂，也不感兴趣，只不过是接着顺二蛋的话茬，对自己的心迹做一番表白罢了。

你是老师吗？宋二丹说，哪有这样背后谈论自己学生的？我娘说你懂得多，都懂在这上面啦？不过老师，我想问一句，为啥管家几个姑娘都叫“公子”呢？

蒋孝智有些吃惊，吃惊的不是顺二蛋最后的问话，而是前面捎带责问之句。蒋孝智不得不重新审视顺二蛋。看了一会儿说，想要个男孩呗。听说生下头胎，一看是个女娃，就盼望下一胎生男孩，结果呢，又连续生了俩女孩，所以都叫“公子”。不过嘛，在古代，也有把别人的女儿尊称“女公子”的。

一只鸡就把宋二丹俘虏了，也不可能。从中午到晚上，天快要黑了，宋二丹还在与蒋孝智交谈。一个屁孩，十多岁，哪来那么多问题呢？可是宋二丹就有那么多问题，还都在蒋孝智这里找到了答案。也许就像人们说的，穷人的孩子早当家，苦难能让人长大。宋二丹就比同龄人多一个脑袋，也显得早熟。宋二丹仿佛对女人也开窍了，在接连问了管家几个姑娘长相之后，又问了一个历史性的问题。他问的是西施，当然，蒋孝智也不能反对，说古人的俏巴标准有问题。蒋孝智说，那是资产阶级情调，你说，你娘俏巴不俏巴？宋二丹说，我娘当然俏巴啰。我娘关心我，给我缝衣服，给我纳鞋底，看看，这双鞋。

蒋孝智说，这就对了。你娘我见过，又蠢又黑，还有一双大脚。古人以小脚为俏巴，叫“三寸金莲”，也就是说，小脚只有三寸，就是金莲，超过三寸，就是臭脚了。往往说臭脚男人，也就是女人跟男人一样不值钱了。要是这样衡量，你说你娘俏巴不俏巴？

宋二丹想了一会儿说，还是我娘俏巴！

蒋孝智说，咋还是你娘俏巴呢？

宋二丹吃了鸡，心里难受，因为蒋孝智总是往他娘那边扯，越扯仿佛他娘越不俏巴，那几块鸡肉在心口窝堵得慌。宋二丹歪着嘴说，就是我娘俏巴。老子说我娘俏巴我娘就俏巴。

蒋孝智看宋二丹上钩了，知道有门了，于是微笑着说，是呀，我也说你娘美呀。

嗯！这次该宋二丹惊讶了，不知道该怎么办才好，看着蒋孝智仿佛，认不得了。

此时，太阳被大山没收了，留下一点“碎银”还在松林的空闲中抛洒，很快，那几点“碎银”也失望地种在地下。蒋孝智站起来拍拍屁股上的尘土说，孩子，老子我该走了。

不行，不行，你还没有说明白呢。宋二丹反正不着急。一个要饭的，现在又变成了一个化缘的，换汤不换药。睡觉，哪儿都能，只要爬起来还没有死就行。还有，不怕车轧，因为那时候还没有车，或者说在山里面还没有见过啥叫车，但是有狼，只要不被狼叼去就行。也有毒蛇，在山里走惯了，毒蛇出没的地方，宋二丹也多少把握一些，避开就是了。有一种东西避不开，特别讨厌，那就是蚂蚁，不管你走到哪儿，只要你是人，不管你是坐下来还是躺下来，蚂蚁就会成群结队往你身上爬，还跑到你自己都够不到的耳朵窟窿里，嫌死人了。还好，蚂蚁这种东西，也就是到处找食吃，不会置人于死地。看来，这个世界挺有意思的——不管是啥，也不管有毒没毒，都在打人的主意呢。

蒋孝智在前面走，宋二丹在后面跟，不时发问。问急了，蒋孝智说，自己想想吧，作为一个问题，你自己想想，想通了再来找我。

宋二丹不干了，跟在后面说，你咋这样呢？像狗啃骨头，一点肉也没有了还在啃，总也吃不动，就在那儿衔着，急人不急人呀？

蒋孝智说，你看，地主老财吴承轩你知道吗？还有管云龙你知道吗？还有那个石生财你知道吗？有的都是上了年岁的人了，可他们却娶了三妻四妾，还嫌不够，还在娶，为啥呀？

宋二丹说，人家有钱呗！

是他们天生就有钱吗？

宋二丹说，人家家底厚，不像俺，从小就没有爹妈，命不好！俺娘也是命不好！

蒋孝智说，不是命不好，是老天不公。老天这样不公，还都不知道，还说命不好，这叫猪，是任人宰割的猪！

宋二丹不走了，看着蒋孝智，愣在那里。

蒋孝智又说，人呀很怪，要是你累了，睡在道上，就会有蚂蚁成群结队欺负你，可你呢，还不知道，还任凭蚂蚁欺负，只当是天经地义的。但是，你说一说，难道人真的会被蚂蚁欺负住吗?

宋二丹就是被蒋孝智最后这个比喻打动的，因为宋二丹也琢磨过蚂蚁，但是从来没有往这方面想。蒋孝智这般一说，宋二丹感到新鲜。于是宋二丹也不走了，那天晚上就睡在娘娘庙。

这是一个艳阳高照的好日子，秋天吧，阳光也不那般歹毒，仿佛是小孩子的手在撩拨着发髻，晒着，心痒痒的，不晒，还是痒痒的。蒋孝智就把锅刷刷，烧了一锅开水。找一个拳头大小的瓷罐，上面还有一条龙，是青花。有盖子，盖子上有一个鼻子，当然有个小孔，一根麻绳很细，从鼻孔里穿过。蒋孝智没有急着掀开，而是找来一只小瓷碗。就在这个时候，有一个人进娘娘庙。蒋孝智看到这个人，心里咯噔一下子，坏了，管云龙来了，有啥事情吗?

管云龙坐下，蒋孝智还是惴惴不安，觉得有什么事情要发生，但是，没有像蒋孝智希望的那样。管云龙坐下，身上出汗了，是爬山累的。蒋孝智赶紧端来水，管云龙洗了一下，问，准备喝茶?

蒋孝智说，不知道哪阵风把老东家刮来了?

这座娘娘庙离管家太近，这座山又是管家的，所以，庙里面的供奉大多是管家出钱，虽说不多，一年到头也有个几十块大洋。管云龙知道是客套话，也就笑笑说，三个小妮在您这儿，给您添麻烦了。来拜谢的。再个，也是想蒋先生了，絮叨絮叨。

蒋孝智说，平时呢，到您家喝茶，都是您的，还给我送来不少，特别是雪凤，上次还带来一包，放在那里呢，没舍得喝。要不，喝杯茶吧?

也行。管云龙洗过，把长大褂下摆撩了一下，坐下来，长衫从腿两边叉开。

蒋孝智把罐盖揭开，从里面倒出一小撮茶叶，舀来开水添上，立即茶香四溢。

管云龙自从当上乡长，人也变了，说话也讲究了，也摆谱子了。此时闻到茶香，忍不住把头凑近，用鼻子嗅嗅说，这是我那茶?

蒋孝智没吱声，微笑。

管云龙端起碗，上下左右打量。碗倒是很普通，平时喝水用的，没变化。揭开盖子，也不觉得烫，吹了上面的茶雾，碧绿的水儿卷起细纹的花儿，抓住时机，顺沿儿吱溜喝了一口，慢慢吞下，微闭眼睛，叹一口长气：哎——！睁开眼睛问，哪来的？

蒋孝智说，东家的呀。

管云龙惊讶，忙抱过罐子看看说，像是我家的，但是，我家的茶咋这般好喝，我咋从来没喝过呀？

蒋孝智哈哈大笑，然后自己也沏了一碗，放在那里，不急着喝，用鼻子闻着热气说，茶，是东家的，但不是东家送来的，是我自己采的，东家不介意吧？

哪地方的？管云龙又伸手到罐子里抓了几根，一看，茶叶颜色翠绿，成条，细圆光直，拿在手里，像茅草秆。心想，是不一样。泡茶时，只是粗略看了一眼，现在仔细瞧，还真有变化！

茶叶，生长的地方固然重要，这是关乎茶叶的品质，但是茶叶后期加工也很重要。这本《茶经》不是普通的茶经，读者在此书旁边有小字注解，记载信阳茶的炒制过程。我们这儿有许多人没有读过书，也就不知道陆羽，更不知道茶叶的加工了。就好比一个人，生在好家坏家并不重要，重要的是自己，后天是关键。

管云龙仿佛只顾喝茶，只顾享受，没听到蒋孝智的一番高论，所以没有与之争论。管云龙姿态很高，以为再与之争论，就会降低身价。蒋孝智说过之后，他微微颔首，又眯着眼睛微笑。就是这么微微一笑，不同观点在管云龙嘴边的一丝细纹中呈现出来。管云龙仿佛是在感慨，轻声说，我还是那句话，人的命天注定，人生只有八合米，走遍天下不满升。就说那个宋丹丹，一年之内死了三个亲人，谁不知道？难道这还能不是命吗？

蒋孝智看看天说，天要变了。昨天是晴天，今天还是晴天，明天就要变化，你说呢？

管云龙说，我知道，大清朝完蛋了，国民党从广州打到武汉，全国都在闹革命，这个，我也知道；但是人家有前提，不是胡闹。再闹，宋丹丹的命运能改变吗？

喝茶，喝茶……

虽说我不同意你的观点，但是我很想与你探讨。管云龙还是没能矜持到底，端起碗说，你上次说的，国共合作，打听了，还真有那么回事。不过嘛，你说的那些观点，我不太理解，也不敢苟同。

不是你理解不理解的事情，外国人都这样搞了，苏联就是这样搞的。

苏联，我不管，你们信什么马克思，那个人又不是天，也不是地，更不是佛，就是西方的耶稣他也不是，这个人你们敢相信？管云龙说，再说了，信他们，那和把东洋人引来打我们有什么两样？

每次说到这儿都是蒋孝智打住，不再继续。于是，一边喝茶，一边看天，好像天才是丰富多彩的，天上有无穷的乐趣。实际上，天是空洞的，什么也没有；天也是一张白纸，你想是啥就是啥。蒋孝智又看地，好在还有生命，一行行蚂蚁，像一条河流，看似静止的，其实却是忙碌的。它们在干啥呢？也不说话，是哑巴？看够了，忽然发现这些蚂蚁是在寻找食物。哦，昨天吃了鸡，虽没带到娘娘庙，但是不经意间牙缝里嵌了一小坨野鸡肉，回来了，坐在这里歇脚，就用松毛针通通，掉了。蒋孝智心想，还真没当回事。那丝鸡肉在牙缝里待久了，油水也光了，掉在地上又是泥巴又是草，看都看不到，这群蚂蚁不知道家住何处，居然在这里找到了，还在这里抬着，仿佛是经过一次长途跋涉得到了应该得到的东西，取得了一次重大胜利，都齐心协力地抬着。前面还有蚂蚁在鸣锣开道，两边一个挨着一个在那儿站岗放哨，仿佛害怕外敌侵入，害怕一下子把到手之财抢走一样。还有一些蚂蚁在殿后。殿后的蚂蚁也不消停，四处寻找，察看有没有“土匪”乘机捣乱。

真是一群可怜的蚂蚁呀！

感叹过后，蒋孝智看着管云龙喝第二遍茶，忽然笑起来。

你笑什么？管云龙说，山雨欲来风满楼。我知道，那些都是阵雨，都是秋天的蚂蚱，蹦跶不了几天的。蒋先生，感谢您这一年多对我三个孩子的教育，只是呢……

蒋孝智脸有点红，虽说他也不小了，但是他没有找到合适的爱人。闹学潮被捕入狱，受不少罪。出来了，同学都各奔东西。有的到欧美留学去了，有的辍学回家了。那个小圆脸、瘦高个子的刘月英不知去向。每次做梦都梦见她笑靥如花的样子，还有她那两条在肩膀上游来游去的大辫子。刘月英跟他说过，要等他，直到天荒地老地，但是，蒋孝智再也找不到了。蒋孝智云游四方，到处寻找。当然也找到她的家乡江西南昌。南昌变化太大了，到处都是烽火，没找到。在南昌碰见了老同学董汉儒，他说刘月英可能死了，也可能到湖北，到大别山来了。刘月英失踪已经好几年了。董汉儒说，省委已经把她的名字画掉了，至于咋画掉的，不知道。于是，蒋孝智也就来到大别山。一路上看到不少新鲜事，也长了见识，但是不该遇上管云龙，更不该遇上管雪凤。这个女人，完全是个女魔。蒋孝智不管怎么克制也不能把这个魔影消除。其实那时候蒋孝智不知道光盘，要是知道，在心里冲洗一下也就干净了，但是蒋孝智知道胶卷，知道照相。他讲到管雪凤之时一下子定住了，管雪凤的影子变成了照片，蒋孝智的心就是胶卷，胶卷用完了，要是冲洗，只能把模糊变得清晰，冲出来的是一张张鲜艳的照片。蒋孝智总是挠，心口挠开了还是难过。在忍不住的情况下还是被发现了。

蒋孝智说，认识个“怪物”，就像捡到一面魔镜，不管怎么照，结果都不一样。就说管雪凤，蒋孝智多次把她喊到娘娘庙的偏房，给她讲广州起义，讲孙夫人，讲蒋夫人。管雪凤好像很感兴趣，睁着水灵灵的大眼睛傻问，是我高呢还是蒋夫人高呢？

这个还真被问住了，蒋孝智还真没有见过蒋夫人，也不知道怎么回答才好。

哦，转个话题吧。蒋孝智说，你知道三民主义吗？

管雪凤摇头，睁着大眼睛。

蒋孝智就给她讲了。

管雪凤说，鸭子，是不是我们吃的那个扁嘴？（我们那地儿不把鸭子叫鸭子而叫扁嘴，猪舌头不叫舌头而叫赚头，猪耳朵不叫耳朵而叫顺风……）

蒋孝智哈哈大笑，几乎笑出病来，笑得管雪凤直皱眉头。等到蒋孝智笑够了。管雪凤好像还有问题，又问，共匪，是不是土匪？这一下蒋孝智笑不出来了。因为那个时候，国共两党合作着呢，根本没有土匪这一说，只是两党分开了，国民党才把共产党污叫“共匪”。

不知道管雪凤是哪根神经搭错了，居然未卜先知。蒋孝智不笑不是因为这，而是觉得管雪凤不了解共产党，于是就给她讲马克思、列宁，讲李大钊、陈独秀、毛泽东，还讲共产党的主张。好像这些管雪凤不太关心，在那儿玩着编织的小袋子，袋子里装着香料、发卡，还有一把木制的小手枪，管雪凤经常掏出来，眯着眼睛，对着树上的鸟儿，嘴里说着“啪啪”，鸟儿没动，但是，那些鸟儿在管雪凤心里，已经被打下来了。等讲到共产党主张分田地，主张人人平等的时候，管雪凤抬起头来说，这不是土匪是啥？人家田地种得好好的，他要分，不是土匪也是强盗。还有，人人平等，可能吗？老师，我让你变成我一样的女儿，你能吗？还有，我爹日夜做梦都想要个男娃，你让我变成一个男孩，你做得到吗？

真是无话可说！蒋孝智不知道怎么反驳，看着管雪凤噘着嘴，下巴那颗黑痣随着声音似乎在抖动，特别是那张光滑洁白的脸，带着刚毅与执着，蒋孝智总是情不自禁地想到刘月英。太像了，太美了。蒋孝智说不出话，但是，心里涌起丝丝甜味，眼角不自然地堆满泪水。

蒋孝智每当这时，就想起在学校里看到的一位吉普赛女郎，那女郎腰姿婀娜，步履款款，上半身如大理石般光滑，脖子上还斜搭着一条黄白色的纱巾，眉毛长长的，抱着一个坛子，安详，恬静，像白云般飘逸，像玉石样光洁。美极了！眼前这位管雪凤，不正是那个吉普赛女郎吗？对，忘了。这种美，是野性美，与中国传统美是不一样的。轮廓是那般粗犷，像金刚台的石头，不，像凤凰山的松树。蒋孝智真的找不到合适的字眼来形容，也就不形容，痴呆地看着，想象着。

真是不该发现的时候发现了，管雪凤一下子看到蒋孝智的眼神，就看到了蒋孝智的内心，于是眉头一皱，咬咬牙，什么也没有说，起身，走了。

也许，这个事情没跟管云龙说吧，蒋孝智心想，估计没说，因为这个事情是说不出口的，也没有什么可说的。今天，管云龙来了，是一个人来的，说是来感谢的，实际上是为三个女儿辞行的。三个女儿咋安排呢？倒要听听。

管云龙说，武汉，有亲戚在那儿，雪凤也要出去，就让她到那儿去。老三要上学．只是老二，她妈说留下来帮忙，老二也同意。再说了，家里也少不了，要是走空了，挺想的。

蒋孝智喝了一口茶水说，还是坐一会儿吧，中午就在这儿吃点饭。

管云龙已经走了两步，也有点想留下，扭过头，迟疑了一下，发现有一只松鼠从门前慌慌张张逃跑，觉得人已经出了大门，也没有啥想说的，再回头留在这儿，只是等着吃饭，就连松鼠也不如，不仅贱，也没有啥意思，于是，又扭过头，没再说啥，走了。

在娘娘庙学习的时候，管雪凤就像春天的花朵，那是开得最旺的时节。作为小妹的管雪梅，像是腊月过后的蓓蕾，透点暗香，就整个人来说，还没有展开，个头小，也瘦弱。性格上，管雪梅好像对什么都很崇拜，特别是在大姐管雪凤面前，她就是哑巴，一句话也说不出来。就是这样，经常还要挨批。挨谁批？当然是她大姐。

管雪凤爱打扮，经常把头发扎成两条大辫子，在辫子的末梢还扎上一些花朵。那时候没有塑料花，扎的花就是真花。一年四季，山花一种接着一种开放。春天是兰草杜鹃，夏天更多，秋天的菊花很有特色，扎在辫梢，在肩膀上晃来晃去，是一种无法述说的雅致。二姐不一样，没有自己的观念，好像对什么都无所谓，整天在娘娘庙里待着，看那些昆虫，像蚂蚁在地上爬来爬去，她就能看半天；那些蝴蝶，飞来飞去，好像在寻找什么。找啥呢？看到最后才知道，那些花蝴蝶，它们的翅膀一开一合，不停地扑闪，是为了寻找花。二姐还有一个习惯，就是躺在山巅大石头上沐浴阳光，听哗哗流水睡觉，好像是一个道人做的事情，作为管家二小姐，这种表现已经被许多人忽视。

管雪梅崇拜大姐，觉得大姐就像春天的太阳，光芒四射，于是在不知不觉当中就开始模仿。

你要知道，模仿，最讨厌的不是观众，最讨厌的还是被模仿的人。就像结巴，你要是模仿，观众高兴地笑，可是结巴呢，已经气得要死了。管雪凤就十分讨厌老三，经常点着老三的鼻子说狠话：小贱人，动动脑筋好不？我辫子长，扎一朵小花显得浪漫。你呢，一扁指长，黄毛梢子，配上花朵，很难看，就像一朵鲜花插在牛粪上，是对鲜花的糟蹋。

骂呢，小丫头还不服气，瞪着眼睛说，姐，萝卜白菜，各有所爱。你戴你的花，我戴我的花，咋又惹着你了？又没有抢你的？

抢我的，你敢？看我不揍死你！说说闹闹，一年两年也就不知不觉过去了。

蒋孝智教三姊妹及其他孩子，也有十多个，除了上大课还分别授课。年龄不同，最大的三十多岁。来到这里，蒋孝智自编教材，都认识字，也很容易。从《三字经》开始到《千字文》，再到讲解中国古代历史，一年到头也好过去。

在娘娘庙学习都不长久，因为那个年月都很忙，学点知识，认几个字，够用了。即使有不会写的，也可以用白字代替，反正认识字的人不多，写的东西多数还是写字的人自已认。譬如，打打算盘，记记账，红白事帮个忙，十里八乡，有一两个，就算是有文化的人了。

教书当中，蒋孝智除了上大课教认字，根据个人的禀赋还教他们一些其他的东西。除了管家三个丫头，还有好几个人在娘娘庙的学习时间长，他们是刘长发、王世贵、董雪峰，还有后来的朱来福、宋二丹。前几个都是外来的，常年住在庙里，帮庙里打扫卫生、挑水、化缘，回到庙里帮师父烧锅，还帮师父教授孩子。人们还以为他们就是庙里人，其实不是。直到有一天，他们不知道什么事情，吃过饭了，说声告辞，这个时候，娘娘庙里的师兄弟才知道，他们也要走，这里也不是他们的家，他们也要去远方。

这件事情发生在管云龙来到娘娘庙之前。也许是这几个人的影响，娘娘庙从此不再收人，来的人也学着离开，直到有一天，只剩下蒋孝智、宋二丹了，这位留着大胡须，学马克思的人才知道，天要变化了。

管雪凤不仅漂亮，还冰雪聪明。蒋孝智有意无意地想把她往革命道路上引，经常把她带到屋外的松树下石桌旁，故意放些进步书籍，像《新月》《诗镌》

《新青年》《幻灭》《凤凰涅槃》以及《共产党宣言》等。那时候，商城有许多进步青年，他们在上海带回来不少书，还在县城开了一家书店。五四运动后，新诗特别流行。歌颂时代、抒发郁闷的诗歌期刊特别多。蒋孝智就经常到县城借，放在自己的屋里，要是有人感兴趣就拿去看。要是经常看，那就说明这个人思想进步，可以发展成积极分子，经过培养，引导走上革命道路。

实际上，管雪凤也爱读这些书，她不是看文章，而是看里面的插图，还有介绍生活常识的东西。有一点最爱看，就是新闻，如报道百乐门舞星走红，上海夜总会演出等，按现在说法，就是赶时髦，是追星族。蒋孝智的理解有偏差，没有做深入调查，仅凭第一次谈话还被误解了。当然，在谈话之前，管雪凤好像对蒋孝智的大胡须不太感冒，就说，老师，你那胡须太长，还向上卷。我妈在家没事养了一条狗，长不大，光长毛，你那胡须就像俺家那狗毛。

管雪凤这般说，实际上是故意刺激蒋孝智。蒋孝智为情所迷，哈哈大笑，以为是冷幽默。

管雪凤接着说，中国历史上也有留长胡须的，像关公，人家是红脸汉，胡须是个陪衬，就像我这辫子，辫梢扎朵花，那是个点缀。不过嘛，我是经常换的。你那胡须经常不修，乱七八糟，像刺猬，有点难看。

情人眼里出西施，说笑话自己不笑那是大智慧，蒋孝智就以为管雪凤是个冰雪聪明的人，于是就说，你不知道，我这是马克思的胡须。

什么？管雪凤说，没有这么个乐器，我只知道有二胡、琵琶，还有笛子、手风琴什么的，没听说过有“马克思”这个乐器，老师是不是说的“萨克斯”呀？

幽默，太幽默了！从冷幽默到酷幽默，那是天才哦。把个蒋孝智笑得胡须乱颤。管雪凤看着，眼睛逐渐变小变细，轻蔑地哼鼻子，不知道蒋孝智咋回事儿，直到笑得如盛开的菊花，开到尽头还要打个钩才停止的时候，说，哎呀，雪凤，你真是太幽默了，太幽默了。你看了那么多书，居然说“马克思”是个乐器，亏你想得出。于是就把马克思介绍了一遍，还说，马克思起草了《共产党宣言》，预言资本主义要灭亡，这是伟大的导师，是最伟大的哲学家。

这些好像对于管雪凤来说是对牛弹琴，蒋孝智起劲讲，讲到起劲处还站起来，抬头，指着天空，背诵《共产党宣言》。管雪凤好像瞌睡，要不是几只麻雀飞了过来，停留在松树枝丫上叽叽喳喳乱叫，管雪凤肯定要睡着。等到蒋孝智演讲完了，喝口茶水，看管雪凤的反应时，管雪凤说，这个马克思真不是东西，燕妮那么年轻，他那么老，在一块儿，能幸福吗？不可能。要有可能，也是禽兽！

天哪，这是怎么回事？蒋孝智傻了。一个人傻掉了，直直地盯着，摇摇头看着：是呀，坐在这里的，双手抱在胸前的美女就是管雪凤呀，没错啊，难道是自己错了？看走眼了吗？

这次蒋孝智真的是看走眼了。虽说他熟读《易经》，走南闯北，阅人无数，但是这次真的是看走眼了。

实际上，蒋孝智看走眼的事情不止这一次，还有几次，其中最主要的一次是让蒋孝智死都不知道咋死的。也许，有时候，看人是很有风险。

管雪梅跟她大姐不一样，虽说模仿的能力很强，对大姐也很崇拜，但是大姐总是训斥，久而久之就产生了逆反心理，对大姐好奇之外，总在心里想着超越。

管雪凤在蒋孝智那里拿来的书，也是随便翻翻，没有兴趣的东西也就胡乱地甩到床上。管雪梅看到了，感到好奇。她二姐是不看这种东西的，只有大姐。大姐神神秘秘，这是啥呀？于是就拿着看。开始被里面七长八短的句子所吸引，继而被里面的道理所折服。这些人都是干啥的？难道大姐也参加了这个组织？一定参加了。于是，这个没有长开的小姑娘揣着探秘的心在研读着一本本杂志。直到有一天，管雪梅对她大姐说，大姐，你是共产党！管雪凤眼睛睁大了，一巴掌扇了过来。管雪梅嘴流血了。管雪梅气愤而又委屈地看着。管雪凤一愣过后，还是甩出了一句话：放屁！再胡说八道，看我不打死你！

是否定呢，还是承认？对于管雪梅来说，她太了解大姐了。这一巴掌说明，大姐一定参加了共产党。虽说国共合作，但是都知道共产党是帮国民党干活，按照农村的比喻，就是给管家打工的朱来福，到一定时候，国民党会一脚把共产党踹开的。到那时，要保护自己就晚了。于是，不少地方，发展党员还是秘密的，这也许是共产党在以后遭到劫难时能够保存下来许多精英，能够生存下去的主要原因。

管雪凤不仅没有参加共产党，恰恰相反，参加了国民党。她在武汉学习期间，被选到南京特训班，毕业后分配到武汉军情处，协助曾扩情工作。此时，正值大别山农民暴动风起云涌，曾扩情就把她派往家乡，目的是联合民团镇压地方暴动。管雪凤来到商城还不到三个月，鬼使神差碰上了一架降落的飞机，寻找飞机虽不是她的主要任务，但也是临时任务。这个临时任务在形势发展当中逐渐变成了主要任务。好在 1931 年夏天，她又接到了第二份任务，就是在红军高层实施离间计，除掉许继慎等高级将领，搞乱红军，为剿灭红军出力。管雪凤按照曾扩情的指示，向红四军军部投递了一份劝降信。过了一个月，张国焘查出了这封劝降信，于是，从 1931 年冬到 1932 年春，大别山革命根据地开始大“肃反”。红军悲剧上演，管雪凤有了功劳，也得到了提升。

管雪梅却参加了共产党，是什么时候参加的，谁介绍的，蒋孝智也不知道。过了两年，管雪梅再次来到蒋孝智面前时，蒋孝智认错了。蒋孝智喊她管雪凤，还惊讶地说，那个时候引导你，你总是开玩笑，现在你却是共产党员，是我们的同志，真是意想不到。

管雪梅转了一圈说，蒋先生，你搞错了，你的眼神到哪儿去了？大姐脸上有颗美人痣，我没有啊。我是雪梅，雪凤是我姐。我没有跟姐去武汉，和二姐在本县上学。在那里，我接触了更多的同志，是他们介绍我加入组织的。我要为共产主义而奋斗。她说得慷慨激昂。

是呀，听声音不是管雪凤，自己咋就把管雪梅当成了管雪凤了呢？哎，蒋孝智心想，还是没有忘记呀，是心魔在起作用呀。

坐下来，蒋孝智问起管氏三姐妹的情况。

管雪梅说，二姐，你知道的，吴家把她娶了当小，我反对过，爹把我揍了一顿，把我赶出家门，说我太激进，对管家不利，管家的基业会坏在我这种人手里，我一气之下也就出走了。人生气的时候会做糊涂事。我拿棍要饭，去到黄安，没想到在那里遇到我们的同志。经过介绍，我就参加了他们组织的活动。

我识字，主要是组织他们学习文化知识，顺便传播马列主义。那地方比这儿强多了。就是不认识字，只要说到马列主义、布尔什维克，大家都知道，还惊讶、羡慕地称赞。这儿不行，这儿好像都不知道，还忌讳谈起呢。

蒋孝智说，这是和区，是国民党统治区。每天都在盘查，要是有人举报，非杀头不可。你知道王德学嘛，老同志了，上个月，人头挂在南城门上。你说是谁举报的？

是谁？管雪梅问。

是他三爹。不知道咋弄的，被他三爹知道了，还说他家里藏有歪把子，就带了小炮队来，围住了，当场连人带枪搜出，下午就拉到白鹭河，砍了。我那天去了，不敢收尸，等到天黑，才把尸体埋在河湾旁，找头没找到，以为被什么叼走了。实际上被小炮队的带到城里示众去了。蒋孝智说，你大姐呢？

大姐？大姐可不得了！管雪梅说，大姐是国民党，可能是个大官，多大官不知道，只是听说。我也好长时间没有回家了。大姐要是知道我参加了共产党，非扒我的皮不可！

绝对不能让她知道！绝对！你已经不是一个人了，你身后站着许多同志，要是被你大姐知道了，你身后同志的生命都不保。蒋孝智嘱咐说。

没那么严重吧？管雪梅说，大姐，她总是自以为是，从小就管着我，说什么都是对的。现在看来，大姐最愚蠢。大姐是爹的长女，爹把大姐当成“大公子”看待，是希望大姐能像宋氏三姐妹那样，给管家带来荣耀。太落后了。还是共产党说得对：男女都一样，人生下来就应该平等，农民也应该拥有土地。如今呢，就像炸油条的吃不到油条，种庄稼的没有田地，织布工人没有衣穿，这不是大笑话吗？太不公平了。

说起笑话，蒋孝智又想到管雪凤。哎，雪凤真是幽默天才。要是有机会能见到她，听一听她讲的笑话，该多好呀。这是蒋孝智的内心活动，仿佛上帝也能看到，不久，真的就让蒋孝智与管雪凤见面了，不过不是在娘娘庙，是在监狱里。那个时候，管雪凤穿着军装，皮靴，走路呱呱叫，手上戴着白手套，握着一条用麻绳搓成的鞭子，一点儿也不幽默。

管雪凤来到蒋孝智面前的时候，只是冷哼了一下：逮住你真难！杀父之仇不能不报，我要让你尝尝幽默的味道。不过嘛，不是在口头上，是在鞭子上。

麻绳都打断了，管雪凤让人找来盐水，从头灌下去，然后用一床破被子把蒋孝智裹住，自己在那儿坐着，吹起了口哨。是《天鹅湖》圆舞曲，还是百乐门的《夜上海》，已经记不起来了，只知道吹得很好听。吹过之后，让二虎把棉被揭掉，蒋孝智的声音已经嘶哑，只能从嗓眼里发出呜呜声。够了。管雪凤把管云龙的牌位找来，供奉在一张条桌上，前面摆上米饭，还有管云龙喝酒时最爱吃的顺风、赚头，让两个人把蒋孝智从刑具上解开，摁倒，跪在案儿旁边。管雪凤流泪了，掏出手帕擦了擦，再从口袋里掏出曾扩情给她配发的手枪，用戴手套的手指捏住蒋孝智的鼻子。蒋孝智很配合，嘴张开了。黑洞洞的枪管插进嘴里。管雪凤牙咬着，泪水还在滴答，等一滴泪水滴落到蒋孝智脸上时，蒋孝智勉强睁开了眼睛，模糊当中他看见了管雪凤咬牙切齿的一张斜八字脸，还有那一颗颤巍巍的美人痣，大脑一闪，知道遇到了要命的煞星，心想完了。就在这个时候，管雪凤扣动了扳机。蒋孝智没什么感觉，只感到很大的力量往心口窝撞，随后吐了一口鲜血，什么都不知道了。

照常，蒋孝智的人头悬挂在城门上，但是，城里传出不同的声音。一种说法好像是质疑，有人问，听说管雪凤手刃杀父仇人，真不简单，真是老子英雄儿好汉，虽不是儿，有这样的女儿，也不得了。还有人说，你不知道，管雪凤是欺师灭祖，她爹根本就不是蒋孝智杀的，把账算在老师头上，说是糊涂虫太轻了，简直就是蠢猪！还有人说，蒋孝智是管雪凤的老师不假，但是也是管雪凤的情人，管雪凤为了立功心切，杀情人，就像当初逼死吴绪红一样，不地道呀。还有人说，蒋孝智是外地人，还是出家人，哪能是管雪凤的情人呢？那个吴歪子才是她真正的情人。两个人都死在她手里，看来管雪凤命硬，是个丧门星，比“清水彪”还坏，谁要是爱上这个丧门星，离死期也就不远了。

乖乖，这个女人真邪门耶！兄弟，再见到时可要小心点，再美，就是一朵花儿，可不能斜眼哟。民团团丁在一起议论，开玩笑说，搞得听的人直咂舌。

这个嘛，只是传说，要是等“清水彪”知道了，你的头也要挂在城门楼上，到时候，吃饭的家伙可就只能喝西北风啰。

滚，活腻歪了？二虎在城里巡逻，听到议论，大声呵斥。议论的不再说了，拔腿走了。

吴承轩回乡，实际上是叶落归根。这些年在省城，除了与同学交往，就是做个小生意。虽也赚了不少钱，但那些钱也多是不义之财。国民党这些年一直也没有消停，不是蒋桂大战，就是蒋冯大战，打得昏天暗地。战争需要药品，需要布匹，吴承轩就加以利用，与军队做买卖。蒋冯大战结束，蒋介石开始剿共，吴承轩感觉到心里不踏实。有一句话叫急流勇退，知足常乐。吴承轩很老成，对外说没儿子，也就没有后人，要那些钱干啥？还是回到大别山老家，那里有许多童年的故事，于是也就回来了。回来了，桃花运也接着来了。石生财为了显摆，非要拉吴承轩检查教育不可。那个时候，管家老大已经到武汉，老二、老三在县中学读书，吴承轩就看中了这个妩媚恬静的管二小姐。石生财是个狡猾人，看到吴承轩的眼神，在吃饭的时候就告诉吴承轩，那位坐在中间的穿着丝绸裙子、短发、瓜子脸的姑娘是你那河口人，家住凤凰山，管家的“二公子”，还说这个姑娘有许多豪门大户都想娶到手，管家认为孩子还在上学，也就没有许配。你看……

吴承轩，四方大白脸，虽说近五十岁了，因为保养好，面皮薄，一听石生财这般说，不免脸红，连忙说，你看，你看，我这般老，哪能……

石生财说，这你就错了。古人有八十得子之说，你虽说近五十岁了，看上去不显老，容光焕发，像二十几岁呢。再说了，娶到手，说不定老来得子，也给你这么大家业添个根。

“也给你这么大家业添个根。”就是这句话打动了吴承轩。吴承轩颔首微笑，算是满意。

本来吴承轩在调解吴绪红与管家的矛盾中就见过“二公子”，有个好印象，如今又有县长保媒，也欣然同意，不多时就娶了过去。娶到二小姐的下半年，管云龙就当上了乡长。管云龙一下子成了当地的知名人物，再也没有人敢瞧不起了。那种与蒋孝智经常喝茶互相争论的局面彻底宣告结束。如果不请，管云龙也就很少去娘娘庙了。

在娘娘庙召开的是第一次党组织会议，来了十二个人。参会的大多数都是他的学生。蒋孝智的学生大多都是在娘娘庙里认识的，来认字，帮老师干杂务，不收学费，所以，大多是穷苦人，也多数是成年人。但是，在这些学生当中，有两人特殊。一个是小孩宋二丹，是在吃叫花鸡时认识的，从那以后总是到娘娘庙来，问这问那，时间长了，蒋孝智也叫他听课，也给他饭吃，也教他识字。再一个就是宋丹丹。宋丹丹是咋回事情呢？是因为宋二丹。一个小孩，要饭总不归家，这个家就是孤山寺，宋丹丹就盘问，一问才知道，宋二丹找到了老师，宋丹丹很高兴。

教孩子快一年了，宋丹丹没有见过老师，也没有去答谢，心里总也过意不去。为啥没去答谢呢？还是因为太穷，没东西答谢，但是，宋丹丹心想，没东西有一句话总行吧。这般想，也就想去找老师说句话儿。在宋二丹的引见下，见到了蒋孝智。没算着，一见蒋孝智，跟自己想象的那种神圣、那种清高完全不一样。于是，宋丹丹也像宋二丹一样，经常来娘娘庙，听一听蒋孝智讲课，顺便问一些问题，也就熟悉了。

宋二丹虽小，但是脚力很好，经常要饭，在山区走动，久而久之，练就了脚力，行走如飞。蒋孝智知道他灵便，走得快，就让他当个跟班，跑跑腿，传达信息什么的。宋二丹也很卖力，只要是蒋孝智叫，他就不问东西南北，很得蒋孝智器重。蒋孝智经常看到宋二丹兔子一般的身影，捋着胡须叹息说，这孩子就是不动脑子，要是肯动脑子，一定是个可造之材。这次让宋二丹参加，主要是让他看门，因为娘娘庙虽说不逢会，但是要是来个人还愿，误打误撞，碰见了，传扬出去，恐怕会坏事。

这次会议虽说是第一次会议，但是对于河口这个地方来说，十分重要。这些年，蒋孝智花费了大量心血，在娘娘庙潜伏下来，以教书为名，传播马列主义，发展党员，到今天，也算有了一些成就，发展了三十多人。今天通知来的只有十二人，但是，这十二人都是骨干，是各保甲的代表，也是河口党员的代表，肩负着很重要的任务。

蒋孝智为了开好这次会议，让朱来福去了一趟斑竹园，请示了县委，还见到了周维炯。周师长亲自接待，还与朱来福长谈。朱来福临走时，周维炯握着他的手再三叮嘱，一定要保密。在河口，等于在石生财的鼻子底下。石生财的嗅觉很灵敏，也十分凶残，一定要提防。还说，攻取商城这件事情，不要在这次会上宣布。这次会议，最主要是建立组织。组织的名称就叫“河口党支部”，蒋孝智担任支部书记，你朱来福任副书记或支委。组建后，秘密活动，暗地发展党员，做好准备，迎接红三十二师到来。

朱来福回来了，把周师长的话原原本本对蒋孝智说了，蒋孝智本来还担心，周师长是不是同意，有没有其他问题，结果呢，周师长不仅完全同意，还与蒋孝智的想法不谋而合，真是大喜过望。只是周师长没有派县委领导来指导，很是遗憾。但是，周师长说，不能派，不光是路上，就是在斑竹园，也有特务活动，要是发现县委领导出了斑竹园，特务会起疑心，就会跟踪，要是跟踪到河口，就有危险。不能冒这个险。再说了，蒋孝智本来就是老党员，知道该咋办。蒋孝智心想，这个周师长还是很有能耐的。

朱来福把周师长的话带过来之后，蒋孝智与朱来福进行了研究，觉得还是开一次会，把组织成立起来，按照周师长说的，迎接三十二师。对于来多少人，两个人算了一下。河口有十二个保，三十二个甲，知道的党员也有三十五名。来多了，会引起注意，不合适；来少了，没代表性。为此，两个保来一个，凤凰岭这个保来三个，因为这地方发展的党员比较集中，再加上宋丹丹、朱来福和蒋孝智，总共十二人。让朱来福与宋二丹两人通知。

宋二丹与朱来福刚走，管雪梅回来了。推开庙门，见到蒋孝智，两个人都愣住了。经过一番介绍，又亲热起来。管雪梅是从黄安那边回来的，也是带着任务回来的。回来了，就是让蒋孝智召开会议，成立支部，发展党员，开展斗争。还向蒋孝智传达了党的会议精神，以及鄂豫皖特委决定。总的一句话，就是要利用一切有利时机，搞暴动。蒋孝智听后，就跟管雪梅说了刚刚作出的决定。这个决定与管雪梅带来的精神不谋而合，也就邀请管雪梅在农历九月初八这一天参加会议。这一天，正好就是后天。

管雪梅来到这里已经是下午，又谈了这么长时间，天已经黑了。蒋孝智把大庙的东头打扫了一下。此时还不算冷，就在庙里将就一夜。天亮，吃过早饭回家，父母问起，也好说。

到了开会这一天，蒋孝智早早打开大门，把院子打扫一遍。烧点开水，在院子里等。

大家虽说来时不一样，有的打扮成要饭的，有的打扮成砍柴的，还有的打扮成敬香火的，但是见面了，经过介绍，都是同志，也就认识了。蒋孝智还把茶叶拿出来，跟各位说，虽说这荒山野洼没有山珍海味，也没有鸡鸭鱼肉，但是我这里有清茶一杯。于是喊，宋二丹，宋二丹，喊了几声没有人应。蒋孝智说，宋二丹跑到哪儿去了呢？准备到外面找。宋丹丹说，二丹跟我说了，他早上吃了不该吃的东西，跑肚子，跑到草地里屙屎去了。

蒋孝智听说，也没当回事情，伸头朝门外看看，又站起来走到外面，四处找。

入秋了，此时的天气有点怪，白天光着身，夜晚冷断筋。宋二丹是个小孩，嘴馋，什么歪瓜裂枣都吃，跑肚子也正常。就是不跑肚子，一个孩子在山上，大片树荫罩着，树林生风，不时还有野兔出没，到处玩耍，捕蝉逮雀，也无可厚非。

蒋孝智又在四周转了一圈儿走回来，心想，这孩子，贪玩，也没当回事情。再说了，蒋孝智出去，一方面是警惕，一方面也是为宋二丹开脱。但是即使有一百个理由说明宋二丹是小孩，也没有一个理由说明宋二丹就是叛徒，是给敌人送情报去了，这一点，在蒋孝智心里那是扎实的，因为蒋孝智从来就没有这样想过。

蒋孝智回到屋里，大家兴致勃勃，都在谈论商城起义的事情，还有金兰山上的故事，说得十分激动。好像这些东西就是天兵天将，大地为之一振。

董雪峰刚从湖北董家畈来，就谈起途中听说的一个故事。他说黄安许大洼有个许大娃，武艺高强，跟少林寺高僧明镜和尚学武，有刀枪不入的本领。打麻城，他腰里插一把大刀片子，带着突击队，从城墙往上爬，就像我们在地上走路那么轻松。

王世贵插话说，那你说的，他还能比宋二丹跑得快？

宋二丹？董雪峰说，小菜一碟。宋二丹是兔子，哧溜一声钻到笼子里去了，哪还听得到响声？许大娃像一道闪电，一点儿响声也没有就到了你眼前。这叫轻功，听说是燕子功。

刘长发年长，是支部委员候选人，人也老成，他把老师端来的开水用木勺子舀到瓷碗里，端到各位面前说，这个人是许世友，也是穷人家的孩子，家里没柴，到山上砍柴，被地主胡步仁的狗崽子找人打了一顿，一气之下，拿刀把人砍了，逃出去学艺。前几年在武汉当兵，旅长克扣军饷，气不忿就找人跟旅长干。天都黑了，你怎么能干赢旅长？听说家乡起义，偷着逃回来了，打土豪分田地，搞得很好。古人说，逼上梁山，一点儿不假。真要是有活路，谁个还拿命开玩笑呢。不说旁人，就说宋丹丹，为啥参加革命？还不是醒悟了？她家要不是穷，吃不上饭，丈夫能死吗？

宋丹丹从屋里烧水出来了，拍拍身上的茅草，插话说，老刘说得好，我从前只知道命苦。丈夫死了，乡里大户管云龙，浪得很，比烧包还烧包。穿着长袍从门前过，问这是谁家，有人就跟他说了。他把鼻子捂着，跟他的管家说，赶紧走，别让霉气惹着了。回到家还说，背气！那时候，来福在他家打工，没茬找茬，还把来福打了一顿，扣了来福半年工钱，还说，你不知道我是从来不走这条路的吗？管云龙就不是好熊，这几年当上乡长了，更是可恶，成了害人精。一窝都是害人精。听说他的大女儿就是国民党大官，传说要回来，不知道真假。管云龙是什么样的人，来福最清楚。

朱来福笑着说，也不是。大家看着，朱来福又说，东家爱算命，整天拿着算命书看，到处赶风水。实际上，赶风水也没有用。朱来福扭头看看，心想，管雪梅今天不知道咋搞的还没到，蒋先生说有她，但是咋没到呢？朱来福继续说，前年，管云龙的管家病了，又换了一个管家，这个管家不是东西，是个见风使舵的人。我记得很清楚，东家与管家出去时，一只喜鹊在屋山头叫了两声，东家很高兴，回头就对管家说，天气好，走，出去逛逛。到哪儿去呢？管家说，听说吴承轩回来了，他在省会开门面，见多识广。东家也就去了。到吴承轩家必须经过古塘，大姐家就住在那儿，到那地界就听到吹吹打打，问是啥事，管家就说了。东家说，按照书上说的，出门见财，抬头见喜，好事。管家使坏，不想走路，就说，老爷，不是那样的，要是把棺材往外抬，那是出门见财；要是棺材还在屋里，见到的是人家屋里财，起贪心，视为贼，那是要犯案的，不是好兆头。经他挑唆，东家皱眉，思索着说，书上，在哪里见过记不清楚了，不假，是这般说的。于是就说了一句：扫把星！说完也就走了。大姐，你说的这些，一定是管家传出来的。这个管家，太不是东西了！

蒋孝智开始很高兴，人到得差不多了，情绪一下子低落了，也不说话，皱着眉头，站起来给各位倒了一碗水。大家品着茶，说着事情。喝到茶的，把嘴咂摸一下，只感到回味清香，沁人心脾，别有一种甜美的滋味，都说，从来没有喝过这么好的茶。开始把话头跳到生活上，问这茶是从哪儿买来的。蒋孝智说，山上没钱，也不是化缘来的，是我从山上采来的，按照《茶经》上的方子炒制的。这就说明，同是一种茶，炒制的方法不同，茶的味道就变了。说者无心，听者也无心，谁知道，蒋孝智这句话极富禅意，他自己当然不知道，从后来发展的情况看，都是共产党，都参加了支部大会，就像炒茶一样，味道变了，命运也变了。

蒋孝智当时没有多说的原因是因为感觉太顺利了，屋前屋后连一只麻雀也没有，就是风也小了许多，虽说庙后面还有一些蝉鸣，但是那也是秋后的蝉了。山里太静了，那些涂抹到墙上的光斑，带着松树枝叶的投影，像笤帚在墙上来回不停地扫，似乎发出呼啦呼啦的警示。可是，屋里坐着的人一点儿也没有听到，真的是一点儿也没有听到。

蒋孝智有种预感，凡事太顺利，肯定不行。有道是，好事多磨。今天咋这般顺利呢？已经超出了常规。但是，很快，蒋孝智打消了这种念头。

半个时辰过后，宋二丹回来了，似乎头上还有汗。宋二丹伸头，看到人们喝茶，还有说有笑的，就说，真是对不起，肚子老疼。

刘长发笑笑说，又在扛二蛋，你干脆改名字，姓“扛”名“二蛋”算了。

大家呵呵大笑。宋二丹不自然地咧着嘴退了出去。

这天很巧，巧在哪里呢？第一个“巧”是管雪梅。管雪梅回到家里，管云龙和他老婆都很高兴，一年多没见面，此次见面，也不再责怪，只是问寒问暖，一家人团聚。管云龙的老婆本来不喝酒，管云龙说，“三公子”回来，看看，也长大了，长成大人了。“三公子”要是脸上也长一颗痣，“大公子”也回来了，还真的分不清哪个是哪个呢。

管雪梅是跟她爹生气跑出去的，现在回来，管云龙没话找话，那意思是冰释前嫌。

实际上，管雪梅早忘了，或者说根本就没有记在心上。当初出走，相当一部分原因是自愿。管云龙老婆见丈夫尽说一些不沾边的话，看一眼小女儿，怕生气，赶紧说，尽说鬼话，分别下的崽咋会认不得呢？再变，就是变成七仙女，我也知道哪个是老大，哪个是老二，哪个是老三……这般一说，忽然想起管雪凤来，吃着吃着落泪。管云龙十分讲究迷信，就说，好好的，咋又伤心了？

管云龙老婆说，不知道你大姐咋样？

管雪梅说，大姐，听说又长高了，我是罢脚了，当然赶不上大姐。大姐可神气了，听说蒋夫人都亲自接见呢。

管云龙一听，停住不吃了，眼睛放光问，你听谁说的？

管雪梅笑着说，在外面不像在家里，城市都有发布机（发报机）。

管云龙半信半疑问，啥叫发布机？县党部也容许你姐姐搞发布机？

管雪梅说，姐姐倒不是常搞发布机，偶尔一次。我有个同学，她爹是县党部的，她说的。

管雪凤刚离开商城，管云龙不知道，管雪梅不想告诉她爹真相，所以这般说。实际上，管雪梅也没有见过她姐，她爹问，不好不回答，就凭着社会流传的拼凑在一起，也不管真假，说了。管云龙信了，端起杯子对妻子说，听到了吗？“大公子”有出息了，我们应该为她高兴才对。来，喝，庆祝。

管云龙的妻子也就端起杯子，一饮而尽。连喝了三杯酒。

过了一会儿，管云龙的妻子全身痛，手臂发红，奇痒难忍。管云龙不知道是啥病，以为是食物中毒。自己没事，管雪梅没事。又不像食物中毒，咋办？在河口，懂医术的人不多，有一个老中医住在大街上，离这儿还有十多里。县城陈一针高明，但都远水解不了近渴。管云龙此时想到了蒋孝智。平时攀谈，蒋孝智略懂医术，于是就赶紧去娘娘庙，找蒋孝智。找来了，把情况一说，蒋孝智也不知道是什么毛病，但是，蒋孝智知道茶可以解酒，就赶紧把茶叶拿来。茶叶拿来了，水也开了。管云龙就冲了一碗茶水，管雪梅端给她妈喝了。过了半个时辰，渐渐好了一点，但是，嗜睡。管雪梅要伺候她妈。临送蒋孝智出门时递了一张字条，大意是说，妈病了，要是病好了，就按时参加；要是没好，就不参加了，过后再了解情况。蒋孝智读后，觉得合乎常情，也就没说。阴差阳错，第二天开会，管雪梅真的没去。管雪梅是党员，只有蒋孝智和朱来福知道，其他几位都不知道，开会时，只知道有一位是因为路程遥远，耽误了，没有及时赶到，没有出席会议。

第二天早上，管夫人好了，也能起床了。管雪梅还算孝心，昨夜与妈一个床，夜里起来好几次煎水，泡茶，伺候，到了早上，她妈醒来，见女儿一夜没合眼，很感动，拉着女儿的手不松，聊起了学习的情况，又聊了外面的见闻，累了，管雪梅的妈又睡着了。

管雪梅这时也感到精神疲倦，看看窗户外面，太阳还没有出，于是也倒在床上睡了。

管云龙是乡长，来到屋里看了看夫人，说，“三公子”，今天我跟管家到县城开会，昨天夜里通知的，不得缺席。我走了，你得伺候你妈。不过嘛，按照经验，像这样的会一般开一会儿就结束了，回来也比较早。嗯，“三公子”，听到没？

管雪梅有心事，听她爹吩咐，心里咯噔一下，不知道咋办才好。好在见到了召集人蒋孝智，要是没见到，第一次开这么重大的会议就缺席，真的说不过去。

第二个“巧”是宋二丹，真的是拉肚子。已经跑了三四次了，因为他们都在庙里开会，宋二丹拉肚子就走得很远，一直走到一个洼窝，快靠近路边了才停下来。拉肚子是急事，也顾不上多少。宋二丹胡乱朝四周一望，赶紧扒掉裤子，在那儿使劲儿。

秋天荒草都有一人多深。管云龙让管家备轿子，坐在轿子上晃悠下山，往县城赶。谁知道刚走到这里，管云龙也感觉肚子痛，也许是昨天喝多了，早上吃饭，肠胃不适，想解大手。于是喊停。停下来，管云龙拿着文明棍，走一段拨一段，想拨出一条路来，正在拨呢，忽然看到草丛中有东西晃动，管云龙愣住了，以为是兔子，心想，一定是一窝兔子。

管云龙转过身，不动，向管家招手，并小声说，把枪拿来，这里有兔子。

管家赶紧拿枪，慢慢靠近。这个时候，宋二丹也听到了，吓得赶紧大叫：别开枪，别开枪，我是宋二丹。说着站了起来。管云龙还没有掂着枪呢，原来是个人，赶紧在心里寻找答案：不吉利呀，不吉利！今天出门不吉利呀！兔子变成了人，这叫装神弄鬼，不是好兆头。

管云龙认识宋二丹——蒋孝智身边的小随从，就说，你不跟你师父在一起，在这里干吗？

宋二丹随口说，师父在开会，我肚子痛，在这儿屙屎。

什么？管云龙警觉了。

这时候宋二丹也知道说漏嘴了。说出去的话如同泼出去的水，那是没办法收起来的。管云龙再问，宋二丹就不说了。管云龙把枪拿过来，对着宋二丹说，你不说实话，好，先对你的屁股来一枪。说完，端起枪瞄准宋二丹的裤裆。宋二丹毕竟太小，这一吓唬，赶紧矮了一截子，半蹲在那里，还用手捂着裤裆说，老爷，我说的是真的，来了十多个人。是真的？管云龙说，小屁孩不好玩，一吓唬就说胡话，走。说完，把枪收起，也不多问，说，那一定是商议逢庙会的事情。跟你师父说，别着急，虽说三个闺女都走了，但规矩还和往常一样，钱呢，我出一部分，让他别再到处化缘了。这年头，到处都在闹饥荒，那些红毛子还在趁机起事，你师父可得注意呀？说完，对管家说，别对旁人说，我们开会去。

第三个“巧”是管云龙到县城开会，居然是剿匪会议。也许石生财听到了什么风声，要求各区通力协作，有粮出粮，有钱出钱，什么都没有，也可以出人出力。特别是各乡乡长，一定要守好家园。别看商城的赤匪都到西边去了，这帮人鬼得很，就像鲢鱼，滑着呢。我们大别山就是一口大塘，这些鲢鱼在水里难捉住呀。有些鲢鱼还有牙，动不动咬你一口。听说商南小炮队的王亚宏，那可是讲武学堂出身，在四川当过兵，也带过一团人马，回来了任小炮队队长。那个周维炯，听说就是在武汉结识了一面，看着虎里虎气的，引为知己，任小队长，结果呢，可把王亚宏坑苦了。这些人是土匪，跟你讲道义吗？那是杀人不眨眼的魔鬼！听说他们讲什么平等，到处打土豪分田地，对于乡保甲长这样的，还说是小鱼小虾，统统宰了。要是这帮土匪来了，第一个就是你们这些乡保甲长，到时候，都得到土地庙报到去。还有，这帮人来了，他们是共产共妻，你的老婆孩娃，不管几房姨太太，就是“鸡”，就是到处飞的“鸡”，到时候都飞到共匪窝里，你们懂吗？

县长讲得很严厉，听着让人害怕。管云龙第一次参加这样的会，觉得气氛不对，一直战战兢兢。一边听，一边想，不知道说还是不说。只听石生财说，谁要是知情不报，就是通匪，要扒皮抽筋，诛杀全家，鸡犬不留。管云龙傻了，看着石生财那眼睛，似乎总往这边看，好像知道情况一样，再说了，打兔子打出个人来，不吉利呀。又转念一想，是不是神灵保佑，在指点自己呀？于是，休息期间，管云龙走到县长面前耳语。石生财听得很认真，听后，大肚子突然凸起，满脸横肉地说，嗯，有这事情？哪些人？

管云龙说，为了迷惑赤匪，没有问。

什么时候起事？

管云龙还是说，为了迷惑赤匪，也没有问。

这也没问，那也没问，不是嘴抹石灰白说吗？

管云龙说，县长大人，我看是您的运气来了。您看，您眉宇之间泛着红光，一方面说明您面带杀气，另一方面您印堂发红，喜事临门，但是，好事需要缓图。要是打草惊蛇，您脸上的喜气就再也不能上冲了，再冲就会撕开脸面，最后落得竹篮打水一场空。

嗯，你他妈的诡计多端，石生财说，你说说咋办。

管云龙说，咋办？守株待兔！

守株待兔？

嗯。

哈哈。县长指着说，还真有你的，要是我立功了，犒赏你，给你请功！

一言为定？

一言为定！

死去的人不明白是怎么泄密的，到死还在怀疑，但是毕竟时间太短，没有余地思考。活下来的人有蒋孝智、朱来福、管雪梅、宋二丹，还有宋二丹他娘宋丹丹。当场牺牲三人，还有五人被五花大绑游街，游街过后就拉到护城河砍头。当时去的人不多，围观的人更少，县小炮队二十几人，分成两组，把住隘口，一声令下，刀斧手砍下血淋淋的五颗人头。

死者家里都不敢出头，只能以泪洗面，算是出了叛逆之人，不再过问。蒋孝智与朱来福安葬了牺牲的三人，在一个夜晚把五具尸体从河湾里弄到岸边，也没有办法带到凤凰山，只能就近掩埋在陂山的一个山坎，解放后，有人在那里树碑，包个大坟包，写上“五烈士之墓”。20 世纪 60 年代，商城建铁佛寺水库，因为连续下雨，垮坝，洪水从山坎冲过，造成山体滑坡，把老坟堆起来了，造成另一座大山。这个大山，人们起名叫“五老峰”。

活下来的人还有很长的路要走，在痛苦当中也有许多时间思考。

接下来红三十二师回师向东，在起义农民的协助下，巧取商城县城。石生财民团人手少，难以抵挡，打开县城南门，沿着笔架山，一路逃到黄柏山，在那儿钻山沟，足足待了两三个月。

周维炯攻打商城时，管云龙刚好在县城。当时，县城一片狼藉，他搞不清形势，就跟着石虎逃到了黄柏山。

攻下商城，红三十二师又集中兵力在县城周边打击民团，拔下几个据点，扫清了民团武装。接着，分兵到周边区乡，成立农会，建立赤卫队，打击豪强，分田地，开展农民运动，筹集粮款，扩大红军。

河口，就在这个时候成立了支部，蒋孝智任支部书记，朱来福任副书记，并组建了河口赤卫队，在河口这个地方，开展农民运动，打土豪分田地。一时间搞得热火朝天。

管云龙，蒋孝智是了解的。这个人是孤门独户，在这一带，虽说有点田产，但是在名义上总让人瞧不起。因为没有儿子，自觉矮人三分，但是，管云龙又是个爱面子的人，总想出人头地，总想捣腾出一些名堂。蒋孝智来后，仿佛给他带来了运气，地位提高了，声誉上去了。大女儿管雪凤到武汉求学，二女儿嫁给了吴承轩，自己也当上乡长了。当乡长事务多，整天忙着催款要粮，也没有一点好处，但是，不管是谁见了，都“管乡长长，管乡长短”地喊着，心里特别愉快，自我感觉良好。

蒋孝智认为，管云龙再自我感觉良好，但那都不是事实。事实上，管家在河口这一代，不算大户，但也够不上贫穷，要是划成分，最多也只能是地主。这个意见提出来，有许多农民不答应，还说，管云龙应该是地主带个“霸”，算是地主恶霸。因为管家田产多，在这一带，不说数一数二，老三老四还是够得上的。再说了，管云龙是乡长。其他几个乡的乡长都被划成恶霸，有四个罪大恶极的已经被镇压了。还有几个，因为没有劣迹，暂时关押，等着审判。管云龙也是乡长，再咋说，也不能按平头老百姓去衡量。

针对农民提出来的问题，蒋孝智不好下结论，只能把农会的干部召集在一起讨论，好在大多都是蒋孝智的学生。尽管如此，意见也不太一致，争论还是很激烈。有一个叫戴步平的农会干部说，我只是把农民的意见提出来。因为管云龙跑了，不好审判，但是管云龙的老婆在家，地主恶霸的老婆应该带出去审判。还说，要是划成分，管家毫无疑问，应该划成恶霸地主。土地一律没收，然后跟大伙一样分田地。因为他的几个姑娘都没在家，就不分田地了。

蒋孝智问为啥。戴步平说，农民私下议论说，管云龙没有劣迹，但是管云龙雇了三四个长工，朱来福就是他家长工，因为朱来福的爹病了，借了他家的钱，让朱来福打工三年，这不是剥削是什么？这是其一，最主要是他大女儿是特务，听说回来过，来了又走了。还有一条，他二女儿嫁给吴承轩当小，不说伤风败俗，吴承轩是六安地区党部委员，那可是国民党大官，有这层关系，管云龙才当上乡长的，这还能说没有罪吗？

农会干部里面有个外号叫“独角戏”的梁乃福，情绪激动，站起来说，我知道，蒋支书你是外地人，虽说来了几年，但是毕竟在娘娘庙居住，又是教书，与百姓接触少，不知道这里的旮旮旯旯。实际上，宋丹丹知道最多。管云龙是什么人，那是眼睛长在头顶上的，对穷人看不起。宋丹丹，一大家子遭到不幸，他却幸灾乐祸，不光不同情，还嘲笑。我看呀，这样的人就该枪毙。要是不让他“吃花生米”，就不能平民愤。

梁乃福说完，坐在旮旯一直在抽烟的余继昌，看看四周，见大家不再发言，扣扣烟袋，用布袋把烟袋缠起来，插在腰里，站起来说，你们说这些都是次要的，我想到一个问题，但又拿不准，也没有证据，我总是想，这个问题一定与管云龙有关，我说出来，不知道行不行？

蒋孝智说，都让发言，你就说吧。

老余说，就是牺牲的那八位同志！

这件事情太大了，老余一说，像炸开了锅。有的说可能，有的说不可能，还有的说，真是哪壶不开提哪壶，这个事情与管云龙就不搭，咋能说是管云龙呢？

这样说了，老余理直气壮接着说，谁说不搭？那天，听到枪响，我们不知道是干啥的，就跑到岔路那棵大柏树下面看，过了一会儿，一群人打我面前过，我看见管云龙也跟着，要不是他报信，谁知道？

蒋孝智说，没证据，不能靠瞎猜。

事情发展有点泛滥的味道，就在这个时候，朱来福站起来了。朱来福说，我说两句，不知道可以不。说完，看看蒋孝智，又看看先前发言的人。戴步平、梁乃福等都以为朱来福一定会痛数管云龙的罪过，有些还是他们不知道的罪过，都点头，示意他讲。

朱来福站起来，稳定了一下情绪说，大家讨论十分激烈，也十分热烈，我想发言，总是插不上嘴，现在起来发言，一下子又不知道说什么好了，但是，我想了想，还是按照大家发言的，我谈谈我的看法。第一，说管云龙是恶霸，要是光看田地面积还有财产，管家确实不少，就像戴委员说的，在河口应该是数得着的。在红三十二师到来之前，我按照蒋先生的指示，带着信去到了斑竹园，在那里见到了周师长，还有县委的其他同志，他们问我一些情况，临走时周师长跟我说，打土豪分田地是可以的，我们党有这方面的政策，但是，动不动就杀人，不行，要慎重。我跟他说，我是管云龙家的长工。周师长说，你最有发言权。要是这样说，我认为不该杀。因为管云龙确实没有劣迹，没有劣迹咋能说他是恶霸呢？所谓恶霸，就是在我们这一块称王称霸，做霸道事情。反正我表述不好，就是人人痛恨的意思。再说了，管云龙那天是去县城开会，这是宋二丹说的，说是在路上见到管云龙与管家一起往城里去。我估计，我们开会，事前走漏了风声，被石生财知道了，在县城开会，就是开逮捕我们的会议，管云龙碰上了，还跟宋二丹说了，宋二丹还告诉了蒋先生。蒋先生，是不？

蒋孝智点点头，意思是“是这样”。

朱来福接着说，这么说，我们都没有证据，但是，管云龙不知道我们开会这是事实，管云龙虽说平时鬼鬼道道，真要是说他会算，打死我都不相信。要是会算，这次红三十二师攻打商城，他咋没算到？我们第二次开会成立党支部，也是在娘娘庙，他咋没算到？这说明，那天只是个巧合。既然让乡长跟着，对，我听说，只要是参会的乡长都跟着了，是吗？朱来福看着余继昌。余继昌插话说，好像人很多，有几个我认识，也是乡长，不错。朱来福说，这就说明，管云龙不跟着不行。也说明与管云龙无关。既然无关，他不是杀害我们同志的凶手，我们同志的仇恨应该找石生财。至于是谁告密的，我们会查的。如今，是我们农民的天下，当下的事情最重要，为烈士报仇，一定有时间。

朱来福喝口茶说，至于管家，十分复杂，我在管家打长工，知道得最清楚。那个管雪凤，确实是特务，神神秘秘，来了又走了，谁也不知道。我们是从雪梅那儿知道的。雪梅，就是管家“三公子”，也是我们的同志，是湖北省委派来的，来联络我们，发动暴动的。管家二女儿管雪兰嫁给了吴承轩不假，但是这个管雪兰胆小，历来温顺，听说，嫁给吴承轩也是自愿的。管家也因此提高了名声，管云龙当上了乡长。这件事情，管云龙从中没有得到多少好处，至于是不是坏事，现在还说不上来。就当下，同志们把管家几个闺女看成一路货色，并不对。在我看来，管雪凤是反动透顶，那时候，蒋先生想引导她走上革命道路，她到武汉求学，终于走到人民对立面，这是她咎由自取。如今，管雪兰与吴承轩一起逃了，到大城市躲避去了，对我们革命没损失，也不用管。管云龙也吓跑了，一时找不到，我们也不管他。我们讨论的问题是划成分，分田地，打击土豪劣绅，按照政策进行。要是管云龙回来了，再说回来的话，你们说咋样？

朱来福这么一说，还是很有道理的，于是都同意，基本上统一了思想。支部思想一致还不能算数，问题还要端到农民大会上。蒋孝智说，这个问题，你们作为本地人，不好说，我作为一名党员，又是支部书记，在本地无依无靠，按说没私心，大家应该相信我。我想，按照政策，管云龙田产没收，给口粮田，成分就是地主。管云龙老婆在家里，管家三层院落，最后一层院子，我们要了没用，就给她住。也让管云龙老婆参加农会活动，看她的表现，你们说行吗？

报仇雪恨很重要，但是石生财带着民团钻到大山里去了，周维炯让吴云山团长带着人马围剿，就是找不到人影儿，没办法，只能在黄柏山附近撒上岗哨，在通往县城的道路上设置关卡，盘查行人，防止山上的人下来找东西吃。作为河口赤卫队，找石生财报仇，一点可能性都没有。对于是谁通风报信的又不知道，所以，也只能把报仇这件事放一放，集中精力搞好农会工作。

虽说报仇雪恨这件事放下了，但在人们心中，特别是在活下来的那几个人心中，到底是谁走漏了消息，谁是叛徒，谁告的密，无时无刻不在寻找答案。这个问题都搁在心里，纠缠着，叩问着，猜忌着。

几个活下来的人当中，最值得怀疑的就是管雪梅，但是就像公安破案一样，管雪梅有不在场的证据。管雪梅第一次没有参加会议，等她娘好之后上山找蒋孝智，蒋孝智不在山上。好像蒋孝智会算，提前留下一封信。信是宋二丹交给管雪梅的，还在口头上给管雪梅带了几句话。宋二丹说，老师走了，到斑竹园开会去了。临走时说，要是你来了，告诉你三句话。第一句话是，拿着信赶紧回黄安，这里形势吃紧。第二句话是，你肯定有想法，但是这也是接受组织考验的时候，一定要听党的话。第三句话是，要放下包袱，做一名彻底的革命者。

信的内容，管雪梅当时没看。回去了，看了一遍，是说她参加革命将会遇到许多意想不到的磨难，让她坚定信心，敢于直面人生。为啥蒋孝智这般说呢？现实摆在那里。一是她成分高，要是这里革命成功了，她家一定会划成地主。因为她爹是乡长，说不定会划成恶霸。二是她大姐参加了国民党。三是她二姐是吴承轩的姨太太。实际上，管雪梅是在反革命势力包围下成长的荷花，让她回到黄安，环境对她有利，接受再教育，接受考验，接受锻炼；就是让她远离现实，冲出包围，像凤凰涅槃，得到重生。这封信是老师蒋孝智写的，那些用词，都是经过斟酌的。里面暗含着几层意思。总体一句话，就是让她革命，能够劝说家里人革命更好，不能够劝说，也要与家庭划清界限。再一个就是不信任，说白了就是在下一步斗争当中，让她不要参与，害怕她一旦不坚强，会走上反革命道路。

第二个值得怀疑的人应该是朱来福，但是朱来福也有不在场的证据。

蒋孝智、朱来福研究了召开会议的事项，无外乎就是时间和地点，还有就是参会人员。三个人分工，朱来福、宋二丹通知，蒋孝智筹备，并就会议事项先拟定一个草稿。

第二天蒋孝智从管云龙家回来后，就听到乌鸦在头顶上叫几声，搁在平时也时常听到，但是，现在听到了，特别是关键时刻听到了，不免皱眉，但是蒋孝智没有当回事。回到山上，已经中午了。做了一点饭，吃了饭，想想，还是应该把会议事项简单拟定一下。也不知道是累了，还是担心，刚坐下，掂起笔，手就颤抖。蒋孝智以为是因为激动没睡好，于是也就不拟稿子了，到庙里，睡了。睡了一觉，爬起来，感到头晕，心里难过。蒋孝智就把茶叶拿出来，冲了一杯，喝了几口，才算好一点。

蒋孝智才三十多岁，年龄不大，这些年在凤凰山娘娘庙，实际上也是在江湖上混，感到身体结实，从来没有伤风头痛过，就是下雪下雨淋着了，也不至于感冒，要是感冒了，打个喷嚏，也就好了。又是晕，又是难过，这是咋回事情？蒋孝智停下笔，看着院墙外角落里那棵银杏，树头左右摇摆，蒋孝智跑出院子，也没有见到人，站了一会儿，也没有感到风儿。蒋孝智知道了，山里面，经常会发生这种看似莫名其妙的事情，不仔细观察，以为在闹鬼；仔细观察才知道，就是当地人说的旋风。是因为风从山边走，到了这儿，遇到房子，打一个旋涡，旋到树头上，刮走了，但是，在当地，认为这种风不吉祥。蒋孝智回到院子里，坐在石凳上，在那儿琢磨，忽然想到许多事情，于是，决定把会议地址改了。

等到宋二丹通知会议回来，蒋孝智就把自己的想法对宋二丹说了。

宋二丹说，会议都通知了，还是我跟朱来福分头通知的，再下去通知，来不及了。不通知，到明天，要是来人找不到咋办呢？

蒋孝智说，那我们就在山上找个地方开，要是敌人知道了，也好躲藏。

还是老师考虑得对。宋二丹说，你这一说，我想到一个地方，就是我们第一次见面的地方。那个地方叫四方洼。也许老师没发现，那个地方是一个很平的场子。

蒋孝智说，沟沟洼洼我都去过，咋能不知道？那地方太敞亮，惹眼，又在半山腰，不利于保密。

宋二丹说，老师，有一个地方你没有发现，在我们吃叫花鸡的地方的正下方有一个水帘洞，里面有七八个方桌大小，临近水源，空气清新，十分隐秘，就有一点不好：溪水总是滴答，说话听不清。

哦，有这么个地方？我们实地考察一下。只是，咋通知同志们呢？

走在路上，宋二丹说，这个容易，来的人都到娘娘庙，在娘娘庙聚齐，再去水帘洞开会。要是还有个把人没来，我在娘娘庙等，再给他们引路。

蒋孝智也觉得这个办法稳妥，也就同意了。

到第二天，人来了，在娘娘庙里喝茶，互相聊天，聚齐了，再一起转移，转移到水帘洞开会。就在这个时候，宋二丹跑肚子，蒋孝智他们又等了一会儿，等到宋二丹回来，还差两个人，一个是朱来福，一个是管雪梅。蒋孝智又等了一会儿，看见快中午了还没来，心想，管雪梅不来，以后再说。朱来福是本地人，要是来，也打水帘洞经过，到时候派宋二丹在山上守着，喊一声也就行了。于是，蒋孝智说，还有俩没来，他们知道地点。我们不等了，下山。他们下山，没有考虑到朱来福的处境。朱来福是在管家打长工，管家住在凤凰山西边的洼窝里，到水帘洞只有一条路，但是到娘娘庙有两条路，有一条路不经过山脚就可以直接到达娘娘庙。朱来福走的就是这条路。

朱来福是等管云龙与管家走后才上山的，也因此走得比较晚。到了娘娘庙，门开着，里面没人。朱来福就在那儿等。等了半天还是没有一个人。朱来福就知道地点变了，但是为啥没有通知他呢？一定是敌人发现了。这般一想，觉得挺危险的，就打开门出去了。刚出去，就听到半山腰的吆喝声，还有枪声。朱来福赶紧往那边赶。到水帘洞，看到几具尸体，没有一个人影。朱来福偷偷摸回家，装着没事，想等老爷回来，再打听。谁知道，管云龙也随石生财小炮队回县城去了。

第三个值得怀疑的人就是蒋孝智，但是蒋孝智是马列主义传播者，是发起人，没有与石生财勾结的可能，再说了，这些人都是蒋孝智介绍入党的，从理论上说是不可能的。但是朱来福想，死了那么多人，都是他的学生，也都是共产党员。朱来福不是怀疑蒋孝智叛变，是因为蒋孝智与管云龙走得太近，怕在无意中走漏风声。

自从那个下雨天，蒋孝智到管家躲雨开始，在朱来福眼里，两个人就成了莫逆之交，最起码是哥们。这两年，不是管云龙找蒋孝智谈论八卦，就是蒋孝智来管家切磋《易经》，两个人似乎一日不见如隔三秋。管云龙还把三个闺女送到山上学习，虽不知道为啥忽然之间都离开了，更不知道最近半年两个人交往少了，但是两个人感情还在。管云龙的二姑娘出嫁，蒋孝智还到管家添箱。添箱得送礼。朱来福那天在管家打杂，蒋孝智没有钱，从口袋里掏出一块玉石，说是羊脂玉。管云龙没有收，还说，出家人，不用送礼。蒋孝智很窘，也不知道说啥，吃过饭就走了。从那以后两人来往更少了。也许是因为管云龙当官了，也许是因为蒋孝智下山多了，在娘娘庙待得少了，也许是三个姑娘都不在庙里读书了。朱来福又有点糊涂了，蒋孝智不会对管云龙说，要是说，也是喝醉了，在不经意间流露出来的。

蒋孝智早上就站在庙门口等，人没有到齐，听到乌鸦在半空中嘎，心中发闷。人来得差不多了，匆忙在庙里开了预备会，预备会过后，就说出改变地点的事儿。大家伙儿也同意。按照宋二丹说的，就到了四方洼水帘洞召开正式会议，没想到，被民团堵在洞里。宋二丹始终跟在蒋孝智后面，逃跑的路线是宋二丹找到的，还有宋二丹的娘，三个人一起往山上跑，跑到悬崖，前面没路了。咋办呢？蒋孝智长叹一口气说，大丈夫死有何惧。说完，对宋丹丹说，跳崖吧，一起跳，也算是同志，死在一起也不孤单。

宋丹丹好像一点也不怕，深情地看着蒋孝智，两人抱着，就这样跳了下去。

宋二丹看着他俩抱着跳下去的，心里咯噔一下，难过至极，泪水从腮帮流了下来。宋二丹心想，我又不是党员，我还是个孩子，我不想死呀……他们会杀我吗？但是，宋二丹一下子想到那几个当场毙命的，知道完了。也不知道那几个被捕的人啥样？一定难受死了。师父说，好多人参加革命，最后都是被折磨死的。到时候就是生不如死。正犹豫呢，后面的人撵到了。

石生财问，就是这个小孩吗？管云龙的管家说，他外号叫顺二蛋。管老爷去开会，半道上让我回来盯着，我是跟着他们到这儿的，不会错。管云龙知道管家在向石生财邀功，眼睛瞪了一下，想说你个怕死鬼，当时叫你，你还不干呢，但是，话到嘴边又咽回去了，扭过头，看着宋二丹，没有说话。宋二丹听到了，心里不是滋味，但是因为太小，也没有放在心上。石生财哈哈大笑。高声喊，你过来，你过来留你一条小狗命！

宋二丹听了，一下子又想到那几个死去的，心如刀绞——都怨自己呀！自己还活着有啥意思？他们不杀我，还能让我白吃干饭吗？宋二丹又想到他娘——这些年对我真好，缝缝补补，她把我看成她的亲生儿子。娘死了，怎么才能报答呢？跳下去，连个尸体也找不到呀。哎，跟娘死在一块儿，也算尽孝道。宋二丹忽然又想到蒋孝智那天在众人面前说的话。蒋孝智说，敌人是残忍的，斗争也是残酷的，有时候会把命搭上，但是为了劳苦大众，死得其所。我这样死了，也是师父说的“为了劳苦大众”了。想到这里，宋二丹来了豪气，闭上眼就跳了下去。

谁知道，世界很滑稽——你想活，老天偏不叫你活；你想死，却也不能遂了你的心愿。宋二丹跳下去了，看见了活的蒋孝智和宋丹丹：两个人紧紧地抱在一块儿！

宋二丹感到惊讶。

一看是宋二丹，蒋孝智赶紧说，别吭声。

管云龙死了，头挂在村口那棵迎客松上，有点恐怖。因为天还有点热，不到三天已经爬满蚊虫，整个头颅都变成了干骨。不知道是谁砍下了管云龙的头。

听说那天晚上，天还下了一阵雨，雷声震天，但是很快就晴了。管云龙本来是随石生财的小炮队钻进了山沟沟。管云龙实在受不了苦，十多天，白天夜里，不说吃不到东西，还提心吊胆。十多天没换洗衣裳，一身汗臭，衣服都黏到体肤上，十分难过。

河口，离城关最近，一个下午就到了，所以，管云龙在城里，还没有顾上回家，就跟石生财跑到黄柏山。小炮队的人不理解，虽说管云龙是一个人跑出来的，但是也值得怀疑。是不是把钱财藏在哪个山洞里？这些天在山里转悠，虽说没有遇到赤匪，也没有听到枪声，但都担惊受怕，过的不是人过的日子。管云龙躬身下气，受尽侮辱才得到小炮队一点剩饭，就是这样，石生财还说，老弟，这是看在你立过大功的份上。什么意思？对呀，跟着石生财来的那几个绅士，不是给了钱，就是单溜了吗？什么意思还不知道吗？管云龙知道，但是没办法，确实没有钱。二虎说，据探子来报，你家管家，吓得逃跑了，说是夜里逃的，瞎个眼，没注意路，掉到悬崖下摔死了，家里正在出殡呢。这个管家，本来也有功劳，大哥准备给个差事干，可他没那个福分，没办法。还听说，有四个地主都被当众杀了，抄家了，田地都分了，活该！每次我们下去征粮，这些人都不给好脸色，还说，你们这些兵痞，连兵痞都称不上的窝囊废，有啥用呢？就知道找我们要。老子供你们吃喝嫖赌，你们要能中一点儿用也好过。街长王百胜，是个土财主，到他家要钱，他把钱拿出来在我们面前晃晃，啪啪响，还说，钱，在这里，说一说你们为啥要钱。要是能说出道道，我就给，说不出道道，对不起，给你们我就觉得恶心。还说，有道是，君子爱财取之有道。气呀，你也没有办法，还得忍气吞声说好话儿。

石豹气愤地插话说，大哥说得对。老子那次去了，没逮住土匪，兄弟们把桌子拉开，在屋里玩玩。老子问他要钱，他说没有。老子也没法，只能按照规矩，走哪儿吃哪儿。俗话说，要钱不要钱，落个肚子圆。谁知道，日头都偏西了，他家还不生火烧锅。找人去问，那个老东西笑笑说，好啦，好啦，早就好啦。大家伙儿肚子饿得咕咕叫，口水都外流了。小炮队王卓，豁牙子，关不住，唾液流到衣服上，一个对襟褂子，从中间开了条河。大伙儿一听好了，高兴呀，都顾不上赌博了，一起奔他家客厅。推开门，八仙桌摆中间，一个人毛也没有。大家坐好。老子说，可以上菜了。这个王八儿，你猜他咋搞？他戴着眼镜，拿着文明棍进来了，笑眯眯地说，各位请了。鄙人，忝居街道，承蒙县长大人抬爱，任命为街长。大家都知道，这些年，十年九旱，又遇兵燹，街道居民实在难以生存。各位都是县城来的，常年狼吞虎咽，大鱼大肉吃腻了，好酒好菜吃够了，也把身子养肥了，也不能打仗了。也好，清闲。鄙人就设便宴招待各位吧。

石生财冷笑说，你吃个屁，我就知道这家伙搞鬼。

是呀，大哥，你咋知道呢？石豹没等石生财回答，又接着说，大伙儿实在饿，也不与之计较，都以为是客套话儿，齐声说好，还说，别客气了，就是干饭、菜一起上，吃饱了再说。还有人说，扯蛋干吗，搞实在的，我实在饿。有人趴在桌子上饿得心里难过，直翻白眼。老子也不知道是个圈套，就说，王街长，说一千道一万，兄弟们还是得吃饭。没想到这个时候王街长把长褂用双手一撩，慢慢坐下，指着桌子说，请看。正中间呢，是我们这儿有名的一道菜，叫“荷塘月色”。用刚露尖尖角的荷花做主料，用菱角粉做配料，旁边是红烧鲤鱼，周围荷花相对着满天的星星，那条鱼嘛，不管从哪个角度看都是一轮明月，还有菱角粉，透明、均匀而不稠，薄薄地围在盘子里，仿佛是薄薄的云，看到这里，秀色可餐呀。说完，还说，各位赏光，来来，尝一尝。说得大家都愣住了。扒过来看，这哪是菜呢？分明是画在桌子中间的画嘛。那个傻蛋王卓，不知就里，还伸手去抓。当然，王街长接着又介绍说，四周嘛，都是名菜，这一道菜叫“月宫大饼”，是吴刚发明的。这道菜是“闻鸡起舞”，你们看像不像？实际上是用白萝卜做的。这道菜嘛，就有点来头了，叫“仙人指路”。你们看，哪有路？没有嘛，但是，经过仙人指点，就出来一条路了。大家一看，这不是臭豆腐渣吗？这道菜最有名，不光吃着好吃，就是做工也特别——豆腐渣切成条状，放在草里发酵，上面长出一层白毛。关键是烹饪。那些白毛不能弄掉了，弄掉了就不鲜了。不是纯豆腐渣，要有兑头，这兑头就做成了一个人形，坐在盘子中央，人的前面是条形豆腐渣，白白的毛，就是一条条路了。还有一道菜是“燕子反哺”，是用乳鸽做成的，要是真的，一定喷香，但不是真的。所有这些菜，小炮队的都吃过。这个时候，王街长居然效法古人，画饼充饥，实在滑稽，也实在可恶！老子生气了，把桌子一拍：够了！王街长说，石队长说了，够了就够了，不再上菜了。说过，拔腿就走。哪里能走得掉？大家实在忍不住，就把王街长按倒，打得鼻青脸肿。打过了，把王街长绑起来。他们到处找东西吃，谁知道他家里还真的没有吃的东西。过后才知道，这家伙鬼，是个有心人，早把东西藏起来了。

石虎说，这件事，咋没有听你报告大哥呢？

石豹说，那个时候，大哥为了树立威信，对我们要求很严，有顾虑没有报告嘛。

石生财还是不吱声，微笑着，看看管云龙，又看看石豹和石虎。

石豹看到石生财不吱声，意思是默许，回过头，看着身旁的管云龙，心想，这个老东西，一定是效法王街长，在这里哭穷，实际上，早把东西藏起来了。

按照政策，地主也得分田地。有的提出来，管云龙那么多房子也应该分了。这个时候蒋孝智已经当上了区党支书，说话算数。蒋孝智说，管家很特殊，特殊在哪儿呢？管家没有欺压过人。再说了，管家的三女儿管雪梅也参加了共产党，走上了革命道路，也算是红军家属。管云龙当过乡长，但时间很短。这个人我是了解的，当乡长也是为了争面子。管云龙虽然跟石生财民团逃到山里了，那是害怕，是对我党的政策不了解，越是这样的人，越是不能打击，更何况他家里还有人，不能分光，还应该给房子。

那时候，来分田地的还有县委和三十二师的同志，听到这话就说，我看这样，他家三层院落，前两层院落拿出来办公。后一层院落给管家，你们看咋样？

因为农会提前开了会，统一了思想，此时提出来，大家认为合理，也就这样分配了。

作为支书的蒋孝智认为很好，但蒋孝智的女人宋丹丹却认为不好。

这里有个插曲，就是蒋孝智和宋丹丹，两个人都是苦命人，都是孤单人，走到一起，按说很自然，但是，走到一起的方式却让人感叹，可以用生死之交来形容。自从那次两个人一起跳崖，不管是秘密的还是公开的，又因为工作都在一起，在周维炯的撮合下，结婚了。

对于蒋孝智为管家说话，宋丹丹却有不同意见，让在场的农会会员出乎意料。当时，宋丹丹反驳蒋孝智说，不论面子里子，按照田地面积，他就是大地主，更何况他还是伪乡长，这样的人不革命，回来了，我们还有命吗？你要知道，管云龙是怎么带着小炮队撵我们的，那几个党员是怎么被打死的，又是怎么被砍头的？管云龙就是带路的狗腿子。还有，周师长带领队伍到六安，石生财就带人到斑竹园，还把农会主席詹谷堂的皮扒了。敌人是何等的凶残！你对他们手软，就是对同志心狠！

宋丹丹说得在理，蒋孝智也没有反驳。但是，周维炯表态了，木已成舟，就这样算是一个交代。

也许这是个错误的信息。对管云龙来说，总认为蒋孝智够意思。特别是石虎，整天虎视眈眈，没有一点好脸色，说话冷嘲热讽：管乡长，洗澡呀，都洗了，要不，让我的卫兵给你搓搓背？

管云龙洗澡，多喝了几口脏水。回到洞里，他们已经把食物分完了。管云龙饥饿，喉管不停蠕动。石虎说，哎哟，在水里逮娃娃鱼了，吃得那么香甜，还在回味呢。

在大山里，管云龙不太容易见到石生财。这个时候风声紧，石生财老奸巨猾，爱单溜，说是安全。至于石生财的藏身地，只有石虎、石豹两人知道。石生财让石虎好好对待管乡长，还说管乡长是有过大功的人。石虎说，报告县长，管乡长很特别，你叫我们尊重他，可是共产党也很尊重他（那个时候还不知道他的三闺女已经参加了共产党，要是知道了，说不定早杀了）。石生财听了，为之一振，问，咋尊重的？石虎说，传来消息，管乡长家的房子还留着，还给他家分了田地。那些穷鬼说，他虽然当了乡长，但是那是万不得已，有道是猪蹄子煮一千滚子还是往里勾，这就说明共产党与他有瓜葛。就说那个跑江湖的老道蒋孝智，听说跟他就是好朋友，拜没拜过把子，只有他自己知道啰。

过了一段时间，见到管云龙，石生财就问，管云龙又气又饿，反而高傲起来，也不看石生财，看天上的白云说，欲加之罪，何患无辞，岳大帅还屈死风波亭，我算老几？再说了，你家的田地不也没有全分吗？你家的小炮楼不是还保存着吗？我想，不是共匪不分，而是用这种方式钓大鱼，那条大鱼就是我们！

石生财是个善动脑的人，听到了，一边想一边看石虎，知道毛窍出在哪儿了，会心笑笑说，管乡长，谁的话不信也不能不信你。好了，不说了，我就相信你。自古道，用人不疑，疑人不用。要是你跟共产党勾肩搭背，也不会给我送那么重要的情报了。又看着二虎说，再说了，管乡长是明白人。在共产党那儿，像我们这种人是占不到便宜的。我们要到共产党那儿，就是圈里的猪，想什么时候宰杀就什么时候宰杀。豫剧《鸿门宴》，唱到樊哙劝刘邦逃跑，就说过“人为刀俎，我为鱼肉”，你要是投靠了共匪，那是把肉往案板上送，是猪才那样做呢。反过来说，要是发现这点，老弟，那可不是能轻饶的哟！

管云龙死了，头挂在村头的迎客松上，这是事实，但是确实不是锄奸队干的，也不是赤卫队干的，是谁干的呢？是个谜。作为管云龙的大女儿管雪凤，她就认定是共产党干的，并咬牙切齿要为她爹报仇，但是很奇怪。管云龙是蒋孝智帮助安葬的。

管云龙的头挂在树上，谁也不在意，谁也没有看见。直到有一天，宋二丹跑到管云龙家的前院，就对蒋孝智说，蒋书记，不得了啦，村头迎客松上好像挂着一个奇怪的东西，从下往上瞅，阳光扎眼，看不太清楚，上面趴了厚厚一层绿头苍蝇，嗡嗡叫，圆不溜秋的，像葫芦包（马蜂窝），我估计是一块臭肉。

屋里还有朱来福，看着宋二丹说，真恶心人！

蒋孝智沉思了一下，也不知道是什么，说，来福，走，看看去，是不是敌人搞破坏呀？说着就去了。到了，上面真有一个东西。

朱来福围着树转，转到正面，看见一个人的眼睛，泛着绿光，扭头对蒋孝智说，好像是个头，不知道是啥头。

不一会儿，围观的人多起来，有人扛来梯子，让宋二丹上，宋二丹不敢。朱来福说，宋二丹，你不是想参加赤卫队吗？你已经不是小孩子了，咋还这般胆小呢？你不上，我上。

宋二丹说，谁说我不敢上啦，我才不怕死呢，你问问我娘就知道。哟，师父，那时候你也是知道的，跳悬崖我都不怕。

跳悬崖这件事传开了，都说宋二丹是英雄，已经成为光荣历史挂在宋二丹口头上。朱来福也知道，因此想吸收宋二丹到赤卫队。只是，平时，宋二丹畏首畏尾，不像是勇敢的人。朱来福还怀疑过，但是蒋孝智说是真的，非常勇敢。宋丹丹也说过，守着大伙儿的面说过。宋丹丹说，是英雄还是孬种，就看一个人在生死面前的态度，我是两次视死如归了。第一次是自己不想活了，蒋先生救了我；第二次是管云龙这个王八蛋带着人来杀我们，我和蒋先生跳下悬崖，谁知道命不该绝！接着，宋二丹也跳下来了。真是没想到，天无绝人之路，我和蒋先生活下来了。最让我感到意外的是宋二丹，平时，我总是说，二丹，你是穷人，和我一样命贱。命贱有个好处，就是不怕死。可是你呢，却什么都怕，就连老鼠也怕得要命。夜里睡觉，听见老鼠吱吱叫，你赶紧把耳朵捂着，拽破被子把头蒙着，那时候我心想，这孩子长大了没出息，没想到在关键时刻，表现得那般勇敢，不简单呀！

宋丹丹还在说呢，朱来福已经爬上去了，大声说，是人头，像管云龙，东家，咋死了呢？

是谁做的？都在问。仔细取下一看，确实是管云龙。大家不知道该咋办？朱来福说，坏了，好几天没见到东家娘子了，看看去。

紧赶慢赶跑到管云龙的后院，门闩着。他们又从前院过去，推开关着的后门，到屋里一看，傻眼了。管云龙的半截尸体在堂屋里，他老婆死在里屋到堂屋的门口，眼睛还没有闭上，心口窝插一把刀。很明显，有人把管云龙杀了，顺便把他老婆也杀了。

是谁杀的呢？朱来福说，我们在前院办公，一点儿也没有听到声音。这说明杀管云龙的人一定是个高手，还是在夜晚做的活儿。朱来福就从赤卫队员开始排查，到最后也没有排查出结果。因为所有赤卫队员与管云龙都没有深仇大恨，即使要杀也没有杀他全家的理由。

还有一种可能，就是想抢劫管家财产。抢劫的也有两种可能，一种是土匪，但是，自从三十二师占领商城，土匪都分化了，要么被消灭，要么参加了红军，要么到小炮队当了团丁。再说了，河口有赤卫队，单溜一个两个土匪也是不可能的。第二种就是“黑道”，认为我们没有分管家房屋，屋里一定藏着金银财宝，所以来了。来了，碰见管云龙回来了，就杀人灭口。

这样推测有些道理。蒋孝智抱着头，有点伤心，因为他想到管云龙与他的交情，觉得管云龙得罪的还是共产党。那次逮捕了那么多人，那些人的父母还在，兄弟姐妹还在，他们还有同志，一定是我们的人干的，但是自己作为支部书记，却不知道，又不像我们的人干的。再说了，这块地方如今是赤区，也用不着搞暗杀。到底是谁干的？蒋孝智为此也不好到处问，就私下与朱来福合计。朱来福说，很难说。怎么很难说呢？一是你分析得有道理。那些被杀的党员，他们的父兄没有必要采取暗杀的手段；二是他们根本就不知道管云龙回来。半年了，虽说管云龙也经常偷偷回来，回来取东西，我也碰见过，但是，跟随他的还有别人，我们也就没有动他。这次不一样，一个人回来的，哪个知道呢？村头站岗的都不知道，那些仇家能天天守在这里？不可能。我看呀，不妨从另一个角度去想。

蒋孝智说，你是说他不是我们的人杀的？国民党，不可能。土匪，对，土匪。

你想多了。朱来福说，赤区哪有土匪？原来这地方也有几个匪窝，他们从来就没有惹过管家，我是管家的帮工。管云龙是爱面子的人，逢年过节，都带着钱财拜山头，就是猪肉，也是用车拉的，还让他们保平安呢。那些土匪也乐意，因为有这么一个有点势力的人跟他们来往，抬高他们的地位。如今，有赤卫队，有三十二师，土匪也销声匿迹了。土匪，不可能。

那就是国民党小炮队了。蒋孝智疑惑地问。

极有可能。朱来福说，石生财阴险，说不定早已嫌弃他了。管云龙成了累赘，就杀了。

还有一种可能。蒋孝智忽然说。

什么可能？朱来福问。

我们给他的条件过于优厚，他心动了，想反水，石生财发现了。咔嚓！蒋孝智做了一个动作。

你没有找我议论这件事情的时候，我在村头走了一圈，也听到大家伙儿议论，说法各异，但是，都是猜测。从议论情况看，无外乎两种，一是说我们干的，二是说石生财干的。我想一想，觉得不太可能。在屋里思考，我娘说，像是女人干的，但是，这个女人是怎么把头挂到树上的呢？娘也迷糊了。我认为娘的猜测本身有问题，但是娘说，越是不可能，越说明可能，只是你想不到而已。说得莫名其妙，也给我启发，我就认为是黑道干的。

啥黑道？蒋孝智问。

“黑道”就是人们常说的侠客，朱来福说，专打抱不平，都是一个人行动，神出鬼没。

这里出现过吗？蒋孝智问。

没有。朱来福说，所以说，我认为还是老师你说得对，是石生财他们干的。特别是把头悬挂在树上，说明他们已经察觉管云龙想反水。

嗯……蒋孝智还在犹豫。

朱来福说，别管是谁干的，管云龙毕竟不是我们的人，如今，考虑该咋办？

哦，你是说安葬，好办。蒋孝智说，我想这样，他家也没有人了，财产和房屋没收，到他山上砍几棵松树，做两副板，吹吹打打，埋了算了。

我是说咋宣传。一是上报不上报？二是河口开会不？咋说死因？人命关天，得给百姓一个交代。朱来福说，这件事情，虽说不是我们的人，但是太恐怖，百姓有议论。

嗯，来福，你成熟了。蒋孝智赞许地说，你能想到这些问题，不简单，选你当赤卫队长算是选对了。

谢谢夸奖。朱来福说，我想这样。我们就实话实说，就说是国民党小炮队杀的，原因是管云龙感谢党没有抄家，觉悟了，想投诚，结果被发现了。这也充分说明国民党反动派的顽劣和凶残，他们是穷凶极恶的。我们要高度警惕，严防死守，还要积极侦察，发现敌人踪迹，一追到底，一网打尽，防止反扑。

想得很好。蒋孝智说，有个漏洞。管云龙想投诚，跟谁接头？

跟我，跟你，都行。朱来福说，我是他家的长工，你是他女儿的老师，原来跟管云龙也有很多交往。

嗯，有道理。刚才呀，我让人盘点了一下管家屋里的财产，棉衣棉被都还在，东西不会少，至于钱财嘛，再咋找也找不到分文。这就说明是国民党小炮队干的。他们干完了，东西醒目，无法带走，洗了钱，走了。试想，像管云龙这样的乡长，二女儿又嫁给了当地大户，能没有资产？我在庙上，每年管家也施舍几十块，怎么屋里一文钱也没有呢？蒋孝智随即把头一拍说，对了，是国民党干的，目的是嫁祸于人！

为啥要嫁祸于我们？朱来福问。

就是因为管云龙摇摆不定。还有，嫁祸于我们，也许还有不知道的阴谋。算了，别再想了，就这样定了。蒋孝智说，这样吧，就说是跟我联系的。

算了，别再想了，就这样定了。朱来福也同意，但是临走时还是回头看了一眼蒋孝智，感觉今天他很烦躁，难道……不可能呀！朱来福的心中无形中有了一个疑问。

“就这样定了。”还是太简单了。就因为太简单，问题出来了。

过了年，张国焘被派到大别山鄂豫皖苏区任最高领导。来了之后，积极开展调查研究，从调查当中发现许多问题：一是革命不彻底，特别是表现在土地分配和成分划分上，让张国焘恼火。他不止一次说过这是右倾，大家都不知道啥叫右倾，以为这个东西就是叛党投敌，性质严重，所以没有多少人听进去。在会上讲讲，回去了还是我行我素。二是发现军队的权力并不在他手里，有许多人不听他的。那个曾中生就是个例子，公然反驳他的指示，让过长江威逼南京吧，他说那不行，那是拿鸡蛋碰石磙，擅自改变作战方案，带人马袭击黄安，挥兵直捣金寨，转去转来还是没有转出大别山，根本就是做无用功。还有那个许继慎，自认为资历老，也是党中央派来的，对我张国焘的军事才能表示怀疑。听保卫处的人说，许继慎说，打仗嘛，要巧，是要讲究谋略的，不能硬碰硬，张主席那一套，只能把红军消耗掉。最可恨的是明目张胆地向中央反映问题，还与那个徐向前联名，岂有此理！不说其他，就说军事，他们一点常识都没有。兵书上说，灭敌一千，自损八百。这一点都不知道，还打仗，打了几次小胜仗也是瞎猫碰着个死老鼠。还有那个周维炯，更是可恨，张嘴“老子”，闭口“妈的个逼”，动不动就是“毙了你”，大会小会讲话都说“老子打仗咋咋的”。去武汉接我，还把联络员杀了。我一直怀疑这个周维炯就是地痞流氓，对自己味儿就吃，不对味儿就打，没有组织纪律，更无党性，跟国民党没啥区别，不，简直就是土匪！每次召开军事会议，他都带头反对，摆明跟我对着干，这样下去，怎么得了？得整顿。

咋整顿呢？想去想来，得从根子入手。刚好中央才召开的会议，这里土地分配显然没有按照指示办，那么就从土地入手。于是，张国焘就召开了地方各级苏维埃政府领导人会议，专门安排土地政策。说到底两条：一是土地问题全部推翻重来。要贯彻王明路线，也就是地主不分田，富农分坏田，贫雇农分好田，原来留给各级地方组织的土地全部没收，无产者咋还拥有土地？要是那样，与资产阶级有啥区别？二是划分的成分不科学，得重新划分。于是，大别山各地苏维埃政府新一轮的土地改革运动开始了。有许多地主自知性命难保，提前把东西变卖，连家带眷逃了。没逃跑的，因为手里有人，像石生财之流，还在山里当土匪，成了流寇，伺机反扑。

在这个大环境下，张国焘也知道了飞机事件，还知道蒋孝智分田到户，以及安葬管云龙尸体的事情。张国焘要抓典型。这年的夏天特别热，上面通知，让蒋孝智赶到新集，新集距河口很远，需要一个下午才能赶到。好在蒋孝智浪迹江湖习惯了，脚力也适应。他戴着草帽，穿着草鞋，临走时宋丹丹还在他怀里装了烧饼馍，用竹筒给蒋孝智灌了满满一竹筒开水，让他拿着，既能当棍走路，又能解渴。到太阳躲进大地的被窝窝里，蒋孝智紧赶慢赶到了新集。

张国焘似乎忘了。有人通报，说商城县河口乡的蒋孝智到了。张国焘说，哦，知道了。说完，继续喝茶，看书。好像是外国书，俄文版的。蒋孝智又等了一个时辰，实在焦急，就问，要是没事我就回去了？门卫扛着枪，说，你等一等，我再去帮你问问。此时张国焘站了起来，伸伸胳膊，踢踢腿，对警卫员说，弄点晚饭来，两个人的。警卫员对蒋孝智说，你可以进去了，张主席在屋里等你。蒋孝智有点憨，不敢相信。不过嘛，人都是这样，说是能放开，实际上到特定环境见到特定人物还是放不开，这跟无欲则刚没关系，与人的修养有关。

见到张国焘，蒋孝智就说不出话来了，感觉此人居高临下。这般想，蒋孝智就有点噤若寒蝉，也不敢多看，低头站着，等待着。张国焘先说话：你是蒋孝智？听说你是老革命了，很好。坐坐坐。招手，手都没动，手指头动了一下。蒋孝智就坐下了。

汇报了工作，张国焘好像不愿意听，打断说，听说你右倾，是吗？蒋孝智呆了，茫然看着他。张国焘又说，你对管云龙家太好了，给土地。他是什么？是我们革命的对象，咋能给土地呢？对于这样的人，一定不能心慈手软。你不是在帮他，是在害他。结果还不是被小炮队杀了？我的同志哥，你得有政策水平哟。你是大学生，是秀才，有知识，懂道理。我想，从你那儿抓起，搞成赤区样板，让大家伙儿向你学习。你知道啥意思吗？

知道，知道，张主席。蒋孝智才敢抬起头，一看，张国焘是个国字脸，就是有点瘪，像个铁锨，要是给你一铁锨，可不得了，非铲出血来不可。看人，相面，这是蒋孝智的本能，但是这个时候不能多想，也不能多揣摩，于是说，虽说我是老党员，但是没有聆听像您这样具有高深知识水平的领导讲话。张主席您出口成章，回去后，我立即展开工作，干净彻底地贯彻您的指示。

嗯，这就对了嘛。还有一个错误要纠正。张国焘说，管云龙罪该万死，你们又没有证据说明是小炮队杀的，咋就安在人家头上呢？不能把功劳让给敌人，要是那样，老百姓咋看我们？敌人是什么反应？谁还敢弃暗投明参加革命？我认为，应该光明正大地说，是你们杀的，因为管云龙确实罪有应得！

蒋孝智听了，心里还有疑问，一是管云龙的头挂在树上，不好向当地百姓解释；二是管云龙有罪，但是没有证据，无法说服群众。有了尚方宝剑，两个疑问就不是疑问，像烟雾，飞走了。蒋孝智的胆儿大多了。就像移花接木，纠正的结果，原来是蒋孝智杀的，是共产党杀的。

回到家已经是后半夜，月亮还挂在屋檐角那根木头上，显示出摇摇欲坠的样子。宋丹丹几乎一夜没睡，坐在床上纳鞋底，心里盘算着蒋孝智走到哪里了。蚊虫多，夏天还没有过去，又热，没办法，把褂子脱了，穿着自做的花兜兜。听到蒋孝智拍门，宋丹丹忙把鞋底放下，一跳下地，高兴地喊，来了。

宋丹丹赶紧给蒋孝智端饭，是头晚上就煮好的三个鸡蛋，已经热了四次了，成了老蛋。还好，鸡蛋是越煮越香。妇女坐月子没啥吃的，煮几个老蛋，补补身子，很有营养。蒋孝智先用筷子夹一个送给宋丹丹说，我吃不了，你也吃一个。宋丹丹说，我不吃。跑那么远的路，饿了，你吃吧。为了岔开主题，宋丹丹问，见到张主席了？见到了。啥样？也是人呗。咋这样呢？我是问，人还好呗？咋说呢？我走路琢磨，张主席找我去也没有大事，只是说我们搞错了，要纠正。啥错了？张主席说的，好像都错了，我也迷糊了。蒋孝智盯着宋丹丹的花兜兜，宋丹丹生气了，伸手轻轻拍了一下，骂道，还不赶快吃，还想让老娘喂？

蒋孝智不好意思了，一边吃一边说，他说管云龙是我们杀的。

嗯，他咋知道？神耶！宋丹丹惊讶地坐在那儿，看着蒋孝智。

管云龙咋是我们杀的呢？不可能呀！但是，张主席非要让我们承认，说是只有这样，才能团结群众，教育群众。蒋孝智说，这样说瞎话，有道理吗？

哎哟，原来是这样。宋丹丹说，还是张主席站得高看得远，应该按照他说的办。你们当初那样设计我就反对。你想一想，那不是助敌人的气焰，灭我们的威风吗？还有，你们凭啥要为管云龙安葬，难道你们是管家的后代？管云龙带着民团追击我们的时候，你忘了？牺牲了那么多党员，八颗人头呀，你也忘了？

是呀，还是妻子说得对。蒋孝智糊涂了，心想，丹丹咋这般上火呢？

第三章

困惑

红四方面军第四次反“围剿”失败了，张国焘带着不足三万人的残兵一路向西。一路上，蒋介石部署重兵围追堵截。向西转移时是在夜晚行动的。那天夜里，大雨滂沱，是个坏天气，但是对于红军来说是来之不易的好天气。为了摆脱追兵，两万八千余名健儿面对两千余名受伤的同志，有的和着雨水下咽，有的咬着牙盯着，谁也没有说话，不是要走的人给伤员留下枪支弹药或者一把炒面、一个馒头，甚或一把麸子，而是那些伤员把自己的草鞋脱下来递给要离开的战友，把子弹还有仅有的珍贵的东西塞在战友腰里，让他们一路走好。

在战友离开不到三个小时，国民党追兵到了。在桐柏山的山沟里，到处都能听到手榴弹的爆炸声，还有敌人的惨叫，就是这样，听说还有三十多人拖着病体和残肢爬回到大别山，在大别山开展游击战。只是很可惜，这些爬回的士兵当中没有一个是参加过那夜埋藏“列宁号”飞机的战友，那些战友也有百十人，他们或者随红四方面军入川了，或者在战斗中牺牲了。是天意还是人为？谁也不知道。

与此同时，在南京，国民党首府，一时热闹非凡。“卖报、卖报，”报童吆喝着，“今日消息，特大新闻，大别山赤匪已被剿灭，大别山赤匪已被剿灭。”听着像唱歌。不错，在军界，正在像过年一样筹备一场盛大的庆祝晚会。虽然在红四方面军离开大别山的当日，各路剿赤军首领都向南京发报，捷报像雪片，蒋介石的头有点大，但是很高兴，毕竟，在心脏地带的赤匪已经剿灭了，不，离剿灭已经不远了，所以蒋介石特别来精神，并亲自命令国防部对有功之臣进行嘉奖。立即有四名中将擢拔为上将，十二名少将晋升为中将，还有三十多名校官晋升为少将。肩膀上的一个个星条，殷红，似乎在滴血。

就在庆祝声中，管雪凤从少校晋升为中校。管雪凤有点儿得意，但是也有点儿失意。戴笠对她说，这次，你也算是立了大功，把张国焘的鼻子牵住了，要不是因为飞机，你就可以跳过中校、大校晋升为少将，要是那样，你可是党国的骄傲呀。到目前为止，国军里面还没有美女将军呢。甚是惋惜，甚是惋惜呀！

那一夜，管雪凤也没有睡着，没有睡着不是因为兴奋，也不是因为难过，是因为没有瞌睡。穿着新的中校军服，虽然没有多大变化，但是管雪凤的人变了，变得猥琐了。值得吗？管雪凤不止一次地问自己。虽说努力方向是做个像蒋夫人那样的人，但是这个方向好像赤匪的什么空想，是那样的遥不可及。她真的失去了信心。让她失去信心的不是年龄，也不是工作上的失误，是孤独。对，孤独。这时候，管雪凤一下子想到了这个词。看看繁星在天上，十分遥远地张望，还在诡秘地冷笑，管雪凤立即抱紧双臂，感到有一股彻骨的冷。她想到她爹，那个儒雅的农民，按照家乡话说，还有点显摆的农民，多少年了，从她记事时起，就没见过爹失态过，总是彬彬有礼，总是对生命充满好奇，总是那么健谈，总是对前途充满希望。都四十多岁了，还奢望当官，二妹嫁给一个乡绅才弄了个乡长，还没有当两年就遇到赤匪。爹是看错人了，瞎眼了，怎么交这么个人呢？想当初，下那么大的雨，到管家的那个教书先生，呸，都不想喊出他的名字，怕脏了嘴，真是个畜生，不，畜生不如！爹给他吃，给他酒喝，还给他米面，每年都送银元，就是娘娘庙那背阴山上的一块茶园，爹听说他爱喝茶，会喝茶，会品茶，也送给了他。

人真是不能太仁慈呀！你咋就忍心下手呢？石生财说，他对赤匪略知一二。就说商城有个陈兴朗，参加共党，他爹是上石桥街道的区长，知道好多共党在他家开会，就告密了，结果呢，陈兴朗就带人把他爹给抓了，打死在河沙湾里。这是人做的事情吗？天理何在？人伦何在？真是恶有恶报，善有善报。陈兴朗也被杀了，是石生财捕杀的，那颗肮脏的头就挂在城南门，最后也没有人为他收尸。遗臭万年，那是夸张了，是赞美他了。不到一年，谁还记得这个畜生？鬼都不记得了。但是，管雪凤真的想不通，蒋孝智真的像石生财说的，着魔了吗？

石生财说，你是不知道，着魔的人跟正常人不一样，就说赤匪吧，张国焘来到大别山，搞得乌烟瘴气，可是赤匪还把张国焘奉为神仙，我们怕得要死的人，都被张国焘一个个给灭了。当时我听说了，都糊涂了，还以为张国焘是我们一路的，虽不是戴笠派来的，也是蒋委员长派来的，我还亲自找我的一个老同学——在国防部工作的高级军官打听，他说，不是，共匪就爱窝里斗，但是，这些可不能侥幸，他们对我们狠，对自己更狠。

蒋委员长说了，这叫天赐良机，得好好利用。那个时候，石生财是想让我给他美言，想弄个南五县剿总司令干着，虽说有点给我解闷的味道，但是那些话还是有据可查的。这么说来，这个蒋孝智为了他的那个梦想就不顾亲情，不顾朋友私情了？一定是这样。要是这样，他就不是蒋孝智了，是一个万人唾骂的恶魔了。

管雪凤想着，忽然想到一个问题，就是蒋孝智还有女人。想到蒋孝智的女人，心里更疼。母女连心呀。娘，多么贤惠的女人，在家里，四门不出，对待下人从来也没有大声吆喝过，逢年过节还到娘娘庙磕头烧香，求观音娘娘赐她一个放牛娃。可是，观音娘娘就是不睁眼睛。三妹生下来了，从此就不再生育了。娘哭过，还对娘娘说，只要赐一个放牛娃，给管家延续香火，当牛做马她都愿意，但是，观世音没有听到。这是蒋孝智那个该死的瞎说的，他说，或许你娘求的时候，观世音已经上天去了，或者旅游去了，没听到咋给你娘送儿子呢？但是，娘不止祈求过一次，年年求，月月求，吃斋念佛，难道观世音娘娘每次都出差了吗？这不是鬼话吗？这样的鬼话对我说了，当然不信。从他那一双贼眸子里分明看出十分狡猾，但是，爹就信了。爹说，蒋先生还说了，命中注定。这就叫命中该有终须有，命中没有求也无。当时不懂爹的心思，现在懂了。爹是宽慰娘，让娘不要自责。娘这样贤惠，咋也被蒋孝智杀了呢？爹娘合葬在凤凰山下，是个小老坟，上面都长了一尺多深的草，想扒出来改葬，也没有时间，最主要的是不忍心看到爹娘惨死的情状。

管雪凤很想她的爹娘，想到这里，嘤嘤啜泣。过了好一会儿，掏出手帕擦了擦，狠狠地从牙缝里挤出几个字：我要不把他们斩尽杀绝，就不是我管雪凤！

管雪凤想到这些，又想到两个人。一个是蒋孝智的女人宋丹丹，听说这个人是个寡妇，蒋孝智也要，真没档次。想当初，在娘娘庙学习，他就有点邪恶。那时候自己还小，不懂事，但是知道那种目光不是好东西。到现在才知道，蒋孝智真是个猪狗不如的畜生，是个到处敲锅卖当的江湖骗子。宋丹丹，没见过，只是听说。蒋孝智对她很好，只可惜没有逮住，要是逮住了，一定挖去双眼，割掉舌头，让她做个戚夫人。她不配挂在城门楼上，只配放在茅厕里，供人糟蹋！

贱女人！呸！管雪凤咬牙切齿，又吐了一口，但是，她的脑海里好像有许多人影在晃，一会儿翻到特科，那一个个笑靥如花的女人，还有那一个个眼睛邪恶的处长，心里极不舒服。不想这些了，脑海里忽然又出现了老家那个院落，那真是一个美丽的地方。每当春天，南山的岭上，兰草花香会顺着山沟吹过来，让人陶醉。还有金银花，有黄色的、白色的，爬满院落，一串串小喇叭悬挂着，也很香，这种香味伴着春天的露珠，是最美好的。到了夏天，最爱的是家居左边的荷塘，满塘荷花并不诱人，最诱人的还是荷塘里的月亮，沉睡在塘里，时而是个镰刀，时而变成大饼，不，那是三妹说的，我看呀，更像一面亮闪闪的玉盘，或者说光洁照人的玉佩。二妹说，俗套。好，我们都俗套，你不俗套，你说呀？二妹说，那里又是一个天地，那是梦，是天宫的魅影，是上天在做梦。所以说，梦，才是永远美丽的，更何况还是老天爷做的梦呢？三妹说，照你这样说，只准老天爷做梦，就不准王母娘娘做梦了？二妹说，你个小丫头，当然准许啰。三妹说，那王母娘娘做的梦该是啥样的呢？二妹想了想说，或许比这更好更美。三妹接着说，都错了。王母娘娘为什么要做好梦呢？也许是噩梦呀。或许，王母娘娘做着相反的梦呢——遇见毒蛇，遇见猛兽，举棍打死毒蛇呢。

胡说八道，你把王母娘娘想象成母夜叉了！我刚说完，三妹说，大姐，这不是说着玩儿嘛，一副顽皮的样子。可是，听说三妹失踪了，又听说参加了共党，这是咋回事呢？二妹，一个温柔娴雅的人，一个一心想脱俗成仙的人，咋就愿意当吴承轩的姨太呢？想不通。

但是，有一个人她看透了，也想通了。这个人就是朱来福。这个小不点儿，那时候是最看不起的，可是这个人却与吴绪红搞在一起，两个人好得跟一个人一样。朱来福最喜欢的就是栀子花，这种花是最贱的。农民在端午节前后会剪下一枝栀子花插在稻田里，到了八月十五，水稻收割了，田里就会长出一棵栀子花树。栀子花树叶子就像冬青，但是比冬青小。长在院落里就会占一大片地方。这种花最不好的就是那香味，浓烈，粗俗，让人恶心，但是，朱来福却喜欢，还专门从稻田里起了一棵回来，栽在我家南边的向日葵花园里。开始，我们都不知道是什么花，都去看，树叶青青的，好看。没想，到第二年端午节前后，这种花开了，开得十分霸道，满院子都是，赶也赶不走，好像只要有一点缝隙它就会钻进去，难闻死了！我不知道是这种花开了的香味，到处寻找，也没有找到。一个上午，顶着毒花花的太阳，也没有找到。到了下午，太阳落山了，朱来福回来了；回来后，把牛拴着，赶紧跑到那棵树下，用鼻子闻，还掐几朵别在衣服上，太恶心了！我在窗户里看到的。隔了一天，我就找来锄头，费了整整一天，才把那棵树刨起来，气得我想把它碎尸万段，但是已经没有力气了。要是现在，我一锄头就让它解脱了。

黑了，出月亮了，我从窗户往外看，朱来福回来了，扛着锄头回来的。一看这种情景，立即跑到栀子花树跟前，哪里还找得到？只有焦枯的树叶洒满一地。我心里高兴呀，别提多有滋味了。心想，你还得意？我让你得意！你以为这是你的院子呀？可是，朱来福却哭了，抱着头，蹲在那里，十分伤心。没想到那个时候，为了这件小事，他就记仇了，还参加了共党，当了赤匪小头目，像栀子花一样强占我家的院落，还说什么三十年河东三十年河西。原来是管家的，如今是党的。好不知耻！好，行，听说你也参加了杀害我爹娘的行动，还假惺惺帮着安葬，去你娘的！

管雪凤想到伤心处，不免痛骂。骂完了，心想，这次回去，一定要捕杀这个恶贼。最好你不要走，不要逃。也许，一个赤匪小头目还不是正儿八经的共匪，他们也不会带你逃跑。要是被国军逮住了，杀了，我不能亲眼看见，那真是太可惜了！

戴老板说，“列宁号”飞机，那不是赤匪叫的吗？从这点就可以看出，我们的东西一旦被赤匪抢去了，就赤化了，很可怕。这个飞机本来是“容克号”柯塞式飞机，到了赤匪那里就变成了什么“列宁号”，岂有此理！这次，你到大别山，一定要配合好刘、卫二位将军，肃清顽敌，找到“容克号”。

这个“容克号”，在我们这儿不算什么，像这样的飞机就有上百架，丢了一两架也不是什么大不了的事情，但是丢的地方不对，丢到共匪那儿就是大事了。一是政治影响。委员长口谕，共匪有了这架飞机，我们的制空权就会大打折扣。说明赤匪也有飞机了，而且还是“列宁号”，对于赤化宣传，增长赤匪顽抗心理很有优势。务必找到，弄到南京，宣布大别山赤匪彻底消灭，目的是打击共党宣传，击垮共匪意志。找到实物，不论好坏，都算成功。二是具有实际意义。制空权不是口号。想当年，赤匪携带炸弹、传单飞抵武汉外围，汉口震惊，武汉城里的官太太、官老爷吓得裤裆都湿漉漉的！要是赤匪喘过气，找到科学家，进行研究，弄个厂子，仿造十个八个，飞到南京也说不定。到那时候，委员长的总统府邸还能保得住吗？委员长是寝食难安呀！不多说了，此次，你再回大别山，任务就是夺取“容克号”，赤匪叫“列宁号”，不论叫啥，所指的还是一个东西——飞机！记住，不惜代价，不择手段，只要能夺取，保你少将无虞！到时候，我亲自给你召开庆功宴，让委员长下达表彰令。

是，感谢戴老板栽培！学生绝不敢辜负！管雪凤立正，行了一个军礼。

戴笠好像不太感兴趣，走着，转过身说，话不能说得太早，也不能说得太迟。我们跟共匪打交道也不是一年两年了，或许还得一段时间才能告罄。我们深知，共匪狡猾。他们不怕死。硬来，恐怕收效甚微。你是孤军奋战，到了之后，要利用民团。别看他们是土包子，但是他们对地方了解，会有用处的。这次为啥让你去完成这项任务？是因为你就是大别山人，那是你老家，人熟地熟，能发挥才干。

是，戴老板！管雪凤的眼神一直跟随着戴笠的皮靴，直到戴笠说完，立住脚，转过身，管雪凤的眼睛才抬起来，盯着戴笠那张被霜打的脸。

戴笠不再说啥，挥了一挥手，背过脸不再看管雪凤。

管雪凤走出戴笠办公室，心里感到凄凉。戴笠说得对呀，孤军奋战。这些年，在大别山，随着石生财的队伍钻过山洞，占县城，虽说是特派员，但好像是石生财的跟班，整天听的是石生财的唠叨，找人外出打听，回来说的跟石生财说的一模一样，感觉到石生财就是土皇帝，不，是土行孙，在商城这个地方，无孔不入！要不，咋啥事情都在他的预料之中呢？哦，也许，自己听来的都是假的。想到这，管雪凤感到自己是个聋子，是个瞎子，一直被石生财欺骗，不禁感到愤怒，觉得孤独，更感到可怕！

管雪凤抱紧双臂，还是感觉冷！是不是石生财杀了我爹娘？管雪凤大脑有点问题，冒出这个疑问很快又否定了。因为她爹娘之死在时间上不可能——那个时候是共匪的天下，石生财弃县城，逃到深山，吓得就像过街的老鼠，生怕被赤匪发现，哪还有时间考虑这个问题？就是有时间，也没有那个胆量冒险呀。那时候，管雪凤也没有见到她爹，她爹跟着石虎一起进山的，一时也找不到。就在这个时候，戴老板知道处境艰难，急调她到武汉，协助徐处长处理武汉党务。接到电文，管雪凤连夜带着两个随从，化装成要饭的，抄小路翻过金寨，到了安庆，渡船过长江，才算安全。当时，石生财也没有说啥，还主张快走，还说，一个大姑娘，在山里乱窜，没有经验，我们还得保护你，万一被共匪发现，就危险了。说的是真话，管雪凤才走的。管雪凤知道石生财心眼多，有可能背后捣鬼，但是，反过来想，石生财再捣鬼，要是能捣到赤匪那儿也是不可能的。于是，管雪凤就想到另一个人，这个人就是石生财委任的团总吴绪红。

吴绪红没死！吴绪红还可以利用吗？管雪凤点了一下头，看看，天亮了，自己反而疲倦了。管雪凤想，还是睡吧，到了晚上还有宴会，自己是必须去的。戴老板说，任务布置了，在南京潇洒一下，解解乏，也算是慰劳。戴老板还说，到时候，还要介绍几个要员认识呢。其实，有几个桂系的，那可是红人，像李宗仁、白崇禧啦，还有莫树杰啦，别看这些人不是黄埔军的，在当前国民党里，都是炙手可热的。这些人，见见也没有坏处。管雪凤想到这儿，打住，走到屋里，拉亮了电灯。

回到家乡，第一个想到的不是吴绪红，虽然她早就知道吴绪红还活着，内心也冲动过，想去接触、看望这位深爱着自己的男人，但是，一想到吴绪红的样子，还有吴绪红的地位，就感到这个男人配不上自己，更何况自己从来也没有爱过他。虽说跟他上过床，虽说对他也表现过过度的热情，但是，那都是时局影响，他只是为自己服务的工具而已。

时隔两年，吴绪红从人到鬼，再从鬼到人，似乎经历过两次轮回。

吴绪红掏枪，以十分敏捷的动作完成了顶着脑壳，又完成了开枪自杀的整套过程，都表现出一个男人、一个军人的大无畏精神，但是，这些都不能打动管雪风，相反，在管雪风看来，是咎由自取，是一个下等男人应该付出的代价。如今，这个黑不溜秋、身材清瘦的男人，居然从鬼门关走了一趟，又回到现实当中，自己作为逼死这个男人的始作俑者一点也不感到惊喜，也没有一点渴望想见到，这就说明，吴绪红在她管雪风的心目中早已不存在了。虽说不存在了，可现实又要把她与吴绪红迅速拉近，因为在这个地方，管雪风还属于孤军奋战，那个狡猾的石生财，永远也不可能像吴绪红那样对她忠心耿耿，也不会像吴绪红那样为她拼死卖命，甚至，在自己最为艰难的时候，还在背后使绊子，这样的男人，可恶至极，但是，没办法，因为他是这地方唯一有军事力量的人，也是自己咸鱼翻身、完成任务的依靠，仅凭这一点，自己与石生财，就是那种说话的陌路人。

二虎呢、石豹呢，还有其他几个小队长，论才能都不能与吴绪红比肩，论忠心更是无法比，因为这些人对管雪风只是敬畏，甚或怨怼。这些人都有自己的心思，都在为自己活着，甚至也不考虑长远，似乎活一天算一天，只要是有机会，都醉生梦死。这些人，让自己去拉拢，去联络，去亲近，不说浪费感情，就一点，靠得住吗？显然是靠不住的。

想到这里，还是得找到吴绪红。要是找到吴绪红，还必须玩弄手腕。不能直接找，直接找，会鸡飞蛋打，不仅找不到，还会把事情弄糟，让石生财见了，会起疑心。石虎、石豹，更是打心眼儿里瞧不起。要是那样，就待不下去了，更不用说完成任务了。为了完成任务，自己也应该动动脑筋，想出一个好办法。怎么实施？需要人手。

管雪风又排查了一遍，虽说小炮队改成民团了，似乎在往正规军靠，民团小队长以上的人物也不多，就那么七八个，但是在大脑里过滤，还是觉得身边没有值得信赖的人。抛开民团，再往别处搜寻，忽然想到二妹管雪兰。对，放一放，到管雪兰那儿看看，或许能见到吴承轩，这个人或许可以利用。

那年秋天，雨水很多，仿佛是死难红军家属的眼泪，怎么也流不干。道路泥泞，山路崎岖，车子也难以直接抵达，更何况在商城还没有小车呢。说实话，管雪凤不爱坐小车，更喜欢坐轿子。在南京或武汉，与将军们同乘一辆小车，虽说小车平稳而快速地行驶，有一种莫名其妙的快感，但因为那是依靠男人获得的，所以，每次乘坐，心中都有说不出的堵塞。

回到家乡，没有车子，只能坐轿子，管雪凤忽然开心多了。坐在轿子上，管雪凤感觉到了骑在男人头上晃来晃去的浪漫，也感觉到了没有男人斜视的自由，更感觉到作为一个女人，被众多男人捧在掌心的尊容。于是，就让二虎找人抬。二虎不太高兴，还说，如今战乱年月，到处都不太平，剿灭共军残匪是头等大事，上峰又催逼得紧，限这个月最迟不能推入腊月完成任务。还说入冬后，大雪封山，赤匪本来就逃到山里。那时候，共匪打我们，我们逃到山里，共匪拿我们都没办法；现在我们打他们，他们逃到山里，就像麻雀钻到树林里，你能逮得住吗？管雪凤还是很温柔地说，剿匪，也不是一天两天的事情，不能一口吃个胖子，得慢慢来，如今是国军的天下，有的是时间，我们耗得起，共匪耗不起。更何况，共匪的正规军都被我们灭了，还抓不住那几个漏网之鱼吗？

二虎说，不见得。

管雪凤火了，盯着二虎，一脸怒容，质问，什么不见得？你说说看。

二虎见管雪凤火了，也就不敢吱声了。

管雪凤继续说，现在，清乡的办法也用了。在斑竹园，卫将军还没有你能耐大吗？一次性就杀了一千多人。在剿匪当中，还有一个为共匪说情的朱来齐。卫将军说，完全是“猪来气”！真他妈的掉链子，还敢给山里的共匪送白馍，还不承认。卫将军把他什么时候上山的，啥时候下山的，都一一说了。到此时，朱来齐才没话说，赶紧哭着说，卫将军，你不知道，他们说了，他们的队伍只是外线作战，要是回来了，非把俺家抄了。

这不是吓唬人吗？吃里扒外的东西，卫将军连手套都没有脱，挥挥手，拉到河沙湾里就给崩了。朱来齐死了，一下子就好了，供出十四个共匪。卫将军就是有办法，清乡当中还把那些土匪婆子收拢到一处。

这里要说说刘峙将军，那也是一员虎将，更是福将。别人都打不下新集，那么坚固的工事，居然被他一个下午就给摧毁了，天还没有亮呢，就杀进城里，缴获了共匪的电台两部，大炮三台，可惜，共匪的高级将领没有逮住，逃到山里去了。最近听说还在活动，十个八个，百儿八十个，一股股，一团团，像山泉，还在不停地冒。怎么堵住山泉，不能使蛮劲儿，要从根子上堵，有时候还要加以疏通引导，甚至利用。这次我从南京回来，带来蒋委员长手谕，任命石县长为南五县剿总司令，那是啥官？正师级。当然，石司令这么多年为党国效力，成绩突出。人马也有一万多，也是名副其实的司令了，但是，你知道南京啥看法？

二虎慢慢上套，问，什么看法？

管雪风说，按说保密。你一个小队长咋能知道？好，谁让你对我忠心呢，就破例一次，告诉你，但是，你一定要保密。二虎用鼻子嗯了一声。管雪风说，刘峙十分生气，到委员长那儿告状了，说，早先为啥打败仗，是因为过于依靠地方，他们都是见利忘义的小人，从本质上说，跟刘湘、阎老西没什么两样，一遇共匪，不论大仗小仗，都畏首畏尾，夹着尾巴，逃跑时比兔子还快，为的是保存实力。胜了，争抢功劳；败了，躲到山里。一句话，贪生怕死。你说委员长听到是什么想法？

二虎听着，忽然想到那个团丁“二流子”，又想到被逼杀的吴绪红，一股寒气透过脊背，脊梁骨紧缩，眼睛陡直，看着，没敢说话。

管雪风继续说，刚好，那天蒋夫人宴请我和戴老板，问了大别山的情况，我就如实相告。我说，刘将军说的基本合乎事实，但是有几点需要说明。一是地方民团是小炮队改编的。组成人员复杂，多是土匪，部分是地主武装，说到底都是当地人，看家护院的。这些人没有经过正规训练，素质差，战斗力不强，同时，武器装备也差，跟正规军没法比。二是他们最主要的贡献就是逃跑，要不是逃跑，我们势力就会悬空。不说其他，就说大别山，有好多县区都赤化了，而在商城，就不一样，有我们的人，特别是石生财，带民团钻山林，打游击。共匪大部队进山剿，找不到；不剿，害怕一走又出来收复失地，只能派兵看守，起到牵制共匪大部队的作用。这次中路围剿，委员长不愧为领袖风范，高瞻远瞩，让卫将军统一指挥，一下子就把敌人打败了。在战争当中，石司令积极配合，捣毁共匪十多个窝点，暗杀共匪县级领导八名，破坏他们的组织，才让共匪没有立足之地。号称四万余人的红四方面军才如此溃败，到处窜逃。这里面，石生财的民团功劳是不可小觑的。

二虎听得眼睛都直了。

蒋夫人知道我辛苦，连说，还是雪凤了解，也有你的功劳。委员长高兴地说，石生财，一个小小县长，不简单，实为党国之忠臣，守政之典范。趁此，我说，石生财是个有才干的人，要是能委以重任，必当为党国尽忠！委员长说，一个民团，怎么奖励还是让卫将军说吧？我又说，安定一方，必须要地方人出力。临走时，我建议说，让石生财任南五县剿总司令，不用委员长多奖励的。委员长高兴，也就默许了。

二虎听着，感觉管雪凤了不起，对于管雪凤的非议和原来瞧不起的看法有些改变。特别是让当特务连连长，二虎觉得没好处，职位也不高，大哥石生财也说过，是个没头没尾的官儿，让小心伺候，实际上就是给她管雪凤当保镖。如今看，不能小瞧。说到底，他认为管雪凤水深，有些不了解了。于是抬起头，看着这位英姿飒爽的刚晋级的女军官，肃然起敬，连忙说，那后来呢？

还后来，后来我就来了。临出发，蒋夫人对我说，要注意身体，戡乱期间，保护好自己。让我还任大别山区剿匪戡乱特派员，负责剿匪事宜。最主要的是……她想起戴笠的话，立即忍住没说，改口说，最主要的是建功立业！

那是，二虎说，这么说，管特派员，以后有啥事，请吩咐，愿为您马首是瞻！

呵呵，管雪凤用余光看了一下，二虎灼灼的目光还在盯着。管雪凤说，不要那么肉麻嘛，只要你能派手下效力就行了。

是。特派员要到哪儿去？

到哪儿去，是你该问的吗？石司令都没有过问，肯定是军事机密呗。

哦，那行。

于是派了一顶轿子，八人抬着，二虎亲自护驾，摇摇晃晃去吴承轩家。

吴承轩听说大别山区各县得以光复，带着家眷又回来了。回来了，却不是自己感觉的那样。回来就被“土匪”抢了。带回来的钱财都被石豹的人抢了，还装扮成土匪，两家还打了起来。开了火，就有伤亡，好在这些人枪法都不准，放空炮还可以。一下子放了七八发子弹，才打伤一个团丁。这个团丁叫“宋大褂子”，虽然四个字，也不是日本人，是个外号，当地说你没本事，不直接说，而是说你“白扯大褂子”。民团队长石豹干脆就叫团丁宋士茂为“宋大褂子”。

宋士茂的妈躺在床上，没钱治病。在民团领的薪水都被她老婆算计了，一个子儿也不拿出来。“宋大褂子”又十分怕老婆，没办法的办法，只能故意挨一枪，一是工伤补助，二是讹诈。就是这样的“好事”，要不是仗着石豹还轮不到他。

石豹说，看你个屌样子，这次把这个任务分给你。于是，吴承轩就成了冤大头，送给县大队五百块大洋。石豹说，你打发要饭的呀？这么一说，吴承轩又加了一倍，石豹用手掂量，感觉沉，于是噘嘴，拔出枪，吹了吹。吴承轩知道他有个弟兄挨了枪，就又拿出五百，分两下，给石豹三百，给“宋大褂子”的二百。实际上，二百块到“宋大褂子”手里只有五十块，就是这样，也算是发了一笔洋财。事情才算平息。

吴承轩是个冤大头，他不知道姨太太的大姐回来了，还是特派员，要是知道，石豹定然不敢。有了这个靠山，不管什么时候知道都不迟。如今，忽然有一队人马往府上走来，吴承轩吓得不知道咋办才好。让管家吴顺义上前打听。吴顺义跑到村口大塘旁边等候。塘埂太窄，轿子没法抬，石虎赶紧扶特派员下轿。看见路旁站着一个穿着考究的人，就问，吴府从哪儿走？吴顺义说，敢问，不知道官人贵姓？石虎眉头一皱，心想，居然还有不认识我的，想发火，抬头看管雪凤，管雪凤也感到奇怪，咋还有人不认识石虎的呢？于是问，你是吴府的什么人？吴顺义不能不回答，就说“管家”，接着反问，不知道你们有何贵干？

管雪凤说，雪兰是我妹子，这位是大名鼎鼎的民团队长石虎，得知老爷从合肥回来了，是来看看妹子的。这位石队长，你咋不认识呢？

哟，失敬失敬。走，我引路，跟我来。吴顺义一边走一边喊，老爷，姨太的大姐来了，是亲戚，不是土匪。

派出去的人早听到了，赶紧跑到厅堂，报告了吴承轩。吴承轩一愣，忽然想到是管雪凤，也高兴地笑了起来，把精美的水烟袋放在桌子上，撩了一下长袍，带着人出去迎接。

多少年没见面了，见面了，物是人非，都认不得了。姊妹俩先是互相打量。管雪凤长发剪了，成二男头，穿皮靴，一身戎装，像美男子。要不是胸口一坨微微凸起，管雪凤真的就是翩翩美少年。再看看管雪兰，就不一样了，还是长发，只不过不再扎辫子了，而是挽成髻，盘在头上。穿水红旗袍，黑边儿，脚上也是皮靴，只不过是高跟皮靴。两个不一样装束的女人站在一起，吴承轩打量着，感觉极不协调，好像不是姊妹，是夫妻。心想，咋是姊妹俩呢？要不是相认，谁也看不出是姊妹俩呀。不过嘛，这两姊妹，真是美呀。哎，吴承轩也是见过大场面的，在省城，什么样的女人没见过，什么样的场合没混过，可就是回家来，却见到了城里没有见过的两个截然不一样的女人，叫吴承轩咋能不感慨呢？但是吴承轩不能长时间感慨，趁此出了门，招呼石虎他们在客厅坐。

管雪凤、管雪兰姊妹俩互相打量，立即想到过去，想起孩提时的许多事情，时隔多年，仿佛就在昨天。还是管雪兰先流泪，喊了一声姐，扑到管雪凤怀里。两个人抱着，就在大门里面当院里。

吴承轩住的更楼子，三层，防土匪的，也是显示财力的。一群妻妾在楼上往下看，傻傻地盯着，没有议论，也没有声音。一时间，只听到两个女人脸贴着脸，互相抽泣。过了十多分钟，还是管雪凤理智，轻轻推开管雪兰。管雪兰掏出手帕，管雪凤立即闻到一股外国香水的味道。说实话，在南京闻过，管雪凤没有买过。吴绪红给她买过一瓶，管雪凤因为不喜欢吴绪红，一直没有用，那瓶香水在战乱之中也不知道放在哪里了。当时，十分讨厌那香水，不想打开，但是经不起诱惑，还是打开了，闻一闻就是这种味道，是一种郁金香的味道，这种香味就如同一把锥子，直接刺到心肺，让你记住了，永远也不会忘。

走，到屋去吧。管雪兰说着拉着姐姐的手，二人一并走到屋里。

吴承轩是个光头，还是个大胡须，确切地说是个老头子。穿灰色的印着铜钱纹样的长袍，就像老态龙钟的灰猫。管雪凤见第一眼，心里就难过，觉得妹子真的没眼光，但是管雪凤也知道，这是包办婚姻，石生财做的媒，爹同意的，或者说是有代价的，是用一个乡长换来的。这事搁在自己和三妹，都不肯干，但是二妹干了，是为管家做贡献了，也作出牺牲了。想到这里，又想到自己，自己何不是在拿身体换军衔呢？从这一点说，二妹也无可厚非，但是，二妹换来的是那么的不值钱，甚至还要了爹娘的性命，一想到这点，管雪凤再也忍不住，哭了起来。管雪兰知道姐为啥哭泣，也止不住，两个人又抱在一起。

会客厅里，吴承轩见到石虎在喝茶，就聊起民团的事情，又问起石生财的状况，对吴顺义使个眼色。吴顺义早已备齐礼物，是一包银元，和在合肥带回来的几块玉石，有著名的歙砚，都是花大价钱买的，给石虎一个，让给石生财捎带一块，也算是投石问路。石虎很感谢，没想到吴承轩这般阔气。人家是洋财主，与土财主不一样。心里正在想呢，吴承轩说话了，贤弟，这个地方的治安可归你管？

石虎不知是个套，张口就说，当然啰。

要是这样说，我吴某人失礼了。上次见面，还是两年前吧，此时回来才俩礼拜，还没有闲暇去拜访石队长呢。

哪里哪里。石虎抱拳，表示能谅解，知道是客气话。

可是石队长，你也得体谅呀？吴承轩又跟了一句。

啥事？石虎知道不是客套话，就问。

吴承轩说，听说这里赤匪被剿灭了，我才回来的，没想到前脚刚进门，后脚就跟着来了“鬼”。

石虎不知所云，忙伸头问，啥事情？

吴承轩抽了一口烟，吐出烟雾，不紧不慢地说，石队长还不知道？要不是石豹队长及时赶到，我一家老小可就惨了。再说，这地方不是没有土匪了吗？

显然，吴承轩怀疑了。实际上，吴承轩不是怀疑，他早就知道，监守自盗与外来贼作案手法是不同的，吴承轩当时迷惑，事后仔细想，也就明白了。

石虎说，哦，那天司令派我公干去了，没有在县城。

怪不得啰，要是贤弟在，也不会出现如此情况。

这个你放心，我回去帮你查查，谁他妈敢浑水摸鱼。

石虎这般一说，窗户纸捅破了。吴承轩只是微笑，话就变得轻描淡写了。吴承轩说，损失几千块大洋也没啥，说实话，我啥都没有，就是有钱。有道是，君子爱财取之有道嘛。你明着来，我又不是不给，是条狗我也给饭吃的。

石虎脸色突变，难看得像煮熟的猪肝，把脸扭过去，装着看吴承轩的客厅。

再说说管雪凤姊妹俩，想到最多的还是父母。管雪凤说，爹妈死得惨呀，听说爹的头挂在树上，好几天都没有取下来。那个时候，我被召回，偷偷逃回武汉。爹不知道为啥回凤凰山老家，听说是去取东西。

大姐知道是谁吗？管雪兰问。

石生财说是蒋孝智。管雪凤显然不相信石生财的话。

蒋孝智？管雪兰摇头说，我总觉得不太可能。蒋先生是共党的头儿不假，我爹妈跟他无冤无仇，他为啥要杀爹妈？听说，还是他安葬的，但是没过多久，他又承认是他带人杀的，说咱爹不杀不平民愤。前后就差一年多，这不是自相矛盾吗？

啥民愤？管雪凤说，罪名就是咱爹当过乡长，在当地是最大的官。

管雪兰说，为啥不明着来呢？我知道共党的政策，他们要做舆论，要是必杀的，逮住后一定会游街，再召开大会，会后拉到山坎或河沙湾，再杀。

二妹，你幼稚，你想一想，爹是偷着回家的，我听说，蒋孝智早就放出话，要是爹回家，能改过自新，就放他一马。这不是骗子吗？爹才不相信呢。但是，山里面蚊虫多，没吃的、没穿的，睡觉也找不到安稳的地方，只能与豺狼野兽共席。那是爹待的地方吗？爹一定是受不了罪才偷偷潜回去，取东西，顺便吃点。蒋孝智的办公室就在咱家的前院，爹回去惊动了他，他想探个究竟，没想到爹被他撞见了，两个人就开始争执，我爹没办法就跑，蒋孝智下狠心，用刀把爹杀了。爹死了，娘一定哭闹。一不做，二不休……他害怕报复，就把爹的头悬挂在树上，制造假象，或者说，栽赃石生财也有可能。后来知道我回武汉，认为这儿是他们的天下了，我们不会打回来了，所以才敢承认是他杀的，是惩罚地主豪绅。拿爹娘的性命邀功。

要是这样，用心也太险恶了，只是，只是，把爹的头挂在树上，不像共党所为。你说是栽赃？不知道事实……管雪兰说，三妹知道不？

提到三妹雪梅，管雪凤抑制不住，厉声说，小妹死了！听说在回家的路上被土匪抢了。小妹死活不答应，土匪就把她杀了。

管雪兰浑身颤抖地说，你听谁说的？

管雪凤说，石生财说的。

石生财？管雪兰说，他的话你咋能相信呢？爹娘的死我梦见了，小妹我就没梦见，说明小妹还活着。

我也有这种预感。我在县城还不是多担心，回武汉，一下子担心起来，有一种预感，感觉爹娘不好过，但是就是找不到解决的办法。那天夜里我梦见娘了，娘抱着我，喊我，凤儿，凤儿。我赶紧跑过去，抱住娘，不知道咋的，没有人。再看看，抱住的是一个妖精，全身都是血。我一松手，老远看，还是娘呀，我就吓醒了。躺在床上，直感到心里一阵阵难过，当时认为是好多天没有看见娘了，思念的结果，没想到，当我回到老家，石生财告诉我，爹娘都已经遇害。

石生财？管雪兰又问了一句，忽然想到石豹做的事情，感觉更像……管雪兰看看四周，没有说，只是说，我总觉得石生财太聪明了，同样的话到他嘴里，意思就变了。又是县长，又有民团，这样的人太厉害，共产党拿他都没办法，大姐与他在一起，要留个心眼儿。又小声说，虽说是县长，但是，他的话可不能全相信。

我知道。管雪凤说，我就是为了这个来的。打架亲兄弟，上阵父子兵。我想，你跟我一起干，有什么事情也好照应；或者，让妹夫跟我一起干。

这个恐怕不行。管雪兰说，我，你是知道的，不是那块料子。至于承轩，也不行。我跟他这几年，算是知道了，为啥他那么多同学都当官，只有他没有，原来他就是做生意的命。参谋事情，一窍不通，更不用说打仗了。再说了，现在也老了，在合肥又有店铺，走不掉。

嗯，这样。你这儿就算了，妹夫那儿，我与他谈谈。爹死了，乡长的位置空着，国不可一日无君，先让他代着，等有合适人选，再说。

管雪兰知道她姐姐的脾气，要说不长脑子吧，也很聪明，事情一点就透，而且做事有一把狠劲儿，如今爹妈都没了，也没有人管住她了，自己是妹子，在家时，就不敢多顶嘴，如今她又是特派员，更是没王法，自己再反对也没有用，也就不说话。

管雪凤呢，看妹子不说话，盯着，也不太好意思，仿佛隔着一层东西，隔着什么，也说不清楚，于是，也不想说。一时间，姊妹两人都在思考问题，屋里显得寂静。又过了一会儿，管雪凤感觉没有什么要说的了，就说，妹子，姐也不常来，这是姐在授衔仪式上照的照片，给你，算做个纪念。说着就递了过去。管雪兰接着看，管雪凤又问，你有照片吗？也给我一张。

我没有照片。管雪兰抬头说，姐，你真漂亮呀。要是爹妈还活着，一定会为你高兴的！

管雪凤叹口气，眼泪又出来了，吸溜吸溜，咬咬牙说，好了，姐走了，要是进城，找姐。

回到县城，管雪凤喊来二虎说，今天回去心里极不痛快，一是爹娘死得冤枉，二是要查清楚俺家的土地和财产，让那些穷鬼加倍偿还。

二虎看管雪凤咬牙切齿，眼冒绿光，知道下了狠心，忙说，特派员，你家的田地已经收回，房屋也腾出来了，只等你回去接手呢。

管雪凤说，田产嘛我想卖了，折成现钱，便用。房屋嘛，凤凰山那地方也需要设一个关卡，放一个小队，十多人在那地方执勤。一是探听消息。那地方是上凤凰山的隘口，把持住了，共匪就不能上山，等于切断了咽喉，为下一步清乡工作做准备。我们要向卫将军学习，只有把共匪赶尽杀绝，才能保一方平安。再说了，我父母的老坟还在凤凰山下，我要为父母尽孝。想在娘娘庙做法事，为爹娘超度。父母死得冤枉，不超度，不光是活人不安，死人也不安。二妹到时候也去。我想，这件事情交给你办，怎么样？

在三十二师攻打商城时，管云龙与二虎一起逃到大山里，也是兄弟们撺掇，当时很狼狈，都不知道是否还能活着，再加之上面急电管雪凤回武汉，在二虎眼里，就是贪生怕死，所以，二虎也没有过多考虑，就参与奚落管云龙的事件当中。管云龙受不了奚落，熬不住山里的艰苦生活，夜间潜回，被杀。到三十二师退出商城，石生财与二虎都回到县城，才知道管云龙死了。因为那时候被杀的人很多，管云龙只是其中之一，也没当回事情。这次管雪凤再度回到商城，重提她父母遇害之事，二虎忽然想起在山上的种种情况，心里有点不踏实。万一团里哪个傻种说话不注意，说漏了，把在山上刁难管云龙的滑稽事说出来，那可不得了，所以二虎对管雪凤的吆三喝四也不计较，还处处扛着。这是其一。其二是二虎对这位漂亮的特派员有点佩服。特别是这次回来，不仅英姿飒爽，还弄了个中校军衔，真是令人刮目相看。再说了，在商城，一个女人除了嫁人生孩子，在家里侍候公婆，做针线活，烧锅做饭，也就没有多少事干。而管雪凤跑到武汉学习，如今在南京，还弄一个中校，比男人都强，更何况管雪凤一口一个蒋夫人叫着，似乎蒋夫人与她是亲姊妹。这就说明，这个女人不简单，不仅见过大世面，还有后台，而且后台很硬。说不定在不久的将来，就会挂上少将或中将军衔，到那时，整个商城，不说现在，就是近几百年，也只有这么一个。二虎想，这个女人不仅不简单，简直就是了不起。

正在思考呢，管雪凤又问起到凤凰山祭奠的事情，还说要到娘娘庙做法事。二虎不能再犯浑了，猛然想到吴绪红。吴绪红也是令人佩服的。吴绪红没有私心，枪法好，不多言语，待人真诚，总是想到兄弟，也没有喜爱女人的习惯，可就是这么一个人，为啥就“死”在管雪凤手里呢？不管外界咋传言，有一点是事实，那就是管雪凤有魅力，吴绪红心甘情愿为她而死。这一点不简单，但是，也令人心寒。又想到吴绪红是自己救活的，要是管雪凤知道了，那可不得了。想到吴绪红开枪自杀时眼角还在流泪，不禁心里激灵打了一个寒战，看着管雪凤，结结巴巴地说，愿听特派员吩咐。

管雪凤听到二虎这么回答，眉头皱了一下，接着说，你有事情吗？

二虎想了想说，是这样的，看见特派员忙，就没急着打搅，我想问一问，特派员的爹娘过世了，遗物都被穷鬼弄去了，至于谁个弄去的，没有查到……

二虎忍了一下，好像再也找不到合适的字眼表达，就直接问，不知道特派员家里还有什么宝贝？

宝贝嘛，真没。管雪凤也理解二虎，对他微笑说，要有就是钱。记得我到武汉学习时，爹让我好好学习，临走时，爹说，除了买田地的钱，家里还有上千块。虽说时隔好几年，这钱只有增加的，没有减少的理由。爹妈都死了，不知道这些钱放哪儿了？

二虎听到一惊，赶紧说，特派员，你爹娘过世已经一年多了，就是有钱，也被共党搜去了。在你爹娘过世之前，我们真的没进去，那地方赤匪把持严，我们派的探子很少能躲过那些人的眼睛。上次，你是知道的，哎，我的妈呀，到那地方就不知道死活了。那是把脑袋别在裤腰带上的活儿，找人还得花大价钱！

管雪凤把手招招说，别怕，我不是说你们拿了。你们再没有出息，是我家的东西，你们也不敢拿。我是说，不知道这些钱是不是被赤匪弄去了？一定是。哎，真是便宜那些穷鬼了。二虎，你给我记着，我现在说的，凡是分过我家田产的，一律下大狱，让他们吃个蚂虾吐个小鱼；凡是拿过我家浮财的，特别是我爹妈用过的东西，一律枪毙。给我记着，到时提醒些儿，本特派员忘性大，别等到时候忘了！嗯？

是，特派员。二虎说，什么时候到娘娘庙去？

现在就去。

现在就去？二虎眼睛都直了。

管雪凤笑笑说，石队长，你这般大惊小怪，莫不是在娘娘庙藏有金钱美女？你个小炮子。

哪里哪里，不敢不敢。管雪凤故意骂，想缓解一下紧张空气，但是二虎还是有些慌张，脸绷着，说话有点机械。

管雪凤适可而止说，别怕嘛，我知道石队长的德行，这种事情咋干得出来呢？不过嘛，那地方可是土匪窝，赤匪在那儿盘踞两三年，那可是有基础的。这次打败了赤匪，一是委员长戡乱有方，二是各位将士齐心协力。话说回来，也该赤匪灭绝，窝里斗也是一个重要方面。虽说赤匪败了，残匪很多，还很顽强，要想肃清，还需要一段时间。上峰告诫我们，一定要斩草除根，防止败草烂根到来年又生出新芽。娘娘庙嘛，也不一定没有藏奸。孤山寺，你们不是在那里搜出宋丹丹吗？还装得可怜，把自己搞得人不人鬼不鬼的，以为我就认不出来了？这个该死的婆娘，命毒！克死了丈夫，又克死了儿子，还克死婆婆，一家人都被她克死了，她却活得好好的，还有脸嫁给蒋孝智。蒋孝智呀蒋孝智，狗肉不上秤，还娶了这么个疯婆子，说是怀孕了。本来嘛，我还同情她的，但是我看到这个疯婆子头上戴着我娘的发卡，死有余辜。千刀万剐都不解恨，便宜她了。因为有孕，给她留个全尸，用绳子勒死算了。

当然，管雪凤对二虎没有说出这些，只是她的心理活动。管雪凤对二虎说，像宋丹丹这样的就能藏在孤山寺，那么还有像白花花、朱来福，还有上次没有捉住的范老六、宋二丹之流，就不能藏在娘娘庙吗？那地方直通金刚台，容易逃跑。

嗯，也有可能。二虎听着，慢慢稳定情绪说，还坐轿子吗？

有马吗？山路难走，骑马容易些。

有。只是，山路太难走，骑马多半是送信，骑马上山没干过。

管雪凤说，是吗？好吧，那我们先骑上马在山边子遛两圈试试。然后，哈哈大笑，对着二虎斜视，显得十分放荡。二虎知道完了，吴绪红藏在那里，特派员或许早知道了。二虎又想，或许不知道，在那里瞎咋呼呢，也有可能。趁这个时间，赶紧通知吴绪红躲起来。

事情还算办得顺利。

过了一个时辰，管雪凤遛马回来，一语双关地说，准备好了没有？

二虎说，听特派员的。

那好，这马还真的不能进山，骑到山脚就咴咴叫，目标太大，不便保密，还是坐轿子。

走了一个多小时才到凤凰山。管雪凤没有进家门，直接往山上去，气氛显得紧张。二虎也不便说啥，就随着走。进入山林，大家才感到山里还是比较凉爽，山风很大，此时已经立冬，更是有点寒风凛凛。管雪凤穿着中校军服，外罩皮大衣，戴皮帽子，拿着提包。这是一只很大的布提包，里面装满点心。

在商城，能够找到这么多点心已经很意外了。管雪凤是个有心人，知道吴绪红爱吃的就是城门楼下卖豆腐脑斜对面的姜毒牙家炸出来的麻叶。麻叶，一种面食，用白面发酵，兑白酒，然后再兑白糖，用面杖擀出来，薄薄的，像树叶，上面粘上芝麻，放在油锅里炸，吃起来又酥又焦又甜又香。因为有芝麻，还因为做出来像树叶，所以就叫麻叶。但是姜毒牙不这样做，而是用糯米面，烫熟，发酵，做出来更有一番风味。管雪凤到武汉学习，吴绪红也撵去了，到了城关，看到这种食品，也就购买一点，留在路上吃的，没想到，第一次吃，还吃上瘾了。吴绪红说，这是天底下最好吃的。

管雪凤专门派人到姜毒牙的店里称了二斤，还有从南京带回来的干枣，装了鼓鼓一大包。到了，管雪凤喊，把吴团总的牌位拿来。

二虎一惊，咋搞的，听错了？

没有听错，管雪凤说，我就是喊，把吴绪红团总的牌位拿来。

接着，跟班的孙小雅，也是军校毕业的，会发报，算是跟着管雪凤，希望能美言给提拔。这女人长相不是太好，也没身材，但肤色白，有几个民团小头目看上了。二虎说，石豹，你是我弟，你还没有娶妻，把孙小姐说（娶）着，你看，屁股大，奶子鼓，细腰，就像一只马蜂，按照当地说法，两大一小，怀孕生儿跑不了。

石豹抿嘴笑，还真的有点儿那意思。石豹经常下乡削地皮，一次也弄到好多钱。另外，也不忘给孙小姐购买花布衣服等，但是，好像石豹不太开窍，不知道孙小姐只对两点感兴趣：一是金钱。这个石豹没想到，就是想到了也舍不得。二是官。石豹没有这个权力。所以说，给孙小姐那些东西，好像上面有标记，怕穿在身上，别人问起来在哪儿买的，无形中就会知道是石豹买的，就有点卖给石豹的味道。一块花布、一条裙子，就想把孙小姐买了，孙小姐不干，打死也不干。依孙小姐的说法，要卖也要卖个大价钱。当时不是没对石豹说过，石豹就是石豹，一点儿也不开窍，还傻傻笑，笑过之后说了一句蠢话：要买，我也买个好一点的，没样子，还要卖，鬼买呀。说过，走了。于是这事像一盏灯，吹了。

孙小姐硬着头皮从一个包里掏出木制的牌位，上面写着“吴绪红团总”五个大字，放在泥塑彩画的观音娘娘座位之下，正步向后退了几步。管雪凤从包里掏出点心，分三份放在观音娘娘和吴绪红排位之前。

按说，这个管雪凤根本就不懂祭祀，哪有把死人与观音娘娘供奉在一起的呢？何况还是个大男人，还是个自杀的男人，岂不乱套了吗？其实不是，这是管雪凤的一着妙棋，妙就妙在不懂装懂。然后，把二虎带来的香蜡纸钱掏出来，该燃着的燃着，该磕头的磕头。再之后，管雪凤说，你们都退出大殿，在庙四周守着，我一个人在这里叩拜。

二虎也不知道即将要发生什么，也就退了出去，只剩下管雪凤一个人了。

管雪凤把庙门掩上，咿咿呀呀地哭了起来。哭着还吸着鼻子，十分伤心。边哭边数落着：你个负心的汉子，你是人吗你，说走就走了，那不是句玩笑嘛，就当真了你。你这一走，我孤苦一人，你叫我咋活呀。我夜夜都见到你，只可惜天涯咫尺，就像你在云霄，我时时看着你，却不能见到你，你让我咋办呀？

哭着，又改变了话题，说起自家的事情来了。说，我本来就是大家闺秀。赤匪猖獗，霸我家田宅，抄我家财产，这还不算，还杀害我的亲爹亲娘，你叫我日日受煎熬呀，夜夜剜我的心肺呀。要是你还在，在我身边，我也不至于是聋子，是瞎子，任人摆布。我亲爹亲娘死得好惨呀，你知道吗？我不知道真相。都说是蒋孝智杀的，我也就相信了，亲手宰了那个畜生！但是，我好像还是不安宁，我的仇恨好像还没有报。你应该知道呀，你要是活着，就应该告诉我真相。绪红呀，本来想等你建功立业了，我为你请功，为你成家，让你家一根独苗能够接续香火，可是你咋那么傻呀？那不是一句玩笑话吗？一个大男人，咋那么脆弱呢？你也是上过学的人，咋不知道变通呢？哎，绪红呀，你对我的情意，妹子知道呀……

一边说着，一边唱起大别山民歌《打黄瓜》：“妹子我在菜园里摘呀么摘黄瓜，小哥哥你呀啄死在外面呀甩渣巴，打坏了公花呀不坐果，打坏了母花呀不结瓜，要是打坏了呀我的黄瓜架，看我不发横撵到你老家，到时候你拿什么赔上我这嫩黄瓜呀。”

《打黄瓜》这首民歌管雪凤唱过，此时再唱，已经把词和曲改了，由欢快改成了忧伤，唱得十分动情。一曲唱完，又说起来，好像轻言细语聊天：绪红呀，我知道，你爱吃姜毒牙的麻叶，妹子给你带来了，两包，要是吃完了，妹子还给你带。要是你伤养好了，要是你想妹子了，你就来找妹子，妹子不会记仇，妹子还把你当歪哥哥。妹子爱喊你老歪，喊你可不要生气呀。

数落过了，又唱《到老缠出祸害来》，歌词是：“栀子花，院中栽，芹芹花儿爬上来。从小缠你缠不上，长大缠你分不开。到老缠你分不开，到老缠出祸害来。”这首歌是情歌，也是商城山歌，听着感人。

那时候，吴绪红为了见到管雪凤，就到凤凰山上，对着管家唱山歌，有时，管雪凤还把窗户打开，故意听，还对凤凰山看。吴绪红都看在眼里。管雪凤一遍一遍听着吴绪红唱的山歌，也就学会了几首。这次来，故意唱出来。二虎当然不知就里，只觉得唱得好听，十分感动。

二虎就动了心思，心想，这个特派员不是我们想象的那样恶毒，也是个有血有肉的人呀。哎，每次来这里，绪红就说，可不能让她知道了，我已经是出家人了，看破红尘了，要是知道了，再死第二道，那真的有点可怜呀。看来是我们理解错了，吴绪红这里说的有玄机呀，什么玄机，二虎参不透，但是，二虎知道，从今天这种情况看，就是她知道了，也不会再加害。不仅不会加害，还会重用。那么，绪红哥哥为啥要躲呢？看不透。

记得是去年，周维炯又打商城，我们逃到黄柏山，周维炯派人追，我们就沿着金刚台逃到这里。我们知道绪红就住在娘娘庙附近，我和县长一行逃到这里，绪红哥哥好像早就知道，在这里烧了好多饭，还为我们弄了好多好吃的，但是他不在这里，一个小和尚在这里。天快黑了，宋二丹来了，我们赶紧躲起来，宋二丹到庙里，看到许多残渣，还说，奇怪，庙里好像来过许多人，于是在大庙前后转了一圈，没有发现什么，就说，奇怪，难道是红军经过这里了？说过就走了。看到宋二丹下山，我们又到庙里过夜，也就是那夜，管云龙说，这里离我家近，得回去看看。二虎回忆着，那天，怎么劝都不听，非要下山不可。下山就没回来。是不是碰见了宋二丹？这小子告密了？或许是盯梢了？但是，很奇怪，我们在娘娘庙里待了一天多，什么事情也没有发生。这就说明宋二丹是不会告密的。

哪地方出问题了呢？二虎想，或许是小孩，只能记住一件事，另一件事忘了？二虎又摇头，不可能。这样翻来覆去地想，也没有想明白，二虎自己也笑了。

二虎知道，吴绪红跑到山洞里藏起来了，害怕与我们交往，害怕司令碰见。为啥害怕呢？害怕管雪凤给他来个二次枪毙？管雪凤当时没有找到飞机，飞机被赤匪抢去了。事态很严重，严重的是因为共匪把飞机改装了。蒋委员长说是赤化，实际上赤化了也就是改装了。改装就是重新刷刷漆，再改个名字，不叫“容克号”，而叫“列宁号”。改装并不可怕，说出来有点好笑，就像皮影戏，明知道是假的还当真的耍。一架屌飞机还成立了个航空局，按说是滑天下之大稽的，但是，蒋委员长拍桌子了，特派员说的，还骂了“娘希匹”。当时不知道啥叫“娘希匹”，问特派员，特派员正倒霉，心情不好，毒毒地盯着，说了一句：去问你娘。

“娘希匹”这个词儿，管雪凤实际也不知道。到张国焘“肃反”扩大化，管雪凤立功，回到商城，一次晚宴上又提起那次的事情，管雪凤心情好，说，我实际上也不知道，回到南京问戴老板，戴老板一笑了之。我那个同事知道了，说我傻，还说，娘希匹，你知道骡子吗？就是骂你骡子。管雪凤说，就是“杂种”的意思。

知道了，也就有点非议。二虎想，蒋委员长不知道以前是干啥的？搞不好是劁猪的，要不，咋知道骡子的来历呢？领袖也有污点呀。

这是二虎的看法，咱不去评论。我要说的是，二虎弄不明白的是既然不杀你，还重用你，你个吴绪红咋不出山呢？害得这几年为你的生存瞒天过海，虽说大地无言，百姓无知，团丁哑然，我也更是无话可说，但是，都是哑巴吃萤火虫心里明镜似的。虽说人间不含苍天，但是人间就不知道有苍天吗？你个吴绪红，在装呀。

这个概念形成，可不得了。在管雪凤还没有起来的时候，二虎推门进来了。搓着手说，特派员，别再伤心了，你也真可怜。告诉你，绪红大哥没死，他就在庙里。绪红大哥，大哥，你出来。特派员为你伤心呢。士为知己者死，你还算男子汉大丈夫吗？你躲，你躲，我看你还装，说着就往屋后面跑。

爹说，刚解放，国内政局不稳，还有敌特活动，为了打击反动势力，肃清反革命分子，巩固新建立的红色政权，1950 年抗美援朝，随后在国内掀起了“三反五反”和镇压反革命运动。对于朱来福来讲，很难说清楚。有人说他是反革命，也有人说他是功臣；不管说他是反革命还是说他是功臣，都找不到有力证据。

革命胜利了，朱来福沉浸在喜悦当中，也不知道咋的，过了一段时间，一下子一声不吭，看到好多人都参加工作，有的还定了红军头衔，他才开始找，说自己也是红军，还讲了许多艰苦斗争的事迹，那些人都不是当地人，也不知道，好像听天书。有人就说朱来福肯定是说过大鼓书，要不，咋那么会编呢？也有人不以为然，认为他说的是疯话，一定是疯了。

解放初期，装疯卖傻的人特别多。石生财，民团队长；后来升为副团总的石豹，没跑掉，把名字也改了，叫“石玉山”。一个人穿得像要饭的，邋遢得不得了，还搞了二十多个毛主席像章挂在胸脯上，到处唱《八月桂花遍地开》，人们以为他疯了，也就不找他算账，没算着团丁王卓知道了，为了立功赎罪，在监狱里举报了。来人把石玉山抓起来了，枪毙时，狐狸尾巴露了出来，石豹高喊：打倒共产党，国民党万岁。声音洪亮，吐字清楚，清醒得很。

此时怀疑朱来福也情有可原，但是，朱来福不服，到处上访，闹到县里还闹到地区，事情闹大了，就抓起来了。让他交代，特别是交代两点：一是“列宁号”飞机的下落；二是说清楚在 1932 年到 1934 年这个时间段的事情。据朱来福自己说，这段时间，他是唯一一个知道“列宁号”飞机下落的游击队员，还活了下来。让朱来福找，带着公安人员和解放军，围着凤凰山、孤山、娘娘庙找，都没有找到，所以说，都怀疑朱来福是假的，冒充的，至少没有证据说明他是真的朱来福。

世界真的很奇妙，好像一下子翻了个个儿，什么都变了。朱来福说，真奇怪，记得很清楚，是在一个山洞里，还是在悬崖下面，那山洞很隐秘，谁也不知道，咋就找不到呢？朱来福是这样说的，可是县委领导都是身经百战，特别是刘铭榜，当过县长，这时候又调到区里工作，下到县里检查，知道了朱来福的案子，也挠头，吃过中午饭也没有睡觉，临走了还对县委领导说，这个朱来福，是敌是友，一时也难以说清楚，但是他很重要。“列宁号”飞机是个姓朱的游击队员发现的，也是姓朱的藏起来的。当时，鄂豫皖中央分局很信任他。那时候我也只是个游击队员，没跟他在一起共过事。同时，我在黄安，他在商城，距离远，也没机会碰面，后来在一起的时候已经是抗日的时候，只知道姓朱，好像叫朱来福。哎，你看我这记性，也许就叫朱来福。至于他的被捕，以及怎么活下来的，我也搞不清。

既然刘铭榜都搞不清，县委的同志就犯难。刘铭榜也急得直挠头，最后说，这个事情不是那么简单，慎重起见，还是希望关一天，不要轻易下结论，事情总有搞清楚的时候。

就这样，朱来福还是搁在监狱里，有时候也提审。第一个问题就是真假朱来福的问题，这个问题太复杂，得先放一放，让朱来福自己也好好想想。因为经过时空转换，此时的朱来福已经脱发，头是光的，皱纹满面，背也有点驼。不到五十岁，就像一个老头，走路也歪了，还说是敌人用刑时打的。要问的是第二个问题，就是说清那一阶段的情况，实际上与第一个问题还有一定关系。朱来福也就交代了，但是，不管咋说，县委就是不信。好在后来宋二丹知道了这个情况，立即向县委报告，县委根据宋二丹说的，觉得朱来福交代的事实很清楚，两者基本吻合，随后报到区里，刘铭榜看后，签了字：同意放人。

至于宋二丹，这个时候已是三十多岁了。这个人很奇怪，好像唱戏说的哪吒，一下子脱胎换骨。看上去不是孩提时候的宋二丹，简直让人不敢相信。宋二丹是个标准的军人了，也成熟多了。这个成熟倒不是年龄上的成熟，是相貌加性格上的成熟。从相貌上看，宋二丹根本就不是原来的宋二丹，脸盘从圆脸长成了长脸；身材呢，原来是个矮鬼，当地人说“矬不能蹲”，现在呢，一米八五的个头，腰板挺拔，就像苍松，十分地男人。

宋二丹在成长，但宋二丹也在不停地改名字，开始叫宋红军，继而叫宋解放，又觉得不好，改成了宋建国，如今叫宋国庆。

宋二丹在当地很有威望，都说他是个小老红军。但是，宋二丹不甘心只是个小老红军，也不找对象，见女人就像没见到，不感兴趣，不知道是啥原因。好多崇拜者找到他，他都能一一对付过去。哦，再说一下，抗美援朝之后回到祖国，改名宋援朝。改了，找宋二丹也就找不到了，所以朱来福在监狱里说的那些话让人证明，就是想不起来，说个活的宋二丹，都不知道，也找不到。想了半天，想到的人都死了：白花花死了，老娘死了，宋丹丹死了，范老五死了，偏头杜啸天，也是游击队员，听说也被吴绪红一枪打死了，还有他的几个弟兄也都死了。还有一个就是吴绪红，但他是国民党，现在是死是活也不知道。不能想这个人，咋说呢？一想这个人朱来福就打冷战。“列宁号”飞机是不是他给弄走了？没听说呀。报纸上可没有报道。咋回事情呢？

在监狱里，朱来福还想到一个人：宋二丹！朱来福心想，那个时候宋二丹能活下来真的不简单。再说了，宋二丹呀宋二丹，你咋能给国民党民团卖命呢？好在国共第二次合作，你又从敌人的阵营里突出来，来到共产党这边，以后你又参加了解放军，再之后就杳无音信了。其实，朱来福不知道，宋二丹在淮海战役当中受了轻伤，退下来了。淮海战役之后就回到县里，当了一个粮管所保管员。朱来福也向公安局说过宋二丹的事情，公安局查了资料，没有找到。那么，朱来福所说的是真是假就没有印证。好在县公安局局长宋昌义是“宋国庆”一家子的，好说话，见面也多。宋国庆到县里来是宋昌义邀请的，喝了酒就谈到抗美援朝，说是全国人民情绪高涨，要赶走美帝国主义，保家卫国。宋国庆喝了几杯酒，心里发热，忽然想到他娘，还有蒋孝智，还有许许多多的人物。

人也很奇怪，这个时候，就是没想到与他共患难的朱来福。按照宋国庆的说法，朱来福，他没有亏待过。也许，人最能记住的还是良心。宋国庆心里激动，心想，我一个孤儿，也没有人心疼，在粮管所里也受人尊敬，解决了温饱，但是不刺激，还是上战场好。于是就跟宋昌义聊起了抗美援朝。宋昌义也说了上面的精神，也说了个人的看法，他认为抗美援朝必胜。小日本都投降了，蒋介石八百万军队也都打垮了，如今，有了飞机，有了大炮，有了坦克。听到这儿，宋国庆心里就犯嘀咕，趁着喝点水酒就问，哥，我们有飞机大炮，美国有原子弹呀？

你没有听说吗？毛主席说过，一切反动派都是纸老虎。美帝国主义有原子弹不假，听说苏联也研制成功了原子弹，要是打起来，美国敢胡来，苏联也不是吃素的。再说了，美国到朝鲜，隔着一道海，远涉重洋，不说其他，水土都不服，还能打仗？战斗力就会下降，必败无疑。

这一点说到宋国庆的心口窝了，但是，一提起飞机，他就想到朱来福，心想，抗美援朝，要是能把“列宁号”飞机挖出来，支援前线，意义可就大了。于是在那儿叹息。

宋昌义说，兄弟，叹息啥呢？你也该成家了，莫不是也想去？

志愿军，我当然想去啰。

这般一说，宋昌义傻了。只说，来来，喝酒，喝酒。

宋国庆又叹口气说，要是朱来福还活着，他知道“列宁号”飞机藏在哪儿，能挖出来，我带着这架飞机上前线，多光荣呀。

宋昌义一听这话，十分惊讶，端着一杯酒停在半空说，兄弟，你刚才说什么？你再说一遍？于是，宋国庆又说了一遍。

宋昌义放下酒杯问，你认识朱来福？

嗯，当然认识啰。

那好，你说说朱来福的事情。

于是，宋国庆就说起了那段历史。

吴绪红回来了，石生财就给了他一个参谋长的位置。石生财很贪，在这个时候只想大捞一把。同时，他知道子弹不长眼，自己身价这般高，要是还带兵，被子弹打着了，可就亏大了，所以，石生财以地方工作繁忙为由把剿匪事宜全权交给了吴绪红和管雪凤，两个人形成意见再报给他，因为有特派员，石生财也只是象征性地听一听。

这里有个问题值得说明，就是表面上看石生财十分放权，剿匪总司令之职形同虚设。要知道，在战乱时期，军权至关重要，没有军权就等于丧失一切，甚至生命都保不住，这一点，石生财能不懂吗？后来在朱来福的交代当中也提到过。朱来福说，这是吴绪红亲口告诉他的。吴绪红说，石生财曾经参加过共产党，这是一个污点，被军统出身的管雪凤知道了，握住了把柄，不得不攥在管雪凤手里，任其摆布。这是其一。其二，民团的大小头目都是石生财一手提拔的，可谓生死兄弟，即使石生财不管不问，要想调动他的手下，他也知道，只要不是原则问题，他就睁只眼闭只眼。

石生财经常拿猫说事，说猫有几种，病猫、懒猫还有睡猫。病猫是自身问题，懒猫是思想问题，至于这个睡猫嘛，你不理它也可以，但是你千万别认为它睡着了，要认为哪只猫不管用了，睡着了，那你就大错特错了。要是有老鼠从洞里跑出来，它照样一爪子下去准能逮住。

再一个原因就是石生财知道怎么养兵。吴绪红再次来到民团，是管雪凤设法弄来的，此时，石生财是司令，作为吴绪红，应该恢复从前的职务，但是石生财没有没有这么做，就是副团总也空缺，这就暗示吴绪红，让他知道应该跟谁一条心。还有，石生财知道，只有手里有钱，才能把士兵养好，才能扩充军队，就像一只风筝，拽住风筝的是那根线。红四方面军败了，国民党正规军紧急调动，忙得就像快要下雨的乌云，跟着风飞来飞去，地方上的事交给了民团，按常理，这个时候，才是发洋财的好时候。

管雪凤和吴绪红定了一个阴谋。当时不觉得是阴谋，因为苍天有眼，国民党“大开恩”。卫立煌和刘峙在立煌县和经扶县大开杀戒，搞无人区，把女政治犯及红军家属贩卖到外地，引起了公愤。虽说两个地方治安相当好，但是有个问题，就是人口急剧下降，田地荒芜，饿殍遍野，加之那年的冬天极寒冷，小河结冰，上面都能跑小车，雪下得一人多深，就是兔子都能饿死冻死。在这种情况下，两县的土豪劣绅就把问题反映到南京。蒋介石也不是一味地不关心民众，也想做做样子，于是就派中央大员以安抚为名到大别山调查。一调查，果然如此。鉴于两位将军剿匪有功，也就不加申斥。

最早知道这个消息的就是管雪凤。这次，又让她到老家，管雪凤经过两年多的锻炼，似乎成熟多了，也更加有心计了。她按照戴笠的指示，一是加紧寻找飞机；二是安抚民心。

寻找飞机，不是那么容易的，也不是说找到就找到的。如今是国军的天下，只要没有运走，掘地三尺也要找出来，只是不能太急，心急吃不了热豆腐。有道是事缓则圆，说不定能有意外收获呢。在安抚民心方面，管雪凤想方设法另辟蹊径。想去想来，还是吴绪红出了个歪点子，借鉴共党做派，以心换心。于是，就申报了救灾。通过信阳火车站，从武汉运来不少大米白面，还有水果蔬菜，军用棉衣就运来两大火车皮。这些物资分发给当地百姓，特别是老人、妇女和儿童。百姓得到了这些东西，有些知道是阴谋诡计，但大多数不知道，于是就上演了一幕幕滑稽戏。有好多红军，特别是重伤员，当时没有走，被群众藏匿在家里、山洞里、地窖里，找是找不到的，这些人没有饭吃，也不敢出来，只能靠割树皮挖树根度日。这个时候，国民党不光不杀头不逮捕还送粮食，话也说得很直白：你要认为有毒你就别吃，饿死算了。

管雪凤召开大会，在大会上讲：你们不知道，我们知道，在经扶和立煌两县，是共匪婆的都统统杀光，不是共匪婆，就是保甲长也实行株连。你们知道立煌县的朱来齐吗？就是人称“朱八”的。这个人，两面三刀，卫将军攻下金寨，他还敢给山上的残匪送信送东西，被人瞧到了，告到卫将军那儿，卫将军提审他，问，你叫啥名字？他说我叫朱来齐。卫将军一五一十说出了他的罪行，骂道，我看你是“猪来气”，一摆手，一家人都灭了。烟囱拔了。可怜孙子才三岁，一刀下去，两截。头还在旋转，啊啊大叫呢。可是我们这儿呢，按照蒋委员长手谕，安抚百姓。给你们粮食，让你们安全过冬，要是投诚，大功一件，不光不杀，还给官做，既往不咎。要是揭发的，查实了，奖现大洋十块。十块现大洋呀，那可是一斗田的价钱。要是能劝说其家属归顺的，一家免死。看，宋二丹就是个例子。他虽说没有交代共匪，一个独人，但是，我们也不追究，还让他跟着吴参谋长吃香的喝辣的，成了保安团的团丁，多舒服呀。

还有布告，那时候叫告示，告示如下：

告示

此地系赤匪重灾区，共匪肆掠，民不聊生，鸡犬不宁，谢苍天保佑，委员长圣明，派大军旦夕剿灭。然遭天灾人祸，天寒地冻，民众饥寒交迫，为奉委员长手谕，安抚百姓，镇定一方，尚需同心协力，乃国之幸甚。为落实委员长手谕，特颁如下告示：

一、不论是否参加共匪，只要改邪归正，报效党国，一律既往不咎。

二、凡投诚，劝说同党投诚，为党国做善事，不论多少，视为有功，论功奖赏。奖赏分为金钱、封官两类。

三、拒不投诚，顽抗到底者，格杀勿论。同时，实行连坐，罚款、下狱、抄家、杀头等。

四、对于投诚，家里实在困难的，给予安抚，其标准为：一至三口之家，户发粮一日半斤；三至六口之家，户发粮一日八两；六口以上者，户每日按一斤发放。六十岁老人，人救济棉衣一件；十四岁以下儿童，人救济棉衣一套。其余者，按缺供给。农历年底止。

豫南五县剿匪总部　司令　石生财

1932 年 12 月 6 日

之后又发布了一些细则，效果明显。据统计，布告发布后半个月没有动静，大多观望，直到宋二丹投诚，大家才恍然大悟。原来还可以这样呀！于是，好多游击队员纷纷走出深山老林，也说是投诚，领到粮食，供出同伙，得了奖赏，在家打鱼耕田，过上了正常生活。

朱来福藏身的地方只有两个人知道，一个是宋二丹，一个是白花花。

白花花是朱来福的老婆，宋二丹是朱来福的跟班。

自从蒋孝智死后，宋二丹就到了朱来福这儿，两个人都住在山上，今天是这个山洞，明天是那个山洞。要是敌人光是这一招也不能奏效，敌人还配合了军事打击。搜山就是一招。

山里面，春夏，郁郁葱葱，到了秋冬，树叶落了，只有松树还是绿的。山上条件艰苦，一点吃的东西都没有，住得更是困难，只能用树叶、松毛盖在身上。朱来福虽说带着火折，但是不敢用，因为敌人搜山多半在白天，到处白茫茫的，哪地方要是冒出一缕黑烟，无疑告诉敌人你的藏身之处。此时，敌人在山下设置哨卡，还在民团里找了一些当地人做诱饵，深入山里，装成猎户，要是发现烟尘，就是跑也跑不掉。冬天，山里雪大，有脚印，就像在笼子里抓小鸡，一抓一个准儿。范老五的弟弟范老六就是这样被逮捕的。

范老六个儿大，穿得破，大雪天，棉袄还有窟窿，没办法，用一把松毛塞着，也算暖和，但是脚上没鞋，加之在抢飞机时挨了一枪，到现在走路还是瘸着，一只破草鞋还被荆棘挂掉了一个袢子。好多天没生火，也没有吃的，饥饿难忍。范老六有胃病，越是饥饿越是胃痛，撑不住了，就想暖和一下，把洞堵住，在里面升起了树蔸子火。正烤着呢，不知不觉当中睡着了，听到咯吱咯吱踩雪的声音，才知道敌人上山了。

大别山的山洞多半没有第二个出口，进出口都是一个，这样一来，等于把后路堵死了。范老六拔出筒子枪放了两枪，打中的那个人“哎哟”一声倒了，外面十分寂静，范老六知道敌人还守在外面。只听一个人说，把小石头背下去，再找几个人来。有一个人说，队长，我听到洞里就一把枪，估计只一个屌人，我们来十多个，他就是长翅膀也飞不走呀，还找人干吗？范老六急了，这个时候才知道自己很危险，马上就死了，不免慌张，两条腿不听使唤地抖起来。胃也不争气，也开始痛，像用手把心揪下来一样难过。范老六手抖着，害怕极了，没办法抓了一把雪捂在嘴里，才感觉雪还是比嘴冷些。范老六才把手伸直，够到黑黑的枪，攥住，给枪上子弹。没有子弹了。这时候，宋二丹在外面喊，范队长，范队长，我是二丹，你知道吗？只要你投诚，他们就不杀你。

范老五牺牲了，范老六递补，也当上了副队长。范老六心想，宋二丹是叛徒，他知道张主席是怎么对待叛徒的，但是，张主席走了，现在赤区就像一个黑夜，平静得很，一点声音也没有，到处都是雪。白天，看到原野，眼睛都睁不开，无边无际；夜晚，到处也是白茫茫的。雪，这种东西就是妖怪，越是在你不需要的时候越是来了。范老六心想，出去也是死，叛变了，今后也是死，该咋办呢？我是个穷人，共产党来了我有了田地，爹说共产党好，能为咱穷人着想，也就参加了共产党。共产党里谁知道范老六？知道的都死了。还有没死的，就是这个鳖日的宋二丹，这家伙真是软骨头，谁有奶谁就是娘。范老六还知道朱队长没死，但是好多日子没有见过了，是死是活，谁个也不知道。正在胡思乱想的时候，没想到二虎摸了进来，黑嘟嘟的枪头正顶着他的脑门，范老六闭上了眼睛。

枪没有响，是宋二丹救了他。宋二丹跪在二虎面前哀求：石队长，可别开枪呀，范队长在这里坐着就是投诚呀，你那告示上写着，只要投诚就放人，既往不咎的。

二虎嘿嘿冷笑，正准备扣动扳机呢，一位拿着鞭子腰扎皮带穿着中校军装披着皮大衣的美女出现在眼前。这个人不说都知道，她就是管雪凤。管雪凤没有急着大声说，只是慢慢地说，这个人不能杀，我们得守信用。说过，戴着黑色皮手套的手伸了过去，把二虎的枪扳开说，也不能放。带回去，问问山里还有多少人。

找这些人都不是目的，目标是朱来福，因为朱来福知道一个秘密，这个秘密又是管雪凤最想要的，所以，管雪凤是动了一番脑筋的。

管雪凤不是无知的女人，而是个很有智慧的女人。女人聪慧是好事，但是要是敌对方，就不是好事，而是可怕。管雪凤本来对这块地形也十分熟悉，再加上吴绪红与管雪凤和好如初，给管雪凤出了不少主意。例如，分析飞机现在应该在什么地方，带走？不可能，那只有藏起来。藏在哪儿最安全？由谁来藏？这两点是主要的。当然，他们也想到了把飞机销毁，但是逮捕那么多人，里面不乏共党的高官，还有一些贪生怕死的可怜虫，他们都说飞机不可能报废，主要是舍不得，更主要的是红军主力不想离开鄂豫皖，梦想打回来，所以嘛，一定是把飞机藏起来了。如今，红军跑到四川，听说还在挣扎，被消灭那是早晚的事情。按照蒋介石手谕，要求尽快找到飞机，给四川剿匪鼓劲儿，激励将士英勇杀敌。戴笠又发来电报说，剿匪，不是你的主要任务，你的主要任务是找到飞机，运回武汉或南京，那就是惊天新闻，可以授少将军衔。这是个很肥的诱饵。管雪凤就设想，要是授少将，在调查处的地位就会飙升，就会任处长，也像曾扩情一样独霸一方。说不定委员长也会请她吃饭。蒋夫人她是见过的，只不过不是单独召见，是在大会上见到的。蒋夫人提着一个发亮的包包，保持着矜持的微笑和谦恭祥和的神态，那就叫风度。要是这样，自己会做得比蒋夫人更加优秀。

管雪凤的梦想实际上还停留在她爹与蒋孝智的谈话上，总认为宅基地好，是一官大地，不会久居人下的。四五年过去了，现在想来很可笑，但是管雪凤还没觉醒，不知不觉还在为这句话奋斗。

在找到朱来福之前，管雪凤还想到一个地方，那就是山洞。大别山洞群多，就是花上一年半载也找不完。管雪凤采取了双管齐下的办法，一方面找人，一方面找物。

找物，管雪凤采取地毯式搜查，一座山一座山地找，并且圈定范围。一定在豫南这块地方，最有可能的就是五个县：黄安、经扶、商城、立煌、光山，也就是以前的赤区。再缩小一点，最有可能的就是凤凰山，所以，在凤凰山展开了一次一万多人的大搜查。

在这次搜查当中，没有找到飞机，却意外地打掉了留下来的赤卫队，有十多人被捕，其中包括宋二丹和范老六，其余的都是不知名字的。

为啥这两个留下名字呢？是后来朱来福在审讯时说的。朱来福说，范老六是赤卫队副队长，在红三十二师当过副连长、连长，在一次战斗中受伤了，转到地方。范老六党性强，意志坚决，在监狱里活活被折磨死了。白鹭河水大，有个黑龙潭，范老六被连夜抛到河里。范老六他娘到河里洗衣服，发现河边儿霸王花旁边有一堆东西，心头猛跳，感觉难过，就找来锄头往面前扒，扒到面前一看，像自己的儿子。范老六的娘揉揉眼睛，看清了，一下子跳到水里，哭着把儿子捞了上来。抬到家里，看见范老六身上都没有皮了，也没有脚了，没有手指甲了，牙齿也没了，舌头也没了。知道是活活打死的，也不敢声张，偷偷埋了。

审讯的人员问朱来福，你咋知道的？朱来福说，是白花花告诉我的。

那天，夜很深了，白花花早睡了。窗外把守的两个团丁感觉没有希望了。北风刮着，又冷，站在那儿直打战，一边搓着手，一边聊天呢。

（背枪的说，倒霉，今天又是咱俩，二虎又嫖女人去了。）搓手的说，二虎不会的。（为啥不会？）因为有特派员呀。你没有看见，二虎对漂亮女人都是嬉皮笑脸的，不到一天就搞到手，唯独对特派员毕恭毕敬，到了面前还要把褂子向下拽拽，用手摸摸领口，是被特派员迷住啦。（那为啥要这样呢？）你是勺呀！特派员长得俏巴，但是特派员官大，还是中校。（中校是个啥球？）中校相当于正规军的团长。她又在军情处，估计职位在师长之上。要是惹火了，拔出枪，那"花生米"可不好吃呀。（嗯。）你还记得"二流子"吗？特派员让他出列，他以为有好事呢，露出馋相，没想到特派员是个魔鬼，微笑着掏出枪，就一下子，那个准头，"二流子"临死还睁着眼睛，不相信似的。掏枪，开枪，插枪，简直就没看清楚，只听枪响，"二流子"嗯了一下就"扑哧"冒出一股血，倒下去了。这样的女人，你还嬉皮笑脸，那真是寿星老喝砒霜，找死呢。（哎，能被爱一次，死也值得。只不过小刘不是被爱，也不是被恨，是作为枪靶子，就有点悲哀了。）听说小刘的女人改嫁了，知道不？（哪儿呢，投红军了，在攻打黄安时被打死了。）哦，听说他女人长得怪俏巴的。（一个寡妇，再俏巴又咋的？）也不是你那样说的，就说白花花，是赤匪头子朱来福的老婆，可是特派员对我们说，只是守着，不准挨她，这是为啥呢？（你个笨蛋傻种，这点都不知道？这就叫放长线钓大鱼。那个宋二丹你知道吗？）知道。这个人嘛，别说是小孩子，真是让人看不起。（你也别说，你像他这大点的时候是个啥样子？别说打仗，就是让你杀猪你敢不？）嘿嘿。（嘿嘿，你嘿个球呀？）我在这么大的时候连个兔子都不敢打，别说人了。这个孩子，只是一点让人瞧不起。（哪一点？）没骨气。（还不是怕死吗？）也不是。我跟他谈过，问他在共军那儿混得咋样？他说，也不咋样，整天就是个跟班的，跟"蒋老鸹"

在一起，整天听的就是呱呱呱叫，让干啥就干啥。不过嘛，有饭吃。我说，你到国军这边来，与共匪相比，哪个好些？他说，还是在共军那儿好些。我说，既然在那边好些，为啥还要投诚呢？是不是怕死？他看着我，想了半天说，也不是。蒋孝智我们虽说叫他“蒋老鸹”，那是背后喊着玩的，意思是说他能说，尽讲一些大道理，但是，我们当面都很尊重他，叫他先生。蒋先生死了，他娘宋丹丹也死了，他还活着干啥呢？没意思。要是现在给他一枪，他也不怕。说到这里，我怀疑他说假话，就把枪掏出来，顶着他脑壳说，给你一枪，你算说对了，这不是我要杀你，我跟你无冤无仇，没必要，这可是特派员让我结束你。没想到这孩子笑了，看着我说，开枪吧，开枪了，我就能见到娘了。说过眼睛闭着，等待着，很安详。看来，不像是怕死的人。（既然不怕死，为啥要投诚呢？）我也问了，这孩子只是摇头，说他也不知道这就叫投降。当时，吴团总说了，还有那个特派员说了，他也就信了，就只这样。唉，糊涂虫呀！怪不得叫顺二蛋，也真是个“二蛋”！（哎，也别说人家了，我们何尝不是糊涂虫呢？）那也不是，哥，我们是为了养家糊口，再说了，闹啥呢？蒋家的天下，连慈禧都被气死了，几个蟊贼能斗得过吗？（我说的不是这个，哥，我说的是现在，真的很冷，石队长早就逍遥去了，我们还在这里趴着，没必要。走吧哥，我手里还有点银元，昨天搜查王地主家的时候，他给我的。）多少？（不多，就一块。）不像，跟哥还瞒着？不够义气。咱俩都结拜了，共患难的弟兄，还瞒着？（啥也瞒不过你，哥。十块，你的五块，我留着呢。走，喝点烧酒去，暖暖身子。）

北风呜呜吹，确实太冷，哥俩听见没有动静，又大声说，走了，明天再来。

白花花听到了，没有起来，因为她有经验，知道没走。昨天刚下的一场雪，都上冻了，要是走了，走在雪地里会咯吱咯吱响。这俩人还大声说话，此地无银三百两，不能上当。

又过了半个时辰，一个说，二弟，走，这个狗日的真的睡觉了。喝酒去。

只听到咯吱咯吱的声音慢慢远去，外面能听到的只有北风呜呜声。白花花轻轻下床，摸黑穿好衣服，偷偷地提着小筐，里面装着讨来的剩饭坨子，还有一双破草鞋，草鞋放在墙壁夹板里久了，还有一个小坎肩。白花花知道朱来福胃不好，夜里摸着做的，带上出门了。

管雪凤太狡猾了，为了逮住朱来福，绞尽脑汁。她设了三道防线，昼夜值班。最后一道防线是石豹。就是最后一道防线出了问题。在村头那道防线的人，钻进屋里睡觉去了。山边子岔道口的是石虎。石虎才不管这屌事，早走了。白花花拿着棍，咯吱咯吱走在雪地里。那俩人居然没有听到。刚走到山下，准备往山上爬呢，白花花又站住了，扭头打量了一下四周，白雪照着，看看地上没有人上山，也就高兴。好多天没有见到朱来福了。

朱来福为了飞机，挨了一枪住院，半年才好。好了就参加战斗。最后是首长找去交代任务，白花花知道，这是首长的信任。这个信任比生命还重要。白花花高兴的同时也知道危险。朱来福从此就成了追查的对象了。白花花感觉到了。村里人都逮去了，说是交代问题，洗脑子。敌人说，这些人赤化太重，中毒太深，一定得把毒物取出来，才能清醒。可是，这些人都没有回来，都关在那儿。

朱来福的娘也被“请”去了，因为年岁大了，老眼昏花，就给了一个单间。

管雪凤还去看望，还跟朱母吃了一顿饭。朱母没敢吃。管雪凤穿的是便装，还在屋里找来了衣服给老奶奶穿。坐下来，还喊婶子。为啥叫婶子呢？管雪凤吃过朱来福他娘的奶。那时候朱来福的娘生了一个小儿，生下来就丢了，但是奶水充足。刚好管雪凤的妈生下了管雪凤，头一个孩子没有奶水，朱来福的爹是他家的长工，就让他妈来喂养，半年给五块大洋，算是劳务费。从这个角度说，朱来福的娘就是管雪凤的奶妈。现在奶妈关在这里，管雪凤来了，也很和善，喊了姆妈，还叫了婶子。朱母也不能不给面子。老太太头上挽个髻，满脸皱巴皮，也只能微笑着说，凤儿，你现在是大官了，看在姆妈喂养你的份上，能放过来福吗？

这个老太婆，张口就说这话，这不是明显要挟吗？管雪凤最恨的就是要挟她的人，就有点儿不悦。管雪凤说，婶子，你放心，来福哥一时糊涂，要是能投诚，改邪归正，不光放过他，还给他官做呢。

知儿莫如母。朱母知道朱来福不会投诚，也知道朱来福不是“做官”的料子，又说，我老朱家一直是你管家的长工，这么多年，没有恩情也有感情。那时候，你还小，屎一把尿一把都是我给你伺候，我这个“瞎眼”老婆子不中用了，用我这条老命换我儿的一条命也许你折本了，但是再加上我伺候你这么多年，你也不折本。能放过我儿来福吗？

婶子，先别急，我今天来就是跟你絮叨絮叨的。管雪凤说，这儿都是给你的，那些士兵没有为难你吧？

朱母还没有回答，管雪凤又说，你别急，我知道来福哥是个孝子，要是知道你在这儿，他一定会来救你的。到时候，你就可以劝劝他，也算投诚。不久就可以团聚了。

朱母一听这话儿，知道管雪凤太狠毒了。一方面把她抓起来，一方面监视白花花的行动，就像钓鱼，下的是双钩，还穿了鱼饵，不管哪一头都能引你上钩。朱母想，我死了，管雪凤的计谋就落空。虽说朱母没看过《三国演义》，不知道徐庶之母的故事，但是朱母知道只有自己一死才能让来福死心，才能逃命。现在没杀自己，就是把我这个老婆子当鱼饵，钓上来福，母子都得死。朱母想，早死是个死，晚死也是个死，既然早晚都是个死，还不如早死。早死了，眼一闭腿一伸，什么痛苦都不知道了，并且还可以救儿子。想到这里，朱母说，凤呀，姆妈在这里闲着也是闲着，庄稼人不干活就发急，想做做针线活，你能把针和线给姆妈送来吗？再说了，来福要是来了，我劝他也得拿事说话呀？

管雪凤果然上当了，听了朱母的话，觉得有道理，赶紧让人把朱母的针线和剪刀都拿来了。朱母也真的做起了针线，还给儿子做了一双布鞋，上面绣两只猫头。还给儿子做了一副护膝，估计是她知道儿子猫在大山里，天气寒冷，腿痛病时发。做的当中，管雪凤又来过一次，两个人有说有笑，十分融洽。管雪凤拿着朱母的针线活，欣赏的同时还夸赞朱母明事理知大局，是个值得尊敬的好姆妈。还说，只要来福哥投诚了，还是一家子，虽说参加共匪，那也是被迷惑的，逼上梁山的。委员长宽宏大量，下了手谕，既往不咎。关键是让来福哥不要后悔。

没想到朱母说，后悔啥？就像投胎，你投胎到管家，后悔吗？我觉得来福这孩子不后悔。最后说得不太投机，管雪凤忍了，笑笑，又安慰几句，也就退了出去。

看望朱母，开始很投机，谈着谈着就有点不愉快。看过朱母，就想回河口看看。刚好那儿设了一个关卡，去检查设卡情况。到了河口，吃过午饭，管雪凤心里堵得慌，总觉得邪乎。老太太忽然说起这些话干啥？回想着，从她记事起就知道朱母脾气很好，是个很慈祥的老人。到管家，总带些生瓜梨枣，三个“公子”也常亲切地叫姆妈，现在忽然高亢，有点反常，是不是……这么一想，心里咯噔一下……忽又觉得不会，在管雪凤的记忆里，总认为朱母是个胆小的人。记得有一年过小年，管家准备宰杀几只鸡，朱母当面看见了，扭头走了，都感到奇怪，就问父亲，父亲说，朱家老婆子怕见血。那时候还小，听到了，就觉得朱母胆子特小。既然这般胆小，看来是不会做出糊涂事的。

管雪凤没想到，刚走了半天，朱母就把自己的血管割断了，用剪子割的，地上淌了一摊血。死了。

二虎骑着大马，急急忙忙跑到河口，进屋就说，特派员，坏菜了，那个老东西自杀了！

什么，什么？哪个老东西？管雪凤不相信。

就是朱来福的妈！

不可能，上午我还去看呢，还跟我聊了很长时间。管雪凤站起来说，有谁跟她接触没有？

没有。二虎没想到管雪凤反应这般强烈。

还有谁知道？管雪凤一再追问。

看门的知道，其余都不知道。

你赶紧回去，封锁消息，把看门的抓起来。

二虎愣在那里不知道为啥。管雪凤拍桌子，情绪激动，大声呵斥：你没听到吗？快去。要是走漏风声，拿你是问！

二虎莫名其妙，骑着快马，又跑回去了。

吴绪红在管家，管雪凤让吴绪红在这里办公，设立了参谋部。管雪凤看到二虎走后，喊，绪红，你出来。吴绪红出来问啥事情。管雪凤说，出大事了。我们商量的计谋，没想到朱母自杀了。

噢，自杀了？这个老太太。吴绪红说，瞒天过海，封锁消息。县城到农村远，还专给一间房子。只要把我们的人看严，消息不会外传。再说了，就是知道也没关系，我就没打算用这把鱼钩。

用哪把鱼钩？管雪凤问。

白花花。吴绪红很自信。

看来还真的是白花花这把鱼钩起作用了。

当白花花消失在树林时，石豹派人通知了吴绪红。吴绪红立即调来二百多人，把大山围住了，然后，挑选了几个精干的团丁，沿着白花花的脚印寻找，一直寻找到洞口，堵住洞口，很轻松地就抓住了白花花和朱来福。

朱来福躲藏的洞叫朝阳洞，洞口向东，朝着太阳的方向。逮住朱来福时，又冻又饿，已经不行了。朱来福嘴唇发紫，全身乌黑，一点力气也没有。

管雪凤本来不想杀白花花的。看见白花花头上一支发卡，是银子做的，白亮亮的，蝴蝶状，很好看。当时安葬管雪凤她妈时，白花花也去了，在地上捡的，也不是故意从管雪凤妈的头上取下来的。

白花花要过饭，是个可怜人，要饭嘛，习惯了，捡到东西就带回家。那个时候管雪凤的妈已经下葬，白花花拿出来给朱来福看。朱来福说，我认识，这个东西好像是东家娘子的。人已经死了，你拿着，不吉利，扔了吧。

白花花说，怪好看的。再说了，从古墓里掏回来的东西都还用呢，还说是宝贝呢。要是甩了，人家捡到了，不也用吗？最主要的是白花花喜欢那个蝴蝶，在蝴蝶的眼睛里还装饰一枚红宝石，虽说不大，在阳光下闪着光泽，白花花就戴在自己头上。

朱来福看看，觉得白花花要是有好衣服穿，打扮起来，也能成为太太，也显得高贵，于是也就没有说啥。谁知道被管雪凤瞧见了，从白花花头上取下来，问，在哪儿弄的？

白花花说，在你老家地上捡到的，可能是你娘的东西。管雪凤触景生情，悲从中来，伤心的泪止不住，再看看白花花，忽然动了杀机。也不多问，含着眼泪出了门，把手摆摆，对二虎说，朱来福还是不招，是吗？

二虎说，他不是不招，招了，我们带着他去找，没有找到。他说就是在你老家，凤凰山上有个悬崖，往下掉，就是一个洞，就藏在那里。可是我们找了，没有。

他在说谎。管雪凤不想见朱来福，又问，用刑了吗？

二虎说，啥都用了，牙齿都打掉了两颗，一口咬定在那里。

管雪凤说，是不是他记错了？

二虎说，也有可能，但是……

管雪凤看看天，心中失望至极，想起朱来福在他家的那段时间，觉得他不会屈服。这个时候，想到最多的还是仇恨。于是对二虎说，爹妈的仇恨也不能报，党国的任务也没有完成，南京又催逼得紧……忽然又说，一定是当地的铁匠找去了，当废铁，准备打造铁器，或许已经把那东西熔化了。

二虎说，很有可能。要不，特派员，你就这样上报，也算是立功了。不立功，也算没有过错。

那铁匠是谁？管雪凤也是随便问问，因为作假也得找到道具呀。

二虎说，就说是朱来福，不就得了。

也是。管雪凤咬咬牙说，把这两个白痴处理了算了。

白花花先处理。刚好听到枪声，吴绪红回来了，问管雪凤进展情况，管雪凤心烦，对吴绪红说，什么情况，你耳朵有毛病咋了？听不到枪声吗？

吴绪红想到朱来福与他小时候的交情，心中一热，说，那我去看看。

管雪凤情绪不好，也就没留，只是说，你还有这个爱好，真的不知道。你与朱来福是朋友吧，看朋友咋死的，快乐吗？

吴绪红说，哪呢？是他害得我瘸了一条腿，如今虽说好了，逢阴雨天还是疼。又是因为他，我没有抢到飞机，这种仇恨，实在难以消解。去看看他咋死的，也许能让我消消气。

管雪凤白了一眼，不再搭理，自个儿坐下，抱着头，也不再说话。

吴绪红走了。

这个时候，大别山十分寂静，国民党又开始了新一轮屠杀，无人区一个接着一个，大片面积荒芜，到处腥臭。到了来年的春天，草长得十分茂盛，到处都是花草树木，到处都是蚊虫，狼蛇乱窜，好像鸟雀不多，飞走了。到了这年的五六月份，瘟疫蔓延，在国民党的军队里也流行起来。猫在山里的赤卫队员，十有八九都死了，存活下来的，吃野草，吃树皮度日，也不敢活动。赤卫队家属都被杀光了，也没有人敢上山送东西。有个把赤卫队员猫在山上，也成了野人，基本上过着与世隔绝的生活。

大地无语，山林寂静，大别山在江淮之间凸起，好像人的眉毛，趴在眼睛上，静静地观望，但是，飞机的秘密还在，那个叫朱来福的人还在。那个宋二丹，后来改名叫宋国庆。

朱来福算是恨死宋二丹了，要不是宋二丹，他也不会被敌人逮住；不被敌人逮住，白花花也不会死，他老娘也不会死。真是知人知面不知心呀。宋二丹，真是个混蛋！你说他不懂事吧，他也是个人了，但是咋就这么糊涂呢？白花花说宋二丹出卖了蒋孝智，自己还不相信，这回算是明白了，但是，没想到清醒过来了，第一个见到的人却是宋二丹。真是冤家路窄。

朱来福的眼睛死死地盯着宋二丹，那仅有的一点血水都挤压到眼眶里了，脚手不能动弹，只有用眼睛盯着，防止他跑了，心里想着使用手，摸枪，咋手也不听使唤呢？朱来福又想伸脚，但是，怎么也使不上劲儿。

宋二丹说，朱队长，你醒来了。我还以为你再也醒不来了呢！声音沙哑，带着哭腔，还有些微弱。再微弱，也能听得见。朱来福是使劲儿注意听的，那家伙好像离得很近，脸几乎贴到自己的脸上。啊呸，你听一听，这个狗日的，心给狗吃了，这个时候还在说鬼话，还巴望着我醒不来！

宋二丹一边喊，一边不停地摸，过了一会儿，朱来福又慢慢睡着了，宋二丹走了出去，到了另一个山洞。这个山洞很小，只能蹲下一两个人，里面有些干松毛，松毛上有两只兔子——毛白色，长得很光滑，见到宋二丹也不害怕。有一只还在睡觉。宋二丹走了过去，用手在小兔子身上摸摸，兔子全身哆嗦，睁开眼睛。宋二丹喊着棉棉、朵朵。因为宋二丹不知道该给这两个可爱的小兔子起什么名字，在他的眼里，小兔子就像一朵盛开的棉花，又像天上飘忽不定的云朵，所以嘛就起了这两个名字。起了这么两个名字之后，宋二丹觉得自己很有创意。这两件东西一个在天上，一个在地上。这两个东西都是那么圣洁，一点灰尘也不沾染。棉花不仅洁白，人们还用它来做衣服、鞋子、被子，还能抵御寒冷。棉花抓在手里，又是那么柔软，比女人还柔软。想到这里，宋二丹就想到他娘宋丹丹。娘虽然长得不好看，但是娘就是棉朵朵，圣洁的东西都装在心里面。

戴笠收到报告，回电说，在监狱里也不安全。要是有个风吹草动，就像《水浒》开篇写的，那些“妖精”就会从监狱里跑出来。管雪凤询问咋办，戴笠玩了一手，回电说，考验你的时候到了。委员长的剿匪手册你就不能多学习？宁可错杀一千不可放过一个，这叫除恶务尽。你也是特训班毕业的，校长的精神都吃不透，还在山里待着干啥？回来吧。让你找飞机你没有找到，飞机又不是苍蝇蚊子，那么大的东西，放在哪里都能看见，区区大别山，你居然找不到，是你的能力问题还是思想问题？

管雪凤挨骂，忐忑不安，心里不是滋味，于是与石生财商量。石生财就是个屠户，连思考都没有思考，就说，石豹最近说粮食没了，到哪儿找？干脆，咔嚓！做了一个砍头的动作。

管雪凤觉得杀了蒋孝智，又杀了宋丹丹和白花花，仇恨也报了。虽说仇恨报了，却感到空荡荡的，还是找不回有父母的感觉，好像到处飘荡的都是孤魂野鬼，一点喜悦也没有。对于杀人，忽然有些厌倦，于是说，随你的便，石司令，我处理处理，明天就走。

石生财为了讨好管雪凤，就说，特派员，回南京请你在蒋夫人面前多美言，你哥我还是效忠党国的，对待赤匪绝不心慈手软。你就放心吧，包括那个宋二丹，通通杀了。对了，朱来福不是你家的长工吗？长工造反更是可恶，要不要看看现场？

说完，让石豹把给管雪凤准备的东西抬进来：现大洋五百，用红绸子包着。石生财说，特派员在这儿剿匪有功，理当奖赏，但是，奖赏也应该是南京政府的事情，哥哥我只能给点辛苦费，虽说少点，请笑纳。听说蒋夫人信基督，我花了两根金条打制了一个十字架，劳烦你帮我敬献夫人，也算是我们在下面工作的为党国效劳的人知恩投报吧。

管雪凤觉得不妥，想说话，石生财还继续说，还有，这里有两块羊脂玉，不说是绝世珍宝，也算是很有名气的。是清朝官员来我们这里留下的，这一块，算是稀罕物了。管小姐聪明美丽，又是中校，回到南京一定会平步青云，到时不免闲庭信步，成为舞场明星。明星嘛，也算是大别山的骄傲，没有样把儿拿出手的东西不行。这东西赠给你，请笑纳。

这块玉是稀世珍宝，听说打开绸布，反射耀眼光芒，玉体通透，光泽润滑，但是又不刺眼，显得温润，十分诱人。要说价值连城也不为过。石生财家里像这样的东西有几样，听说是大清一位贝勒爷的。这位贝勒爷在八国联军攻陷北京时，带着宝贝南逃，到商城，觉得此地山高林密，还有温泉沐浴，是个好去处，也就留了下来。没算到这位贝勒爷酷爱赌博，带来的宝贝尽数被石生财的祖上赢去了。

他们正在商量怎么处置关押在监狱的共党要犯，宋二丹提着茶壶走到门口。石豹接过来说，你个屁孩，里面正研究军国大事，不能进。说着，就把茶壶拎了过来，径直去了。

宋二丹感到好奇，心想，今天咋了？神神道道的，还瞒着。于是就留了心，不走，溜到房后面。这是一座平房，后面开有两个一人高的窗，宋二丹蹲在窗户下面，从里面回风传出来一点声音。只听石豹说，你们还在说，宋二丹提水来，差点闯进来，要是闯进来听到了咋办？

吴绪红说，宋二丹，一个屁孩，杀了有何用？更何况，他已经为我们所用，给我们提供了不少有价值的情报呢。

他什么都不知道，提供什么情报？管雪凤说，绪红，你什么都好，就是心肠太软。古人云，无毒不丈夫，妇人之仁是要不得的，尤其是现在，难成大事。再说了，我们杀了宋丹丹，他还不知道，要是知道，还不找我们报仇？

不会的，绝对不会。这个小孩我知道，胆小，怕事，你一说他就吓得腿软。前几天在广场训练，他随我去看，团丁放枪，他不仅离得远远的，还捂住耳朵，每一枪他都闭一下眼。吴绪红说，到时候，我们跟他好好说，吓唬吓唬，他不敢咋样。

石生财斜了一眼，对这位“仁兄”还是有看法的。就像羊皮褂子，穿在身上，虽说好看，也就是挡风御寒，穿破了也就破了。虽说他与管雪凤不清不楚，但好像是光屁股坐石条一面热。这一点，外人看，是管雪凤在利用他，吴绪红蒙在鼓里。实际上不是的，吴绪红知道，是心甘情愿。这出戏开始上演，自己也看糊涂了，慢慢琢磨，就有点傻眼，觉得吴绪红有点让人瞧不起。想当初，花那大力气从外面把他挖过来，原来是这么个德行，觉得是自己看走眼了。与此同时，也觉得在大别山这一块儿，原以为“今天下英雄，唯使君与操耳”，今天看来是自己高估吴绪红了。也好，管雪凤要走了，更是没人敢比肩了。转念一想，还有共党，也不好多说，只暗暗提醒：别大意失荆州！

石豹插嘴说，晚上处理朱来福，特派员去不？

管雪凤有点累了，就说，我就不去了。

吴绪红说，我去吧，代表特派员。

管雪凤心里高兴，觉得吴绪红很能理解人，也就同意了。

到了晚上，吃过晚饭，收拾好东西，没事的时候在那儿听留声机，猛然想到一个问题，忙喊，石虎。

石豹说，走了，还没有回来。

管雪凤说，走，刑场在哪儿？我要去看看。

在沙河湾，早干罢了。石豹说，干了，他们又喝酒去了哟。

管雪凤看看石豹，站在那儿，满腹狐疑。

宋二丹端着碗到了猫耳洞，朱来福躺在铺满荒草和松毛的地上，闭着眼睛，咬着牙齿，头上缠着一块灰粗布。这块灰粗布还是宋二丹从自己的身上撕下来的，包扎之后他害怕那地方被冻坏，又从破棉裤上拽了一把棉花瓤子敷在上面，用山里的苎麻捻成细绳捆着，看上去像孙悟空的金箍。就是这样，朱来福的伤口还是感染了，在发烧，全身颤抖。

宋二丹不知道，以为是饿的，三四天了，朱来福还是这么睡着，死活不醒。宋二丹以为朱来福活不了啦，在那儿大喊，朱来福还是在那儿睡着不醒。宋二丹想到自己九牛二虎救回来的还是个死人，觉得很不值。朱来福死了，活不了啦。想到这儿，宋二丹觉得在这么一个荒山野洼里就只有他一个人，那些熟悉的人都死了：蒋孝智，大胡子的老先生，也被管雪凤杀了。曾经给自己讲课，说这个世道不公平，要拿起武器与他们争斗的蒋先生死了，真的死了。还有娘，多么好的娘呀。

宋二丹想骂人，也想杀人，可是，那个“婊子”，她跟我说得多好听呀，只要我帮她逮住了蒋孝智，还有朱来福，他们就放了娘，否则，就把我也活埋了。我不怕死，宋二丹心里想着，活埋就活埋，谁怕呢？但是，那个“婊子”牙咬着说，在活埋你之前把你娘的皮剥下来，天寒地冻，用你娘的皮给你做一个小皮袄。宋二丹一下子就觉得完了，这个人太狠了，要剥娘的皮，他们是说到做到的。

宋二丹这时候才知道为啥管雪凤这个臭“婊子”这般横，是因为她看见了自己身上穿的皮夹克，这件衣服是埋管云龙时留下的。蒋先生说，羊皮夹克是管云龙的，管云龙死了，一件破衣服带到棺材里，不讲究；烧了，挺可惜的。看看，虽说破，但是里子还很好，冬天来了能御寒。帮助管云龙安葬，你也是出了力的。管云龙三个女儿都不在身边，你就算是他的后人，帮顶孝布，也算给你留下一点财产了。就这样，皮夹克给了宋二丹。宋二丹穿着，感觉暖和，用手摸摸，细滑柔软，挺舒服的。

大部队撤了，有的说完蛋了，被国民党消灭了；有的说逃跑了，到哪个地方还不知道；也有的说红军发展得很好，马上就要打回来了。说法不一，自己也不知道实情。

穷人命大，谁也想不到朱来福会活过来。

到了第二年的春天，雪已经化尽，南边的燕子开始飞了过来，一些早知道春天能到来的青草开始发芽，常青的松树在风中唱着歌，还有一些山雀叽叽喳喳闲聊。阳光是明媚的，似乎是姑娘的长发，蓬松柔软地抚弄着大地。

宋二丹把朱来福背了出来，发现他是那么轻，仿佛一片树叶，晃一晃都能飞落。背出洞时，朱来福“哎哟”一声。宋二丹不知所措，赶紧把他放下，好在洞边就是宋二丹准备好的荒草垫子。慢慢放下。朱来福还是坐不住，有点颤抖，眼睛紧闭着，害怕外面的光。宋二丹又把朱来福慢慢放躺下，头下用草垫子垫着，腰里掖上一把草，头朝东，这样可以避免阳光的刺激。在朱来福的头边还有一棵碗口粗细的松树，叶子虽然是针形的，但是春天的松树格外厚实，一层层覆盖着，在微风中能筛过许多阳光，显得柔和舒服。

放下来了，宋二丹也看清楚了。此时的朱来福，哪还像个人样？四五个月没剃头，头发居然掉光了，只有耳朵边还有一点点，像女人的围裙，从腰间围着。朱来福是有胡须的，现在没了。蜡黄的脸像黄裱纸围的灯笼，透亮。嘴唇的皮已经换好了，还有点血色。

宋二丹说，队长，今天是三月三，我们这儿的说法是鬼节，可是今天是晴天，太阳很好，我把你背出来了，让你晒晒太阳，你心里愉快吗？

没想到朱来福还是紧闭双眼，眼皮是肿着的，好像山里的蘑菇，朱来福紧紧咬着牙，有点颤抖。

是呀，今天是三月三，鬼节，按照当地的风俗是要祭拜故去的家人的。可怜，我的同志，我的亲人，他们在哪里呀？朱来福想到的是他的老娘，几十岁了，居然自杀，为了谁？还不是为了我，为了革命。记得蒋孝智刚来河口，来到凤凰山就住在我家，那个时候，爹已经过世了，只有娘在家。吃水困难，蒋孝智就帮娘挑，一挑一挑往水缸里倒，直到挑满。蒋孝智是个学生出身，哪里干过重活呢？肩膀压得红肿也不吭一声。到了晚上，睡在床上，脚都起泡了，娘用手量孝智的脚，连夜赶做了一双鞋，第二天孝智穿上，跪在地上非要喊娘不可。娘也就答应了。娘说，老了，又添了一子，喜事。于是就把家里唯一的媲蛋的老母鸡宰了。

从那之后，娘就对我说，人活着没有不求人的，但是你要活个人样。啥叫人样？就是要为那些穷人着想。孝智来，娘点着松树油做针线，孝智给娘讲道理。孝智说，那叫同病相怜。只要穷人团结起来，就有力量推翻这个世道，就能创造一个新世道。

孝智说的一个道理娘信。孝智说，地主老财，不爱干活，也不爱种庄稼，可是他们却拥有土地，拥有粮食；穷苦农民，喜爱种庄稼，却没有土地，最后没有粮食。难道这也是应该的吗？不应该。这就是不平，是世道的不公平呀。共产党就是来解救穷人的，替穷人打天下的。

娘说，理是这个理，可是这叫造反，造反是要坐牢的，是要杀头的，你能不怕吗？

孝智说，我不下地狱谁下地狱？只要能唤起民众，让他们知道道理，就像耶稣，钉在十字架上也不怕，更何况已经有人先我牺牲了呢。孝智讲了黄花岗七十二烈士的故事，给娘背了林觉民的信。娘静静听，到后来，娘对我说，儿呀，你做得对，娘支持你。

如今，娘为了我，为了我不被敌人逮捕，自杀了。不知道娘的魂魄走远了没有，在去往天堂的路上，孤单吗？孝智，对，还有孝智陪着呢。

管雪凤这个恶魔，都说她是“清水彪”，真是一条毒蛇！没算着变成这样。那时候，在她家干活，看她不可一世的样子，就没有好感，没想到如今这般疯狂。孝智可是他的老师呀，听说也被杀了。迷迷糊糊当中，二丹说的，是二丹亲眼看到的。二丹说，那个“婊子”把蒋先生杀了。她不知道从哪里搞来的毒药，喷在尸体上，一会儿就没了。

蒋先生呀，我记得你跟我讲过，你已经做好了牺牲的准备，可是，你给我讲的时候好像还是昨天，时间过得真快呀。昨天，对。昨天，你还是个鲜活的大哥，如今连骨头都找不到了。大哥呀，你的灵魂没有走远吧？你陪娘，娘陪你。娘的腿不好，经常痛，你要多辛苦点儿，你要扶着娘，一路走好。孝智你说过，死，并不可怕；可怕的是肮脏地活着。对，说得太对了。

朱来福恨透宋二丹了，这个叛徒！还有脸给我背出背进，还有脸见到我，我是没有脸和他在一起了。也不知道他出卖了多少人：白花花是他出卖的，宋丹丹是他出卖的，还有不知道的。这个贪生怕死的可怜虫终于承认了。那天，外面风刮得很大，虽然躺在山洞里，但是还是能听得到。这只耳朵不知道咋搞的，一会儿嗡嗡响，什么也听不见，一会儿又好了。要是好了，就是草丛里面有响动，也能听得一清二楚。

那天，朱来福清楚地听到外面下雨的声音，有好多蛤蟆咕呱咕呱地叫，宋二丹给朱来福喂了一点饭。朱来福问，这饭是从哪儿弄来的？宋二丹说，都牺牲了，凤凰山一百多口人家只有十几口了，那么多穷人杀的杀，卖的卖，剩下的都是富人了。很安静。那个"婊子"回南京了。石生财正在城里庆贺。城里，各家各户张灯结彩，每天都有人过生日，那些人就忙着送礼，忙着收钱。也没有人到乡下来了。听说，他们用了两个半月的时间，采取蹲点捉麻雀的方式，运用拉网式搜查的办法，在村庄设联防队的套路，一下子把这附近翻了一遍，就是天上飞的鸟儿也没有了。漏网的，只有几个人，还没找到的飞机，这些人仿佛消失了，没动静了。所以石生财猜测，这些人就像沙漠里的小草，活不成了，饿死了。

吴绪红按照石生财的指示，不在河口联防，撤走了，邀功请赏去了。就在这个时候，宋二丹化装成要饭的，去了一趟河口街道。王百胜很惊诧，进屋去了。管家出来了，但是没有认出来，给了一把米，还给了一把面，踢了一脚说，滚吧，走远发财。

吴玉龙的管家吴良美，小时候出疹子留下的钱窝窝，能让老母鸡勉蛋，外号"吴大麻子"，如今成了这一带的红人。管云龙死了，让吴承轩当乡长。吴承轩干了一阶段说老了，干不动了，不干了。可能是瞧不上这个差事，就让给了吴大麻子。吴大麻子不再是吴玉龙的管家，另立门户，并当了乡长。吴大麻子为此给吴承轩孝敬了一百块大洋，还对吴承轩抖了实底说，杀死管云龙两口子的是蒋孝智，帮手就是宋丹丹。

吴承轩把这话告诉了管雪凤，管雪凤本来不信的，吴大麻子拿出证据。吴大麻子说，蒋孝智十分狡猾，这个人说一套做一套。这样说来，不知道管雪凤犯哪根神经，居然点头说，他当过我老师，那个时候我就晓得，你说的这点是真的。

通过这个渠道，吴大麻子得以见到管雪凤，有管雪凤撑腰，吴大麻子胆更大了，就胡说，穷鬼，想贪财，知道你家宝贝多。蒋孝智是共党的书记，在这一块都知道，当时开会就说处决你爹，你爹跑山里去了。是宋二丹看见你爹在黄昏的时候下山的，可能是想你娘了，或者是回来换衣裳，顺带找点吃的。听说，那个时候，你爹看见蒋孝智是个教书先生，可怜，经常邀到家里吃饭。吃饭的时候你爹说，蒋先生，你穿得太破了，我这里有一件皮袄，你要是不嫌弃旧了，你穿着，我再买新的。就是这句话伤了蒋孝智，蒋孝智认为是看不起他，就记恨，一直在等待机会。现在机会来了，一不做二不休，就把你爹杀了。我派了吴世恒去的，亲眼看见蒋孝智提着皮袄，说风凉话。说，当初管家给我没要，现在也不能烧了。烧了怪可惜的。于是自己就穿上了。开始说是小炮队杀了你爹妈，过了一阶段，又说是他杀的。承认了，再穿你爹的小皮袄，可能觉得不太妥当，就把皮袄转给了宋二丹。宋丹丹还把你娘的发卡留自己用。

这个吴大麻子，是天生的妄想家，编得很圆，说的是滴水不露，管雪凤听了不得不信。管雪凤听着，想象着爹妈惨死，肺都气炸了，流着眼泪掏出枪，对着屋顶就是两枪，屋顶被掀开一个大窟窿。吴良美顿时吓得一屁股坐在地上，不知道如何是好。管雪凤骂道，爹娘的仇不报，我管雪凤誓不为人！

宋二丹说，吴大麻子还在家里，正抱着一个黄花大闺女睡觉，都半晌午了还在睡觉，我拍门的时候，一条花狗从院子里往外面蹿，我胆小，连忙后退，弯腰，狗也吓了一下，赶紧后退。这个时候，我从地上捡起一块石头向狗掷去，狗吓得掉头就跑。石头落地，狗又回头叫。趁空隙我从菜园笆子抽出一根棍，狗就吓跑了。我又去到门前。门里走出一个管家，就是那个吴世恒，像狗一样凶巴巴地骂：显魂呀，大清早。

只听到里面有个小老头，是吴大麻子家烧锅的，他说，世恒管家，昨晚老爷吃剩下的半盆面条还在那儿，狗也不吃，都倒给要饭的吧？吴世恒扭头走了。

朱来福在心里盘算，那些死去的亲人，我要为你们报仇。宋二丹的话全是鬼话，是不能相信的。宋二丹一定是管雪凤派来的，是个圈套，是个陷阱，装着让他来救自己，好让他来套我心里话，一旦找到飞机的下落，他们就会下毒手。

朱来福想到这里，感到面前这个宋二丹可恶至极。要是能活下来，一定为死难的战友报仇雪恨，为妻子和老娘报仇雪恨。

朱来福咳嗽。宋二丹赶紧从里面找来破褂子，搭在朱来福身上，又用破碗舀来半碗清水，给朱来福喝。朱来福才好些。

朱来福真的不想睁开眼睛，因为睁开眼睛就能看见这个不共戴天的大仇人，他无法说服自己，也无法向那些死难的战友交代。可是，宋二丹还想狡辩，还说什么，敌人太强大了，自己也是被逮捕的，看到自己是个小孩，就没有来得及杀。问他咋跑出来的，他说他听到他们的谈话，想杀他，就爬到树上待着。他们到处找也没有找到，因为时间紧，就开了城门。宋二丹说，是吴绪红带着你去的，到河沙湾上游，挨着城边有个叫老龙潭的地方，水大，就听到吴绪红放了两枪，噗通，你就掉到河里去了。你在深潭里好长时间没有出来，我以为你一定被杀害了，就想把你的尸体捞出来，跟白花花葬在一起，也算是没有白跟你一场。哪知道那群人走后不到一根烟的工夫，管雪凤又赶来了。此时，天已经黑了，跟随的人打着灯笼，照照河潭，可能也没有看清楚，就骂，吴绪红，你是猪脑子吗？死人放在河潭里，下游百姓还怎么吃水？然后就让一排人对着深潭放枪，再然后就走了。我想，你一定死了，沉底了，等他们走后，我就去捞你，没有。我赶紧沿河找，到了下半夜，在龙嘴河湾里找到了你。把你捞上来，头还有血迹，已经人事不省了。

朱来福不知道宋二丹说的是真还是假，但是多半是假的。踢下深潭是真的。吴绪红没有对他开枪，是冲着天上的星星开枪的，这一点他还记得。他的手捆着，掉下去时，头好像磕到什么东西，可能是石头，因为石头在水底，缓冲力小了，才躲过一劫，否则，已经到鬼门关报到去了。就是这样，还是感觉头木木的。一股水冲下来，他顺着水往下游漂，不知道过了多长时间，血流得太多，失去知觉。还有，自己跟宋二丹在这个山洞里是真的。几个月过去了，每天都听他唠叨，烦死了。开始，宋二丹好像很后悔，每天头低着，使劲儿捶，说自己该死。是后悔吗？当叛徒也有后悔的时候？没有价值了，敌人也要他的命。好呀，真是太好了。朱来福高兴起来。但过了一段时间，宋二丹哭，说害怕，还在梦里惊醒，说胡话。说在雪地里跑，又回来了。敌人看见到处都是脚印，就会浪费很多时间，就找不到这个地方了。

看起来很聪明，实际上是个大傻瓜。你以为这样可以骗过敌人，那是不可能的，这是掩耳盗铃。哦，想起来了，这样做，主要是做给我看的，想让我相信。这个笨办法确实聪明，不是宋二丹能够想出来的。不是宋二丹，那会是谁？管雪凤。想到这里，朱来福心里一惊，差点上当了，好歹自己没好，要是好了，还被这么大点的孩子骗了。这是管雪凤交办的任务，是让他来骗取飞机的。

一想到宋二丹是个叛徒，朱来福心里就难过，立即清醒了：绝不能上当！宋二丹叛变了，敌人还没有找到飞机，听说管雪凤为了找飞机立功，什么也不顾了，还从南京调来大米，写过保证书，就像马谡，立过军令状。如今没找到，管雪凤封官进爵的梦想成了泡影，她不会甘心。要不，为啥把关押在牢狱之中的人都杀了呢？一句话，还是为了飞机。

这个时候，朱来福忽然考虑到“列宁号”飞机的意义来。蒋先生说过，“列宁号”就像定时炸弹，要是我们的人打回来了，重新组装好，就会把敌人炸飞，到那个时候，一架飞机能抵得上一个师的兵力。蒋先生还说，不光是战斗力问题，还是个政治问题。它可以抛撒传单，宣传党的主张，这是敌人最闹心的。

敌人宣传，说我们是匪，共产共妻，纯粹屁话。只有吴承轩、石生财还有吴大麻子他们有钱可以娶三妻四妾，我们这些穷人，一个老婆也讨不起。要不是救下白花花，自己到现在还是个光棍，连女人味都不知道。

朱来福恨管雪凤，但是，他又想起管雪兰、管雪梅。管雪兰比较恬静，整天想什么谁也说不清，也不多爱说话，眼睛水汪汪的，但是她不该嫁给吴承轩做小，成了牺牲品。“三公子”管雪梅，那才是俺一路人呀。雪梅就很同情下人，还管俺喊哥，听说在学校里也参加了共产党，还在打黄安时参加了红军，不知道还在黄安不？听说刘峙这个杀人魔，在那里进行了清乡，把黄安、光山、麻城的一部分划在一块，成立经扶县，县城就在新集，原来是鄂豫皖红军首府，被敌人占了。苍天呀，你得保佑雪梅啊。

朱来福想着，流着眼泪，不想睁开。但是朱来福试着动弹一下，觉得还可以。

宋二丹又给朱来福喂了一点东西。

朱来福躺着对宋二丹说，身上睡疼了，想坐着，你扶我起来。

宋二丹赶紧过来，一条腿跪在地上，双手抱着朱来福的上半身，一使劲儿就把朱来福扶了起来。宋二丹说，朱队长，我们没有钱买纸和炮，这里有些柞柴叶子，鹅卵形，很像红五星，挺好看的。我早上起来就到处捡，捡了几抱，都摞在那里。只是，没有印，我记得娘烧纸给亲人时都要剁上印，再叠一叠，说是只有剁上印，在阴间才能算钱，否则就是假钱，花不掉。叠一叠是为了亲人拿到钱方便装。不知道我们收捡这些柞柴叶算不算数呀？别烧到那边是假钱，花不掉，那就对不起亲人了。

应该算数吧，朱来福也没有底气，但是朱来福想到花花可怜，就说，纸是什么？不也是我们做的吗？只要是我们做的，就有法力。蒋先生说过，共产党人说话算数，我们说得算。

朱队长，你说得也对。我虽说不是党员，但是跟了你，也算。要不算，一定会托梦，到时候我们就会打败地主恶霸，弄到纸再给他们烧去。宋二丹说，你要是能坐起来，就对着西南方，那里就是我们亲人去的地方，听说一路上牺牲了不少同志，路上洒满了鲜血。还有，那里离县城近，还有我娘，还有蒋先生，他们都在那里，我们给他们烧纸磕头。几个月了，也许都托生了。要是托生，下辈子可得到好家，别再受苦了。

你永远都是“可能”，搞假还找理由。朱来福心里想着，但是没说出来，因为朱来福听着宋二丹的这些话，头已经很大了。朱来福想，这个叛徒这么小，却做了那么多亏心事。我要不报仇，恐怕就没有人报仇了。我今天一定要为死去的同志报仇雪恨。听到这里，又觉得宋二丹是个胆小鬼。要不，为啥说那些话呢？哦，是呀，这个叛徒虽然跟我在一起，但是破绽百出，这个时候还想荣华富贵，还想下辈子托生到好家，这就是破绽。要对着红四方面军祭拜，啥意思？难道我们的红军全军覆灭了？不可能！这是在诅咒呀！这个叛徒，每次下山不是去要饭，而是去找主子汇报，问计策，想在我这里设陷阱。妄想吧！朱来福想起来了，宋二丹还带着一把枪，要不是敌人派来的，咋有枪呢？好，我要学孔明借东风，让他在忘乎所以当中死吧，然后自杀，为死去的战友还有爱妻花花报仇雪恨。

想到这里，朱来福好像沐浴在报仇之后的幸福当中，微笑起来。宋二丹看着，挺高兴的，就说，队长精神好多了，能睁开眼睛吗？阳光不太刺眼。

朱来福想进一步麻痹他，就说，也许在洞里待久了，见到光眼睛就流泪，就痛。慢慢适应吧。哎，二丹？

宋二丹看到朱队长高兴，也高兴起来，就说，到。二丹在这儿呢。

二丹，我听到你摆弄手枪，你在哪儿弄来的？好多天没有摸枪了，挺想的。

哦，那枪呀，是我偷的，偷吴绪红的。那天，我去给他送开水，那个“婊子”也在，还嗲声嗲气。吴绪红说，特派员要走了，临走还送我一把好枪，感谢了。不知道射程咋样？那“婊子”说，美国造的，最少在二百米，杀伤力很强。吴绪红就收下了。看见我去了，就把枪放在枕头下面，我退了出去，就听两个人在屋里吧唧吧唧亲嘴。

你说吴绪红与管雪凤？

嗯。

可能吗？据我了解，管雪凤有点讨厌吴绪红。

你不知道，是真的。

狗屁，是做样子的。朱来福说，我问你，你听到过他们谈飞机的事情吗？

谈过，队长。宋二丹说，那天，吃过饭在县衙的大院子里，那大院子里有两棵白果树，估计上千年。树冠很大，整个院子都被遮住了。在那下面有一张石头做的桌子，两个人坐在桌子两边，是竹椅子。管雪凤，不，那个“婊子”

还跷着二郎腿，端着茶杯说，只有找到朱来福朱队长你，才能知道飞机的下落。她已经派人把山都搜遍了，就是找不到。

吴绪红说，解铃还须系铃人，只是，害怕找到朱来福也是枉然。

那“婊子”说，为啥？

吴绪红说，朱来福在你家打长工，你就不了解这个人吗？这个人一根筋，打死也不会交代的。

那“婊子”说，没到我手，到我手里就知道我的手段了。

吴绪红笑笑说，不中用的，朱来福是软硬不吃，他抱定的事情，十条老水牛也拉不过来，更别谈使用美人计了。

打个赌咋样？那“婊子”说。

吴绪红说，打赌就打赌。赌什么？

赌什么？那“婊子”反问。

吴绪红说，要是你赢了，你要什么我就给你什么？

这个时候，那“婊子”反而不知道要什么了，就说，我有绝招，不告诉你。

吴绪红说，无非是“威、逼、利、诱”四个字，我都知道。你就别瞎子点灯白费蜡了。

宋二丹正说着呢，朱来福忽然问，你把枪拿来我摸摸。

宋二丹高兴，说声好，站起来跑到洞里找枪去了。

朱来福接过枪，没有看，扭过头张望，刚睁开眼睛，很疼，模模糊糊也看不清。朱来福说，不是你，好像洞的左侧有人。

瞎说，你知道这是哪里吗？这是猫耳洞，左右都有路不假，那是啥路？左侧就是峡谷，深着呢，除非是猴子。

猫耳洞？朱来福更加猜疑，心想，我被捕不就是在猫耳洞吗？这时也在猫耳洞，管雪凤太熟悉不过了，要是搜山，还不被活捉吗？

对呀。听了朱来福发问，宋二丹并不觉有什么不对，只是朱来福在哪儿被捕，宋二丹不在场，不了解。实际上朱来福记错了，他被捕应该在朝阳洞，离猫耳洞有一段距离，隔着两个山头。朱来福的担忧是对的，只是宋二丹没有这个感觉，也许是太小了。朱来福的担心又是多余的，因为最安全的地方一般就是弹坑，没有重复投弹的道理，更何况此时，在管雪凤阵营里，没有人知道朱来福还活着，也没有人认为，在大别山猫耳洞，还有赤卫队队员存在。

朱来福发问之后没再问，竖起耳朵，还是听到有人出气，就嘘了一声，让宋二丹别出声，然后说，二丹你去看看，左边，左边像有人。朱来福说得很小，又用手示意，让他慢点，再慢点。

宋二丹看到朱来福这般紧张，也就不再笑了，看着他手中的枪，不走。朱来福把枪递了过去，说，你去看看。

宋二丹拿着枪，蹑手蹑脚穿过树林，走了十多米远，就到洞口的左侧。宋二丹停下来，偷偷张望。这个时候只是初春，树叶虽说冒出嫩芽，但是整个山上还是稀疏可见。宋二丹已经很有经验了。先是到处找，没有；又卧倒，从树根部看，也没有。宋二丹掂着石头，东一榔头西一棒槌甩，一边甩一边说，我看到你了，要不出来我就开枪了。说时迟，那时快，哧溜，从灌木丛中跑出来一头猪獾，宋二丹笑了。原来是这个东西，把我吓了一跳。于是，捡块石头，对准猪獾头部砸了过去。猪獾哼了一声，还是跑，往峡谷里跑。宋二丹又拿起一块石头砸了下去，这次石头大，劲儿足，是致命的，猪獾被砸翻了。但是猪獾滚到下面，好在下面是荆棘丛，把猪獾捧住了。宋二丹就把枪别在裤腰里，慢慢下去，捞上来，背在肩上，高兴地爬上来了。

宋二丹上来就喊，朱队长，你真有口福，刚一出洞，就遇到一头猪獾，这回有肉吃啰。哎，几个月没沾荤腥了，熬死了，熬得直流口水呢。

是个小猪獾，但是不对呀，明明是人的出气声，这个人是从沟壑里爬上来的，到了这里，喘着粗气，现在没了，一定是发现了我们。朱来福高兴不起来，问宋二丹，没发现有人？

鬼话，大白天，别吓唬人好不好？朱队长，你一定是病久了，疑神疑鬼，听觉出了问题。宋二丹说，要不是这个猪獾，连一只兔子也没有，哪来的人？宋二丹往下捡猪獾的时候，也看见了小树被拉断的痕迹，宋二丹以为是猪獾滚下去压断的，此时，朱来福这般说，宋二丹又不放心，放下猪獾，又去到那里仔细听了听，看了看，没有异常，又走了回来说，朱队长，我敢保证，什么也没有，就是一条小猪獾闹出的动静儿。

宋二丹说完，也不等朱来福解释，又继续说，朱队长，你在这儿坐着，我到屋里拿刀出来，把皮剥了，烤着吃，香。哎，就是没有盐。朱队长，明天晚上，我想到县城去，县城有个石家老盐铺，偷一点回来。今天就这样将就着点儿。

朱来福听说宋二丹要进城，心情立即复杂起来。心想，枪到手了，又被骗去了。不是被骗去的，是自愿给他的。难道真是听错了？好多天没吃东西了，饿了。饿了人就会产生幻觉。也许是幻觉。但是，又不像呀，明明是听到人出气的声音呀。听声音好像还是个女人，难道是白花花知道我病好了，今天又是三月三，一定是来看望我了。

朱队长，外面还是有点风，我背你回洞里好吗？要是病了，就麻烦了。

嗯，外面真好。哎，二丹，你那枪是什么枪？

叫什么“布朗云”，我也是听来的，当时那“婊子”说的，还是个女人的名字，一定是女人发明的。宋二丹说，这枪有点小，像女人用的。要是娘活着，给娘用真好。

还在装，我让你装。朱来福说，我还想在外面晒晒太阳，眼睛刚睁开，想适应一下。哎，二丹，把枪拿来，我还想摸摸。

好嘞。说着，宋二丹就递了过去。

朱来福翻过去看，翻过来看，知道保险栓没拉，看看宋二丹站在那里盯着，就说，真好，只是保险栓在哪里呢？

宋二丹说，你还是队长呢。说着蹲下，在朱来福面前，伸手接过手枪，往后拉开枪栓说，啰，就这般简单。队长，你应该知道呀？

朱来福摇头，装着不知道，就接过手枪，看了看，忽然，把枪口顶着宋二丹的前额。

宋二丹吃惊，不知道朱来福是干啥。就说，别开玩笑，队长，枪里没子弹。

没子弹？朱来福知道宋二丹怕死，一定是缓兵之计。荒山野洼，谁来救你？最主要的是你犯下的罪孽是要有报应的。朱来福改变了原来的想法说，好，你个狗日的，你以为老子不知道。我今天就来揭穿你的阴谋，让你死得口服心服，死了也别再托生成人，最好托生成狗——一条野狗，一条疯狗！

宋二丹傻眼了。一边惊慌，一边伤心。叹口气，闭着眼睛，在那儿流泪。

越是这样，朱来福越是憎恶。看来，宋二丹太狡猾了，到这个时候了还在那儿装，想让我饶他一条狗命。

朱来福开始数落宋二丹的罪行。从宋丹丹到蒋孝智，从管雪凤到管云龙，再说到自己，说到这些天来宋二丹的表现，朱来福义愤填膺，骂道，你当我眼睛瞎，我耳朵也聋吗？你错了。管雪凤知道不管用哪种办法，即使把我砍死，把我全家杀光，把我的皮扒了，我也不会叛变，也不会把党的秘密说出来，更何况飞机这样大的秘密呢？于是，他们就来了个假枪毙，把我踢到黑龙潭，故意让你把我救上来。在这山里，你伺候我，让我感动，好套出飞机的秘密。

朱来福很激动，本来有些结巴，这个时候就更加结巴，说的话也不成句。朱来福说，你宋二丹太卑鄙了，不管从哪个方面说，都不能饶你。今天是三月三，我送你一程，让你做鬼去吧！用你的血，用你的狗命告慰那些英灵！朱来福说完，就咬牙，闭上眼睛，正准备扣动扳机。忽然，一个女人大声喊：慢着，朱队长，慢着……

声音这么熟悉，谁呀？朱来福睁开眼睛，立即侧身，调转枪口，发现一个头上戴着松毛的女人站在左边，距离不到十米。

声音来得太突然了，如同惊雷，朱来福的手居然没握紧手枪，一颤，枪掉在地上，回过头来，眼前这个女人更是让他惊诧：管雪凤！天啦，这个恶魔不是回南京了吗？什么时候又回来了？是为了寻找那架飞机，还是来要他的命？是的，这就怪不得宋二丹把自己安排在猫耳洞了，唉，命呀，罢罢罢！在停留一两秒钟的时间里，朱来福发现眼前这个女人尽管个头身材五官都像管雪凤，但是衣着不像：她没有刘海，也没有卷毛，头上戴着灰色的破帽，帽檐儿耷拉着，上方还有一个红布条的五角星，帽子上顶着松毛编织的环，穿着已经有点变白的蓝色粗布裤子，裤脚被荆棘挂破了。难道又是管雪凤玩弄的阴谋？这个杀人恶魔碰见了，反正是死。朱来福稳定了情绪，弯腰从地上捡起手枪，调转枪口对准了自己的太阳穴，咬着牙，闭着眼睛，扣动了扳机。只听“啪”，是金属撞击的声音。朱来福不相信，睁开眼睛，呆呆地看着那把手枪。

此时，那个女人一个箭步来到朱来福面前，伸手夺过手枪，看看说，我的妈呀，吓死我了。来福同志，这是干什么？

原来枪里真的没有子弹，太紧张了，宋二丹也忘了。

朱来福愤怒地扭过头，仔细盯着，才看清楚站在他面前的这个女人不是管雪凤，但是太像管雪凤了。听着声音，朱来福想到管雪梅，迟疑问，你是……雪梅？

嗯，来福哥，我是雪梅呀。管雪梅惊魂未定，看看枪问，你这是干啥呀？

哎，一言难尽。朱来福还是有点吃惊，忙不择言问，你还活着？

差点死了。管雪梅说，从黄安到这里二三百里路，走到黄柏山，碰见“石屠户”的团丁巡逻，看见我，很吃惊说，特派员好，你咋这身打扮呀？另一个小队长模样的骂道，你眼睛瞎呀，特派员也是你问的？赶紧对我敬礼，放我走了。估计是把我当成大姐了。翻过黄柏山，又到了金刚台，山陡，根本找不到路，几次几乎摔下悬崖，也不知道遇到多少危险，走了十多天，死里逃生才到这儿，终于找到你们了。

我们？朱来福看看宋二丹问管雪梅，你找到多少同志？

就你们俩！

就我们俩？朱来福说，宋二丹是叛徒，你赶快把他杀了！

宋二丹此时仿佛是另一个人，朱来福咬牙切齿说出的话，宋二丹听着很平静，没有走，也没有反抗，带着一种无奈的表情看着说，她就是你说的“三公子”管雪梅？真的没有想到，没有想到。

朱来福没有力气站起来，也没有听宋二丹说什么，又指着宋二丹说，你这个叛徒，今天不是你死就是我亡。雪梅，我受伤才好，没有力气，你替我把他杀了。

为什么？管雪梅说，没有听说宋二丹叛变呀？说实话，我来这里好多天了，观察他也有几天了，我觉得他不像叛徒。

你来好几天了？朱来福愕然，心想自己在山洞里不知道，宋二丹也不知道，要是敌人，早完蛋了。

是啊。管雪梅也坐了下来，把朱来福的手枪放在腿上，对宋二丹说，你到洞口旁边给我接一些凉水，渴死我了。我是从沟里爬上来的。从小来过，要么人背着，要么坐轿子，不知道艰难。这个地方也真的很险，我在下面一个小洞穴里住着，这条沟很少走野猪，只有个把兔子。

说这话，宋二丹舀水去了。管雪梅说，怎么伤得这么严重？

先别说这个，如今宋二丹已经知道我怀疑他，那我们必须就地除掉他，否则，我死了不要紧，你的安全会受到威胁。

那你为啥怀疑宋二丹是叛徒呢？管雪梅目光在朱来福身上逡巡。

朱来福眼睛有点模糊。一边流泪一边说，红军败了，转移了。在家里的人被捕的被捕，砍头的砍头，关押的关押，剩下的就没几个了，短短几个月，就像割麦子，只剩下麦茬了。这个时候，宋二丹也被捕了，没有被杀，还在二虎手下当差。你知道的，宋二丹知道我们的秘密太多了。接下来，蒋孝智被捕了，宋丹丹也被捕了，还有几个你不认识的赤卫队员也被捕了，但是宋二丹都知道。

你姐还认为你爹妈的死与我有关，我藏在山洞里，白花花在家里，他们开始没有逮捕红军家属，都以为安全。没想到一夜之间，采取闪电行动，把红军家属都逮捕了。我娘也被逮捕了。我娘是自杀的。可是白花花是他们杀的。花花是个要饭的，跟我，也没有享着福。花花死也不会出卖我的。朱来福说，要不是宋二丹告密，敌人能发现我吗？

宋二丹告密这件事，你听谁说的？管雪梅问。

是二虎打我时说的，他骂我太顽固，要学习宋二丹，当时宋二丹已经是他的跟班了。还说，谁个不走错路呢？走错路再走回来也来得及。我呸了一口，骂道，老子进来就没有打算活着出去。当时心里一咯噔，原来这些人被捕都是宋二丹出卖的。这个该死的叛徒！

我觉得你上当了。管雪梅说，具体过程我不太清楚。我想有这么几点。一是有人利用我爹的死在捣鬼。也可能是我们的同志杀的，也可能是敌人杀的，都不排除。但是不管是谁杀的，我爹妈死得惨，我心里很难过，几天几夜都没睡着，哭了几回。仔细想想，事情过去了，再查找也查找不出来，也不能凭猜测。再说了，也没有时间查找凶手。我已经祭奠了，也看到我大姐给爹妈包的坟，尽了孝心。爹妈的死被人利用了，首先是被国民党利用了。敌人借机说共产党惨无人道。我听说石生财就大做文章，自己出钱改葬，还对我姐说是蒋孝智杀的。我姐也不是好欺骗的，开始还说，蒋孝智与我爹妈交情很好。石生财说，别幼稚了。你知道白塔集有个吴宗恒吗？共匪发动北大荒暴动，被他爹知道了，就告诉了我，我带人就把暴动的两个匪徒还有他的两个学生抓了，没想到这件事情被吴宗恒知道了，他爹是区长，就让人把他爹骗到白鹭河，用砍刀把他爹给杀了。你说说，你爹跟他有交情，你爹同他的情谊还能有吴宗恒父子情深吗？这帮赤匪已经着魔了，不是人了，或者说不是正常人，就像疯狗，想治病只有一种办法，那就是斩草除根！

朱来福听着，觉得有道理，也就没打搅。此时，管雪梅继续分析说，第二种情况就真的是共产党杀的，也就是说是我们的同志杀的。张主席在这儿的时候，对从前的做法有想法，要求重来，于是，整个大别山赤区又重新划成分、分田地。我在黄安，那里当时就有一万多老百姓起来反抗。张主席说是反革命暴动，派一个团镇压，因为沈泽民坚持，才派了王树声师长去做工作，最后是放一放，看商城赤区的试点再说，才把事态平息下去。

哦，还有这回事情呀？朱来福说，虽说黄安离这儿不太远，但消息封闭，我们一点儿都不知道。

刘铭榜，你知道吗？

朱来福吃力地摇摇头。

我一会儿再说。管雪梅看看说，宋二丹快上来了，我先说这边的事情。我爹妈被杀，正好是那个时候，蒋孝智是书记，很多人对他太右有想法，听说张主席还把他喊去谈话，回来后就发生了变化。也许是故意的，为了打击反对派。

那你是怎么知道的？朱来福慢慢清醒。

我二姐，你知道吧？这次回来，我找她了。二姐很伤心。我是偷着去的。二姐偷偷出了吴家更楼，给我送吃的，还给我讲了这里的情况。说到大姐，二姐说，人各有志。大姐那是死心塌地想往上爬，现在正在努力。来过一次，听口气，是想找到飞机，立功授奖，弄个少将或中将。大姐埋怨说，她是老大，没有哥弟，只有两姊妹，老三还走了歪门邪道。说二姐也不争气，嫁给吴承轩这头猪！大姐太自私，就想把我们姊妹拉着，与她拴在一起，为她的什么狗屁理想奋斗。二姐好像也不太赞成大姐的想法。二姐还说，大姐幼稚，她就没有想想，就是找到飞机，能给她一个少将吗？我看够呛。

宋二丹把水端上来了说，原来是“三公子”。“三公子”，你们要杀我，我也不反抗。反正我是个孤儿，我娘也被那个“婊子”……不，你大姐杀了。我活着还有啥意思呢？那天天黑，我偷听到了那个……你大姐和吴绪红的谈话，知道他们要对我下手，说我已经没有作用了。这样说来，我好像就是个叛徒。我要是叛徒，死在你们手里比死在那个……手里要好。我也好找我娘去。朱队长，你的伤也好差不多了。只要慢慢养，一定会好的。我娘的仇只有你给报了。

管雪梅接过碗，咕嘟咕嘟地喝。

宋二丹继续说，你那枪里没子弹。吴绪红擦枪时，子弹都退下来了，我走的时候也慌张，偷了两把，一把放在悬崖下面那个平台上，用草盖着，谁也找不到；一把就是这个，是那个……送给吴绪红的。临走时，桌子上放着子弹，我身上没口袋，只能拿了一粒，放在嘴里噙着。因为我在窗户下听到吴绪红与二虎在说话。吴绪红说，特派员要你处决朱来福，朱来福是她家的长工，她不想到现场，就让我代她监督执行。估计特派员也是给我一个机会，你是知道的，那次为了抢飞机逼得我自杀，好在你老弟够意思，救了我一命，否则，我哪还能有今天？我这枪伤逢着阴雨天就痛，难以忍受，没办法只能靠抽大烟止痛，想到这些都是拜朱来福所赐。他也终于有了今天，看我怎么报仇的！

二虎笑笑说，大哥，平素你很有君子风度，咋一提起朱来福你就急呢？这可是犯了兵家大忌呀。好，你就去监督吧。

在哪儿？

在黑龙潭。二虎说，那地方执行了不用掩埋，扔到三河尖喂鱼好了。

听到这里，我就钻到吴绪红的房间，偷了枪，当时想，你没有枪咋执行？没算着，二虎没去，石豹去的。半路上，吴绪红对石豹说，特派员明天要走，跟随特派员的孙小姐也走，刚才在特派员屋里出来，看到孙小姐很忧愁，总是往你的住所看，是不是有什么话跟你说呀？石豹一听说，参谋长，谢谢你啊。这个任务你带着弟兄们执行，咋样？吴绪红呵呵笑，点着石豹鼻子说，有好事可别忘记大哥哟。石豹说，那是，那是。说完，骑着马回城了。吴绪红把你押到黑龙潭，在地下蹲着，也不说话。你就高喊：共产党万岁，红军万岁！吴绪红站起来，对着你的屁股就是一脚，骂道，我踢死你，让你号！死到临头了，还喊口号，真是着魔了！你扑通掉到水里，吴绪红赶紧低头看，并对其他两位团丁说，这家伙，没算着这般死了，省去我一颗子弹。那个王卓，你知道吗？就是河口人，他说，吴参谋长，没听到枪响，恐怕不妥吧？于是，吴绪红胡乱开了两枪，开过了，骑着马走了。宋二丹伸出手说，给，子弹在这里，我反正也是噙在嘴里的，给你安上，杀了我，为死去的战友报仇。

朱来福接过子弹，卸了弹夹，把那仅有的一颗安上，然后，咬着牙，举起了手枪。

宋二丹闭上眼睛。

管雪梅赶紧说，算了，现在还不是查这个的时候，二丹说的都是实情，要说他叛变，可能性不大。要说敌人利用了他，也许有可能。黄安，宋二丹倒是没去，那里的党组织也被破坏了，游击队员大多都牺牲了。

游击队员？啥游击队员？朱来福又慢慢放下枪。

就是我们所说的赤卫队。管雪凤说，刘铭榜是黄安县委书记，也在山里躲着。吴焕先、高敬亭、徐海东等，他们还在战斗。他们开始被敌人围着打，撵着打，死的死，被捕的被捕，有好多都叛变了。中心县委的副书记吴彩山也叛变了，还有那个戴眼镜的高希望，是上面派来的组织部长，知道的秘密最多，也叛变了，还供出了很多潜伏下来的同志，一夜之间逮捕了六千多人，不到十天，就杀了三千多，还有三千多是妇女儿童。那边离武汉近，都卖到武汉去了。

敌人叫什么“换血运动”，听说也是蒋介石下的死命令，说是一定要让黄安寸土焦黄。我因为不是当地人，口音听得出来，化装也方便，又跟刘书记在一起，就安全些。来时，刘书记对我说，形势很严峻，满打满算，也不到一百人，都分散到多个山头。我走时，刘书记带着十三个人跑到天台山，那里山大林密，还在坚持战斗。刘书记开始很悲观，认为前途未卜，但见到高敬亭，精神为之振奋。高敬亭说，焕先、子华他们重新组建了红二十五军，带七八千人与敌人周旋，因为敌众我寡，失败了。最近接到命令，把剩下的三千来人转入外线，临走，让我重新组建红二十八军，坚持着。高军长说，听说是抗日，就是打小日本，蒋介石最近说攘外必先安内。就是要先灭了我们再去打日本，这就是卖国。共产党人坚决不答应。如今，只剩下我们这些人还在大别山继续战斗，我们要按照上级要求重组红二十八军，与敌人周旋。高军长还说，我们还有中央赤区，还有走出去的同志，还有许多党员。就用我们的鲜血探索，即使死了，也很有意义。于是就制定了一个以暴制暴的锄奸行动。他们带着枪，穿着便衣，白天在山上挖野草刮树皮度日，夜晚下山，先是消灭叛徒，再打那些两面三刀的恶霸地主。效果很好。敌人防不胜防，也无法休息，十分疲惫。

嗯，这是个好办法。朱来福说，我们也这样干。我估计，金刚台周围还有我们的同志。敌人的气焰太嚣张了，我们的同志只能匍匐在山里，就像小鸡钻到鸡圈里，知道很危险，但是也不敢出去。

宋二丹说，赤卫队员吴泽江，活活饿死在青山庙里。上次我在山下碰见了陈天虎，他也看见我了，都没有说话，他也是化装在要饭。我感觉可能不止他一个，我知道他们住在哪里，到时候我去联系。

嗯。管雪梅说，条件太艰苦了，敌人也太嚣张了，我们要想办法。朱队长，等你伤养好了，好好打一仗，缓解当前危机。

雪梅，你来得太好了。三月三，鬼过年。我们在山上，让“鬼”过个肥年吧。等过罢年，我们就行动。明年再给他们过周生。

第四章
考验

如何考验宋二丹是个问题，因为马上要采取行动。

一两个月来，朱来福在管雪梅的精心照料下也得到了恢复，开始能在树林里跑操，能爬到树上采集槐树花和香椿，这些长在树上的蔬菜在季节到来的时候欢快地生长着，给朱来福他们带来了营养的补充。朱来福的胡须开始生长，头发也与野草一起发芽。

吴承轩第二次担任乡长职务，参加县里会议也多起来。这一阶段因为公务繁忙也顾不上照料管雪兰了。管雪兰也落得自由，本来还是花季少女，在春天里就喜爱大自然，经常出去散步。大别山，庙会多，特别是春天，今天是娘娘庙，明天就是观音山，挨着娘娘庙的孤山寺更是香火不断。管雪梅跟她二姐有个约定，就是每个月的初一、十一、二十一三天吃斋，要到娘娘庙烧香拜佛，说的是给吴承轩求子，顺便给父母超度，其实是给管雪梅带食物。因为吃斋，带去的都是素食，有青菜果蔬，还有大米白面，这些东西，足够她一两个星期用。说去说来，时间飞快，眨眼工夫又到这年的夏天。

经过一个秋天和一个冬天的剿匪，国民党收效很大。蒋伏生、刘峙分别给国防部报告，大体内容相同。蒋伏生给蒋介石报告：

数月内，经过将士浴血奋战，民团鼎力相助，余匪尽灭，境内安定，路不拾遗。戡乱大局已定，救国之策甚果。

蒋介石收到电文，高兴得嘴都合不拢，手谕国防部给予嘉奖，并抽调军队到江西剿匪，派胡宗南部西进，跟踪剿灭共匪徐向前部。只可惜，徐部已经西窜。四川军阀，带着他们的双枪兵，根本不敌红军。刘得厚、刘文辉、邓锡侯、刘湘等部相继败北，红军根据地也在逐渐扩大。

红军大部队转移了，留在根据地的百万民众笼罩在白色恐怖当中，为了冲破白色恐怖，迎接红军大部队到来，沈泽民让吴焕先、徐海东收集各山头的红军遗孤，重新组建红二十五军。刚组建一个月，就遭到国民党二十万正规军的包围。因为刚组建，战士大多是像宋二丹这般大的小孩子，没有经过军事训练，童子军战斗力不强，打了几仗，都被打散了。趁此时机，民团之间又开始新一轮的争夺地盘斗争。石生财为了扩大势力，在管雪凤的帮助下，给南京政府打报告，说光山的梅楚平是早期的共产党。

梅楚平是怎么回事呢？梅楚平也是当地人，土匪出身，占山为匪期间抢掠了不少财产，收了不少弟兄，开始叫兄弟会，定居在光山南部新集以北王母观山区。黄麻起义失败，七十二勇士钻进了金兰山，吴光浩往北与梅楚平联系，拜了山头，结成兄弟。

梅楚平是个大光头，豁嘴，双下巴，五大三粗，是少林寺俗家弟子，为人豪爽仗义，给金兰山勇士提供了不少资助，但是匪气很重。在红军鼎盛时期，王树声联系过梅楚平，梅楚平只认吴光浩，不认王树声，还差点把王树声杀了。王树声是通过梅楚平队伍里面的一个老乡逃出来的。逃出来后向军部汇报，军部也派人围剿，终因山高林密，难以找到，再加之战事频繁，最后放弃。

梅楚平不参加共产党，以打劫富济贫为生，心狠手辣，杀人无数。他最拿手的就是“黑狗掏心”：把人逮住了，绑在树上，在旁边现磨刀，呼啦呼啦，逮住的人吓得尿裤子，胆小的听到磨刀声早已吓死。磨一会儿还喝一口酒，喝一口酒之后就用手指头在刀口上刮刮，看是不是锋利。要是磨好了，就剥开衣服，问一句，还有多少钱，如果被抓的人说了就再问一句藏在哪里。就这两句。人称其“梅二愣子”。要是被抓的人不交代或求饶，他就把刀横着，卷卷袖子，一刀见红，拔刀绝气。这还没有完，还要当着兄弟的面扒出心，掏出时心脏还在跳动，真的很吓人。江湖上又称他为“掏心大侠”，背地里都喊他“梅黑狗”。当然，同行就叫他“梅二愣子”。社会上大人小孩都怕他。小孩如果哭闹，只要说“梅黑狗”来了，就跟现在说狼来了一样，小孩子立即就不哭了。

梅楚平势力逐渐做大。先是一百多条枪，威震半个县。到了共产党成立红一军，他也借机招兵买马，又学红军摸黑到县城抢掠，蒙着脸说是“红毛子”，也就是红军。梅楚平也是个笨蛋，那时候红军哪能自称“红毛子”？但是梅楚平就称自己是“红毛子”，也多亏当地百姓不太懂得，只要听到是“红毛子”，就给东西，地主、豪绅赶紧给粮食、给枪，叩头作揖，求其饶命。不到两年梅楚平的队伍就发展到五六百人，他自称团长。其部下也分别称营长、连长。到了红四方面军成立，梅楚平怕被红军吃掉，又带着队伍钻进山里。那时候，战事频繁，红军消灭的也多是蒋介石的正规部队，对于梅楚平无暇顾及，于是红军与之井水不犯河水。

红军打黄安打不下，组织撤退，梅楚平手下有一个营长叫安智寨，与石生财交好。当时石生财民团刚下山，来了管雪凤，带来一批武器弹药，也带来了南京的命令：一是石生财任南五县剿总司令；二是责令石生财联合其他民团，在后面策应，阻击共匪西窜。石生财就派人送信给梅楚平，邀他共同举事，有福同享有难同当。安智寨就跟梅楚平说了，许诺成功后封梅楚平为团长、光山县县长。梅楚平对团长不感兴趣，因为他已经是团长了，但是对光山县县长感兴趣。刚好，红军打下光山，杀了县长，如今红军走了，县长空缺，梅楚平也就同意了。

梅楚平带领部队下山袭击了光山县党部，逮捕了不少党员，随后，又协助刘峙剿共，被刘峙封为光山县县长，也算满足。但是，石生财在管雪凤的帮助下，封了南五县剿总司令，梅楚平心里很不平衡：自己是梅司令，还是县长，石生财也是县长，也是民团，民团说到底也是土匪，啥子掏出来都一般长，也不见得多个球，为啥还受他管呢？不服。于是，对石生财的命令置若罔闻。对此，刘峙在时，石生财还让着，刘峙一撤，石生财立即行动，去信邀梅楚平一聚，并说南京来电，共同剿匪，准备提拔梅楚平为师长。师长是啥概念？那可是管辖信阳地区的势力呀。太诱人了。梅楚平想也没想，就来了。

梅楚平有功夫，这几年钻山沟，钻出机灵劲来，看上去鼻眼都是动弹的。他见了石生财之后，见其一反常态，立即警觉。石生财走哪儿梅楚平跟哪儿。该行动了，梅楚平一把把石生财拿住，拿着枪顶着石生财的脑壳，边说边往外走。走到外面，营长安智寨已经牵来宝马。梅楚平松开手，纵身一跃，跳上宝马，正准备给石生财一枪，刚好回手，吴绪红那真是快枪手，只听到“啪叽”，就给了梅楚平手腕一枪，把梅楚平的枪打掉了。梅楚平也顾不上了，对着马肚一夹，说声“驾”，飞奔着出了城门。说时迟那时快，后面安智寨带领一百多人拼死阻击。石生财的民团也是草包，都近不得身，眼看着梅楚平打开城门，出门而去。石生财正在惊魂未定之际，没想到吴绪红上了城墙垛子，不慌不忙，从团丁手里接过步枪，端起来就是一枪，只听“砰”的一声，再看时，梅楚平一个跟头从马上摔了下来。宝马也不走了，围着扒蹄子，呜呜叫，十分伤心。

石生财算是扫平了所有的政治竞争对手，觉得他就是土皇帝，也没有把管雪凤放在眼里。管雪凤自知无聊，刚好戴笠又召她，也就走了。管雪凤走了，石生财就没有顾忌了，想要的东西管雪凤弄不来，自己又不太认识委员长，这样平庸下去又不甘心，于是乎就在“钱”字上做文章。

你不能说石生财想得不对，他跟吴绪红说，赤匪已经剿灭，还有一些残匪放在山里面，那可是我们的生财之道呀。吴绪红很茫然。石生财也不解释，只是说，不要赶尽杀绝。关门打狗，狗急了还会咬人呢。这句话吴绪红懂。于是吴绪红带着兵回县城驻扎，闲暇时给石生财敲诈一下土豪劣绅，弄些钱财，自己也落得一些小费。当然，那时候不叫小费，叫油水。对于长期设点的地方，也在慢慢收缩，譬如凤凰山民团中队，管雪凤走了，吴绪红说管家有财产，应该放些力量。石生财说，谁个养活？那地方人烟稀少，柴米油盐都得从县城挑运，几户老吴家，还有王百胜，都是铁公鸡，不是出血筒子，想让他们出血就得下毛力，划不来。算了，收缩。一句话，这边的天又晴了。

管雪梅说，从二姐的话里知道，要从县城移人到这里居住，他们都不愿意，说这里死人多，戾气重，害怕。二虎的中队走了，石豹换防，带十几个人来，到乡下转了一圈儿，觉得没有油水，又赶紧走了。上一年年底，还有土匪到二姐家抢东西。二姐以为是我们，我说，山里留下的红军少，三两个人也成了病秧子，都躲在山里，没有下山，就是下山了也不会去抢她家。估计是民团捣的鬼，想捞一把，还想栽赃，一举两得。二姐说，也是，但是承轩说知道是假的也要人云亦云，光棍不吃眼前亏。从形势上看，现在是我们集中出击的好机会。目前，我们的任务有两点：一是寻找活下来的，把火种集中起来；二是研究方案，以其人之道还治其人之身。他们杀害我们那么多人，这个仇一定得报。

朱来福认为雪梅长大了，看问题很准，也同意，但是也担心。他说，雪梅，你知道吗？活下来的同志都是意志力很坚强的。这里分两种：一种是害怕，躲过敌人的搜查和屠杀，认为是侥幸，那些放弃信仰的人，虽说没有背叛，但找他们战斗，他们也不干，也不敢；另一种是骨干，信仰十分坚定，躲着，等待时机，但是多疑，不会轻易相信人，要是贸然联系，搞不好会发生变故。你说的集中，虽说是当前的首要任务，但是很困难。咋办呢？

管雪梅也觉得是个问题，但是再危险也要尝试。管雪梅说，我想这样，把任务交给宋二丹，也是对他的考验。要是能找到同志，说明他不是叛徒。若被同志怀疑，也许我们的同志比我们有办法甄别。把这个问题放在行动中考验，你看怎么样？

这一阶段宋二丹表现得很能吃苦，我身体没有恢复，他也很细心。这不能说明问题，能说明问题的还是考验。你这个主意好，但是我又担心，如果宋二丹真的是叛徒，出卖我们的同志，那就危险了。

这个我想过了。管雪梅说，要是宋二丹有这个阴谋的话，也许早就实施了。你受伤躺着，也不是一天两天了，这期间，宋二丹没有找我们的战友，很能说明问题。另一方面，宋二丹出外讨饭，我们的同志要是发现他是叛徒，还不想法干掉？没有，说明他不是叛徒，至少我们的战友没有发现他当叛徒的事实。不过嘛，你说了那么多，也是我来时才知道的。你说的只是猜测，有些还说不定是敌人的阴谋，是不是真的，只有让他去才能鉴别。

雪梅，你长大了，考虑问题成熟多了。你说得很对，也只能这样。朱来福说，我要是贸然联系，是被怀疑的。你呢，是管家小姐，身份隐秘，也不适合。同时，你长得太像你大姐了，要不是你脸上没有那颗痣，说话声音不一样，我都无法分辨。这里只有我们三个人。把宋二丹喊来，我们研究一下该从哪家着手。

按说，我想的这个办法也不是十全十美，是在拿同志的生命冒险。管雪梅说，也不是十拿九稳就能考验出来的，但是，确实没有别的好办法，那也只好豁出去了。

嗯，雪梅。朱来福说，事情就算定了。人们常说，舍不得金弹子打不到好鸳鸯，你说的“豁出去了”也对，革命哪能不冒险？啥事情都怕，畏首畏尾，会永远出不去，会饿死憋死。再说了，对于宋二丹的行动，我会暗地里跟踪。至于从谁家着手嘛……

管雪梅想了一会儿说，从王百胜那儿下手，怎样？

朱来福在那儿沉吟，这时，宋二丹在洞里把野菜面糊煮好了，出了洞就听见了，也没有思考，就说，我看，应该从吴大麻子家开始。

为什么？管雪梅问。

这个人你们不知道，那是脚板子长疮头顶上冒脓——坏透了。宋二丹说，这个家伙原来是杨山煤矿小老板，有钱。他想过城市人生活，就不买田地，到合肥做生意，生意没做成，还被人骗了一坨子，又回来了。刚回来时可怜兮兮，死乞白赖找到吴家，在吴玉龙家当过一段管家，卖辈的就是他。这个人狗眼看人低，不把穷人当回事儿。吴老爷偷偷找人给他看过相，说他那眉毛往上翘，是不会久居人下的。吴老爷就担心，害怕他与土匪勾结，心想别看他现在跟个哈巴狗似的，到时候指不定会咋样。为了安全起见，就给了他一笔钱，让他单搞，委婉地说他是大才，当管家太屈才了。他也以为自己是能人，就想买地。他现在也有个管家叫吴世恒，可是个精明货，对他说，有钱也要等等，你没看共产党要闹事吗？说得吴大麻子心里冰凉。

吴大麻子的管家咋那么护着他呢？管雪梅问。

你不知道，吴大麻子有个妹，长得可俏巴。吴世恒天天看就是看不厌，可把吴世恒的心彻底拴牢了，于是他就死心塌地为吴大麻子卖命。

哦，原来是这样。他妹还没有婆家吗？管雪梅说了这话，扭头看朱来福，有点不好意思，好在朱来福正在观察上山的路，似乎发现有风吹草动。

我当时也不知道，讨饭去多了，就听到一些音儿。宋二丹说，到她家提亲的人挺多，她哥都看不上，非要找个可靠的。啥可靠的？不就是想找个当官的吗？吴大麻子说，如今这天气，一会儿晴一会儿阴，靠不住；靠得住的只有大树，可以挡风遮雨。有人就介绍给吴绪红，那个……哦，你大姐不同意，吴绪红也就作罢。再说了，吴大麻子知道吴绪红不同意，就说，一个团总，还在人家胳肢窝过日子，能有啥出息。说大了就是个“二杆子”，说小了就是个“土包子”。吴小姐叫吴玉环，一气之下离开吴家，到了上海。上海有个“清水港湾歌舞厅”，她就在那儿当歌女，还被一个大家伙包了。也赶得不巧，这时候商城起义，吴大麻子就把钱财藏了起来，装穷叫苦，还把管家辞了，自己下田干活，就给他评了一个中农，还分了田地。他表现积极，见到赤卫队就点头哈腰，刚好区农会的会长老蔡是他在杨山煤矿时候的工头，见到了，叙叙旧，就让吴大麻子参加了农会，成了农会里面的宣传部长。吴大麻子很积极，知道不知道，理解不理解，来个鹦鹉学舌，上面咋说他也咋说。去年，红四方面军败了，他就投靠了石生财，听说还送去一千块大洋。石生财本来把他当共产党的高官准备嘎嘣的，可他说他可以戴罪立功，那个……哦，你姐姐知道了，觉得很好，就放了他。他被放出来后，就去找老蔡。老蔡你知道吧？就是蔡本诚。老曹家的几个弟兄，都是共产党，还是吴大麻子牵的线，他当然知道。找到蔡本诚后，他高兴得不得了。蔡本诚没有斗争经验，警惕性不高，就跟吴大麻子到了吴家，研究如何找到曹氏三兄弟。这三个人分别是曹真、曹金、曹银。曹银跟着大部队走了，曹金躲在山里，只有老大曹真在各处讨饭。找到曹真，没有找到曹金、曹银，搞起义人手不够，曹真又通过他个人的关系，跨区到王庄找到王世虎、王世豹、王世杰三兄弟，又通过他们找到另外几个人，说是都在吴大麻子家以小孩过周岁为由聚会，商量暴动的事情。没想到吴绪红派石虎带百十人，一下子把吴大麻子的院子围得水泄不通。在吴大麻子家开会的党员当场就被打死四个，带走六个，第二天就毙了。惨呀！可是谁还为他们报仇呢？听说王庄的三户老王家因为找不到吴大麻子家的地址，延误了时间，才逃得性命，躲进孤山，就是不知道还在不。

孤山，能躲藏？管雪梅说。

孤山虽小，但是往南就是鸡公山，他们很容易跑到那儿去。鸡公山是大别山余脉，大别山走到那儿忽然翘起，形成了一座大山。山上多树，山坎陡峭，别说个把人，就是千把人，到那儿就像掉到海里，人毛都瞧不到，一般来说不容易找到。

朱来福一直咬着牙，听到这里，再也忍不住了，举起手砰的一声砸在石头上，骂道，这个丧尽天良的家伙，就从他下手。一是惩治汉奸，二是震慑敌人。再说了，杀了这个狗东西，让百姓看看，知道红军还在，共产党还在，赤卫队还在。

朱来福因病在山里待久了，也就观察出一点门道。那些蚊子长得花里胡哨，腿细长，肉眼看不到嘴。不叮人时就把长长的喙夹起来，要是找到目标，就学着不声不响，慢慢地、轻轻地附在上面，人不知鬼不觉。蚊子也不是钢铁炼成的，也不是上去就能找到下手的地方。人的某些部位肌肉很紧，蚊子是叮咬不进去的，咋办？很有意思。朱来福没事时在树下坐着思考问题，一些蚊子就以为朱来福是个木头，是个傻蛋，就趴在他的手臂上。蚊子也有掩耳盗铃的时候，它还以为自己多么聪明呢，仍然一声不响地寻找。蚊子寻找下手的地方也很有特点，它不往前进，往后退，退着把长长的喙伸着，寻找柔软地带。最让朱来福惊讶的是蚊子的速度，一旦找到可以下手的地方，就猛刺，在0.1秒的时间内会把你的血吸上来。当一只花蚊子刺进去的时候，朱来福“啪”的一巴掌落下，蚊子变成一个小黑点，躺在血泊里。关键是，血，不是蚊子的，是人的。0.1秒就能把人血吸上来，太可怕了！朱来福也震惊了。

朱来福倒不是被蚊子叮得疼，而是心痛。一夜之间，那些熟悉的脸庞都没有了：白花花，蒋孝智，宋丹丹，还有他娘，还有赤卫队副队长范老六一家。比宋二丹还小的小石头，也没了。就像这场大雨洗涤的白鹭河，一切都被巨浪卷走了，找不到一点伤痕，留下的都是被水冲刷过的带着苍白的河沙，还有被浪头拍打过的萎靡不振的河边小草。那些小草，柔弱地躺在那里，等待着喘息。有喘息的机会吗？恐怕，接下来的是比巨浪还要残酷的霜雪。

朱来福流泪了，抬头看，凤凰山上，漫山遍野，到处都是红叶，在翠绿的松树间点缀着，十分醒目。

说到红叶，实际上是两种树：一种是柞柴，一种是枫香树。这两种树在大别山十分常见，也十分泼皮。柞柴属于灌木，枫香树属于乔木。两种树都生活在山里，错落有致，互相照应。柞柴叶像桑叶，嫩叶青绿，老叶酡红。枫香树的叶就不一样，七个叶瓣，像人的手掌，不看柄上的两瓣就会觉得像五角星。枫香树的叶很红，红得滴血。这两种树虽说不是一个科，红得也不一样，但是它们都是山里的风景。秋天，叶子遇霜弥红，在寒风中发出哗啦哗啦的声音。

所有树叶都落，只有青松和红叶还在。青松的叶子是与生俱来的，是可以抵御寒冷的，但枫叶是变化的，从青绿到酡红，是一种品质，也是一种毅力。只有这样的品质与毅力，在风霜当中绽放，才显得格外绚丽。不管是孤独的，还是成群结队的，在深山里，燃烧着树林，感染着人间。

柞柴也好，枫香树也好，长在深山里，到了秋天，好多会被砍伐，送到窑里，烧成木炭，让它们燃烧，即使燃烧了，烧成黑黑的炭，这些树心还是红的，遇到火还能燃烧，还能放射出光和热。想到这里，朱来福想到了红军——是呀，红军何尝不是红叶呢？不，红叶就是大别山的红军，不管是转移到外线的还是留守的，也不管是当地人还是像蒋孝智那样的，都是红军，他们都是山里的一道风景。不管是牺牲的还是活着的，都是美丽的。

朱来福想到“美丽”二字，忽然想到雪梅，转过头看雪梅手里的枫叶，看到她像孩子般一边玩着一边盯着他，有点不好意思，笑笑说，雪梅，你在想啥呢？

我在想，是不是得侦察一下，找到吴大麻子，搞些东西吓唬吓唬他，顺便问一问监狱里还有我们多少同志。

是得侦察。朱来福说，二丹，你呢，联系王庄的同志，你不是说陈天虎你见过吗？知道在哪里，找找，让他们跟我们一起干。

找可以找，谁相信呢？宋二丹说，这些人都被吓破胆了，躲着呢。

这也正常。管雪梅说，在黄安，刘书记为了联络队员，孤身一人跑到金兰山旁边的老祖庙，找到了扮作和尚的陈金鹤。陈金鹤以为刘书记叛变了，趁着刘书记不在意，一把将其按倒，夺了枪，绑在院子里的一棵柏树上，拷问半天，还是不相信，于是就磨刀，要把刘书记杀了。刚好高敬亭带游击队经过，到寺庙一看，是刘铭榜，才解围。

听刘书记说，像这样的事情发生好几起了。金兰山南边两座小山，一个叫笔架山，一个叫卧佛山。山上有两支游击队，都有七八个人，占山为王，过起了土匪生活。高敬亭派联络员张山峰去联系，到了卧佛山，被看山的逮住了，山大王就问了两句。你是从哪儿来的？张山峰说，我是高司令派来的。什么？

什么？哪个高司令？就是高敬亭。叛徒，狗日的，落到我手里，毙了。说时迟那时快，还没有解释呢，就听“砰”的一声枪响。

你知道为啥吗？高敬亭是鄂豫皖特委书记，没听说当司令，当司令，一定是民团的职务，就说明他投敌叛变了。对于高司令组建红二十八军的事情更是不甚了了，所以才发生误会。高司令生气呀，带着四十多人把山给围了。还是刘铭榜解围的。就是这样，高书记一定要杀了那个“山大王”。刘铭榜为其求情，高书记说，记着，杀同志，迟早是要算账的。这个家伙党性有问题，整日惴惴不安，最后叛变投敌了。

那怎么办？朱来福说。

宋二丹说，我觉得还是先侦察，抓住吴大麻子弄点响声，让周围人知道，要是我们的同志，一定会找来的，到时候，我们就会壮大。

哼，朱来福瞪了宋二丹一眼，没有好脸色地说，我看你就是怕死。

宋二丹没有争辩，看着管雪梅。

也不能那样说，二丹毕竟还是孩子，我们都得保护他。再说了，他说得也有道理，从这一点上说，二丹长大了，知道斗争策略了。这一招就叫旁敲侧击，好计。管雪梅说，二丹，你说说我们怎么侦察。

要是你们信得过，我先去打听，看吴大麻子什么时候在家。宋二丹说，再说了，路熟，把地形侦察好，动手也方便。

也行。朱来福说，趁着天早，你现在就下山。

宋二丹迟迟不走，看看管雪梅在场，噘着嘴说了一句：朱队长，我对你有意见。

啥意见？反了你？朱来福说，牺牲那么多同志，你敢说与你无关？

我要是出卖他们，我是杂种！宋二丹本来脸黑，如今黑里带红，一张脸憋得像个猪尿泡。

朱来福还想说，管雪梅说，好了，来福。他还是个孩子，怎么会出卖同志呢？那些同志的牺牲只能说明斗争形势残酷。我们也要吸取教训，不能轻易相信人。

你没有来的时候我早已经感觉到了。宋二丹扭过头对朱来福说，我把你救了，你还以为我害你。几次考验我，你当我不知道吗？告诉你个“朱瞎子”，你要是认为我是叛徒，你算是瞎了八辈子眼了。

朱来福从小害眼病，他妈认为是蹚着了鬼神，就找人看。刚好来了一个瞎子，掐指一算说，你家住宅东边有个古墓，廊檐水从古墓经过，古墓塌方了，把水路截断了，造成水走不掉，只能浸泡在古墓里，所以你家孩子害眼病。朱母相信，让朱来福找铁锨挖，朱来福挖了半天也没有挖到，就骂，是个瞎子也相信。于是把铁锨甩了，不挖了。朱母从屋里跑出来一看，骂道，阴阳仙是瞎子，你也是瞎子吗？瞎子说在东边，你跑西边，挖八年也挖不到呀。朱来福就到东边挖，还真的神了，只三四铁锨就挖到一个古墓，还在古墓里挖出了一盏灯和一个坛子。这件事在赤卫队里讲过。人们就拿朱来福开玩笑，说他是“朱瞎子”。玩笑也是善意，意思是“没谱”。

朱来福没有证据，也不再争论，转个话题说，我们缺少粮食和衣服，马上过冬了，得找吴大麻子打秋风。你去看看，要是找准了，通知我们。

国民党正规军撤离后，吴大麻子就感觉不太保险，总感觉有一双眼睛在背后盯着他，再加之今年春天，石虎的民团也撤到城里去了，吴大麻子更是不安。所以，最近一阶段，吴大麻子特别小心，除剃头外，其余都叫管家办，自己足不出户，在家躲着，观察动静。

寨子东头有个藕叶湖，藕叶湖旁边住着一户人家，也姓吴，是从北方搬过来的，不太知道底细，看着像本分人家。他是个剃头的，头剃得好。别人的钱都收，就是不收吴大麻子的钱。吴剃头说，这是孝敬您老人家的。说得好听，吴大麻子也就常去。

吴剃头有个闺女，十四五岁，长得好看，平日里喊吴大麻子大爹，就是大伯的意思。吴剃头拜托吴大麻子，想说给县长，又怕石生财嫌弃，也就没张口。吴大麻子心想，要是逢着合适的，还真得给保个媒。吴大麻子多心，认为只剃头不收钱，人情不大，怕只怕这里有鬼，吴剃头要是共产党，剃头刀在脖子上一刺啦，自己就完蛋了。这还是次要的，每次剃头，总感到有人盯着自己，睁开眼睛又看不到。吴大麻子不光不舒服，还有点胆战心惊。

民团进城了，吴大麻子就在开会的时候提出来，说是乡区也应该设保安队。县长说，那好呀，保安的报酬你们都知道，每人每月六块，由你们收。吴大麻子一听，一激灵，小九九就拨开了。回来后，他左想右想，又想吃空饷，对于脑门后面的那双眼睛，自认为是多疑，于是甘愿冒风险，干脆先把银子收上来。银子收上来了，白花花的洋钱可眼馋人，抓在手里，手都是颤的，要是发给整天背着枪无所事事的团丁，真他妈的亏！这般想，咋办呢？平时里，为了吓唬麻雀吃稻田里的稻，在稻熟之前扎个草人，放在稻田中央，麻雀见了就会吓跑。吴大麻子比葫芦画瓢，找了几个亲戚，也发给枪，每人给点烟钱，在家吃住，既省下许多的银子，又能吓唬赤匪，这就叫弯腰带把鞋——一举两得。

谁知道共产党不是天上的麻雀，“稻草人”没用。宋二丹探得消息，说吴大麻子在家。朱来福他们去的时候，吴大麻子正陪着一个小女人叙话，屋里存粮多，还有刚收上来的棉衣。

那个小女人不是别人，正是吴剃头的女儿，喊吴大麻子大爹的吴翠凤。

吴大麻子抱着，吴翠凤太小了，感觉不太舒服，又是蹬又是扒，还在那儿啼哭。吴大麻子哄着说，我会给你好处的，也会给你爹好处的。

我不要，什么都不要。吴翠凤骂，你这个老不要脸的，你是个王八蛋。

我本来就是吴大麻子，咋又是王八蛋了呢？

你就是王八蛋！吴翠凤在穿衣服：爹说让你喝酒，你对我这样，还让我喊你大爹。你不是王八蛋又是什么？

好了，别哭了。吴大麻子说，给你，这么多钱都给你，行不？

吴翠凤看到钱，忍住哭，伸手拿。吴大麻子又攥住了手腕说，现在不行。你要知道，拿回去了，你爹问，你咋说？

吴翠凤愣在那里，看吴大麻子脸上的铜钱窝窝，不知道哪个是真的，哪个是假的，就想笑。

我给你存着，等你长大了，加利息给你。吴大麻子说，我倒没事，你要是说出去，不光是嫁不了人，人家还会说你是疯子。我老吴，堂堂做人，十里八村，谁都知道。这也是为你好，不要对你爹说，谁个也别说。

别动！动，我就崩了你！吴大麻子弯腰，贴着脸对吴翠凤说话，吴翠凤早已发现有人来了，藏在门旮旯，这个时候出来了，吴翠凤不知道是谁，吓得也不知道动弹了，只睁着大眼睛看。吴大麻子以为她在看他的脸，当看到吴翠凤的目光在瞅他身后，脸变得煞白，一张稚嫩的脸蛋一点表情也没有的时候，晚了，朱来福的手枪已经抵住吴大麻子的后脑壳。

随后，管雪梅也拿着枪站在吴大麻子面前。宋二丹拿着一把明晃晃的镰刀，在吴大麻子眼前晃来晃去，咬着牙，比画着。

吴大麻子瞪着眼睛喊，来人啊，赤匪来了。可是，没有一个人来。

朱来福说，喊，还喊呀。吴大麻子又喊，还是没人。这是咋回事呢？吴大麻子不再喊了，一下子像个软蛋，知道死期到了，很绝望。吴大麻子赶紧说，大爷，饶命呀。爷爷，饶命呀。我们没有见过面，前无怨后无仇，你们要啥我都给你。

朱来福把头一摇说，啥子都要，尤其是你的这张麻脸，能装好多洋钱。

吴大麻子吓得筛糠，看看裤子，地上呼呼响，已经失禁。吴大麻子在想，瞎家丁呢？到哪儿去了？关键时刻赶紧来救命呀。朱来福仿佛看透了他的心思，笑着说，你在想你那几个笨蛋家丁吧？他们呀，都赶会去了。

完了，完了，彻底完了。吴大麻子又看看每个人的脸，没有蒙着，说明不是土匪。那是干啥的？心里吃惊，是红军？难道红军打回来了？再斜眼看，不认识，立即侥幸起来——也许他们也不认识我，就是几个不在行的土匪嘛，要不，就是几个饿极了的赤匪。心想，也许他们不知道我的过去。于是说，我参加过共产党，还是宣传部长呢。同志，别是大水冲了龙王庙，一家人不认识一家人了！

住嘴！啪一巴掌就把吴大麻子的下颌打掉了。吴大麻子嘴歪着，说不出话。朱来福骂道，你个叛徒，今天就是为那些死去的同志报仇的。你做的坏事我们都知道了。

吴大麻子彻底死心了。知道是死，也就不怕了，直起身板，歪着嘴，呜哇呜哇地说，够本了，我吴大麻子，吃也吃过，喝也喝过，赌也赌过，嫖也嫖过。这辈子杀过人，出卖过人。那些赤匪还想通过我给他们搞到粮食，给他们衣服，去死吧。

宋二丹再也忍不住了，一镰刀下去，割断了吴大麻子的脖子。血像喷泉一样往上喷，朱来福赶紧退后。吴大麻子先是扶着床，嘴张了两下，用手捂住脖子，只几下，就像瘪了气的车胎，咕咚，倒在了地上。

吴翠凤见状，叽哇一声，晕了过去。

就是这一声叽哇，惊动了一个要饭的。这个要饭的上前拍门，问道，有人在家吗？有人在家吗？

咋办？朱来福问。

宋二丹说，灭口。

管雪梅说，别怕，我听声音，不像是这家人。我们不吱声，等一等。

正说着话呢，门“吱呀”一声开了，一个蓬头垢面的老头闯了进来，一看这情景，大声喊，杀人了！杀人了！

宋二丹扭头一看是陈天虎，就说，陈大哥，是你呀，喊啥？

陈天虎看见宋二丹拿着刀，刀口还在滴血，旁边站着两个人，屋里有点暗，分不清是男是女，又低头看见地上吴大麻子抱着脖子在那儿扭，地上淌了一地血，哆嗦着说，你们杀人了？

朱来福手疾眼快，上去就把陈天虎按倒了，用手枪顶着他。

宋二丹说，朱队长，这就是陈天虎，我们的同志，王庄的。王庄有好多党员，队长死了，他们钻树林，要饭，过着野人生活。

朱来福听后，用胳膊蹭了一下陈天虎，骂道，叫唤啥？我们是赤卫队。朱来福一摆头，管雪梅连忙跑到屋里，提了一袋大米，还有半袋麦面，又到里屋找到两条被子和几件棉衣，用麻绳捆住。刚好，吴大麻子家里有尖桶，还有一担箩筐。管雪梅慌得不行，把米和面各倒入一个箩筐里，对宋二丹说，你挑着，我挑棉衣。

这个时候，只听到后院有人喊，老爷，老爷。

在这里要介绍一下吴大麻子的住处。

吴大麻子住在河口下面，是一个岔道的地方。这个地方地势平坦，阴阳仙说，此地叫美女晒丘地。本来嘛，“美女晒丘”有点贬义，但是毕竟也是一官大地，住上了说不定就会出美女，就会当大官。那个时候，吴大麻子有钱，但是人长得丑，腰粗没劲儿，说话还有点女人腔，所以找女人难。好在他有钱，能养活，于是就找了一个大家闺女叫刘倩倩的。别听着名字好听，刘倩倩就是刘欠欠，干啥事情都少一根筋，都二十来岁了，还很贪睡，半夜里还尿床，这还算小毛病，最主要的是不卫生，什么都吃。平日里穿个像睡衣的褂子，两边有两个大布袋，布袋里永远断不了零食，不是生瓜梨枣就是点心糖果，走一路吃一路。能吃能睡，就容易长胖，长胖了更爱睡觉，要是不睡就头晕。

吴大麻子总往城里跑，路途遥远，回来时多半是夜晚，感觉不太安全。为了安全，又能满足，还为了装面子，从红军走后，一两年之内，他就娶了三房姨太太。三房姨太太也很争气，二姨太已经为他生了一个，其他几个也种好了庄稼，只等到瓜熟蒂落的时候收割了。胖姐不是不知道，但是胖姐不介意，有一搭没一搭地吃零食、睡觉，要不就头晕。

吴大麻子住的这个地方，本来周围人就少，经过几次清洗，更是找不到几户。除了村东头藕叶湖旁边住着一个自家的，就没有旁人。最主要的是吴大麻子显摆阔气，娶了姨太太之后，就开始建房。房屋分三层，靠近最里面的一层是妻妾住的。

妻妾住在一个大院子里，后院建了两层楼，上下十二间，大太太懒，就住在下一层，二太太生了孩子，上楼不方便，住在大太太对面，隔院相望的上面就是其他两个姨太太。中间砌了个花坛，种了许多树木，有石榴、梨、枣子，就是没有桃子。桃子，淘子，有点不吉利，就没有栽种。

第二层院子是吴大麻子办公的地方，规格也和后面相似，就是里面的摆设不一样，多半是粮食、古玩之类。前院就是伙房，还有打杂的、保安的。

按说吴大麻子家里布置也算严谨，朱来福他们是进不来的。一来这天是秋天，孤山寺一年两次逢会，春天一次，秋天一次。刚好这天逢会，管家和勤杂人员纷纷要求赶会，都借口要添置东西，说是快去快回。吴大麻子想打野食，也就爽快地同意了。朱来福他们就钻了这个空当。那些保安，更是皮影子下饭店，人多不纳食儿，更何况都走了呢。

陈天虎看到管雪梅是个女的，拿尖桶有点吃力，就走过去，接过来，一头扎一个，担着就出门了。门一开，就听到后院有小孩子叫，侍候的吴妈站在楼上喊，都死了？小太岁叫了，二奶奶让伙房弄点豆腐脑来。

陈天虎又退了回去说，有人发现了。

管雪梅推开陈天虎说，你是吓傻了？跨出门大声说，知道了，马上做呢。

那边说，你是谁呀？董老头呢？管雪梅说，赶庙会去了，让我来。

这个死老头，就是贪玩。吴妈高声喊，你会做吗？

管雪梅答应，不就是豆腐脑吗？会做。

那好，快端来。小太岁饿坏了！

管雪梅不再说话，退到屋里说，没人，快走。宋二丹，你在前面，我保护。朱队长，你断后。估计河口的岔路有人，拐过岔路就是竹林，到那里就安全了。

朱来福看看周围，吴翠凤还在床上躺着，晕过去了还没有醒来。吴大麻子已经不再扭动，脖颈不再流血，被割处扑哧扑哧冒着红色的气泡，脸苍白，估计已经死了。朱来福想到山上没有锅，就跑到厨房，顺手提了一个锅，大步流星出了大门，向那片竹林跑去。

朱来福刚走到竹林，就听见竹林里有人说话。有个人声音很尖，听着刺耳，说，吴管家，我们哥儿几个还没有玩好，急啥呢？

吴管家说，都走了，只有老爷在家，放心吗？再说了，赶会，人山人海，啥看头？除了人多，还能有啥稀奇古怪的事情？

看来不止俩人。另一个嗓音有点粗，说话瓮声瓮气：咋不好看？有皮影戏，还有花鼓灯，那个演穆桂英的女人，有一对酒窝耶，可得人疼呢。

放你妈的屁，你知道她是谁吗？她就是县城著名的歌星，叫什么曼莉，是我们吴团总的那个……

吴团总的？另一个说，好事。有道是山高皇帝远，他管得着吗？再说了，就是一个戏子嘛。

吴管家真不想跟他们啰唆，就直接说，吴团总知道了，你那肩膀上的“二斤半”恐怕就要搬家啰。

另一个不识相，还在调侃，感叹着说，哎，要是能睡一晚上，就是死球了也痛快。

吴管家好像察觉到了什么，竖起耳朵听，然后说，这条路很少走人，要走也是东家，咋有人来了？说着，朱来福走到了他们面前。

朱来福这时留着大胡子，头发披散着，看起来只有一个黑洞洞的眼珠，跟鬼差不多，十分吓人。管家看见他提着一口锅，也是黑咕隆咚的，就更加感到恐惧。他们擦肩而过，都注视着对方。注视片刻，管家还“嘿嘿”两声，算是打招呼，点点头，带着人继续走。走了二百米左右，管家忽然想起什么说，坏了，我怎么看那个人像赤匪头子“朱瞎子”呢？

另一个说，你是见鬼了，“朱瞎子”不是早死了吗？骨头都烂了，显魂还差不多。

管家说，不对。那口锅是东家的，我认得，去年赶会时我让烧锅的小尿买的。那口锅耳朵是个单耳朵！当时买来了还挨了我一顿臭骂，小尿还顶嘴说一只耳朵也能做饭，要是烧不熟他负责。这一说，惊动了其他两个人，一起说，坏了，一定是赤匪。赤匪抢了东家，咋办？管家说，你们是保安，还不赶快撵。那两个人立即转身追朱来福。朱来福看到管雪梅他们钻到竹林里了，知道安全了，就把锅放下，不走了，转过身，拔出枪，在那儿咳嗽。一咳嗽，两个保安抬起头站住了，看着朱来福，不知所措。朱来福高声说，你们是想死呢还是想活呢？那边没人答话。朱来福又大声说，要是想死，我这就送你们到土地庙；要是想活，日你妈的赶快滚蛋！那俩人，其中声音比较尖的一人藏在一棵树旁，露出半个脸，伸着头问朱来福，你抢了吴乡长家？朱来福高声说，是的，本人是河口赤卫队队长朱来福，坐不更名行不改姓，咋了？另一个也找了一棵树作依靠，小声对同伴说，他手里有枪，我们赶庙会，没带家伙，恐怕不是对手。再说了，“朱瞎子”是活阎王，死几次都没有死掉，惹不得！尖声音的那个人说，怕啥？都是人，我是俩蛋泡，他也是俩蛋泡，不比我们多个蛋，怕啥？要是我们放过他，回去了，咋交代？

朱来福一听，想到管雪梅他们已经脱离危险，也没有后顾之忧。一年多了，在大山里受尽苦头，十分郁闷，如今下山，心中窝着一团怒火正没地方出呢，于是也不再考虑后果，瞄准那棵树，啪，就是一枪。

实际上，枪里只有一发子弹，如今放了，朱来福还在瞄准。那俩人听到枪响，子弹打在一棵竹棍上，竹子应声而断，吓得屁滚尿流，喊了一声，妈呀，他真有枪，子弹可不长眼睛，还不赶快跑。吆喝着，三个人拼死命跑了。

朱来福回到山上已经中午了。管雪梅说，你咋放枪？要是惊动了民团咋办？

朱来福说，当时没想。

管雪梅不再说话，看着他。

朱来福坐下来把锅交给了宋二丹，让他把那口小锅换下。那口小锅，是宋二丹在山下捡的，锅底有个大窟窿，只能歪着做饭。那时候也没有粮食，野草野菜什么的，放在锅里煮熟就行了。再说了，白天也不敢生火，还是宋二丹想了一个好办法，在他们居住的山洞旁边有一个小山洞，就在那里支起一口锅，四周用泥巴糊好，在锅灶后面安上一个长长的通气的竹管，竹管接着竹管，一直通向小溪的水里，有了一点烟都通水里了。再说了，山里经常起雾，烟与水气混合，冒上去也分不清楚。竹筒埋在泥巴里，敌人也不容易找到。如今民团回城里了，他们在山里做饭，就是冒烟也不怕。要怕就怕敌人的暗线，瞄上了，搜山，可就麻烦了。

宋二丹很高兴，提着锅说，这回可有好东西吃了。只是没有盐，也没有油。朱来福说，二丹，你去做饭，我们三个开个会，总结一下。

坐在石头上，陈天虎做了自我介绍，他说，这么多年，吓傻了。装疯卖傻，到处讨饭，头毛又长又脏。说实在话，泪水都哭干了，到处找，找了这么多年，只找到王氏三兄弟，他们也和你们一样，在离金刚台不远的五峰岭躲藏，还有几个叛变了。

陈天虎说，那天，我要饭到了东家河，见到了东家河区委书记蔡家望，这个人跟随红四方面军走的，走时是三十二师一个连的指导员。他说他们红四方面军越过京汉线，就回不来了。敌人在后面咬着，一边跑一边打，很激烈，死了很多人，伤了很多人。那年秋天，雨水多，道路泥泞，红军都没有顾上带棉衣，也没有草鞋，多数打赤脚，我的脚都磨起泡了，血水流着。转战到新桥又碰上国民党七十四军阻击，又折回来，跑到桐柏，在桐柏又打了一仗。不能说胜利也不能说失败。打败的是地方民团，敌大部队知道了我们的动向，又派正规军，飞机嘤嘤叫。过了伏牛山，才知道再也回不来了。那时候，我们的部队有一千多伤员，要是抬着，会全军覆灭。我也受伤了，是脚伤，不能走。受伤的队员在一起商量，要留下来，为大部队摆脱困境阻击敌人。徐总指挥不同意，说我们红军没有丢下伤员的习惯。在红军医院治疗的六个战士，伤势还是很严重的，但是他们听说了紧急情况，坚持爬起来写血书，把家庭住址和姓名都给了认识的战友，让他们活着把信带回家，然后把吃的都分给战友，抱着头痛哭，然后分开，准备用死亡缠住敌人，为战友赢得新生。可是，那些要离开的战友舍不得，有几个还是从小共患难的兄弟，死活要扛着他们，那六个人在万般无奈之下举起枪对着自己的脑袋，喊了一声：红军万岁，共产党万岁，就开枪自杀了。其他伤员写了血书交给了徐总。徐总含着热泪批准了。这时候，我们一千多人反而高兴了。忙着寻找熟悉的战友，让他们活着，为我们报仇，等到打回大别山了，给我们的爹娘报个信：我们牺牲了，值得！我们一起燃起了篝火，一起为即将西行的战友唱歌。唱啥呢？先是唱情歌《月亮爬树梢》：“月亮，月亮啊，你偷偷爬树梢，霞妹呀，霞妹黑黝黝的辫子真好。一股股松散着，两股股紧抱着，哥哥给你一根红头绳，妹子你攥着揣进心口窝。”有个商城起义的战士说，太软，不好，我们唱《八月桂花遍地开》吧。于是，他起了一个头，大家唱起来：“八月桂花遍地开，鲜红的旗帜竖啊竖起来，张灯又结彩呀哈，张灯又结彩呀哈，光辉灿烂闪出新世界……”唱着唱着，大家呜咽，一千多伤员，或躺在地上，或跪在战友面前，或站着，用手，用嘴，用脚，把心爱的东西掏出来，赠给战友，祝福他们打胜仗，为我们报仇。我们纷纷把粮食解下来给战友，把子弹给战友，让他们吃饱，有了子弹多杀敌人。那时候，最缺的就是粮食和弹药。我们翻过铁路线，群众给我们备了五天的干粮，大多都是炒小麦，这些干粮见水，都泡涨了，但是我们都舍不得吃，过去四天了，都还有半袋子，都送给战友了。要远征的战友，他们接受了我们的馈赠，含着眼泪把他们的手榴弹留给我们。我们知道，他们也知道，我们不会当俘虏，万不得已，会与敌人同归于尽。

战友走了，在过桐柏山时，又打了几仗，很艰难地到了四川。我们留下来了，分散到不同的山头，先是阻击敌人。敌人太强大了，在山上，不时听到手榴弹的爆炸声，每一颗手榴弹炸死敌人也炸死自己，可是我们的战友不怕，最可怕的是敌人不近身，老远就放枪，把我们的战友杀死，或打残废，再捉住。最可怜的是在桐柏山一个叫长啸坡的山沟里，敌人捉去手无寸铁的红军战士三百多人，他们是重伤员，手脚都不能动弹，在山沟里藏着，被发现了，全部被活埋。也有少数活下来的，他们各找出路，分散突围。我们听着不同的山头不断传来爆炸声，还有咬牙切齿的痛骂，撕心裂肺的号叫，都是我们的同志与敌人同归于尽的声音。

那时候，我没有藏在山洞里，爬着下了山，到了一个村庄，我把脸糊弄成锅铁一样，爬着要饭。也碰见了几支国民党军队，他们问我，我不说话，装哑巴，打着手势。他们检查我的伤，有个人说，不是枪伤，是刀伤，问我是怎么受伤的。我比画着，说是地主老财用刀砍的。另一个像军官模样的人说，也像。也是的，这么脏，还不如死了。说着，就掏出枪要毙我。另一个参谋说，团长，四周都是兵，还有老百姓，一个要饭的都杀，影响不好。团长抬眼看看端着枪的士兵说，算了，放了。我就这样一路爬着，要饭回来的。

陈天虎说，在还没有见到蔡家望的时候，我死的念头都有，可是见到了，听到了，我有了活下去的勇气。听说，红四方面军到达了四川，在那里创建了革命根据地，发展很快，具体发展到什么程度，蔡书记说，要是这样下去，不到两年就会打回来。这就是希望，我们要为这个希望活着。

朱来福说，我说嘛，敌人为啥没有再搜山，原来都跟到四川去了。这是个好消息，也是个坏消息。好消息，我们有了喘息的机会，利用这个空当大干一场；坏消息，就是为我们的部队担心呀。这么多疯狗，他们打得过吗？

管雪梅一直盯着朱来福，这时候才说，来的时候，刘书记也是这样说的，他也是从桐柏山爬回来的，他说，要利用这个机会展开斗争，成立游击队，利用山高林密的地理优势开展游击战争。

啥叫游击战？陈天虎问。

我们今天就是游击战。朱来福说，我在这里养病，雪梅已经跟我讲了，我懂了。我想，我们一方面打击敌人，惩治那些恶霸还有民团头子、叛徒，为人民伸张正义。另一方面，还要自保。毕竟大部队走了，力量单薄，我们要善于斗争，利用优势开展斗争，还要联络我们的同志，发动群众，壮大队伍。

我的任务算是完成了。管雪梅含情脉脉地看着朱来福说，你们组织游击队，队长朱来福，副队长陈天虎。联络王氏三兄弟，还有宋二丹。从这一阶段看，宋二丹也在走向成熟。我想，时机成熟了，就吸收他入党。我该走了，来福、天虎，你们两个利用时间找人把头发理理，研究下一步斗争方向。刘书记等急了，翻山越岭，还得几天，我该回到黄安了。

你别回去，朱来福说，你来当书记吧？

那不行。我走的时候，刘书记告诉我，让我传达精神，做好游击战动员，搞好后，务必回去。

要是这样，那我送你。朱来福说，我知道这里到黄安很远，得翻十几座山，再说了，石生财民团还在二道河设卡，要是碰见了不好办。

不用，我知道。我会小心的。管雪梅心里难过。这个时候，宋二丹做好饭，是一两年也没有吃到的白米干饭。大家闻着，香气喷人，就感到饥肠辘辘，实在等不及了，没有碗，朱来福就跑到溪水边，拽了几片荷叶，又折了两个树棍，递给管雪梅说，吃吧，你受苦了。

管雪梅流出了眼泪。她从朱来福手里接过荷叶，用树棍挑了一坨饭，吃着，看着。就在这个时候，宋二丹发现溪水旁有个人影，晃动了一下，没了。宋二丹急忙大声问：谁？

管雪梅也惊讶，赶紧放下荷叶，站起来掏枪。朱来福一个箭步挡在管雪梅身前，转过身说，雪梅，你别动，我们先看看。说着，问宋二丹，发现了什么？

宋二丹没有说话，还在猫着身子寻找。这时候陈天虎说，我也好像听到了声音，一定是人，难道被敌人发现了？我们来时，有人跟踪了？

朱来福一下子想起来在路上碰见的那几个人。

从王大望来我们乡，三个人一起回忆当时看到的手抄本之后，原计划第二天王大望还要回老家看望父母，我们也就不便跟去，所以，再详细讨论那本书的细节也就成了"回来再说"。十多年过去了，王大望再也没有回来过，胡曼莉也跟着老公调到省城，有好多谜团因为时间而变得模糊，以至于想弄明白只有回忆和猜测了。

在回忆当中，我记得胡曼莉和王大望都说到一个人，就是女特务还有一个妹妹，这个人在这本书里出现过。我当时问过，是哪个妹妹？胡曼莉说，就一个妹妹，还能有俩妹妹吗？王大望说，你记错了，女特务还真的是姊妹仨，这个妹妹是小妹妹，书里说，跟着共产党走了，在解放战争当中牺牲了。

胡曼莉说，你这么一说我想起来了，但是书中没有提到这个小妹的生死，只是说，这个小妹长得特像她大姐，因为特像，还扮成她大姐的模样，带着游击队袭击过商城县城，打死、打伤不少人，临出城时，吴绪红掏出枪准备打，盯着背影，想起管雪凤，又放下枪。吴绪红是神枪手，要是开枪，别说管雪梅坐在白马上，就是坐在飞机上，也照样打下来。

王大望拍拍脑袋说，记错了，有这么个人物。你看我，读手抄本读多了，把人物搞混淆了。是有这么个人，没结局，只是说，最后成了老红军。

我当时已经看过奶奶的日记，对奶奶日记里面的记载也知道一些，我知道他们说的与我奶奶的记载相似，只是在某些细节上有些出入。改革开放了，奶奶担心的事，我们也不再担心。因为没有顾虑，所以想知道里面的传奇。我当时记得奶奶的日记里面记载有她三妹的一些事情，也想印证一下，我就说，我看过奶奶的日记，你们说的《一个女特务》，写的还真的就是我奶奶呢。

两人惊诧，都瞪着不相信的大眼睛看着我说，你奶奶当过特务？

我说，不是的，我奶奶也是姊妹仨，我奶奶的大姐也叫管雪凤，是个女特务，就是你们说的，我奶奶是老二，奶奶的妹也叫管雪梅，是老三。你们说的，就是我奶奶家的故事。

这就奇了怪了！两人同时说，你说说你奶奶日记里面的故事，让我们听听。

我说，那行，凭我的记忆和后来的考证，我就把大概说一说，你们两位听一听，是不是《一个女特务》后面记载的。你俩也知道，直到现在，我也没有读完这部手抄本。

奶奶的日记里提到三妹，写得模棱两可，但是从字里行间，能看出奶奶还是很想念她的这个三妹的。对此，经过整理，大致是这样描述的：

三妹叫管雪梅，小我两岁，非常可爱，扎着两条大辫子，很顽皮，经常翻着大眼睛问大姐问题，什么地下还有人不，要是有人他们咋活呀，地下有没有吃的，还问为啥那些人当乞丐。大姐很烦，每次都不给她好脸色看，还训她，说她是身在福中不知福。大姐还挖苦说，我的三小姐，你别傻乎乎的好呗，你生在管家，上有父母罩着，下有姐姐哄着，就是掉进蜜罐里了，还说那些勺话。三妹也不生气，撒娇说，你们都是姐，就我老小，不会就问，有什么了不起的。

不管大姐怎么训，她照样乐呵呵的。三妹爱问，但急爱问一些不沾边的问题。三妹也爱学习。在娘娘庙里学习，第二年春，朱来福、吴绪红也去了，蒋先生也让他们旁听。蒋先生教书，既严肃又太过死板，提不起精神，还说些都听不懂的话，所以大家都不太爱听。比如说，这个社会不公平，有人吃香的喝辣的，有人就没有饭吃。吴绪红说那是因为没有好好干活。蒋先生说，朱来福，每天都干活，起早贪黑，他有饭吃吗？这就是穷人。雪凤一家就有饭吃，雪凤干活有朱来福多吗？吴绪红激动地站起来说，一个是男的，一个是女的，不可比。老师听了笑笑，也不再反驳。三妹站起来指着吴绪红说，我知道老师为啥笑。蒋先生不再笑，感到好奇，就问，雪梅，你说说。三妹接着说，他，吴绪红，穿着厚厚的皮棉袄；他，朱来福，单衣薄衫，让他俩换一下不就知道了。吴绪红气得脸通红，抢着辩解说，这是我爹妈给我的，咋能换？大家都笑了，只有大姐没笑，一直低着头。下课，大姐扇了三妹一巴掌，骂道，你是勺呀，吃里扒外。三妹没有哭，走了。

过了这个时间，三妹还是大姐长大姐短的。有一次在凤凰山那棵迎客松下凉风，我俩坐在一块儿，我问，小妹，大姐打你，为啥不生气呢？三妹扭过头说，她什么时候打我的，我不记得了。敢情是小妹忘性大，我也就不想提，在那儿一边乘凉一边想着问题。

三妹说，二姐，你说说，蒋先生说得对不对？把我问得一愣。平时，我很少考虑先生说的观点。譬如说，都是人，生下来没有牵挂，所以说应该都一样，应该平等。这句话也引起了争论，有人说对，也有人说不对。大姐还说，蒋先生不尊重历史。人，生下来是平等的，但是前生修行是不一样的。有人在前生做了坏事，托生穷人家就是让他受罪的；有人做了好事，这辈子就该享福。这也叫平等。

蒋先生问，雪梅，你说说。三妹看看大姐。大姐说，你个小勺，先生让你说，你不说，可别后悔。三妹说，我要说就有点长，怕影响上课。蒋先生说，说吧，大家听听有没有道理。

那好，我就说了。三妹咳嗽了一下站起来说，我是这样理解的，不，也不是我理解的。为啥我们国家老受外国列强欺辱？难道说我们国家的人都没有修行好吗？不是，还是我们落后了。大家都在寻找答案，谁个找到了呢？孙中山！我没有见过这个人。大家一下子笑了，蒋先生也笑了。三妹怯生生地说，我真的没有见过这个人呀，我也不知道这个人长什么样，都叫他“大炮”，估计长得又黑又高，要不咋叫“大炮”呢。

大姐插话说，大炮，不是你那样理解的，是能吹牛的意思。

我不管啥意思，三妹继续说，就说五四运动，大家都知道的，推翻了清政府。这个清政府腐败得很，统治我们长达二百多年，快三百年了，难道说我们都是作恶多端的，罪有应得的？我看不像。这是为啥呢？就是蒋先生说的，这个社会还是个弱肉强食的社会，不公平。我记得先生给我们上课，讲到了《诗经》中的《硕鼠》，大家都会背，里面这样写道：硕鼠硕鼠，无食我黍！三岁贯女，莫我肯顾。逝将去女，适彼乐土。乐土乐土，爰得我所……称为圣人的孔子就说，劳心者治人，劳力者治于人。看来还是社会不平等呀。

说到这里，大家都不再笑了，有人还鼓起了掌。

不说远了，还是说那天在迎客松下发生的一件事情吧。

三妹问我，大姐干啥？为啥没来上课呢？我说，大姐说她身体有点不舒服，还听爹说，大姐想到大城市里去，是到郑州还是到武汉，犹豫不定。三妹说，当然到武汉啰，听说那里人思想进步，可以学好多东西耶。我说，大姐跟我说，想当贵夫人。爹也说了，大姐命贵。还说我们三个命都很好，将来会为管家祖宗显耀。三妹不说话，向我靠近，很神秘地小声对我说，你没有看出问题吗？蒋先生好像很喜欢大姐耶！我当时听到耳朵嗡嗡响，就说，胡扯。蒋先生都三十多了，大姐才二十挂零，差十多岁呢。蒋先生差不多跟爹一样大了，咋行？可别胡说。你这张小嘴呀，没遮拦，有也说无也说，将来会吃亏的。三妹也不说话，还是笑。过了一会儿，站起来说，走，回家去。

从那以后就各奔东西，再也没有见过三妹了。听说她参加了赤匪，不知道是真是假，真可怕。反过来一想，也许是真的。只是赤匪的大军败了，小妹是跟着走了还是留下来了，真的不知道。爹妈死得好惨。我也在调查这件事。承轩说，好像不是赤匪所为。有道是，杀人不过头点地，赤匪不会做出杀了人还把头挂在树上的事情。像仇家干的。

爹得罪谁了呢？大姐说是蒋孝智，还说蒋孝智就是个白眼狼。爹给他吃给他喝，他还不知足。至于如何不知足的，大姐没说，话里有话。我猜测，就像三妹说的，对大姐不轨。大姐说，蒋孝智就是个要饭的，来到这里，爹高看一眼，给他供着。可就是这样，还想干坏事，隔三差五找我，问我这问我那，还给我好多书看，都是鬼话，有啥看头。我都给扔了。还跟我说，雪凤，你就是山里的凤凰，只要立志，一定会展翅高飞的。说这话难道我不知道是啥意思？以为我是三岁小孩子？那眼神，恶心！我赶紧走了。回家，跟娘说了，娘也很惊诧，想了想，对我说，平素里，蒋先生还算是正人君子……说到这里，娘就不多说话了。估计娘跟爹说了。吃饭的时候，爹说，凤，要不要出外学习？我跟你娘说了，我们同意。到郑州还是到武汉，你自己拿主意。我当然要到武汉啰。

凤，有出息了，回来了就把蒋先生杀了，给爹妈报仇了。但是，不知道咋搞的，半夜我就被噩梦惊醒好几次。爹，没有头，跑到我面前喊冤，找我要头；妈，全身是血，很伤心地在哭。我哭着醒了。我觉得爹妈的仇没有报。

三妹还没有死，一定没死。因为梦里没有梦见，说明还活着。

从整理的日记看，三姨奶真的失踪了。解放了，也没有她的消息。爹跟我讲到朱来福的时候提到过。说解放后，朱来福被抓了，因为他到县里告状，说“列宁号”飞机就是他负责掩埋的，难道说他还不是红军吗？县委书记说，虽说你参加革命时间长，也合乎红军的条件，但是没人证，更没有档案，无法确定。朱来福说，王树声算不算人证？县委书记一愣，问，你认识王树声？朱来福说，咋不认识？那时候，就是他交给我的。县委书记心存疑虑，虽说知道王树声，但是没说，只是说，要是能找到王树声写证明，当然算。那时候，消息闭塞，朱来福不知道王树声在哪里，书记这么一说，把他难住了，因为朱来福也不知道王树声是否还活着，就是活着，也不知是否改了名字。

朱来福又想到陈天虎和王氏三兄弟，还想到管雪梅，但是这些人都找不到，也就是和王树声一样不知道去向，说出来也是白搭，于是，只能等。等不是办法，朱来福就想到我奶奶，就说管雪兰可以证明。书记嫣然一笑，觉得朱来福就是个骗子。因为那时候，打击反革命还在风头上，你说已经枪毙的大地主吴承轩的小老婆可以证明，这不是开玩笑吗？书记就不客气地说，朱来福形迹可疑，是不是台湾留在大陆的敌特分子，不确定，按照上级要求，先控制起来再说。于是，就把朱来福给抓了起来。

朱来福闷在监狱里，整天胡思乱想。想去想来，“列宁号”飞机就成了他的一根救命稻草，在审问时就说出了经过，说得活灵活现，公安部门还做了记录，宋局长审阅记录，在案卷里，朱来福提到过管雪梅的事情。

朱来福和管雪梅掂着枪躲在小溪边一棵树根下面，大声喊，谁？那个人站起来，是个秃子，举着手说，我是王世杰，你们说的我都听到了，我是你们的同志。

陈天虎一看，忙说，朱队长，别开枪，他是王世杰，是我们的同志。

王世杰站起来说，我知道你枪里没子弹，只有一发子弹，还打出去了。

朱来福一惊，故作镇定地说，不信你试试？

王世杰放下手说，说着玩的。我来有重大事情要告诉你们。

王世杰是个大高个子，长脸，秃头，瘦不拉叽，像池塘边儿的霸王草，目光倒是炯炯有神。从溪水边一跳，窜出一丈开外，眨眼就到朱来福旁边。

朱来福吓了一跳，身子一歪，让出道儿。王世杰从朱来福身边经过，到了大锅面前，用鼻子嗅了嗅，吸了吸说，饭好了，真香。我想吃点。说完，拿起地上的荷叶，抓了几把干饭，放在荷叶上，自顾自地吃了起来。

陈天虎说，世杰，我到处找你，听说你们在五峰岭，就是找不到，大哥、二哥还好吗？

王世杰也顾不上说话，一边吃一边点头，嗯嗯几声。

陈天虎说，他们咋没来？

只几分钟，王世杰居然吃完了，扭过身说，饿死我了，三天三夜没吃东西了。

陈天虎说，你在说瞎话，现在是秋天，到处都是吃的，不说下到村庄，就是在山里，也有好多吃的呀，你为啥说没有东西吃呢？

唉，你是不知道，三天三夜，我都在守着你们呢。

啊，管雪梅感到惊讶，看看朱来福，一脸茫然。

陈天虎又说，为啥守着我们？

这个地方我也是最近才发现的。那天，我走到谷底溪水旁边，又饿又渴，坐下来休息，看见哗哗流水，就到旁边洗把脸。溪水清澈见底，低头一看，从水里冒出一股股像雾的东西，再仔细一看，是从水底的一根竹筒里冒出来的。

心想，奇怪了，竹筒咋冒烟呢？这说明是人为的。这里一定有人，有人在上面做饭。我就顺着竹筒瞄到这里，原来是个山洞，洞里真有人，我不知道是什么人。从情况看不像土匪，于是我就在旁边观察。第一天是个女的出来了，就是她。王世杰指着管雪梅说，当时，她掐着腰，走出后往四下看看，没有人就下山了，到了响龙潭，在那里逮了几条鱼。回来之后，一个长毛中年男人出来了，是朱队长。我是听这个女的喊朱队长。两个人说着话，把鱼杀了，炖了鱼汤在那儿喝，喝着说着，说宋二丹还在要饭，留一碗给他，要到饭了，一起吃。我本来想上去要点东西吃，就在这个时候，听朱队长说，我不是真的让他去要饭，我是让他去打探吴大麻子的消息，最主要的是考验他。我一愣，原来你们对宋二丹不放心。我也不了解宋二丹，就没有出去，也想观察宋二丹。果然，不到一个时辰宋二丹回来了，就把情况说了。本来嘛，我也想出去，跟你们一起去打吴大麻子。吴大麻子太坏了，害了我们那么多同志，杀了他也不解恨。但是宋二丹隐瞒了一个情节，他说吴大麻子有可能在家，也有可能不在家，吃不准。因为吴大麻子爱到藕叶湖吴剃头家去，让吴剃头的女儿吴翠凤到他家玩，说是外出带了一些好东西。吴翠凤半信半疑，看她爹，她爹说，你大爹让你去你就去。这个情节宋二丹隐瞒了。

宋二丹插嘴说，我不知道呀，我听管家说的，说吴大麻子让他们都赶会，赶罢会到吴剃头家喝酒，他一个人在家清静清静。我以为吴大麻子有啥事情，吃不准。

那是我错怪你了。哦，你们也吃饭，吃着我说着。王世杰说，所以我就没有出去，害怕宋二丹在吴大麻子家反水，害了你们，就在暗处盯着。你们去吴大麻子家，我早一个时辰到了，都看到了。我是在梁上蹲着。有一个好消息，还有一个坏消息。你们愿意先听哪个？

嗯，啥事情这般神秘？朱来福有点不耐烦。

不是我说得神秘，是事情发展得奇怪。王世杰说，朱队长，吴大麻子没死，还活着。

什么？大家都惊讶万分。朱来福说，不可能，我是最后走的，临走了还对着他的屁股踢了一下，一点也不动弹了，咋没死呢？

真的还活着。王世杰说。

谁也没有宋二丹惊讶，他脸煞白，手颤抖。因为在吴大麻子脖颈上来的一镰刀，就是宋二丹干的，当时吴大麻子抱着脖颈，血直喷，吴大麻子捂着，摔倒在地上，血流干了也是个死，咋能说没死呢？

你们当时太慌张，哦，你叫管雪梅，王世杰说，管雪凤是你啥人？

是我大姐。管雪梅说。

王世杰一跃而起，伸手就去按管雪梅，好在管雪梅在朱来福后面，人影晃动，朱来福急忙侧身，把王世杰挡住了。尽管如此，王世杰还是抓到了管雪梅的一个肩膀。朱来福立即出手，也抓王世杰的手臂。朱来福手臂一麻，没抓住。虽没抓住，王世杰抓管雪梅的那只手也松了。陈天虎赶忙大叫，世杰，你想干啥？

陈天虎这么一叫，管雪梅手里的荷叶也掉了，顺手抽出手枪，对着王世杰问，你想干啥？

你说我想干啥，我要杀了你这个坏蛋！为死去的亲人报仇！王世杰还在往管雪梅身上扑。

朱来福站在面前，没有抓住王世杰的手臂，只能抱他的后腰。王世杰经朱来福一抱，没有站稳，向前扑。王世杰十分矫健，刚扑下，就用腿一顶，把朱来福的手顶开，一跃而起。朱来福还在地下，坐起来时累得气喘吁吁。宋二丹和陈天虎也反应过来，拦住王世杰，怒目问，干啥？

朱来福爬起来说，世杰，慢着，误会，是误会。

什么误会？王世杰说，她姐杀了我们多少人，还误会！我要杀了她为死去的战友报仇。

说是说，但是行动已经停下。朱来福大声说，难道我们不知道她姐是大魔头吗？但是你知道不知道，她姐是她姐，她是她，她是我们的同志，她叫管雪梅，黄安派来的，是党员！

王世杰似乎想起什么，看着管雪梅说，你真是我们自己人？

管雪梅十分生气，但是也没有办法，只能点着头，站在那里没有说话。朱来福让王世杰坐下，这才说出管雪梅姊妹的故事。宋二丹也说，是真的。我们队长就是被管雪凤杀的，没有杀死，我才救了下来。再说了，队长一家都被管雪凤杀了，这个仇我们得记住，得找管雪凤报仇。雪梅是我们的同志，是自己人，不能伤害！

王世杰这才含着眼泪，准备跪下给管雪梅道歉。管雪梅笑起来说，你咋还下跪呢？

王世杰没有下跪，改成抱拳说，我本来是少林俗家弟子，回到家里，父母都被我那湾的地主盛世才逼死了，我一气之下，杀了他一家八口，邀大哥、二哥反了，跑到山上当土匪。蒋先生路过五峰岭，才跟他下山闹革命。我们都参加了周维炯的部队，大哥在一次战斗中负伤了，送到斑竹园后勤医院，还没有好呢，二哥在攻打金寨重镇时被敌人捅了一刀，也弄到后勤医院。红四方面军转移，我就留下来侍候大哥、二哥。敌人发现了后勤医院。蒋伏生带着大军直扑过去。我救下了大哥、二哥，把他们弄到五峰岭藏起来，待我下山再去救人，已经被蒋伏生的一个团长全砍了。

哦，原来如此。朱来福说，你刚才说的，吴大麻子没死，是真的吗？

是真的。

那么你说的一个好消息，一个坏消息。那好消息是啥呢？

吴大麻子没死是个好消息。王世杰说，吴翠凤死了才是坏消息。

朱来福问，这怎么说呢？

大家都很茫然，王世杰不得不解释说，就目前来说，敌人十分猖狂，还是躲藏为妙。特别是凤凰山一带更要小心。因为凤凰山不大，虽说与金刚台、黄柏山紧密相连，但是敌人要是知道我们躲藏在这里，实行包围，从后面截断，那就是瓮中捉鳖。

吴大麻子是个叛徒，现在靠出卖战友取得信任，还当上了乡长，与河口乡吴承轩并列，当然吴承轩没有这个家伙坏，但是都是国民党在册的人，要是杀了，民团就再来搜山，到时候，赤卫队就会再次遭到破坏。

王世杰还说，这一阶段，我要饭要到城关，敌人好像在撤兵，此时正是地下活动的好时机，趁此，首要任务是找到战友，发动群众，扩大赤卫队，积蓄力量，再度与敌人周旋。可是你们却把敌人的乡长杀了，敌人还不反扑？要是敌人来了，山里面的这点火种也会被扑灭。吴大麻子没死就好。吴大麻子这个人，他没死也不敢去县里汇报，因为他爱面子，心疼钱，还是个欺软怕硬的家伙。他要是到民团汇报了，民团的人就会来，住在他家，吃在他家，到时候比杀了他还难过。吴翠凤死了，是投水淹死的。为什么要投水，是因为被吴大麻子抱着。吴大麻子被杀，吴翠凤被惊吓，一时想不开，就投水了。这孩子也是的，咋就想不开呢？她这一想不开就把吴大麻子的罪行掩盖了。吴剃头以为她在吴大麻子那儿很好，只是撞见了赤卫队，才把他女儿弄到水里淹死了。我们与吴剃头算是结下梁子了。吴剃头一定会到处宣传，说是我们杀了他的小女儿，在群众中的影响一定很坏。我们要发动群众，会很困难。吴大麻子醒来之后，知道吴翠凤死了，也会把罪责推到我们头上，到那时，黄泥巴掉进裤裆里，不是屎也是屎了。

王世杰说完，大家都认为他说得有一定道理，只是把吴大麻子没死说成是好事，有点牵强，不太好懂。管雪梅听了，更是觉得不是那么回事，她第一个站出来反对。她说，听了王世杰说的，好像都有道理。我认为，世杰被敌人吓唬住了。我是从黄安那边过来的，那边的斗争形势比这边更加残酷。红军刚走，刘峙就带领大军来了，地方民团也跟着起哄，也有许多像吴大麻子这样的人靠出卖同志活着，但是大多数还是坚强的。刘铭榜是随着红四方面军走的，到罗山，挨了一枪，刚好打在腿上，就掉队了。战友把他藏在一个老乡家里，在地窖里待着，追兵过去了，他就从地窖里出来了。这个时候，腿还没有好，子弹也没有取出来。刘书记就靠要饭回到了黄安。刚回来就碰到盘查。刘书记是湖北人，口音重，不得不装哑巴。不管敌人咋问，都是啊啊，敌人就把他弄到牢狱里，找人辨认，没有人指认他。那些战友，好多都在牢狱里。刘铭榜的远房兄弟叫刘铭光，也被捕了，见到刘铭榜跟没见到一样，等到敌人都睡了，两个人才说话。此时，刘铭榜才知道，他这个兄弟就是在山上饿极了，下山找到他的亲戚一个叫蔡凤志的地主，在红军到来时他也参加了红军，红军一走就叛变了，跟吴大麻子一个类型，但是刘铭光以为这位亲戚可靠，就去了。去了，不但没给吃的，反而给抓起来了。刘铭光告诉刘铭榜，出去之后一定要为他报仇雪恨。刘书记就记下了。刘书记又瘦又矮，敌人见他不说话，再打也不说话，诱骗也不说话，就找来医生给他看病，医生出去后说，是个哑巴。敌人不想管饭，也就放了。刘铭榜上了金兰山，找到战友，我就是那个时候见到刘书记的。刘书记分析形势，认为对待敌人不能手软，不仅要针锋相对，还要运用智慧打击敌人。要是手软，敌人会更加猖狂，我们的同志会失去信心。赤卫队员郝大国，常年打赤脚，走路飞快，号称“赤脚大仙”，性格就像这位王世杰兄弟一样，直来直去。郝大国说，刘书记说得对。昨天，我饿极了，就下山找姑父，姑父外出了，姑姑在家，半夜拍门，姑姑问是谁，他就报了姓名，姑姑吓得半天没开门。再拍门，姑姑从门洞里塞出一包东西，是干饭坨子。姑姑说，你赶快走吧，要是被狗仔队发现了，我一家就没命了。特别是保长蔡凤志，无恶不作，他连你们都出卖了，要是他知道了，俺全家就完了。侄儿，你姑父走了，你就躲到别处，越远越好，可别再来了。俺也是家大口渴的，求求你了老侄子！说得相当可怜。郝大国回到山上，大家把干饭坨子用水煮了吃了，刘铭榜边吃边说，这样下去不行，就是敌人不围剿，我们也会像没油的灯，自动熄火，也会被饿死、冻死、困死。我们应该积极争取主动。

在艰苦的环境中，刘书记带领赤卫队员昼伏夜出，实行游击战，狠狠打击民团，惩治叛徒恶霸，收到了实效。短短三个月，赤卫队改成游击队，原来只有十多人，现在发展到二十多人，我来后可能还在发展。老百姓也知道红军没走，红军没有完蛋，不像国民党宣传的那样。实际上，我们留守的人员还在增加，还在反抗，还在斗争。那个大坏蛋蔡凤志被游击队干掉了，民团也没有报复，还说杀得好，这种人就让人瞧不起。老百姓只要听说游击队来了，就主动开门，给引路，提供情报，配合行动。同志们，那时候是冬天，零下十几摄氏度，冷呀。形势那么严峻，条件那般艰苦，作为刘铭榜书记都能找到斗争的道路，我们为啥还要犹豫呢？

王世杰听后很激动，立即站起来说，同志们，不是我怕，我是为同志们担心呀。你们知道不？敌人杀了我们那么多人，血流成河呀。白鹭河、灌河里的水能吃吗？两个冬天过去了也不能吃呀。我一时鲁莽，还望雪梅同志谅解。

管雪梅笑笑说，我还要表扬你呢，这说明你警惕性高，时刻为同志们的安全着想呀。

朱来福说，雪梅来了，给我们带来了新的精神和新的斗争经验。刘书记现在是鄂豫皖特委书记，也是我们的书记。今年春天，刘书记派雪梅同志来金刚台凤凰山寻找我们，找到我和二丹。那时候我受伤很严重，死里逃生。雪梅侍候我直到我好，给我讲了许多道理，那些都是我们的同志用生命和鲜血换来的，十分宝贵。雪梅要走，这是刘书记的指示，我们不能拖后腿，但是我们要保证雪梅的安全。如今人手少，散落在凤凰山周围的赤卫队员、共产党员还需要我们联络。这是个发展的空当，我们要利用好，按照雪梅带来的指示办。雪梅，你说说。

那好，我说。管雪梅说，刘书记在我临走时交代，要在金刚台周围找到散落的共产党员和赤卫队员，重建党组织，党的武装改为游击队。有了组织，有了武装，就好办了。所谓游击队，就是赤卫队，就是采取游击战术打击敌人的革命队伍。所谓游击战术，就是打得赢就打，打不赢就躲，保存实力，有效地消灭敌人。党组织建立，主要是领导和组织发动群众。现在我宣布，成立凤凰山游击队，队长朱来福，副队长陈天虎，队员王世杰、宋二丹。凤凰山游击队隶属商城游击大队，目前还没有找到商城游击大队，人员也不知道有多少，但是我相信，商城游击大队存在。所以说，在商城县，暂时由凤凰山游击队代理商城游击大队工作。凤凰山游击队设立党支部，就叫凤凰山游击队党支部，党支部书记朱来福。陈天虎，你是哪年入党的？陈天虎说，我是 1930 年 10 月。王世杰，你是哪年入党的？王世杰说，我是 1929 年 11 月，周维炯第一次打商城县城时我参加了红军，入了党。管雪梅说，你党龄长，就担任副支书，陈天虎任支委。你们看怎么样？三个人都同意，宋二丹偏着头，眼睛看着别处，情绪相当低落。

管雪梅又说，二丹，你不是党员，不是因为你觉悟不够，是因为你年龄不够。你今年多大了？

宋二丹说，十六了。

虚岁吧？管雪梅说，十六岁还不够，十八岁就可以加入党组织了。现在是培养阶段，算积极分子。这样，你算是培养对象，由朱队长负责，是青年团员，你看怎么样？

宋二丹说，什么培养不培养，难听死了。我在蒋先生身边待的时间最长，啥事情我不知道？我是个孤儿，跟你们在一起舒服，虽说苦一点累一点，就是死，也不怕。我知道你们不会欺负我，只会心疼我，特别是雪梅姐姐来了，我太开心了，现在又说要走，真的舍不得。雪梅姐姐是党员，我也想入党。姐说了，我年龄不够，其实，你们看，我个头高呀，都比雪梅姐高一拃呢。

管雪梅看着宋二丹，知道这孩子对自己好，心里一热，想一想这么多天，从怀疑他是叛徒，到他救了朱来福，慢慢打消了这个念头，但是朱来福认为不是那么简单，心中还有疑问，还在留心考察。虽说不知道朱来福有什么依据，管雪梅认为朱来福还是有一定道理的，所以，从这点上说，宋二丹受委屈了。宋二丹的委屈不好直接表达，在管雪梅这边也不好直接说透，而是以年龄说事。管雪梅看着宋二丹，心里有点苦涩。

朱来福接过来说，雪梅妹子代表组织说了，在危难时刻我也不退缩，就按组织说的办。我想这样，目前我们的主要任务是防止敌人反扑。既然吴大麻子没死，要时刻警惕保安团。二丹，这个任务就交给你，行吗？

啥任务？我咋没听懂呢。宋二丹懒洋洋地说。

侦察任务。

哦，知道了。宋二丹说，行，我要饭也是要饭，顺便在意着。

朱来福又说，不是顺便在意着，是打听，起到站岗放哨的作用。

宋二丹听到朱来福口气严肃，立即说，是。

朱来福继续说，雪梅妹子，我想你还是等一阶段再走，行吗？

管雪梅说，我也想留在这里工作，但是刘书记在我临走时说了，最长不能超过半年，我都快一年了，还不知道黄安那边啥样。如今，你伤也痊愈了，组织也建立了，应该不需要我在这里了。

管雪梅把“不需要”几个字说得很慢很重。朱来福没有意识到什么，以为是真的。其实不是。这一阶段，管雪梅侍候朱来福，慢慢产生了感情。管雪梅父母都死了，大姐是国民党特务，二姐嫁给了吴承轩。吴承轩虽说没有什么恶迹，但毕竟是国民党，如今又回到河口任乡长，也是标准的反动派。父母被杀，姊妹三个政见不一，从血缘关系来讲，如今又没有亲人，从地缘关系上论，要是亲人，朱来福也算一个。

管雪梅要走了，也就把感情理了一下。管雪梅知道，朱来福老实巴交，对自己呵护备至，如今，两个人又是志同道合，慢慢地就产生了感情。

朱来福对管雪梅不是没感情，而是认为不可能，一是认为管雪梅高不可攀。在他眼里，管雪梅就像天上的白云那般纯洁，也那般遥不可及。二是自身原因。花花被敌人杀害了，还是管雪凤杀害的。花花虽说长得不咋的，但是与自己夫妻一场，生死与共，也是患难夫妻。这种感情，在他心里，再也割舍不掉了。朱来福一想到花花，就止不住痛哭，觉得失去白花花，就失去了一切，就痛恨管雪凤到了极点。假设有一天逮住了管雪凤，要杀管雪凤，管雪梅能不心痛吗？就算她不为管雪凤求情，要是自己亲手杀了管雪凤，管雪梅咋想？感情上受得了吗？想到这些，感觉报仇是那么渺茫，就痛不欲生。要不是还有党的事业，还有蒋先生说的信仰，还有王树声师长的重托，他早就不想活了。三是自己的身体。虽说才三十多岁，遭此大难，身心俱疲，外观上看已经像个老头。死里逃生，快一年时间，朱来福感觉还没有恢复，且不说身手大不如以前，就是外貌也脱形了。管雪梅也说过朱来福变化大的话。特别是大脑，反应迟钝，有好多事情爱忘，怎么拍脑袋就是想不起来。到了阴雨天，大脑像锤子锤的一样痛。咬着牙，克服着，难受死了。脑袋磕破处，还没有长好，在左耳朵上面还留下一个凸出的疤子，看起来像钉锤子。这样的身体，能给管雪梅幸福吗？绝对不可能。所以，管雪梅不管怎么盯，也不管怎么流露，朱来福就是无动于衷。管雪梅慢慢嚼出滋味，就感到任务完成了，再待下去也是多余。那边呢，走的时间太长，也有一种担心。再说了，刘书记确实交代过，虽没说半年时间期限，但是刘书记说，只要找到同志，建立组织，传达了特委会议精神，就立即回来。想到这些，管雪梅便硬着口气说，组织决定的，不是我想咋办就咋办。这般回答，朱来福知道再留也是枉然，盘算一下说，过几天走，等我们联系了几位同志，人手齐了，有帮手了，我亲自送你，咋样？

管雪梅说，我想，大可不必。你们没有枪，就是有枪也不能带，带了也没有子弹。最安全的办法还是化装，走山路。来时，过黄柏山，就碰到石生财民团哨卡，一个民团团丁看着我，还敬礼说，特派员，我们可是兢兢业业，没有离岗呀。另一个说，特派员辛苦，还微服私访，真是我们的楷模。我没有说话，大摇大摆过来了。看来，是他们认错了。我想，我是怎么来的，还沿着来路回去，就是碰见民团，也不怕。

朱来福说，我送你到黄柏山吧，到了那里，再往南，出了商城地界，就你一个人了。

管雪梅想了想说，你别送。你事情很多，让王世杰送我，还可以顺便寻找他那两个兄弟。

嗯，也好。朱来福有点舍不得，一想到管雪梅要走了，心里就特别难过，于是，勉强带着微笑说，二丹，我们弄来的面，你今晚做几个大饼，让雪梅带上。

二丹说，好咧。

朱来福又说，天虎同志，你的任务很重，主要是侦察。我想，你呢，到街上侦察一下，给街长王百胜下个条子，让他给我们准备一些物件。我们都没有鞋，让他给我们准备二十双鞋，还有盐和油，再给我们准备一些子弹。

陈天虎越听越糊涂，朱来福还没有说完，他就插嘴问，朱队长，要那么多鞋干吗？还有，子弹，王百胜有吗？就是有，他能送来吗？

王世杰也坐不住了，看着朱来福说，朱队长，我们都走了，你咋办？天虎说得对呀，我想，当前的任务应该是寻找失散的同志，有些同志还需要去救呢，我从城里经过的时候，城关东岗子大牢里还关着我们的同志，这些同志都是最近被捕的，我们要设法去救呀。

朱来福一听，有了主意，于是说，我这样做，就是落实雪梅同志的意见，也是为救那些同志作准备。

管雪梅一听，急了，忙问，朱队长，你不是要打县城吧？

打县城？不是。朱来福故作轻松地说，告诉同志们，王百胜家的条子得下，监狱的同志要救，县城也不打。这就叫晒太阳伸懒腰顺手够桃子——一举三得！

大家糊涂了，你看看我，我看看你，都不知道他葫芦里卖的是什么药。

“王百胜的条子得下，监狱的同志要救，县城也不打。”管雪梅听了，在那儿琢磨，越琢磨越不放心，似乎感到朱来福对自己的精神没有吃透，这是冒险主义，这样搞，是去送死。要是朱来福和游击队出了问题，自己咋交代？这般一想，管雪梅说，来福哥，我还是迟几天再走吧，你刚才说的，我们共同研究一下，拿出稳妥的方案再说。

朱来福、管雪梅带着游击队员，利用夜晚下山，敲农民的门，农民不像年初那样害怕了，有的在屋里问，谁？朱来福就报了姓名。朱来福当过多年的赤卫队队长，在白鹭河、河口两个区还是有些名声的。

太阳还挂在树梢上，墙上映着人影，进城的人比较少，出城的人多。守城的团丁也有些懈怠，趁这个当口，王世杰混进了城里。

王世杰的表舅叫陈长海，在街南头，靠贩卖农产品生活。没有闹革命的时候两家来往很密切。他表舅经常下乡收芝麻、黄豆、绿豆、菜籽、花生还有山货。遇到什么季节就收什么农产品，运回城里，经过加工，重新打包出售，依靠赚差价度日，家境也算殷实。

那个时候，王世杰的爹还活着，王家有了这门亲戚，他爹也乐意。因为城里毕竟是城里，来时陈长海会带来农村没有的东西，譬如麻叶、麻花等稀罕物，这些东西在农村没有，都是城里加工的。陈长海也乐意，到了河口，有了这门亲戚，能省不少事情。譬如什么季节收什么东西，陈长海会留下一点儿钱，虽说只是货物的一半还少，但是农村人厚道，赊欠也做。就这样，两家走得很亲热。闹革命了，陈长海也没有受太大影响，穿梭在红区、白区之间，用盐换中药材就混了不少钱，拿那个钱在城里建了两层小洋楼。

小洋楼刚盖好，红军败了，国民党来了，刚好陈长海没在家，民团就占用了小洋楼。等到陈长海回来，已经在清乡。到处都在杀人，七处冒烟八处冒火，没办法，一家人都住在偏屋里。

王世杰家被抄，爹病死，陈长海也不知道，也就没有去。王世杰知道，就算陈长海知道，估计也不会去，因为他胆小，怕粘上洗不清，也就没打听。

陈长海很聪明，知道表兄一家参加了共产党，故意跑到武汉，在汉阳待了半年，打听局势稳定，才跑回来，躲过了追查。刚好这个时候，民团有一个排的兵力住在他家，表妗子也会来事，经常给团丁烧洗脚水，加上表妗子个头矮，没姿色，年纪大，团丁也就把她当长辈看待。等陈长海回来，石生财让团丁训练，在县城的东岗子设训练社，那个地方有二十几间庙房，正好用着。

王世杰到了表舅家门口，用棍敲，表妗子在家，开门问，谁呀？看清是王世杰，一把将他拉进屋问，咋搞成这样？头上还扎一块头巾，跟要饭花子一样。

王世杰说，表妗子，表舅没在屋？

忽然有个人从后面走来说，谁说我没在屋？说着到了面前，一看是王世杰，惊得待在那儿，连说，你，你，你，然后，转身回去插门闩。

王世杰的表妗说，插了。

哎哟，我的老天爷呀，这个时候你咋敢来呀？咋进城的？陈长海赶紧问。

王世杰的表妗叫阿玉，姓什么，不知道。阿玉这个名字，也是到了陈长海家才有的。听说，拜堂成亲呢，一只猫跑了进来，一跳就到了供桌上，看见碗里有肉，就“啊喻”一声吃了起来。陈长海心疼呀，就赶，还说，啊喻，啊喻，去去去。王世杰的表妗子拉着陈长海的胳膊说，盖头还没掀开呢。陈长海就忙着挑盖头，挑开一看，豁嘴不说，两个腮帮都长得不一样，好在眼睛很有特色，柳叶眉，跟睡着的猫差不多。是这般丑的女人，陈长海就感慨，叹口气说了两声“啊喻，啊喻”。就这样，陈长海的老婆就叫“阿玉”了。

说来是个巧合，但是也不巧。阿玉娶进来之前，陈长海家穷，不仅吃不上饭，连住的地方都没有，就在这个地方搭一个窝棚。为了娶到女人，陈长海算了一命，算命的说，你小子命好，有女人，但是没名字。没名字不要紧，你的富贵全仰仗这个没有名字的女人。于是，丑媳妇也不能嫌弃。陈长海做生意，走南闯北，虽说见过大世面，可见识却没有他女人多。渐渐地，陈家发了，富了。

阿玉一听，斜视一眼说，长海，干什么？外甥来到俺家，不说热情招待，还打发走，有这个道理吗？

陈长海说，我是为他好。你没看见外面吗？背着枪勾着头的就像要皮影子的，不断在门前晃悠，要是被逮住了，那可要杀头呀。

屁话！阿玉说，外甥这几年在外东躲西藏够苦的了，俺们就是拼着老命也要留他吃顿饭。你到屋里坐，那些人哪地方都会搜，就是不会到俺家搜。他们信任着呢。说着，就到屋里做饭去了。

坐下来，陈长海还是忐忑不安，给王世杰弄洗脸水时还在斜眼观察，偷偷瞧门缝隙。王世杰心里明白，装作若无其事，坐在木椅子上不说话。陈长海打了一盆水，又拿了一块布当毛巾，对王世杰说，洗洗吧。饿了，你表妗子做饭呢。

那口气不冷不热，似乎在撵客。王世杰也不吭声，洗了脸，喝了一瓢凉水，又坐了下来。王世杰说，我不会给你添麻烦的，只问你几个问题，表舅。

陈长海说，问吧。唉，抽烟不？俺家有旱烟袋，俺去给你找来。

穷要饭的，早忘了，还抽啥烟？

听到王世杰说到这儿，陈长海停下来又转过身坐下。

王世杰说，你知道东岗子监狱还有多少人吗？

陈长海摇头说，这些年总是在外，对这件事不太知晓。

王世杰第一句话就吃了闭门羹，心里窝火，但是不好发作。刚好这个时候，阿玉到屋里来找面盆，敢情是和面，听到了，接过来说，你说的是监狱里的共产党吧？我听民团的人说，都拉到二道河活埋了，他们心可毒了。唉，啥世道！外甥，有没有你的人？

王世杰大惊，身体颤抖，话也说不动了，哭着问，都活埋了？

阿玉说，听那意思，也不全是，活埋的是知道身份的，不知道身份的都用大卡车装着拉走了。

拉到哪儿去了？王世杰紧追着问。

阿玉想了想说，商城西边有个美人岗，那地方四周都是水，专门建了十多间房子，是关押犯人的。也是听说的，都拉到那儿去了。

哦，王世杰接着说，表妗，你说的情况很重要，我不能多待了，我得赶紧走，趁天黑混出城。说着起身便走。

陈长海说，吃过饭再走吧？

阿玉说，等一下，俺烙几锅馍馍你带着。然后对陈长海使了个眼色，陈长海便跟着去了。到了厨房，阿玉说，这孩子是个好人，你把俺家换茶叶的几个钱拿出来给这孩子，也许能用上。

陈长海不太乐意。阿玉说，你一辈子混不开一个大褂子，快去呀。

陈长海吭吭哧哧到里屋，拿出二十块现大洋，递给王世杰。王世杰说，那好，算我借的，等我们胜利了，再加倍还你。等着，我给你打个借条。

陈长海也真的拿了借条，等到王世杰出门，夫妻俩就吵了起来。陈长海生气地说，我们费力地混了二十块钱，你倒好，说声给，就给了。

阿玉骂道，钱是身外之物。你逃跑了，俺才知道你是个胆小怕死的鬼。有什么大不了的？不比不知道，一比就明白了。共产党在这儿的时候从来就没有派过东西，也没有要过钱。大街上，整天都是热热闹闹的。可共产党一走，国民党来了，说不杀还是杀。除此之外就是要钱要粮要命。那个石生财，人称“石屠户”，一点不假，一天不杀人心里就不能过。还有那个骚货，打扮得不男不女，穿个洋靴子，腰里扎个皮带，还插把手枪。听说那皮带都是用男人的皮割成的，整天勒在腰里，也不怕男人啃她。还皮笑肉不笑的，杀人恶魔！听说，民团团丁，只要是长得不好的，都做了她的枪下鬼。一个大姑娘，心肠咋这般毒呢，被狗吃了？俺看呀，就像说书唱戏里说的，这个朝代该败了。《封神榜》里那个苏妲己就是这样，听说是狐狸精，我就怀疑那婆娘是白骨精变的。她爹妈都被人砍了脑壳，有一个人同情不？只有共产党，做事情还有点人情味。

阿玉把和好的面放在锅里，把面盆一搁，烧着锅说，你是瞎子吗？你外甥都参加了共产党，你却好，害怕得跟老鼠见猫一样。想当年，你收花生芝麻到他家，回来就说人家多好多好，弟兄仨，个个对你客客气气，一口一个表舅，就是洗脚水都端到你面前。可人家现在落难，你当表舅的，却这样撵人家，还有良心吗？

说着站起来，去夺陈长海手中的字条，陈长海没让她夺，攥在手里，垂着头说，阿玉，我是怕呀，我是为你们娘儿几个担心呀！

阿玉说，担心什么？大不了是个死。一个人，也是爷们儿，就是使劲儿让你活，能活一千年呀？就是活一千年，到头来还不是个死？活不出个人样，分不出个美丑，搞不清好歹，不知人情世故，活着有啥意思？

陈长海被抢白得一阵白一阵红，不得已，又把字条递给阿玉说，给你，撕了。

阿玉接过来，本来不认识字，看见几个字眉飞色舞，因为是毛笔写的，好看，转念一想说，不撕了，我们保存着。

疯子呀？陈长海说，要是民团知道了，还不满门抄斩呀？

阿玉说，这是个宝贝，俺们想法藏起来。你要知道，俺们啥子都不缺，就是缺胆量。你知道，要是俺们家有了这个东西，俺们想到它，会寝食不安，就会锻炼出胆量，让你磨炼成一位真正的男子汉。长海，俺们儿女都有了，还有这份家业，但是俺们没有参加共产党，就是失误。

陈长海听妻子的话听惯了，听到这般一说，心都提了起来，怪声怪气地说，阿玉，你这不是拿性命当猴耍吗？这可是个烫手的山芋呀。

不是，阿玉说，长海，这事儿你别怕，俺一个人担着。俺把它藏在墙壁那块活动砖头里，谁个也找不到。

陈长海一听，才放下心来。

王世杰得到了这个信息，赶紧回到山上，见到了朱来福和管雪梅，把情况原原本本说了。管雪梅的一颗心才算放下，至于营救同志的事情只能慢慢来。当前最主要的是发动群众，送管雪梅回黄安。临走时才知道，管雪梅已经是妇女部长了。

革命形势慢慢朝着好的一方发展。就说那个没死的吴大麻子，居然知道悔过，派了家丁上山，在娘娘庙里找到了朱来福，给了二十块大洋，还说，要是有什么需要帮忙的，请讲，只要能办到，一定照办。

这些人都是属狗的，打一下知道嗷嗷叫，也知道痛。朱来福不是对他所犯下的罪恶不追究，只是感到奇怪。这说明敌人也怕，革命需要斗争。这个风吹两边倒的家伙，杀了一次没杀死，反而主动找来示软，看来是好事情。

更好的事情还在后面，王百胜接到条子，立即派人上山，主动送来了过冬用品，一样不少。临走还说，只要是能办到的，一定送到。都是一样的话，只不过王百胜说了一句更为重要的，需要他搞来的信息，他也能搞来。这就不一样了，说明王百胜是自愿的。

陈天虎和朱来福送管雪梅，不知道为啥，王世杰没送，听说另有急事。啥急事，暂时保密，但后来，红二十八军经过商城，夜袭美人岗，打开监狱，救出了一百六十八名将要处决的政治犯，与此有关。送管雪梅，要翻山越岭，到金刚台的时候，他们发现金刚台也有红军，还是一支有生力量，足足有五六十人，这部分人有男有女，如今已经改成金刚台游击队了。

为了发展需要，朱来福与陈天虎商量，把凤凰山游击队改成河口游击队，因为前一个是以山头命名的，后一个才是以行政区命名的。最主要的是重复了，因为金刚台包括凤凰山，同时，金刚台游击队下设有凤凰山游击支队。改了名字，为了与金刚台游击队衔接好，就让陈天虎在金刚台多待两天，要是能接触上，对革命很有帮助。最主要的是，朱来福正在发动群众，在时机成熟的时候，还要来一次农民起义。

河口游击队建立后，朱来福任队长，在河口和白鹭河两个地方活动，打击恶霸，惩治叛徒，收到了实效。那些在白色恐怖当中不敢开门的群众也敢给红军提供情报了，有些散落在各地的赤卫队员都陆陆续续找到凤凰山，朱来福的队伍逐渐壮大到三十四人。

朱来福把三十四人分成三个小队，陈天虎、宋二丹、王世杰分别担任小队队长。

宋二丹年龄大了，个头也长高了，如今也变得成熟了。他站在那里，掐着腰，眼望着蓝天，显得威风八面，俨然是个大人。

宋二丹名字也改了，管雪梅临走时给他改的，叫宋红军。但是，宋红军毕竟年轻，在他的小队里，朱来福给他配备了一个副队长王世豹，跟朱来福一起的是王世杰的同胞兄弟王世虎。

其间，石生财接到举报，也带兵剿过，敌人还是那个老办法，在大雪封山的时候来的，来的时候，寻找脚印，哪怕是兔子的爪印都不放过，可惜没找到。

游击队有眼线，知道他们什么时候来，提前转移了。再说了，朱来福的地盘扩大了，不光是凤凰山，包括老虎岭等几个山头都有游击队活动。听到风吹草动就吹哨子，相互打招呼，形成联防体系，打击敌人，并躲过一次次搜查。

宋红军发明了一种警戒方法，就是把竹签插在沿途，做好标记，游击队员知道，就会绕道，敌人不知道，踩上了，鞋子就会被扎穿，把脚刺破，虽不致死，但是不能行走，围剿行动也就失败了。

宋红军还发现了一种土方法，就是挖陷阱。在敌人落单的时候，要是运气不好就会掉到陷阱里。陷阱里有竹签，还有粪便等，用这种办法正好把敌人牵制住。在吴绪红和二虎带兵来围剿时，游击队就活捉了二虎的副队长张全和吴绪红的三个团丁，他们分别是赵兵、曹邦壮、郑爽。其中张全和赵兵都是穷人出身，对搜查游击队不太上心。那个赵兵就是当时跟着吴绪红杀朱来福的，他看到朱来福还活着，十分惊讶，当时就眼睛揉了揉，以为见到了厉鬼，吓得直喊妈。

朱来福好了以后，虽说头发长了出来，脸色还是苍白，像一张黄裱纸蒙在脸上。赵兵以为是借尸还魂，指着叫：你，你，你，便倒在地上，说不出话来。宋红军和王世虎舀来寒泉喷在赵兵脸上，才使其活过来。通过转化教育，赵兵觉得红军好，不杀他，还能放了他。于是，就说起吴绪红的事情。

去年冬天，雪下得比较深，下了半个月的雪忽然放晴，人的眼睛都睁不开，见到雪就像见到电焊的火花。这个时候，吴绪红忽然想到打猎，拿着猎枪，骑着马就走了。逛了一圈，连一只兔子都找不到，只得回来。吃过午饭，还是有点冻手，外面靠墙的太阳很暖和，就倒了一杯茶水，端把靠椅在那儿喝茶。吴绪红自言自语地说，不知道他还活着不？赵兵听到这里就搭上一句说，你说的是特派员吗？吴绪红睁开眼睛，皱着眉头看了我一眼。我以为自己说对了，就继续说，人家是军情局的，又没有特别任务，有啥危险？唉，也是，都说女人无情，一点不假，管特派员一去不复返了。我还没说完呢，吴团长坐起来便骂：滚蛋！我吓得提着开水壶就走了。现在想来，那个时候，吴团长是在想你呀！

朱来福听了也是心里一热，忙问道，吴团长还好吗？

赵兵说，咋说呢。要说不好吧，官在升，参谋长不干了，当团总，二虎担任参谋长；要说好吧，整天愁眉苦脸，如今老多了，脸上都有皱纹了。自杀的时候，头皮打掉了，那地方结了一个大疤，那个疤子很奇怪，比铁还硬，吴团长用头撞门，居然感觉不到疼。还有，整天睡不着觉，半夜就醒来了。噢，对了，朱队长，石司令待吴团长忽冷忽热。特派员在时，石司令给吴团长说话，包括生活，关怀得无微不至；特派员前脚走，后脚他的态度就改变了。石司令把吴绪红的团总给撸了，与石虎、石豹，还有那个麻子一起，都任营长，那时候队伍少，如今壮大了，才改任团长。说是任商城县保安团团长，实际上降级了，只是营长的料子。商城境内，总共人马还不到三百人，都归吴团长管也不吓人，更何况还有一百多人给石司令看家护院。还有，那匹白马是司令送给管特派员的，特派员走时不能带着，只能暂时交给吴团长，吴团长爱得跟心肝宝贝一样。可是特派员一走，石司令说是开会，要借用，吴团长就给他了。给了，就不还了。吴团长让我去牵，石司令给了我两巴掌说，你个鸡巴孩子，懂个屁，给你两巴掌，算是带给吴某人的，让他留个纪念。可怜，我回来了，也没敢跟吴团长说。

哦，原来是这回事情。朱来福得到这个信息，认为很重要。赵兵要走，朱来福出去了。过了一会儿又回来了，手里多了一样东西，是用木头做的地转子，递给了赵兵说，带给吴团长，问他那个还在不。

赵兵说，小孩玩的，带给吴团长干吗？

你带去，吴团长自然就知道啥意思了。朱来福说。

地转子也称陀螺，商城一带叫地带螺，是用绳子缠着，用力一拉，立即放在地上，自动旋转。不转了，再用鞭子抽，又继续转。朱来福最早在稻场上玩，吴绪红看到了，感到稀奇，找朱来福要了一个。朱来福把自己的一个拿出来递给赵兵，让他交给吴绪红，意思很明显，但是赵兵不知道，也不敢问，只能按照朱来福说的，带着地转子走了。

吴绪红接到地转子，又问了赵兵一些关于朱来福的问题。赵兵也就如实说了。吴绪红还藏着朱来福送他的那一个，一手拿一个，在那儿转着，听着。

赵兵说完，看见吴绪红手里有两个地转子，知道是暗号，也就笑笑，准备离开。吴绪红说，赵兵，你别忙着离开，你可能对朱来福送我这个东西不理解，是吗？

赵兵说，啥不理解，暗号呗。

不是。吴绪红说，这两个都是朱来福送我的，但是意思不同。第一个是在我小时候，我们都小，送我，只是玩。等我长大了，慢慢悟出里面的道理，就是说，不管怎么转，都离不开这块地儿，也不管山转还是水转，作为小时候的感情没变，也就是说，不管咋转，老感情在那儿。如今，朱来福又送来一个，意思是提醒我，让我不要忘记，但是，剿匪戡乱，乃党国大计，我能为一己之私而废公吗？你通知二虎、石豹，我们已经知道他们的藏身之地，三个团联合，不怕逮不住共匪朱来福。

赵兵听了，站起来说，吴团长，不是因为这次共匪放我回来我就替共匪说话。我看，你是中了朱来福的阴谋诡计了。当初剿灭朱来福是什么阵势？有国军撑腰。现在呢，没有了国军，靠民团，不行。又加之天寒地冻，山里情况复杂，去了，准会吃亏。我们这次就是个例子，不是掉进陷阱里，就是被动挨打。我们有的死有的伤，可共匪呢，一个人毛都见不到，等于大海捞针。再说了，石司令的心思，吴团长还看不出来？石司令的做派是，只要共匪不捣乱，不把事情搞大，就别惹他们，到时剿匪，找南京要东西也方便。

吴绪红听了赵兵这些话，知道赵兵不会对石生财报告，也等于朱来福的反间计落空，于是看了一眼赵兵说，你这次辛苦了，我与石虎说一下，你就担任城关联防一队队长吧。

赵兵赶紧立正，答应是，便走了。

吴绪红忙着练兵，剿匪事便放下来了。转眼到了第二年初春，天气还是比较冷，朱来福他们经历了几次围剿，如今是春天，民团也知道，只要是春草发芽了，再想围剿游击队，那简直是大海捞针。

朱来福把游击队的办公地点大胆地搬到娘娘庙，因为娘娘庙比较宽敞，通风透光都比较好。几个月钻山洞，睡在潮湿的地上，有好多队员都得了风湿性关节炎。虽说游击队里也有会医术的，熬点生姜，搞点枸杞，祛寒发汗，但是无济于事，该痛的还是痛，痛起来十分难受。朱来福受罪最多，不到四十岁，头发就开始白，左腿原来挨了一枪，从小腿肚子往上就像蚯蚓在地表钻出的隧道，弯弯曲曲凸出许多青筋，用手摸都能摸得到。

朱来福正在娘娘庙门前一块方形的石头旁边养神，忽然发现山脚下有一群山雀飞了起来，这是预警的信号。朱来福知道有人来了，急忙跑到庙里，找到短枪，然后跟王世虎说，你带两人下山看看，那地方有人影，好像还很多，是不是敌人来偷袭？

不会吧，王世虎说，朱队长，春天来了，不是自讨苦吃吗？哪儿都能躲，打他们游击，就像搞一次演习，那是送来的活靶子，这一点他们不知道？

嗯，话虽这么说，但是我们不能放松警惕。我想了，上次赵兵回去，送了他一只地带螺，是不是吴绪红想到什么？赵兵在去年年底来过一次，送来信说，吴团长很伤心，还哭了，像个小孩儿似的。我就怀疑吴绪红是不是装的，故意让赵兵带信来，让我们麻痹大意，到时候来个反其道而行之，可就惨了。

王世虎说，要是这样，那我得带人去瞧瞧。说罢，他扛着枪就走。临走甩了一句：队长常说吴绪红不是个奸猾之人，难道……

你不知道，人是会变的。朱来福说，两三年没见面了，谁知道他会变成啥样子呢。听赵兵说，他现在不得志，也许，人在压力面前都会扭曲。

队长说的也是。王世虎说，百闻不如一见，听赵兵说，你也不知道赵兵说的是真是假。

不管真假，我们得提高警惕。

朱来福说，有道是真亦假来假亦真，白骨精三变还是白骨精。我们就来个以不变应万变。你去打听，我布置伏击，转移到洞里，封住洞口，伺机行动。

过了一个时辰，王世虎带领几个人上了凤凰山，来到了娘娘庙。王世虎大声喊，朱队长，看看谁来了。宋红军也上来了，也忙喊，队长，队长，出来，快出来，管大姐回来了。

朱来福没算到是管雪梅回来了，一跃，从一块大石壁下面上来了，看见管雪梅，激动万分。朝思暮想的人儿忽然出现在面前，真的不知道说什么好。朱来福赶紧跨上来，盯着管雪梅，伸出双手，刚说出你好，竟然已热泪盈眶。

雪梅变了，回到黄安，开展游击战，担任的还是妇女部长。黄安改成了红安，现在又改成了黄安，就像商城，几度变成赤城，如今还是商城。参加红军的妇女比较多，联合金刚台上的妇女排，组成了妇女营，有七八十人。组成后，管雪梅担任营指导员、副营长，并任一连连长。妇女营的任务有三点：一是配合开展游击战；二是化装侦察；三是缝缝补补，给伤员包扎，当好后勤部。如今形势发生了重大变化，刘铭榜派管雪梅二次来凤凰山，联络朱来福，部署重要任务。

坐下后，管雪梅传达特委的指示精神。

管雪梅说，红二十五军由程子华、徐海东带领，从商城斑竹园出发，在罗山何家冲誓师北上抗日，打起了抗日第二先遣队的旗帜，目前，已经到了陕北。在那里，还有一支红军队伍，与他们会合了。他们的队伍不但没有被消灭，还壮大了。

朱来福急忙插话说，你上次来说的，红二十五军不是吴焕先的部队吗？

管雪梅说，焕先同志牺牲了，军长是徐海东。不过，队伍很好，得到壮大。要是打跑了鬼子，可能就会回到根据地。回来了，我们就有希望了。

那也是。朱来福说，要是能回来，我们就能再次起义，配合主力打垮国民党反动派，建立苏维埃。

宋红军说，朱队长，还有更高兴的事情呢，你让管部长说说。

管雪梅说，第二件喜事就是我们根据地又有了一支红军主力。

谁？王世虎刚下山去接，没有听到，所以问。

宋红军说，红二十八军！

二十八军？朱来福说，谁个称头？

管雪梅说，高敬亭高军长。高敬亭是特委委员，游击大队长。红四方面军转移了，选举沈泽民为书记，负责鄂豫皖革命斗争。沈泽民身体不好，积劳成疾，前年冬病故了。红二十五军走后，高敬亭还带着队伍在金寨战斗，因为雨下得很大，道路泥泞，打金寨不下，就转移到商城，被民团拦截，耽误了时间。高敬亭带着三百多人冲破封锁线到商城的时候，红二十五军已经开拔了。程子华让司号员小王留下来给高敬亭一封信，信中任命高队长为特委书记，负责赤区工作，要求重建红二十八军。高敬亭就这样又回到大别山。那个时候，你知道，白色恐怖吓死人。高敬亭带着队伍化整为零，藏到山里。转眼就过了冬天。高队长就把队伍收拢，成立了红二十八军，任军长兼政委。书记交给了刘铭榜，主要负责地方工作。两个人配合得很好。

高军长充分发挥灵活机动的战略战术，把敌人打得焦头烂额。高军长还装成敌军，消灭了金寨的六十三师一个连的一百多人，又带领部队越过黄柏山，到达黄安，当时黄安驻军开拔了，只留下保安团和一个连的正规军，高军长夜袭黄安，消灭了保安团，将保安团团长陈子安当场枪毙，给死难的红军及家属报仇雪恨。敌连长走得快，骑上马，飞也似的跑了。这一仗打得痛快，打出了红军的声威。接下来，刘铭榜书记参加在黄安再次召开的解放大会，总结了游击战的经验。随即，敌大军反扑，高军长带着队伍，巧妙突破敌人包围圈，去巢湖了。巢湖守军吓得弃城而逃。敌人跟在高军长屁股后面转，就是见不到人影，真的是盼望见到人影，又害怕见到人影，因为见到人影了，就会被消灭。

目前，高军长的队伍已经发展到四千多人。我这次来，就是跑山头，按照刘书记的指示精神，要求游击队能参加的都积极组织起来，留下骨干继续发动群众，搞好游击战。就目前阶段，上级分析，还是敌强我弱态势，我们还是以游击战为主。作为红二十八军，以运动战为主，配合游击战。

管雪梅说罢，大家都十分兴奋，感到有奔头，心情激荡，精神愉快，不由得拍起手来。管雪梅环视一周，面带微笑，喝了一点水，放下碗说，朱队长，说说你这里的情况吧。

路上，我介绍了一部分……宋红军抢话说，管大姐对朱队长的工作大加赞赏，认为我们这儿是除金刚台妇女营外，游击战打得最好的。好在我们战术用得活，让敌人摸不清头脑……

宋队长，别说了，朱来福说，吹那些有啥用呢？刚才说的全是好的。管部长，难道我们游击队，还有哪支队伍被敌人消灭了？

游击队倒没有问题。管雪梅难过地低着头说，是红四方面军出事了。

大家一听都感到，很惊讶，不再吱声。娘娘庙里顿时寂静，有好长时间都不说话，梁上的老鼠叽叽喳喳地跑了过去。管雪梅擦了擦眼角的泪水，叹息一声，继续说，是从北边来的一位同志说的，要求不可乱传，说是红四方面军与中央红军会合了，成立了西路军。西路军往西打。西路军总指挥就是徐总，大部分都是我们这儿的同志。西边是不毛之地，听说没吃没穿，也没子弹。主要是太冷，冷到什么程度，我们想都想不到。那边敌人全他妈的会骑马，我们的队伍缺子弹，也没有补充，枪跟烧火棍差不多。敌人骑在马上，挥舞着刀子，不论男女老少，见着就砍，杀我们的人就像砍瓜切菜，可怜呀，也没有山，说话也不懂，躲都没地儿躲，听说全军覆没了。

唵，全军覆没了？朱来福吃惊地问，王师长还活着不？

这个嘛，不知道。管雪梅说，敌人太凶残了，我们活着的同志要继承他们的遗志。同志们，古话说在家千日好，出外一日难。我们要坚持战斗，打败敌人，为死难的战友报仇。至于细节，真的不知道。好在，我们有了红二十八军。红二十五军也到达了陕北，听说中央红军也到达了陕北，在那里建立革命根据地。同志们，我们要有信心，要拿起武器，与敌人战斗到底，直到打败敌人，为死难的战友报仇雪恨！为西路军的英烈报仇雪恨！

为同志们报仇！

为西路军报仇！

松涛呼呼叫着，仿佛在哭泣。大家在朱来福带领下高呼着为死难的战友报仇的口号。过了好一会儿，大家才慢慢平静下来。朱来福说，为了更好地消灭敌人，打击敌人的嚣张气焰，管部长来了，你们报名吧，凡是报名的，都跟管部长走，到二十八军去，跟高军长打敌人。

朱来福说罢，个个摩拳擦掌，都纷纷报名。只有两个人没有报名，一个是宋红军，另一个就是王世杰。

朱来福心情很复杂，盯了一会儿宋红军，还是问了一句：宋队长，你为啥不跟管部长去呢？你不是想入党吗？这是个好机会啊。

宋红军说，我知道你不去，所以我也不去，我要跟着你。

朱来福没再说话，又扭头问王世杰，你为啥不去？

王世杰想也没想就说，我不能去，教你的武功你还没有练好，我这个当老师的能走吗？

管雪梅睁大眼睛问，朱队长，你真的不去？

我不去。朱来福摇摇头，笑着说。

我已经向高军长推荐了你，还向刘书记汇报了你的工作。管雪梅说，来福，带着你的人马，跟着高军长干吧，嗯？

朱来福摇摇头，一直盯着管雪梅，忍了几忍说，老了，跑不动了，留在家里，也许这儿更需要我。

商城县委已经成立，这里将归属金刚台游击队管辖，你不走，那咋能行呢？管雪梅带着期待的目光说，你才多大？还不到四十，在高军长那儿，比你年龄大的人多着呢。再说了，红二十八军也不是天天跑。

朱来福看着管雪梅那灼热的目光，知道是好意，但朱来福还是说，就是我一个，也不能走啊，妹子，我还有任务呢。

还有任务？啥任务呢？管雪梅迷茫了。要是朱来福能去，自己也参加红二十八军，到时候，说不定两个人还能……管雪梅羞于再往下想，只是盯着朱来福，心情复杂起来。

他说还有任务，啥任务呢？难道还是为了那一百多位被捕的红军吗？管雪梅心想，那一百多位被捕的红军，已经交给高军长了，高军长正在设法营救呢。

朱来福不是不想参加红二十八军，支支吾吾的原因还是“列宁号”飞机。好几年了，但是朱来福却从来没有说过，即使是死也没有透露半句。朱来福不是不相信管雪梅，也不是不相信身边的战友，而是想到王师长临走那句话：知道“列宁号”飞机秘密的人都随着红四方面军转移了，没有转移的只有你一个，你要守住这个秘密，等待我们回来。这架飞机可抵得上一个师的兵力呀！当时，王师长脖颈拽得老长，声音嘶哑。几年过去了，朱来福记得最清楚，就像刚刚说的，一直在耳边回响。就是为了这个，他不能走。

送走了参加红二十八军的同志，也送走了管雪梅，朱来福一个人站在黄柏山通往黄安的三岔路口，看着管雪梅逐渐缩小的背影，感慨万千。

在娘娘庙，在卧佛洞，在猫耳洞，在藕叶湖边，在那棵松树下，管雪梅那眼神，他朱来福不是不明白，但是俺配不上人家呀！——俺朱来福是啥人？雪梅妹子是啥人？不是贬低自己，在他眼中，管雪梅就是天上的云，自己是够不到的。更何况他有了自己的女人花花。

花花是为了他死的，一点怨言也没有。花花是管雪凤杀的。朱来福恨死管雪凤了，这个恶女人还活着，只是恨不能亲手为花花报仇，但是，朱来福又想，假设管雪凤被逮捕了，五花大绑跪在那里，他能毫不犹豫地举起枪打死她，为老娘、为花花报仇吗？朱来福下不了决心，迟疑了。朱来福自己也感到奇怪，自己咋就迟疑了呢？这是为啥呢？难道就是因为他朱来福当过管家的长工，受过管家的恩惠吗？不。朱来福摇摇头，觉得不是。那是为啥呢？朱来福只感到管雪凤太熟悉了，管雪梅也太熟悉了，两个人似乎在叠加，杀管雪凤时，朱来福很不自然地想到雪梅妹子。雪梅那眼神，似乎在哀求。朱来福从眼睛里挤出一滴泪水，模糊了。他也想起了自己的花花。

花花好像是无根雨，忽然从天上掉下来，又在某一天忽然又离开了。朱来福没有看到白花花是怎么死的，听宋二丹说是被活埋的。当时一听，就感到大脑痛，仿佛看到敌人把花花推进一个大坑里。花花拼死挣扎着，叫着，来福呀来福，你在哪里呀？救救我呀，救救我呀，我还不想死呀。一锨锨土往坑里倒，一会儿就埋到花花的胸部了，花花喘不过来气，但是，流着泪水呼喊着来福的名字。管雪凤在旁边，一定恨死了，哈哈笑着，掏出手枪，对着花花的脑袋，骂，我让你叫，去死吧。于是就开了枪。可怜的花花呀，血从头上冒了出来，头一歪，再也不叫了。花花，可怜的花花呀，痛死了！

朱来福每次想起这些，哪怕在梦中，都会捂住胸口，难过地流泪。

白花花是娘同意的，但是也是自己同意的。很便宜，就是一碗饭，一句话。那句话还是娘问的，娘说，闺女，你看看，你孤身一人，还往哪儿走呀？要是你愿意，就说给俺做儿媳妇好了。花花当时就停住了，不吃饭了，看着娘说，你家娶我？我可是个要饭花子！娘说，要饭花子咋了？要饭花子也是人呀，也是爹妈生的呀。俺家不比你高贵，算起来都是苦命人，闺女。

花花吃了饭，饱了，打个嗝说，你儿子？你是他后娘吧？

咋是后娘呢？这闺女说的，我可是他亲娘哟。娘说，你没有见到我儿子，我儿子可是娘的心头肉，我儿子可能干了。

花花笑了，笑得几乎要把碗摔了，放下碗，长出了一口气说，老奶奶，你骗谁呀，骗俺一个要饭花子干吗呀？俺知道，说媒的都这般说，要是到了面前，不聋不瞎，即使不是瘸腿跛子，也是个傻瓜。唉，老奶奶呀，俺的命就这样，就是一个瘸子或者是个要死的麻风病人，俺也认了，也许这就是命！再说了，俺就看中你这个老奶奶给俺的一碗饭了。老奶奶，你虽在骗俺，但是你心肠好，能疼俺就行。俺在这儿，好歹有个疼俺的人！

“好歹有个疼俺的人！”就为了这一句话，花花不问青红皂白就同意了。朱来福回忆着，然后，就找人通知我。那个时候我还在给东家犁田。刚出九，农谚有六九七九，杨花开柳；八九九九，铁牛遍地走。出九了，还是寒的，东家就催，泡在水里，齐腿肚子，两个腿棒子冻得紫红。娘是找到东家说的话，东家也很讲理，就说那行，三天假吧，要是再耽误了，就误了一年的庄稼。娘也同意了。东家备了厚礼，给了一床被子、三块大洋。那个时候算是顶破天的大礼了。穷人都是几毛钱，一块钱那是至亲。娘也请了东家喝喜酒，东家自带了好酒，还带了一个大烟袋，坐在轿子上咕嘟咕嘟抽，也算是给朱家装光了。

花花第一次见到我的时候，那眼神到现在我还记得，就像柳树叶子那般细，似乎想把我用眼睛卷进去。真的没算到，像我这样的完整男人要娶一个叫花子，还是其貌不扬的叫花子。从此花花就算是朱家的人了。

俺在东家干活，到了晚上，不论夜多深，她都在自家的院子里等，把开水烧好，给俺烫脚；还问吃饱了没有，总是留一个红薯蛋在锅里，用碗盖着。要是冬天，她会早早把床暖热，等俺上床。那个时候，被子薄，山风大，茅草屋，遇到冬天，北风呜呜叫，屋里也呜呜叫。屋里，只要有孔的地方就透风，像扯风箱，呼啦呼啦，还带着节奏。就是这样了，女人身上发热，抱着像一团火。我怕给她弄冷了，故意不挨着，她却一把抱住我往心口窝里拽。唉，这辈子，也就是那个时候享福哟。

家里添了人，按说是喜事，但是，也增添了一张嘴。给管家打长工，在管家吃剩下的，也刚够吃饱。混的钱只够养活一个人。因为给管家打长工，是抵账，爹死时欠管家的账，所以，管家基本上不付钱。刚好还清那一年，闹革命，跟了蒋先生，跟了共产党。花花支持，妈也支持，但是妈担心，主要是担心花花，担心没有好下场。花花还没给俺家生个娃呢，要是老了，也够可怜的。花花跟妈说，啥好下场？不造反，不革命，就有好下场了？我看不见得。没有田地，没有饭吃，这样下去，饿也饿死，死也死得不痛快，这样死才没有好下场呢。革命咋了？革命才有希望。当然，革命是要流血牺牲的，大不了脑袋搬家，就是现在死了，也值了，我白花花这辈子也没白活。花花看着我，那眼神，唉，不回忆了。

朱来福说，当时送走了战友，转过身，四周看了看，沿着原路返回，来到凤凰山下的时候，夕阳已经西下，熹微的阳光在树枝的摇曳中穿梭，树林里看得最清楚。好像一个人到中年，四十而不惑，什么都看得清楚了。

说到这个地方的时候，审问朱来福的公安人员有点调侃他，插了一句说，我看呀，你不是四十而不惑，你是四十而糊涂。说你说的都是疯话，可宋局长说，不见得，什么事情都有前因后果。宋局长也知道，在土地革命的时候，鄂豫皖赤区确实降落过一架飞机，到后来失踪了。你没找到，国共两党都没找到。你说你是红军，说了一些疯话，又是都知道的疯话。有些疯话很可疑。说你是红军也像，说你是蒋介石留在大陆的特务也行。模棱两可的人是万万不能混进革命队伍的。要是混进来了，我们不但对不起死难的同志，更对不起活着的同志！

朱来福急了，赌咒发誓说，冤枉呀，真的很冤枉！难道是我真的神经了？不会的，记得清清楚楚。那个时候，从送走管雪梅转回来，还害怕有人跟踪，四周我都看了，发现没有人。一般来说，山大，到了傍晚，很少有人上山，要是上山了，很容易迷路。就在这个时候，我一个人到了凤凰山老虎岭。老虎岭你们知道不？那可是悬崖峭壁，我们从小打柴从那地方走都小心，怕摔下去。有一次我不小心，从那上面摔下来了，知道必死无疑，谁知道掉到地上，是个深洞，洞底有植被，还有树，把衣服挂住了，命大没死，连受伤都没有。那个时候我才知道那地方是最隐秘的。所以，在王树声师长临走的时候，我就建议，把飞机打包藏在那儿。王师长站在雨里犹豫了一下，因为时间紧，容不得细思考，也就嗯了一声，算是同意了。我也随着担挑子的人去了。虽说我指定了地方就走了，时间很短，但是我很清楚，不会搞错的。我记得当时是晚上，黑暗，大雨滂沱。我们都打赤脚，有的穿草鞋。王师长还披个蓑衣，戴着斗笠。那么大的雨水，戴斗笠也不中用，都淋湿了。是我们队伍藏的。走在路上，王师长跟我谈了话，我就留在家里，一来伤病没好透，二来我是游击队队长，还有许多队员要归队，需要我。回到家，老娘，不，是花花开了门，看我这个样子，就把我拽到屋里，给我端来热水，让我洗澡，换衣裳。她还说，过队伍，过了几拨了，都没顾上钻进老百姓屋里来。我说，那是自己的队伍。花花说，不像，从门缝里往外看，像国民党的。那么多车，还有穿戴，一眼就能看得出来。这般说了，我也就不再说，心想，不安全。他们是在追红军，调过头来一定搜山。我又穿了衣服，披着蓑衣，偷偷摸到老虎岭，还摔了一跤，腿疼了起来，可能是伤口摔裂了，又灌上水了，疼得我咬紧牙关，爬下山，拄着拐棍回来的。还是王师长心细呀，真有大将风度，临危不乱，在紧急关头，还把埋藏飞机的人员的脚印抹去，再经过雨水冲刷，就像没有人来过一样。这一下我放心了。回到屋里，天快亮了。公鸡开始打鸣，村庄的狗也开始叫。我感到疲劳，就睡了。谁知道我病了呢？高烧。听花花说的，我昏迷不醒，整整睡了两天两夜。还好，睡了两天两夜，民团也来了，还用枪托在我屁股上捣，不吱声。那个石生财亲自带队，当时没搞清楚，只知道我家很穷，可能参加了共产党，还在排查当中。石生财让二虎摸摸，二虎摸摸说，高烧，眼珠都不动弹了，死期不远了。团丁王卓，也是河口的，认识，捏着鼻子，惊讶地说，症状像瘟疫。石生财一听，哼了一声，赶紧退到门外，说声走，就走了。这才没来搜查。等到我好了，赶紧收拾东西，知道叛徒多，还有好多人被杀，也就钻进了凤凰山。

痴人说梦！审查他的公安说，说半天表大娘还是个女人！我们问你，现在是抗美援朝，要是有了那架飞机，就可以增加抗美援朝的实力，可是，我们也让你找了，你也说是在老虎洞里，咋没有呢？这怎么解释？不是你神经有毛病，就是你是特务，故意转移我们的视线。要是你不是神经病，我问你，你想转移我们的视线究竟是为什么？这是个大问题。

你这个小同志，红口白牙的，咋胡说呢？我说的句句是实话，我也很纳闷。就说当时吧，送走管雪梅我就去找了……

停停停，我们不想听你的爱情故事，说出来也是一盆糊涂糨子。你说你爱管雪梅，管雪梅也爱你，又都在山上待着，那时候你三十多岁，她二十多岁，两个人就如同干柴烈火，整天没球事，不是看白云，就是数天上的星星，这样面对面，有的是机会。都这样了，你俩咋不结婚？再说了，还说你家白花花好，好得不得了，我们听着犯糊涂，你说着咋不犯糊涂呢？一个男人，恋着俩女人，都远你而去，我们听不懂，你也就别讲。

高个儿公安很烦，截住朱来福的话头说，你说说，你转移我们的视线，想干啥？

小同志，你话难听，我不生气，我知道你是同志，我不会生气的。但是，我的忍耐也是有限度的。朱来福说来劲了——想当年，国民党杀我全家，要把我打死，我都没有皱眉，还怕你个黄口小儿吗？

你咋骂人呢？高个儿公安说。

骂你咋了？朱来福说，骂你是因为你不懂事，让你长长见识。

矮个儿公安接过来说，朱来福同志，姑且称你为同志。你是我们县委书记亲自让抓起来的，目的是为了弄清你的问题。说实话，在这里是单间，也是三吃三端，也没有让你受罪。你说你是老红军，可没有证人呀！谁跟你战斗过？

朱来福想到了许多人，有些也许还活着，但大多都牺牲了。可自己呢？还活着，还能看到新中国成立，还讲究个啥呢？但是，自己真的是为了革命呀。当前的最大任务是啥？是抗美援朝。抗美援朝最缺的是啥？是飞机。要是能把飞机挖出来，交给抗美援朝部队，那可不是去轰炸的问题了，那是鼓舞斗志呀。想到这儿，朱来福还是得说。你们听我说完，听了，也帮我分析分析，我不在乎你们认为我是不是老红军，我自己认为我是老红军，我问心无愧就行了。也不在乎待遇。那时候没饿死，现在是穷人的天下，能饿死？再说了，想起那些死去的战友，他们享受过老红军待遇吗？没有，但是他们喊过冤屈吗？也没有。

嗯，这句话说得在理，矮个儿说，像人话。

说得有道理，确实有道理，佩服！高个儿说，你这个人觉悟还挺高的嘛，为啥一时说话明白，一时又糊涂了呢？

朱来福说，我说过一百次了，明明记得是藏在那个山洞里，咋没有了呢？说实话，那次送走战友，我是第一次去看望，主要是看看在不在。老虎岭很高，山上树木不多，几棵松树现在还站在那里。原来是管家的山，我是长工都不知道有个山洞，管家更不知道。我可以说，没有一个人知道这个秘密。当时王师长找到我，问我藏在哪里最安全，我就说了：藏在山洞里最安全。王师长问为什么，我说，埋在地里，再深也会被人发现；藏在屋里，更是此地无银三百两；只有藏在人不知鬼不觉的地方，方能让敌人找不到。于是我就说了这个地方。王师长带着警卫跟我一起看地形。那个地形很特殊，四周和上面都看不到开口，实际上有两个口。一个是在上面，下大雨淌水的地方，像一条瀑布，一半直接淌到河沟里，一半穿过山洞到河沟里，谁也发现不了。还有一个口子就是在半山腰，刚好那地方长了许多树，围着许多杂草，把洞口密封得严严实实。为啥密封得这般严实呢？我们都没想到，王师长想到了。他说那地方有土，上面瀑布下来刚好打在那里，潮湿，容易长植物。我也带你们去看过，那个地方可谓秘密至极。我想，谁也不知道。哦，我昏迷过多次，最后一次醒来后，宋二丹改名字叫宋红军了，等我好了对我说，队长，你昏迷当中说了好多胡话，还说到飞机，说到管部长，说到破译，破译啥呀？我吃惊，很紧张，问宋二丹，我没说飞机藏在哪儿吧？宋二丹摇头，那意思很明确，没有说。从那次以后，我就怀疑他听到什么，知道了什么。我就怀疑他就是管雪凤安插到我身边的暗探。

管雪凤不死心呀，还想从我口里知道飞机的下落。我从此不敢再去那地方看了。有几次，我带着宋二丹走到老虎岭，故意说，你猜猜，这里有啥秘密？宋二丹说，这里还能有啥秘密，哪个地方我都去过。想当年，我陪蒋先生游山玩水，到处化缘，热了坐在树荫底下乘凉；渴了，掬一捧山泉；疲劳了，投到河水里泡泡；实在走不动了，老虎岭到处都是山洞，进去歇歇。他说得我又一惊，难道老虎洞他也去过？因为老虎洞是我起的名字，谅他也不知道。我就故意说，老虎岭有个老虎洞，挺奇怪的，知道不？宋二丹也很惊诧，迷茫地望着我说，真的，队长？那就带我去看看，看有啥奇怪的。我知道他不知道，就说，胡说的，老虎岭要是有洞那不就叫老虎洞吗？笨蛋！宋二丹生气了，噘着嘴说，队长，你是门缝里瞧人。这次留下来，本来是不放心你的，你却倒好，小瞧我。你也说过，干革命四海为家，哪里不是路？要是我知道高军长在哪里，我自己找去。我知道他说气话，也就没搭理他，没想到，这个宋二丹，在抗日战争时期，居然又投靠了国民党，你说这个人是不是奸细。

朱来福说得云来雾去，两个记录的你看看我我看看你，不知道说什么好。还是那个高个儿反应快，对朱来福说，你说的宋红军叫顺二蛋，咋有这名字呢？真的不好听，是不是你编的？

要是我编的我就是王八蛋！朱来福感觉与这么两个木瓜说话真累，再怎么说，他们咋都不明白呢？简直是对牛弹琴。说了老半天，有些累，还有些看不起，于是就直起腰说，有个叫吴绪红的，你们知道吗？

这个人大家都知道，他做过小炮队队长，当过民团团长，又参加过国民党正规军，现在在哪里都不知道，但是这个人是坏蛋。朱来福认识，难道朱来福要坦白吗？是好事。高个儿说，你就说说吴绪红吧，我们帮你理理，看你跟吴绪红是不是一路的。

这里要说说宋二丹。他已经改了名字，个头也长高了，人也长得标致了，正在和宋局长喝酒。提到最近的工作，宋局长就提到一个人，自称是老红军，疯言疯语说，知道“列宁号”飞机的下落。宋二丹大吃一惊，约莫知道是谁，但是还是漫不经心地问了一句，谁呀这么傻？宋局长说，叫朱来福。宋二丹听了，放下酒杯，更加吃惊地看着他。

这个时候，宋二丹不叫顺二蛋，不叫宋二丹，也不叫宋红军，改了名字叫宋建国，1950年国庆，又改成了宋国庆。人们知道老红军叫宋国庆，不知道他还有其他名字。为了便于阅读理解，现在与宋昌义局长喝酒的也叫宋二丹，只不过加一个引号。

本来“宋二丹”想说自己认识朱来福的，但是听了宋局长这么一说，又不着急了，微笑着，故作镇定地端着酒杯，看着宋局长说，这个人我不认识，你说说他都说了些什么。

宋局长喝了几杯酒，又是夜晚，灯光暗淡，没有留意“宋二丹”的神色变化。此时“宋二丹”已经是老红军了，在部队里挂了彩，转业到地方休养，因为是一个人，性格又很孤僻，不大爱说话。最主要的是，百姓都把“宋二丹”看得邪乎，年岁轻轻的就是老红军，经常有县领导看望，又这般老成持重，于是就猜猜：“宋二丹”是不是杀过许多人，要不就是地下党。过了一年半载，“宋二丹”也感到不合群，与当地百姓说不上话。抗美援朝时他报了名。上级审查，觉得他身体好了，又年轻，打过仗，就批准了，并说，到部队安排到后勤处，给洪学智当帮手，他也很高兴。临行前，想到本家宋昌义在县公安局当局长，就来找他喝酒。宋局长自然没有注意“宋二丹”的情绪变化。

宋局长说，这个朱来福说了一些疯话，但我不这样认为，因为人家说得有鼻子有眼儿，用逻辑推理吧还都成立。譬如说，年龄，也像，还有说的那些事，大多都存在。他说河口有一支游击队，我们查阅了资料，那时叫赤卫队，不叫游击队，后来改成了河口游击队，也不错。资料就提了游击队，没有人员名单。我们曾经问了一些老红军，他们说，那时候不管是游击队还是赤卫队，说成立就成立，说解散就解散，里面的人也不固定，今天是这几个，明天是那几个，至于人都到哪儿去了，有的牺牲了，有的参加了红四军，后来还有人参加了新四军，说不太清楚。再说了，建一支游击队，根本就没有资料留存。到了红四方面军离开根据地，又赶上国民党清剿，也就是最艰苦的三年游击战。那个时候，更没有档案。他说的，我们对照一下，时间、人物、地点，都对，这些事情，要是普通百姓是不可能知道的。只可惜没人证。

“宋二丹”说，为啥没有人证呢?

宋局长说，老弟，你不知道，他说的那几个人，要么死了，要么找不到，要么就是国民党，咋能证明他的清白呢?

你说说，他提到的都是哪几个人?“宋二丹”心想，这个朱来福，咋没有提到我呢?

宋局长想了想说，其他几个我就不再说，最近提审，他又提到一个叫宋二丹的，说是此人很狡猾，到现在也不知道在哪儿，估计投靠了国民党，也许战死了，要是没战死，要是不叛变，也许这个人还可以证明。

“宋二丹”听了这话，心里难过，心想，朱来福啊朱来福，多少年了，还是对我不放心。不，是不知心呀。有道是，有人跟你过一辈子，仿佛就是陌路相逢；可有人只见过一面，似乎在一起生活一辈子了。想到这儿，心中悔恨。本来想与宋局长谈一会儿，再兜实底，给朱来福证明的，一来开始说不认识朱来福，二来心里难过，感情很复杂，也就没有说。不过嘛，此时的宋国庆已经不是那个时候的宋二丹了，喝着酒，吃着菜，谈笑风生，镇定自如。一面听着，一面想着，微笑着说，怪有意思的，一家子的，你说说，他都说了宋二丹哪些话?

话题换了，宋局长没觉得，掂起筷子夹了一块肉到“宋二丹”碗里说，说得有鼻子有眼，记录了几大页稿纸，我看了几遍，觉得可信又不可信。他说宋二丹就是他的一块心病，在凤凰山上打游击的时候跟随他，还救过他的性命，但是这个宋二丹做事不可思议，仿佛墙头草，东倒西歪。他怀疑蒋孝智就是他出卖的，只是没证据。还说，白花花和他娘的死也与他有关。他说，可有一件事情搞不懂，就是宋二丹为啥又救他。朱来福自问自答地说，一定是管雪凤给他设的圈套，目的只有一个，就是能从他嘴里了解到飞机的下落。这是个天大的阴谋，作为他不能不防备。为了这个阴谋能够得逞，宋二丹吃尽了苦头，煞费苦心！好，说几个例子。

一是朱来福摔下悬崖，大脑磕在石头上。宋二丹那个时候才十四五岁，背着他走了二十多里路，还是山路，还是黑夜，直到天亮才走到山脚一个隐蔽的地方，把他安顿在草棚里，给他挤兔奶喝，朱来福嘴紧闭，他就用竹叶卷成筒，掰开他的嘴灌，就是这样，他说他昏迷了三天三夜才醒。宋二丹又扛着他往山上走，到山上，有个洞十分隐秘，他们就住在那里。过了一段时间就是冬天，天气寒冷，没办法宋二丹就要饭，在洞里烧火，才度过冬天。他说，我跟他非亲非故，为啥他要救我？一条山路，二十多里，一个小屁孩，自己说背着我走的，能相信吗？可疑。还有，那个时候，要是杀了我，就可以领赏钱，而且很多，足够买十斗田，他为啥没有这样做呢？醒来后，仔细盘问，宋二丹说，他也被出卖了，他听到管雪凤和吴绪红的谈话，说是连他一块儿解决了，才逃跑，还偷了两把手枪。你想想，这个故事编得圆盘吗？不圆盘。谁信呢？那个时候，他恩师加义父蒋孝智他都能出卖，还有什么人他在乎呢？他被吴绪红留下来，说是做跟班的，走哪儿带哪儿。可是，一翻脸，说是敌人要杀他才救了我，鬼才相信呢！

朱来福说，那个时候太困难，需要他要饭，需要他侍候。等好了，管雪梅来了，接着，找到了许多赤卫队队员，大家齐心协力，共同战斗。宋二丹也长大了，为了进一步考察他，让他担任了游击队小队长。这个家伙很狡猾，干事干脆利落，干了几件漂亮事情。譬如，一起打吴大麻子。虽说当时吴大麻子侥幸活着，但是到了第二年6月，伤口化脓，又不敢声张，一命呜呼了。还有，给王街长下条子，也是宋二丹干的。有个叫吴承轩的大地主，盖了更楼子，土匪都冲不进去，可宋二丹带着人马，吆喝一声，吴承轩就给了三千块大洋，还给了一挑烟土，很多食盐和粮食。游击队用了三千块大洋购买了六条枪，三千发子弹，增强了战斗力。为了搞到枪，宋二丹带着队员伏击了石豹民团，一仗下来，得汉阳造七把，子弹五百多发，当时就发了。就在这个时候，管雪梅从黄安那边来了。雪梅第二次来，给我们带来许多振奋人心的消息。雪梅走后，我让宋二丹参加红二十八军，他不去，理由是保护我，我心里跟吃了亮亮虫一样，知道他贼心不死，还是想从我这里套出飞机的下落，我也想借此把他从革命队伍里揪出去。当时，我也多了一个心眼，觉得亲手把一个特务送到队伍上，说不定就是一枚定时炸弹，我们的队伍会遭到损失，所以，明确表态，宋二丹不是党员，参军自愿，要是不愿去，就跟着我。就这样，宋二丹还是跟着我。当时跟着我的还有一个人。

“宋二丹”不听还好，听到这些，不仅心惊肉跳，而且脸气得铁青。他一边自饮，一边佯笑。不时插科打诨说一句：故事编得不错。当宋局长讲完，“宋二丹”再也忍不住了，就搭腔说，还有一个人叫王世杰，对不？

对呀，你咋知道呢？宋局长问。

来来来，喝酒，大哥，我敬你一杯。以后，小弟我到朝鲜战场，那我这个人就算是走南闯北了。说个实话，参加了共产党，境界提高很多，也得到了锻炼，知道党的博大胸怀。跟洪学智打了不少胜仗，挂彩了，回到武汉治疗，又遇战友。我是个孤儿，没有亲人。大哥，在这里认识你，你就是我的亲人了。我跟你说一句，我还是想我的战友。

“宋二丹”端起杯子与宋局长碰了一下，然后一饮而尽，放下杯子，也顾不上吃菜说，唉，大哥，恩怨情仇，是是非非，谁对谁错，我们可以都不计较。我跟你说一点，虽说朱来福我不太了解，但是这个宋二丹，我在战场上见过，虽说不一定是朱来福说的那样，或者说，不是朱来福说的那个宋二丹，但是，听宋二丹说，这个叫朱来福的，确实当过凤凰山游击队队长，他真的一心为了革命，为了党，吃尽了苦头，受了不少罪。家里人都死光了，他也差一点死球了。别的人都走了，他还坚持着，从这点说，我想他应该是老红军。大哥，听宋二丹说，朱来福为啥没走？是因为一个秘密，这个秘密就是飞机。可是宋二丹跟我说的好多事情，我听后，仔细琢磨，好像不是朱来福说的那样，是不是这个朱来福有点随心想呀？大哥。

老弟，真的？朱来福不止说一次。宋局长说，每次都说同样的话。

“宋二丹”不再吃菜，似乎心里在痛，仰起头，闭着眼，一只手捂着心口，一只手支撑着桌子，嘴唇翕动，想哭。过了足足有半支烟工夫，他忽然睁开眼睛说，大哥，我，虽说喝点酒，但是我说的不是酒话。虽然朱来福把宋二丹说的那么险恶，一无是处，但是我还是要说一句，这个朱来福，不是特务，是老红军。

宋局长说，你敢肯定这个朱来福不是特务，是我们的同志，是老红军？

小弟咋敢胡说呢？“宋二丹”说，我敢拿党性作保证。我也只能说到这儿了。唉，我心里难受，可能是受伤还没痊愈，喝点酒感觉心口痛。不说了，还来喝酒。“宋二丹”皱着眉头，一口酒喝下去，又说，是敌是友，只在一念之间。这是宋二丹跟我说的，那个时候，宋二丹也弄不清楚。

哦，宋二丹跟你说过朱来福的事情？听半天，宋局长好像才听出门道，于是说，那你说说这个宋二丹的事情，看与朱来福说的一样不。

那好，时间还早。虽说明天还有一个欢送会，让我代表抗美援朝战士讲话，但是也不着急。“宋二丹”说，像我这样年纪轻又带伤的老红军披挂上阵到朝鲜，也有，但是不多。有好些事你都知道，我就说你没有说的。

那个朱来福有顾虑也是应该的，他是队长，死了那么多战友和亲人，咋不怀疑呢？但是，那时候宋二丹还小，不知道这些，只是率性做事。确实是宋二丹听到了吴绪红和管雪凤的谈话，才决定保命。咋保命？只有投靠共产党。共产党，宋二丹认识的都死了，还有一个没死的，听吴绪红说的意思是想救这个人，宋二丹就偷了枪，跑到枪毙朱来福的地方等着。说来也巧，也真的没有枪毙，可是受伤了，大脑磕在深潭的岩石上，还是蹭破的，要是直接磕上的，就完了。朱来福被折磨得不成样子，皮包骨头，不到一百斤，宋二丹背着也不算太重。不再多说，只说后来的事情。国共合作了。宋二丹说，听说国共合作了，个个都不相信，眼睛睁得大大的，想吃人。尤其是那个朱来福，先是大声说，我不相信，绝对不相信，一定是阴谋，敌人想利用这次机会一网打尽，我们坚决不能上当。管雪梅为了做通朱来福的思想工作，住在娘娘庙，把当时的形势以及九一八事变、西安事变，还有后来的卢沟桥事变，都讲了一遍。还讲到西路军惨败，还讲到他的父母，还讲到许多牺牲的同志，最后说，我们一定要在民族危难之际，选择民族大义，抛弃前嫌，舍弃私仇，一致对外。这个时候才知道朱来福是最伤心的人。宋二丹说，朱来福抱着膝盖，把头埋在两腿之间，先是发抖，然后呜咽。过了一会儿，管雪梅走了过去，坐了下来，眼泪巴嚓地抱住朱来福，把他的头扳过来，才发现他嘴里全是血。管雪梅赶紧喊宋二丹，宋二丹赶紧找胃药，那时候哪有胃药，好在管雪梅知道一种草药，煎制成汤，灌下，朱来福才呼呼大睡。到了第二天早上，朱来福起床对管雪梅说，派宋二丹去吧，他认识吴绪红，先送一封信，约见他，洽谈合作。于是就派宋二丹去了。宋二丹真的不想去。他反反复复，一会儿到这边，一会儿又到那边，不仅害怕，还害羞。宋二丹心想，这不是羊入虎口吗？朱来福也看透了，安慰说，有道是两国交兵不斩来使。你尽管去，吴绪红不会为难你的。你相信这话吗？鬼相信呀。事已至此，宋二丹就想到许多事情，特别是想到入党的事情，觉得朱来福对他还是不信任。在一个不信任的环境中过日子，心里也不踏实，于是就想，要是联合抗日了，我就参加抗日的队伍。祸从心生，念头有了，不管什么时候都会闯祸。就这么一丝念想，导致了宋二丹又一次站错了队。

嗯，难道宋二丹真的像朱来福说的，出卖了同志？宋局长问。

那倒也不是。“宋二丹”说，他带着管雪梅的信，装成要饭的到了县城，在大门口就碰见了一个人。你猜是谁？宋局长说，我咋能猜出来，难道是朱来福？“宋二丹”说，是管雪凤。宋局长倒是很惊诧地说，管雪凤？

嗯。你听我说。“宋二丹”说，当时呀，他吓得真的不知道说什么好，但是想到干爹干妈被害，都是那个“婊子”所为，一下子热血沸腾，再也抑制不住，拔出枪就要对准那“婊子”。那“婊子”身边有一个警卫，很有一点武功，侧身一扑，把他扑倒了，再用膝盖一压，就把他压在地上。这时候他很后悔没有跟王世杰学武功。哦，我说的他，就是你和朱来福说的宋二丹。他觉得就这么死了，虽没有报仇也算值得。那“婊子”手里拿着皮鞭……

宋局长把手摆摆说，兄弟，等等，你口口声声说的“婊子”“婊子”，是谁？

管雪凤呀。“宋二丹”说，我恨死她了。又抬头看宋局长，宋局长抽烟，皱眉头。“宋二丹”知道说“婊子”不雅，局长感到不舒服，就笑笑改口说，那“婊子”还有一个绰号，叫“清水彪”，就是一种毒蛇。

宋局长没有说话，“宋二丹”继续说，“清水彪”披着皮大衣，穿着皮靴，一边走一边拍着手掌，来到他面前，用皮鞭的把手挑着他下巴，一看，赶紧松手，后退两步，忙说，见到鬼了，见到鬼了。这个人咋这么像宋二丹呀？说着，让警卫员把他拽起来。他一起来，“清水彪”转了一圈，哈哈大笑，笑过说，猛看，还真的有点像。真的与假的还是有点区别。宋二丹没有这么高。再说了，宋二丹没有胡须。嗯，知道了，一定是宋二丹的哥哥，是吗？这个时候，宋二丹仇视着，啊呸，吐了一口唾沫，显出英雄气概，骂道，要杀要剐随便，爷爷坐不改姓，行不更名，我就是宋二丹。

哟西，你就是宋二丹？不信。宋二丹有你这般硬？更不信。不怕死？打死我都不信。是宋二丹让你来的，打死我又让我活过来，我也不信。哦，宋二丹托生的，再让我死一次我也不信。唉，反正呀，那“婊子”不信。“清水彪”摇了一下头说，带回屋，我得仔细盘问是不是鬼子派来的奸细。

这个时候，一个四十多岁的军官笑着说，特派员，没算着你还这般温柔，真的很可爱呀。在南京的时候，有多少人都为你的美貌着迷，可你呢，一心报效党国，决心不谈婚嫁，让许多优秀军官望而却步。白长官就跟我说了，你的舞，独步天下。还说，雪凤的手，柔弱无骨，真的让许多人怦然心动哟。唉，这些人只知道你有能耐，但是又怕你，说你是蒋夫人第二呢。那些人真的是迂腐，要是今天看见了，不仅要加分，还要垂涎三尺呢。

管雪凤风情万种，忸怩作态说，哪能呢？只是莫将军对小女子的青睐罢了。

说过，手搭在莫将军的胳膊腕上，走了。

你说的是莫树杰？宋局长问。

嗯。

哦，我也知道一点，都是传说，老弟，你这说的还是真的了？宋局长还没有等“宋二丹”插话，接着说，管雪凤，知道，听说她嫁给了莫树杰，当了姨太太。嫁给莫树杰，不是因为她的姿色，而是这个人在抗争中的表现，是吗？

那是后话。“宋二丹”说，我只说“清水彪”把宋二丹带到屋里，摸着他的脸说，这般有男人气，咋来要杀我呢？我，你，无冤无仇，你杀我，嗯，你杀呀。说得好温柔。说罢，脸色忽然一变，一巴掌打在他的脸上，立即起了一道红红的手指印，嘴角也流血了。“清水彪”，唉，叫得真不过瘾，还是叫她“婊子”舒坦些。

“宋二丹”看看宋局长，没有反应，于是就说，那“婊子”骂，你以为我不知道是你吗？认不出你，剥了皮我也认得你！不识抬举的东西！那个时候，我念你小，又是要饭的，没有杀你。你却倒好，偷走了手枪，还救了朱来福，害得我挨了批，倒了霉。飞机至今杳无音信。今天你落在我手里，也算是你的宿命，也许三百年前阎王爷已经把你判给我了。好长时间没动枪了。抗日，我主动请缨，就是想多杀鬼子，过过瘾的。你主动送上门，杀了你也算是为我抗日大军祭旗，也算是为我杀敌立功搞个热身。小王，把他衣服剥了。

“宋二丹”说，对了，小王是那“婊子”的跟班，有两下子。小王犹豫。宋二丹自知难逃一死，就开始骂。骂得很难听。骂够了，身上的衣服也脱了，那“婊子”开始用皮鞭抽打。好像还很过瘾。抽打一会儿，流汗了，洗洗手，坐在那里抽烟。宋二丹骂得嗓子都干了，嘶哑着，还在骂。那“婊子”对骂人一点儿反应都没有。宋二丹是再也骂不动了，开始回忆，开始哭。哭着说着，我死得好亏呀，被这个恶魔活活打死，真的是好可怜呀！朱队长，这么多年，你咋还是不信任我呢？我说不送信，你非要说现在国共合作，共同抗战。狗屁！是挖个陷阱让我跳呀。小王，我求求你，我上衣口袋里有一封信，你掏出来，帮我交给吴绪红或者给石生财，我死了也算完成任务了。

说到这儿，那“婊子”一支烟才抽了一半，立马丢了，站起来问，你是朱来福派来的？什么信？小王就找，终于翻了出来，递给那“婊子”。那“婊子”看了，大惊失色！

朱来福说的和“宋二丹”说的不一样，不一样在哪儿呢？朱来福说，当时管雪梅来到凤凰山，找到游击队，传达了特委的指示，说明了鄂豫皖特委现在也不叫这个名字了，是联合国民党抗日，改成了长江局，至于谁个负责没说，估计管雪梅也不太清楚。原来的赤区，游击队很多，并不像国民党宣传的那样早已铲除。这些游击队都集中到一起，成立了新四军，现在呢，都到一个地方报到。管雪梅来了，说的这些，大伙都不太相信，都很惊讶。特别是朱来福，反应强烈，当场就说，要是那样，我们的仇不报了？我家就死了好几口人，这个仇找谁报去？说过，号啕大哭。管雪梅为了做通朱来福的思想工作，还讲了许多道理。管雪梅说激动了，跟朱来福说，你知道刘铭榜吗？他全家都被杀害了。刘铭榜的妻子也是党员，妇救会的，被五花大绑，带到二道河，全身浇上油，点了天灯。刘铭榜也和你一样，听到国共联合抗日，号啕大哭，但是刘书记知道什么是民族大义，知道家仇与国恨的区别。刘书记毅然走出深山，代表高军长与国民党地方政府谈判，达成了一致抗日。好，就是你说的那个你最崇拜的王树声，我也跟你说说，在麻城，我就听说，他一大家子一百多口，有四五十人都被国民党杀了，王师长死活还不知道，这个仇难道还没有你家的仇大？随后，管雪梅陪着朱来福给死难的战友上坟，也给她父母上坟。回来后写了一封信，让宋二丹送给石生财，因为时间紧，带着参加新四军的人走了。

第三次来，管雪梅变得漂亮了。在宋二丹眼里就是白天鹅，爱得不得了，走哪儿跟哪儿。送信，朱来福说他去，管雪梅想了想说，你是书记，又是游击队队长，万一国民党耍花招，搞阴谋，到时候不好办。按照我党一贯做法，派人送信，国民党地方政府同意了，再签订协议，共同抗日。共产党的部队是双重领导，既要服从统一抗日战线，又要保持相对的独立性，坚持党的绝对领导。我们主要是游击战，配合国民党正面战场。这里，我来晚了，上海已经沦陷，我们才知道，大半个江山已经被日本鬼子占领了，再不起来，就会沦为亡国奴。高军长紧急召见我，担任新四军第四支队一中队政委，我不能在这儿待久了，待久了会误事。如今，高军长带领部队已经东进，我还得寻找。这项任务就交给你了，所以你不能去，你要坚守。

朱来福说，我不能去，那谁去呢？

管雪梅扭头看看说，让二丹去吧。二丹，你能胜任吗？

宋二丹鼓着嘴不高兴，小声说了一句，姐，我也大了，想跟你参加新四军。管雪梅看着，想了一下说，我考虑你不能跟我去。朱队长这儿还需要帮手，你走了，他一个，独木难支。有道是一个好汉三个帮，不说三个，一个也得要啊。再说了，与国民党谈判成功了，我们就合法了，就可以由地下转到地上，公开活动，搞好抗日宣传，为党的事业做出更大贡献。

那时候，宋二丹已经十七八岁，刚刚懂事，情窦初开，那种炙热，谁都能看得出来。管雪梅身在其中，隐隐感觉到了，觉得宋二丹对她又不像孩子对母亲的那种，有种爱在里面，所以管雪梅也不想带他，就这样安排。这样说了，宋二丹还是不想去，还说，我就要参加新四军，跟姐一起战斗，保卫祖国，保卫姐姐。管雪梅没办法，眼睛盯着，眯缝着，嗓音硬起来说，宋二丹同志，你听姐姐的话吗？

宋二丹说，当然听啰。

那好，你要听，姐姐就让你留下。管雪梅说，姐姐也跟你保证，等你们达成协议，一定会回来看你，到那个时候，再带你参加新四军，中吗？

宋二丹才勉强点头。

宋二丹也不是一下子投靠吴绪红的。

宋二丹把信送到了县城，找到石生财，石生财总是询问朱来福的下落，还问了好多事情。譬如有多少人，书记是谁，队长是谁，有多少条枪，在哪一带活动等，把宋二丹问惊了，干脆不回答。石生财并不是怀疑，而是认为很奇怪：这么多年剿匪，在凤凰山居然还有一支游击队，这支队伍一直没有被消灭，奇怪！对于抗战，国共联合，石生财也是积极响应的，更何况国民党还派了管雪凤督战呢。

国民党驻军是莫树杰将军的六十七师，大别山是防止日寇进攻武汉的第二道屏障。莫树杰在安徽进入河南的商城交界处设了关卡，六十七师大部 2000 多人驻守峡口，其余 1000 多人分别在金刚台和观音山两翼设伏，阻挡日军向武汉推进。但是，宋二丹不知道这些，感觉自己就是鸟食，是管雪梅的鸟食。看着石生财阴阳怪气的样子，十分气愤，不光不作答，还出言不逊，骂石生财是石屠夫，是狗汉奸。大敌当前，不问鬼子的踪影，居然问起游击队，想干啥？这不是磨刀霍霍吗？这般一骂，石生财开始也是一愣，摸着脑袋不知所措，心里特烦。烦在哪里？烦在鬼子，你说你不走长江，也不走平原，你到武汉还非要经过豫南，要打自己的地盘经过，洋枪洋炮谁没见过，但是，鬼子只用了半个月时间就把南京拿下来了，行动之迅速，令人咂舌。那个时候石生财还不知道南京大屠杀的事情，只知道国民党正规军都没有打赢，这么一座县城，咋能经得住鬼子的铁蹄呢？这些天，石生财真是着急了，带着吴绪红白天黑夜转，把商城、光山、潢川几个县的地形地貌都看完了，觉得还是在商城峡口阻击敌人有利。

商城这个地方，南面是大别山主峰金刚台，海拔一千多米，纵横二百多里，山山相连，层峦叠嶂，沟壑林立，日本的大炮坦克是不容易运进来的，就是进来了，也不起作用。

再说说这个峡口，此地为咽喉要道，是鬼子到武汉的必经之路。要是不经过这里，那只有两条路可走：一条绕道豫北，沿铁路线南下，但是，豫北驻守有白崇禧、李品仙大军，不容易通过；再一个就是沿长江西下，沿途经过安庆等地，那地方也有重兵把守。很可惜，当时石生财只考虑自己这一路，实际上日寇十分嚣张，觉得国军都是逃跑的队伍，不值得一战，于是兵分六路，进逼武汉。国民党为了确保武汉，在外围设了六道防线，其中，商城的峡口就是第二道防线。

宋二丹敢骂石生财，也是爱恨交加，到这步田地才知道爱着的雪梅不爱自己，不但不爱，还把他当成鸟食给喂鸟了。可是，你要是能捕捉住这只鸟那也值得。用诱饵逮住石生财，对于宋二丹来说，一点机会都没有，人家看了信就没有说联合抗战，而是问还有多少人、队长是谁、驻扎地，还有就是人马枪弹情况，对这些感兴趣，那不是黄鼠狼给鸡拜年吗？宋二丹悲从中来，一阵难过，心想，不管怎么死法都是个死，于是昂起头痛骂。石生财听后，先是一愣，继而大笑，摸着光头，挥挥手说，去去去，咋来个二百五呢？带给特派员。傻帛，啥也不知道，就知道骂人，真是个鸟人！

宋二丹被带出去了。石生财还在想他的烦心事。再一个烦心事就是管雪凤。这个女人，像个瘟神，每次来都有事，每次来都倒霉。石生财心里盘算，第一次来，搞得周维炯一打商城，赶得自己没办法钻山沟；第二次来，正逢寻找什么破飞机，搞得自己的得力助手吴绪红自杀，幸好，自杀未遂；第三次来，鬼子来了，你说咋办，真是曹操倒霉遇蒋干。上次好不容易把她送走了，如今又来了。这是第四次，说是来协助抗战的。一没有兵权，二没有财权，又不比人家多个蛋，拿什么去抗日？靠喊几句口号呀？啊呸！石生财想到送这个女人的钱，还有那块宝贝，自己也没有捞到多少好处，有点后悔，觉得管雪凤吃腥嘴了，真是个馋猫。

石生财知道要打仗了，这次打仗是要拼命的。鬼子来了，自己的那些店铺不都成鬼子的了？那可都是日进斗金的好生意呀。还有，一万多人需要多少粮草？委员长早就断奶了，说是民团，其实就是保安，保一方平安的，要靠地方解决，中央也不再找地方要了。

靠地方解决也行，石生财就不再剿匪了，把民团改成保安大队，拉到各县区驻扎，靠当地土豪劣绅养活。其实，也很不容易。一个萝卜一个坑，把别人势力挤出去了，自己占着，没有实力是不行的。磕磕碰碰总算弄到手了。春夏两季练兵，就拉上来；到了秋冬，再放下去要款要粮。税款已经预收到民国 34 年，也就是 1945 年年底了。再加上这些年剿匪，大批青壮年都被两个将军拉壮丁了，好多田地荒芜，虽说才迁来一批，上面有政策，他们都是好人，要适当减免税赋，只准征收当年的，不准超收，把这部分财源给断了。刘峙临走把汉阳造留下了，说是换新。人家是中央军，肥缺多，也不在乎，还把几辆汽车和一个储藏库给了石生财。储藏库里堆满旧衣服。说是旧衣服，跟新的一样，把个石生财乐得几乎要喊刘峙干爸。现在莫树杰来了，这位广西大叔好像不多爱说话，就是说话，也听不太懂，更不太好听。还说什么他们是中央军，衣食住行得靠地方，刚来一个月就要了五百石大米，还说少了，要求每月按六百石供应，比共匪还难缠，真是个土包子农民！看样子，管雪凤好像跟他很铁，经常一起出入。吴绪红看在眼里，恼在心里，也不知道咋办才好。

问过吴绪红，吴绪红说，前一阶段不是在武汉吗？说是固守南京，就调集了大批部队保卫南京，管雪凤也被调到南京，协助徐处长，负责广西军。蒋委员长想调广西军守南京，就征询白崇禧意见，白长官就推荐了莫树杰。莫树杰是个军长，蒋介石就让军统的先摸一下底，戴笠紧急报告蒋介石，说，别看莫长得跟农民大叔一样，这个人还行，是一员骁将，在广西军中知名度很高。白崇禧推荐，蒋介石才召见莫树杰。一见面，谈得很投机。

蒋介石有了先入之见，对莫树杰总摸头也不大在意。莫树杰不是摸蒋介石的头，而是摸自己的头，就是这样，也算很了不起的了。莫树杰到商城，闲聊时跟管雪凤说起，管雪凤惊讶地对莫军长说，你真行，在委员长面前敢摸头，真行！莫树杰说，我摸自己的头，与委员长不相干，咋说我行呢？装得跟傻子一样。管雪凤崇拜地说，有一次，蒋委员长召见戴老板，戴老板弯着腰，低着头，听着只喊“是”，也许是委员长话太长，戴老板弯着腰太累了，到委员长转过身时，戴老板居然抬起头，盯了一眼委员长的光头，委员长勃然大怒，上去就给了一巴掌，把戴老板打得几乎摔了一跤，赶紧逃出总统府，出来时嘴还在流血呢。

不过嘛，蒋介石一贯实行拉拢政策，让莫树杰感激涕零，并说，誓死保卫南京，与南京共存亡。后来，总裁经常说的一句话，那个七十四师张灵甫临死时说的“杀身成仁，效忠党国”，实际上就是模仿莫树杰。莫树杰说这话的时候是至情至性，后来国民党将军都说这话，有一半是假的。说这话的，大多数都投降了共产党！

莫树杰来了，还把自己的家眷带来了。当时莫树杰的姨太太正怀着身孕，不想来，莫树杰发狠，对她说，你要是不想来，我一枪毙了你。姨太太知道莫树杰是说到做到的，不得已坐上车也来了。到商城，不到一个月就生了一个丫头片子，为了表示抗日决心，誓死保卫商城，守住峡口，就起了个名叫“莫雩娄”。“雩娄”是商城的简称，意思是一个祭坛。莫树杰给女儿起这个名字，一是决心与商城共存亡，报答蒋总裁的知遇之恩；二是祭奠先祖，让先祖保佑，旗开得胜，打好保卫战第一仗。

宋二丹被带到管雪凤面前，管雪凤不但不恼，反而惊诧。管雪凤感到奇怪，就问，你不是宋二丹吗？咋长这般高呀？长帅气了。哎呀呀。围着宋二丹转了一圈说，你跑几步我瞧瞧，跑几步我瞧瞧。宋二丹不知道是啥意思，迟疑，随着管雪凤转身。管雪凤感慨呀，指着说，你当初逃是对的，要是吃了“花生米”，可惜了。说完，跑屋里拿出一套军装，在宋二丹身上比画着说，穿上，穿上更帅气！那声音，让宋二丹想起管雪梅。对呀，怪不得这般熟悉了，她俩是亲姊妹呀。唉，要是雪梅姐说这话，我就是死了也心甘情愿。这个“婊子”说出来，心里很不好受。怪不得说，龙生九子，九子各异哟。这个浪婆娘，虽说长得像雪梅姐，但她是蛇蝎心肠，杀害我干爹干妈，与她不共戴天！

宋二丹闭上眼睛，不去看管雪凤，但是管雪凤在他周围转，散发一阵阵香水味儿，那种香水味儿从来也没有闻过。宋二丹不觉鼻痒，鼻子动弹。管雪凤忽然笑了起来，摸宋二丹的头，又摸宋二丹的脸蛋，说，哎哟，咋还是个孩蛋子呢？还没有说两句就想哭，怕死吗？那个时候，真的想把你废了，你鬼机灵哟，知道逃，现在长大了，咋就长倒回来了呢？人长高了，胆子反而长小了呢？哦，别哭，别哭。

管雪凤故意调戏，可把宋二丹惹恼了，眼睛呼啦一睁，咬着牙骂，你个妖魔，士可杀不可辱。如今国共两党联合抗日，你却绑架我，是何居心？你想当汉奸吗？

宋二丹声音很大，屋里屋外的人都听到了，刚好吴绪红到管雪凤这儿来，走到大门口，听到声音，感觉挺熟悉，进去一看是宋二丹，就拍着肩膀说，哟，长高了，比前年高出一大截儿。这些年没见，在哪儿发财？

发鬼财！我是代表共产党河口游击队来和你们谈判的，要杀要剐随你便。你们这帮妖魔，只知道杀我们，鬼子，你们咋不杀一个？你们是标准的汉奸！雪梅姐眼睛瞎了，看错你们了！

你说是谁？管雪凤立即站住问。

你三妹，你说我说的是谁？宋二丹理直气壮。

三妹，雪梅，她在哪儿？快说，我要见她。管雪凤也不再调戏，急忙问。

你要见她？你要见就能见呀？宋二丹眼睛一斜，嘴一瘪说，你们都是恶魔，六亲不认的恶魔，你想让我告诉你，好去逮捕她，妄想！不过嘛，现在就是告诉你也不怕。她已经走了，参加新四军去了，要找，到新四军那儿找吧。

管雪凤身上颤抖，眼泪已经流了出来，看着宋二丹，声音也柔和多了。她说，什么时候走的？我能找到她吗？她可是我的亲妹呀！都七八年了，没见到，真的很想。

走了，早走了。宋二丹说，三天前就走了。

你能找她回来吗？管雪凤显得很可怜，穿着军装，戴着帽子，那张脸变得煞白。

宋二丹盯着她，心想，你个恶魔，也有这份闲心呀，急死你，让你再作恶！心里想着，眼睛狠狠地盯着她，看了好长时间，不想说话。

吴绪红说，二丹，哦，你是共党代表，你参加了共党？快，还不快给共党代表松绑。

宋二丹一边甩着绳子，一边说，是又怎样，不是又怎样？告诉你，管书记说了，抗日是大势所趋，谁不抗日谁就是叛徒；谁要是杀了抗日英雄，谁就是王八蛋，他祖宗八代都是甲鱼变的！

呵呵，还说出大道理了。吴绪红说，不过嘛，咋满口脏话呢！

我党主张抗日，我是代表朱来福队长送信的，要求和你们谈判，共商抗日大计。

朱来福？还活着？这次又该管雪凤惊讶了，眼睛瞪着。

不光活着，还是河口游击队队长，咋了？宋二丹说，要是论武功，要比从前强多了。不说飞檐走壁，打你吴歪腿，还有你“清水彪”，就是三四个，还是绰绰有余的。

吴绪红感到宋二丹孩子气十足，说起话来有高无低的，带着火药味儿，于是也不计较，哈哈笑了，走路故意歪歪扭扭，转到上首，端来了靠椅，指了指说，请坐。特派员，您也请坐。侉子，你们咋把宋同志捆起来了？

小王是北方人，南蛮北侉，人们也不叫他名字，直接喊“侉子”。侉子掂着步枪，站在门口说，莫树杰将军让送来的。

哦，这是啥意思？吴绪红望着管雪凤说。

啥意思？莫将军办事深谋远虑，你能猜得到吗？管雪凤说，告诉你，莫将军谋划周全呀！这一点你不得不佩服。莫将军知道我们与共党的恩恩怨怨，把宋二丹送到这儿来，留给我们处理，是对我们的尊重。同时，也是用兵之道。你想，我们把他杀了也行，到时候，就是共党来要人，莫将军说，我不知道呀，一推就完事了。要是共党查到了，推到地方民团，共党也没办法。

吴绪红有点愤怒，手一按从座椅上站起来说，什么狗屁尊重，说到底，还不是嫁祸于人吗？一个将军，堂堂军长，也干小人勾当？

你咋这样背后说人呢？真让人瞧不起。管雪凤说，我看你是活腻歪了。要想死，说一声……

吴绪红心情坏到极点，眼泪汪汪地看着管雪凤说，凤，你变了，确实变了。我知道，你听说三妹雪梅回来了，参加了共党，心里不是滋味。因为你太仇视共党了，总认为共党与我们水火不容，再加上你父母惨死，有人说是共党所为，你也认为是的。可是，你想过没有，共党和我们打交道也不是一天两天了。他们有从外面来的不假，但是，大多数还是本地人。从他们为人处世看，我虽说不太赞成，但是还不至于搞暗杀，做些下三滥的事情，从这点看，是不是共党所为，还是个疑问，至少缺少直接证据。你却认为是共党所为，与之不共戴天。你想过没有，如果不是他们干的，真凶是谁呢？真凶漏网了，你父母在九泉之下能闭眼吗？再说三妹，你是恨铁不成钢，也想让三妹跟你一样。有道是人各有志，三妹的道路是她自己选择的，这条道路也未尝不好。再说了，只要她还活着，就是好事。你咋无故迁怒到我头上呢？

吴绪红从来也没有说这么多话，这般说，管雪凤听着，也感觉自己太冲动了，在那儿沉默，慢慢品味吴绪红所说的，习惯性地端起茶杯喝水。

吴绪红让人给宋二丹端来一碗水说，你请喝水。小宋同志，你们是怎么主张抗日的？说来听听。

国共合作，这是大趋势。宋二丹跷起二郎腿，把碗放下说，临走时，朱队长再三说，要是见到你了，说一句，谢谢不杀之恩。

哪里哪里，吴绪红很慌张，斜眼看看管雪凤，故意端起茶碗，头上已经沁出汗珠，忙说，算他走运！算他命大！

管雪凤本来已经被吴绪红说动情了，正在回忆他对自己的千般好处，思考以往的行为，觉得自己说的话太绝情，有点后悔，在那儿不言不语，宋二丹猛然来了这么一句。其实，这一句也不是朱来福说的，是宋二丹灵机一动想出来的，也是借题发挥，不知道是什么目的，但是，此时说出来，管雪凤听了如五雷轰顶，感觉吴绪红一直在欺骗自己，抬起头，一道凶光向吴绪红射去。

管雪凤的一双眼睛像一把尖刀，死死地盯着吴绪红，足足有半个时辰，空气中顿时笼罩着紧张的气氛，似乎被死亡包围着。过了一会儿，管雪凤什么也没说，站起来，咣当一声，把门一甩，走了。

这件事情虽说不太重要了，但是疙瘩在管雪凤心中算是结死了。管雪凤没有指责，吴绪红也没有解释。管雪凤临出门，扭头说，把宋二丹放了。

吴绪红百口莫辩，也不能辩，因为管雪凤并没有说什么，当时，吴绪红确实不想杀朱来福。这件事情，本来想，就像当初自杀一样烂在心里，哪知道沉底多年的僵尸又浮出水面。说实话，吴绪红当时非常尴尬，看着宋二丹还理直气壮，洋洋得意，气得上去就是一脚，骂道，你他妈的杂种，当时咋没死呢！

宋二丹为什么这样说，是因为他心中有火。他很难过，自己不能跟随雪梅姐姐了。宋二丹这样扛着朱来福还是让他给甩了，这是随便甩的吗？让他送信，石生财是何许人也，难道朱来福不知道吗？不说是肉包子打狗，那也是屁沟子夹雷管危险到极点！这是信任吗？说实话，知道这个决定后宋二丹伤心透顶：去也是死，不去也是死，索性把牙一咬，心想，去，死了，还是个烈士，共产党看得起，也对得起死去的干爹干妈；不去，死了，朱来福他们就会说我是叛徒。一心一意救他，侍候他，好心当成驴肝肺，反而认为我就是卧底。所以说，宋二丹硬着头皮来了。来了，是本着必死之心的，他也就不管三七二十一，只要不是共产党的秘密，就一股脑儿说出来，哪知道歪打正着，起到了离间作用。

管雪凤算是恨死吴绪红了。

第五章

谜底

狡兔三窟，管雪凤从办公室回到卧室，躺在床上，回忆多年前的情景。

那个晚上，凄风苦雨，她收到了戴笠的电报。电报里，劈头盖脸给她臭骂了一顿，说她无能，拿国家钱不当回事，一事无成——飞机，那是针头线脑吗？那是一大堆钢铁，我的同志，那些东西，放在丘陵就是一座小山，搁在平原，五里开外都能看到，就是在大别山，藏起来，藏到狗洞里也能给扒出来呀。你管雪凤干啥？还会用计谋呢。先是汇报说，为了寻找飞机的下落必须采取钓鱼的方法。钓鱼，得有鱼饵呀，于是你就找我要了许多军用物资，包括民用的钱粮，说是救百姓。为啥百姓老为赤匪着想？那是因为赤匪给老百姓好处。我们如法炮制，让老百姓给我们找，能收到事半功倍的效果。好，你说啥我答应啥，你要啥我给啥，就是要天上的月亮，只要我戴笠够得到，我也照办。可你呢？太不争气了。过了一阶段，还是找不到。委员长气得骂娘。

委员长说，现在南京各界都在庆祝剿匪大捷，可是我们的《申报》却说什么，虽说赶走了张国焘、徐向前，但是我们那架飞机仍没下落，据不可靠消息，飞机也被徐向前部带走了，足以说明徐部不是被消灭了，而是挪窝了，现在到了川陕，在那里扎了根，从鄂豫皖走时的两万多人发展到七八万，拥有上千万人口。这是剿匪的胜利呢，还是剿匪的失败？娘希匹！

蒋介石把戴笠找去，劈头盖脸地骂。戴笠立正，听说还挨打了。戴笠从总统官邸出来，死的心都有了。戴笠能饶过管雪凤吗？管雪凤也是戴笠的宝贝疙瘩，只能痛骂，作为灾害转嫁。管雪凤挨了骂是次要的，主要是戴笠曾经许诺：要是找到飞机，就标志着大别山匪患铲除，就在南京宣传，向全国宣传。没找到，就没有力量说明把赤匪赶尽杀绝。找到飞机，要是真有那么一天，少将，说不定中将都能捞到手呢。到那个时候，也不会寄人篱下，跟着这个屁股后面再跟着那个屁股后面卖弄风骚了。对，为了将功赎罪，回到南京，还被戴笠打了一巴掌。戴笠打了，又抱住了。唉，还得装着喜欢的样子。

唉，少将、中将的梦也不知道做过多少回了，醒来之后还是猴子捞月，竹篮打水。被那个老秃驴压过后也做过梦，都是半夜惊醒的。这是两种不同的梦，咋都在我管雪凤的梦中出现了呢？怨谁？管雪凤一直回忆着，抽着雪茄，把眼睛半眯缝着。

她又开始想到那天夜晚，喝了两杯酒对吴绪红说，朱来福已经没有用了，现在不用宣传了。南京也催逼我回去，处理了吧。共党不知道给他灌了什么迷魂药，什么办法都用上了，就是不招供。吴绪红说，我们采取卧底的方法，知道了一点，说是在老虎岭的一个山洞里，找了，没找到。当时就问，你们用的什么办法？

土办法。吴绪红说。

什么土办法？

我们给他用凉水泡，让他发烧，高烧的时候就会说胡话，就像喝醉了一样，说是胡话，其实句句是真。要不，他也不会说出很隐秘的地方，但是我们真的没有找到。

管雪凤感到可笑，又感到吴绪红也算动了脑筋，从这点上说，对自己还算忠诚的。于是，看了一眼，也没有说什么。

吴绪红又说，从这点上看，朱来福是个赤卫队队长，飞机降落时他先下手，是他抢走的，但是，要不是周维炯，他们能抢得去吗？我当时给了他一枪，他在红军什么医院住了半年。好了，这样的人，能让他知道这么重要的军事机密吗？我看不会。估计是共党的奸计，故意转移我们的视线，让我们瞎忙乎！

管雪凤端起一杯酒，惊诧地说，你咋不早说呢？都说朱来福知道，害得我在这上面做文章，你们经常说的粗话，什么来着？

表大娘爬灰！

哦，哈哈。唉，绪红呀，晚了，晚了，要是早说三个月，也许我也不至于挨戴笠一顿臭骂！娘希匹！管雪凤学蒋介石骂了一句。吴绪红觉得很好听。

要是这样，放了吧。吴绪红说，朱来福好歹也是您家的长工，要是杀了，对您的名声不好。

你也是发迷呀，这个人能放吗？你倒说说放的理由。管雪凤说，他是赤卫队队长，比他轻的都杀了，他留着，咋交代？说他投诚了，还是说他不是共党？我看呀，你自杀一次没死，大脑坏掉了。

吴绪红脸通红，心里难受，不知道说什么好。

管雪凤端起杯子说，来，干了。这些天，算起来也有一年多了，你也为党国立过功劳的，这次回去，要是有机会，还是给你找一个正儿八经的地方待着，别老是跟民团搅合在一起。没出息。

要是你们军情处要人，我想去，吴绪红说。

管雪凤没算到他会说出这样的话，思考了一下摇头说，军情处，挑人严格，进不去。再说了，我不当家。

军情处要是进不去，我还是待在家里。吴绪红可怜兮兮地说。

管雪凤一甩头发，一仰脖子，把一杯酒喝下去，对吴绪红说，我已经安排二虎了，今天，就今天晚上，让他们把那两个赤匪处理了。

天快黑了，安全吗？吴绪红心里一紧，表面上装着若无其事地问。

黑了，黑了安全。管雪凤说，宋二丹，这个小炮子子（坏东西），我总怀疑他是暗探，不能留，宰了算了。我也安排二虎了。

二虎？吴绪红说，二虎毛手毛脚。还有，我来这里时看见他和团丁在赌钱，说是赌钱喝酒，二虎一喝酒就喝大，喝大了恐怕误事。

管雪凤要走了，也不想得罪人，也没有责怪，只是发牢骚说，都是无能之辈。她迟疑了一下，看着吴绪红说，我就是看到他是我家的长工，要不是这样，我就亲手毙了他。那好，你要是没事，代我监督执行。我明天走，你保重。

你也保重！吴绪红也说了一句，脸色显得十分苍白。

管雪凤好后悔。太仓促了，这件事情显然处置不当。当时咋就没有想到他俩的关系呢？管雪凤后悔的同时又迁怒别人。她想，原来这两个人都没有死，都是吴绪红放的。男人都不是好东西，没有一个可靠的，都是骗子。蒋介石是总骗子，戴笠是分二骗子，吴绪红即使不是骗子也是猪。管雪凤有点恨这些人了。她咬着牙，使劲儿把快要抽完的烟头揉进烟灰缸里，食指的指甲几乎要把透明的玻璃烟灰缸摁破。

——娘希匹！管雪凤骂完，站起来，心想，这事儿永远烂在心里。你不是跟我玩阴的吗？我叫你死无葬身之地。

朱来福想的与宋二丹想的不大一样。

朱来福派宋二丹是对他的考验，因为管雪梅说得很清楚，国共合作，不会有生命危险。管雪梅回凤凰山四次，之后就参加了新四军，商城解放了也不知道她在哪儿。有的说牺牲了，有的说成了某位将军的夫人。为啥没有回老家，是因为她姐，而且管雪梅还改了名字，至于叫什么也没有人知道。

管雪梅回商城四次，只有第一次时间长些。第一次回来，她姐已经去武汉，姊妹俩失之交臂。第二次回来是传达精神，开展游击战争。姐妹俩是对立面，水火不容，唯恐避之不及，就是近在咫尺，也不可能见面。第三次来去匆匆，带一批人参加红二十八军，在山上只待了一天就走了。第四次也是最后一次，传达国共合作精神，带人参加新四军。虽说有时间，也有见面的理由，但在姊妹俩之间无形中横亘着一条岭，这条岭就是朱来福。

管雪梅知道朱来福心里有许多障碍，一时间难以清除，也就不再恋着。朱来福对管雪梅，感情很复杂。朱来福经常在心里跟自己较真，要是管雪梅是孤立的就好了，但是，管雪梅毕竟不是从天上掉下来的，有爹妈，也有姐姐。朱来福一想到管雪凤，就无法抑制内心的激动，就会想到白花花，想到老娘，也就眼泪汪汪，仇深似海。这般一想，无形中，两人见面说话或是嘘寒问暖，都变成了形式。特别是第三次接触之后，管雪梅回到黄安，进行了深刻反思，觉得自己与朱来福是有缘无分，再加之战斗频繁，一天到晚都沉浸在死亡的威胁当中，两个人之间的爱情，随着时间的推移，也就慢慢淡了。第四次再见面，客气多了。管雪梅把任务一说，也就算完事。于是，管雪梅带着人参加了新四军。

宋二丹不一样。宋二丹是慢慢长大的，与管雪梅的接触，也是慢慢亲密的。开始，朱来福要杀宋二丹，是管雪梅在起作用，宋二丹才逃过一劫。再之后，管雪梅认为宋二丹能干一点事情，就显得对他特别信任，也就把距离越拉越近。到了第三次来，宋二丹长大了，变成了一个成熟的大小伙子，在管雪梅眼里也是一亮，觉得宋二丹青春阳光，两个人话也就多起来。一有时间，宋二丹就拉着管雪梅在树林里跑，呼吸新鲜空气，撵野兔、朱鹮玩，还采集野花给管雪梅。

有些成熟的果子，像野草莓、野山茶泡等，酸甜好吃，宋二丹就摘给管雪梅吃，特别是管雪梅想让宋二丹入党，朱来福不同意，说宋二丹年龄不够。虽然反对得有道理，但是宋二丹就认为管雪梅亲。于是，宋二丹就开始喊管雪梅“姐”，管雪梅也就答应了。时间长了，真跟亲姐弟一样。

宋二丹一口一个姐，虽然也仇恨管雪凤，但是他在青春发育期，伤痛容易愈合。朱来福说过，管雪梅与她姐是两个人，宋二丹心想也对。有了这个概念，也就不较真，总感到管雪梅声音好听，长相好，见了，就像见到娘一样爱着恋着。

对于宋二丹的感情变化，管雪梅也感受到了。第一印象，宋二丹是个小屁孩！就没有把他当成大人、当成男人看待。背着宋二丹，朱来福把前前后后的经过述说了一遍，也把疑点说了，管雪梅也觉得宋二丹太小，性格不稳定，但要是说宋二丹出卖同志，是她姐培养出来的卧底，也找不出有力证据。为了观察宋二丹，俩人单独待过——那是六月天，天气很热，洞旁有一个宽敞地儿，中间有磨盘那么大的一块石头，是大理石，因为风吹雨打，再加之人们走到这儿都要歇歇脚，在那上面一坐，把大理石表面磨得平展光滑，上面还呈现许多花纹，像朦朦胧胧的天空。那些纹路当中似乎有鸟儿在飞。坐在大理石两边，看着宋二丹无邪的眼神，管雪梅又觉得他就是那只鸟，只知道飞来飞去而已。也许，这般大的孩子思想单纯，不会要阴谋，但是朱来福说，宋二丹不会搞阴谋，吴绪红、管雪凤会呀，不会教他吗？说得也在理。管雪梅问宋二丹逃出来的基本情况，问时又不能太露骨，问了一些又问宋二丹最爱吃什么。宋二丹说，最爱吃的是肉！管雪梅差点笑晕过去。笑过之后指着宋二丹说，小屁孩，真逗！宋二丹也笑，爱听管雪梅叫他小屁孩，然后会问一句，姐，你最爱的是什么？管雪梅说，花呀，你看，那岩石旁边的杜鹃，多红呀，很漂亮耶。宋二丹不再说话，起身拍拍屁股，下到下面，一手攀枝条，一手够杜鹃。管雪梅说，别够，别够，要是够了，我就不爱了。宋二丹停住手，回身看着管雪梅问，为什么？管雪梅说，你把枝丫折断了，还能活吗？是呀，还能活吗？宋二丹心想，姐心肠真的很软，跟那个“妖怪”没法比。宋二丹就上来了，上来问，姐，我问你，你爱吃啥？管雪梅也没有思考就说，爱吃馍馍。宋二丹记下了，每次要饭，总能要到白面馍馍。为了要到白面馍馍，到吴大麻子家，还被狗咬过。

狗咬人真痛。宋二丹说给朱来福听，朱来福却说，狗咬错部位了，要是咬到屁股就不太痛，真是把人气死！

管雪梅说的，宋二丹记着。到了第二年春天，在娘娘庙的东门口，不知道什么时候有了一大块映山红，虽然花朵很小，同时盛开，形成大片花的菜畦，在风中摇曳，煞是好看。

从这一点看，朱来福就更加猜忌宋二丹是个有心人，这种人叫什么来着？噢，记起来了，是蒋孝智说的大智若愚，也就是故意装傻充愣，习惯的叫法是憨蛋，其实这种人最可怕。朱来福记起来了，他从鬼门关回来的时候，看人都是模糊的。那个时候看到宋二丹这张脸就跟现在不一样，就觉得宋二丹当时十分高兴，还手舞足蹈，说什么鬼话：好呀，好呀，我有希望了。啥希望？清醒一点的时候，一边喂东西还一边喊，朱队长，朱队长，飞机，飞机，你记得吗？妈的，原形毕露了。好了之后，再也没有听到他说飞机的事情，想在他糊涂的时候让他说出飞机的下落，要不是带着特殊任务，能下这么大功夫吗？能受这么大罪吗？看来，宋二丹真的不简单。不简单在于他做事滴水不露。朱来福越想越觉得他讨厌，觉得身边安装了定时炸弹。什么时候爆炸，不知道。那就更可怕。

有一天，吃过晚饭在山洞里，天黑看不到人，也没有事，就在那儿闲聊。朱来福没有出去，自然没有故事，每次都是宋二丹说他在外要饭的经过。什么两塘口又来一户人家，很奇怪，每个人头上都戴一顶小花帽。王衔长，你知道嘛！被保安队的二虎把腿打瘸了。为什么？还不是不想给团丁的值班费吗？王衔长说得对呀，他说，你们这些狗，只知道吃，就不知道看门。二虎问，你家被盗了还是被土匪抢了？土匪打你了还是点火燎你了？王衔长是个硬汉，直说了，没。没，那你还跟个没吃饱的狗样，汪汪叫啥？王衔长说不出，二虎拿着枪，一枪托砸在王衔长膝盖上，王衔长当场倒地。

讲完了，朱来福慢慢问，慢慢揣摩，思考有没有破绽，一点破绽都没有。朱来福还在分析呢，宋二丹问，要是飞机还在，要是飞机被国民党找到了，不知道他们咋想哟。朱来福一惊，说去说来还是围着飞机转，看来，小屁孩虽说是个屁，但不可小觑，要是放出来，能把人臭死。从这点说，小屁孩还是个高手呢。

让宋二丹去是管雪梅与朱来福商量的。管雪梅彻底放心了。还说，我敢打赌，这孩子是个好人。你为啥有那么多疑问？是因为他太小，办事凭感觉，没有考虑哪个党派，所以忽左忽右，还是因为你狐疑，注意他，就像疑邻盗斧，越看越像？他为啥要救你，我也问了，开始说，我也不知道，后来想一想说，朱来福是队长，原来就熟悉；再说了，把他救了，钻大山不害怕。当时，我姐也要杀他，他要活命，要是住在山下，立马就会暴露，只有钻山洞，才有活下来的希望。你想一想，他独自一人逃出来，又是夜晚，山上鬼哭狼嚎，一个半大的孩子，能不害怕？要是把你救活，就有伴，也就不害怕。也许你是男人，没有这方面的感觉，我可有。刘书记让我来找你们，白天在山里钻去钻来，到了夜晚，我独自一人缩在山洞里，一听到猫头鹰叫，我吓得缩成一团，就是这样，每次找山洞，我都要找能把山洞堵住的东西，防止野兽闯进来伤人。我都这样，何况一个孩子呢？想想这孩子说的，也是大实话。

可朱来福就不这样认为，他认为这个道理不是十四五岁的孩子说出来的，肯定是吴绪红或者管雪凤教的。他们算准了，朱来福一定会问，哪知道他不问，可管雪梅问了。

管雪梅有点生气，看着朱来福说，我总觉得你不光是固执，还有点神经兮兮。

朱来福说，不是我神经兮兮，是事实，懂吗，“三公子”？

管雪梅微微笑，然后说，那好吧，最后考验一下宋二丹，让他送信。他要是敌人派来的奸细，一定会回到他们那边，那样一来，一是不打自招了，二是消除了你身边的隐患，一举两得，你看怎么样？

这个计划当然好啰，朱来福也不再说啥，同意了。

果不其然，把宋二丹派往县城，竟给吴绪红当警卫，穿上了国民党军装。当然，这是后话。

“宋二丹”说，也不是说来话长，主要是国共合作了，小宋非党员，自认为只要能打鬼子，有吃有穿有好枪就行。吴绪红拿出一套军装，是崭新的，十分惹眼，宋二丹看了，喜欢，就舍不得走了。管雪梅离开凤凰山时说，将来，两党合作打鬼子。小宋那时小，也搞不清楚，也许是理解上的问题呗。

宋局长皱眉说，为了一件衣服就改变初衷，这个宋二丹也太不靠谱了。

“宋二丹”呵呵笑，笑过说，也不全是为了这个，还有两个不为人知的苦衷。

宋局长看着，是在问。

“宋二丹”说，本来不想说的，既然问，也就不得不说。一是管雪凤见到宋二丹，知道她三妹参加了新四军，就说，这回好了，共同抗日，哪天还能见到三妹呢。一起打鬼子，到那时就劝三妹过来。宋二丹嘎咚，心想，要是那样，雪梅到国民党那里，自己跟着朱队长，一个在东，一个在西，就没有见面的机会了。要是留在吴绪红身边，或许还有希望。再说了，到那时，瞅准机会，杀了管雪凤这个恶魔，为死去的亲人报仇，也是大功一件，到时候，再投过来，也算是立功了，就会消除朱队长的误解。

宋局长问，最后达到目的没有？

“宋二丹”说，一切都成了泡影。没过多长时间，管雪凤走了。国民党在汤泉池抗日，减员很大，到处抓壮丁，宋二丹与吴绪红一起参加了国民党正规军。

唉，这也不能怪。宋局长说，宋二丹怎么又参加了共产党的部队呢？

这个嘛我就不多说了，时间也不早了。这个问题问朱来福，他知道。更为传奇的是他跟吴绪红的故事。朱来福对你们说了吗？

没有。宋局长说，不知道为啥。

我知道。“宋二丹”说，吴绪红是国民党，他俩太好，要是说了，不仅不起作用，还会产生新的误会。他跟吴绪红的事太多太复杂，一时扯不清，也说不明白。唉，一家子的，我说的这些，算不算证言？

你是老红军，又是共产党员，比我参加工作早，应该可信。明天，我就去向书记汇报，答复了，就放人。到时候，你去看一看，写个证明，也算旁证。只是，要评上老红军嘛，我觉得还需要更多的人证，或者找到更有力的证据。

“宋二丹”最后一口酒吞到嗓子眼，打嗝儿，又吐出来了。忙说，多少人？

不是老红军难以证明，只有他的战友也是老红军，才能证明。要是够这个条件嘛，有分量的，不用太多，一个就足够了。

“宋二丹”伸手比画，连说，那，那，那……意思是我给他写证明，但是，话到嘴边还是咽了下去。最后，唉了一声说，拜托，先放出来吧。我呢，明天就走，时间紧，也就不见面了。听说，到北京还开欢送会，我的老首长也在北京，要是见到了，我告诉一声，有认识朱来福的，帮着证明一下。说过，起身，客气抱拳，旁边有匹马，骑上，驾，奔出十米开外。

宋局长看着宋国庆绝尘而去，忽然想起什么，忙招手喊，一家子的，你等一等，我问你，你咋知道这些呀？再看时，马已经奔出老远了。

1938 年 9 月初，天气还很热，都穿着单衣薄衫。这年的夏天干旱，田地里庄稼几乎颗粒不收，老百姓逃荒要饭。宋二丹在回山的路上听到童谣：天惶惶，地惶惶，天干不收饿死娘；天惶惶，地惶惶，恶鬼来了要逃荒。宋二丹就感到奇怪，停下脚步，问一个灰头土脸的小孩：小孩，你唱错了。小孩正在玩编辫子，低着头说，你才错了呢。不信，你唱一个我听听？宋二丹忍了一下，想起他娘宋丹丹唱的，心情沉重，就试着唱：天惶惶，地惶惶，我家有个哭夜郎，路边小哥打这儿过，一觉睡到大天光。

嘻嘻，嘻嘻，小孩也不看他，就说，土气！爷爷说了，要是睡到大天光，就死定了，我们的家就会被鬼占着，就完蛋了。爷爷说，恶鬼来了就拿枪，全部把他们消灭光。

宋二丹听得似懂非懂，心想，这是啥呀？就问，你爷爷是干啥的？

我爷爷呀，是个种田的。

叫啥名字呀？宋二丹问。

人家都喊他街长，小孩说，也有喊他王百胜的。

哦，王百胜，知道。宋二丹心想，这个王百胜真有意思，明明是个种田的，还假装斯文，搞些古董。在吴绪红那儿就听说民团到王百胜家吃饭的故事，王百胜就来个模仿秀，搞什么画饼充饥，得罪了民团，最后腿被打瘸了，不知道好了没有。这就叫什么？石头甩到茅池里——臭硬！现在鬼子来了，挖空心思，还把儿歌改了哄孙子，这不是没事找事吗？

大别山呀，大别山，就是这样，总是没事找事，就连《小小鲤鱼压红鳃》也被翻新，改成了《八月桂花遍地开》。想到这儿，宋二丹心想，也不知道红军到哪儿了，他们过得怎么样，要是当时跟着红军，如今还在不在。很多疑问堵在心里。这次回到山上，是吴团总让带一封信给朱来福。

你要说朱来福别扭吧，也不是的；要说不别扭吧，这个人总是改不了习惯。那天和吴团总来到山上会谈，十分融洽。山上没有吃的，朱来福就让游击队员到山上挖野菜，找野葫芦，还把榆树皮也搞来了。没有酒，就让人到吴世恒家里找来小米酒，两个人就是这么多菜。

朱来福说，过年也没有这般丰盛。实际上是说给吴绪红听的。吴绪红听了，也不介意，就说那好，你呢，与我们签个协议。朱来福说，签什么协议？你们不打我们了，团结一起收拾东洋鬼子，不就得了，还签协议？不签。吴绪红说，不签咋办？很好办，朱来福说，我最近看报纸了，共产党与国民党都发表了联合抗日言论，上边这么说了，谅你们也不敢搞摩擦。吴绪红笑笑，也就不再说话。

喝了两杯酒，吃了一口菜，吴绪红说，兄弟，这么多年我们都不知道是咋过来的。

朱来福知道啥意思，接着说，来来，我敬你两杯，第一杯呢是感谢你的救命之恩，第二杯呢是祭奠我死去的亲人和战友。

吴绪红赶紧摆手说，兄弟，可别这般说，小心有耳目。说过，扭头看。宋二丹玩去了。于是就说，唉，宋二丹这个王八蛋可把我害苦了，他在雪凤面前说我救了你，特派员那眼神，我想起来就害怕。这些日子总是战战兢兢，就连夜晚睡觉也是一个噩梦连着一个噩梦，一夜多次惊醒。唉，看来，我的小命恐怕不保了，说不定什么时候我就会死在她的手里。

朱来福大吃一惊，放下杯子说，今天来的，不就你一个人吗？哪还有耳目？

吴绪红摆手说，且不说这个，你要知道管雪凤可是军统，就像无线电波，你是看不见的，但是又是无孔不入的。

哦，这般厉害！朱来福说，那你还不离开？如今国共合作了，你到我这儿来，咱弟兄俩团结一心，其利断金！

吴绪红说，话可不能这般说，这是宿命。你是知道的，我爱雪凤，能为她生，也能为她死。我为她死过一回了，何必还在乎这一回呢！要是能为她死了，也算是尽早减轻痛苦，到达极乐世界。

朱来福还想劝，吴绪红又说，你就别劝了，小弟知道你的心意。足矣，足矣。再说了，我是保安大队长，石生财的话我不能不听，石生财杀害你们的人不计其数，那么多人，肯定也有我的份呀。

朱来福看到吴绪红很尴尬，也就不再说话，端起酒杯喝。看着“仇人”，心里想念那些死去的亲人，郁郁寡欢。

喝了一会儿酒，吴绪红还是忍不住说话，他说，兄弟，国共合作了，你们也应该搬到下面住，便于联络，也便于工作。

朱来福略一思考，哈哈说，来来，喝酒，喝酒就是喝酒，也别叙旧，叙旧伤心；也别说别的，说别的害怕无线电干扰。

吴绪红哈哈大笑，又喝了几杯之后说，啥也别说，找你要个人，给不？

谁？朱来福心里已经猜到八八九九，但是此时还是感到惊讶，酒杯停在半空，想听是谁。

吴绪红说，宋二丹。

朱来福听了，把一杯酒喝了说，我以为是谁呢。宋二丹呀，你得问问他自己，他要是同意，我没意见，组织上也没有意见。

吴绪红说，我问过了，他不同意。

朱来福眼睛翻着说，不会吧？现在是统一抗战，他咋能说不同意呢？

是这样的，吴绪红说，宋二丹说，让我问问你，你要是同意，他也愿意。

好说好说，朱来福心里暗想，果然被自己猜中了。雪梅说，要是卧底，这次一定会回到主子身边，这说明这个家伙早已与吴绪红暗通款曲。也好，不在身边，也就不再设防，是件好事。再回过头来想，好在一直提防，没有让他入党，也就不知道我党的机密。国民党都是属狗熊的，说翻脸就翻脸。小日本，那是东洋鬼子，听说住在汪洋大海里，整天跟鱼鳖虾蟹打交道，偶尔上来跟人打交道，也吃海鱼海虾、乌龟王八，都是生吃，十米开外就能闻到腥味。现在到了中国，感觉这儿好，想霸占，做梦去吧。不说其他，就是生活，也不习惯。在我们这儿吃大米麦面，肯定吃不惯，迟早要滚蛋。到那个时候，蒋介石还是蒋光头，一定会把光头一抹，骂，娘希匹，给我抓共匪。到那个时候，这个小杂种要是还在身边，定时炸弹就会启动引爆装置，那真是防不胜防呀！想到这儿，朱来福庆幸地说，好说好说，我批准了，就让他当个联络员吧。

朱来福居然同意了，吴绪红高兴得不得了，一把抓住朱来福的手说，还是大哥仗义。君子一言，驷马难追。

说过，朱来福站起来，拿过帽子，帽顶开了一个窟窿，在那儿用手指头掸掸，看着那个洞。

吴绪红知道，就说，你们这儿有多少人呀？

朱来福说，四十多个吧。

四十多个？那好，你们也不属于国军，我们联合抗日，我回去找石司令，给你们解决给养问题。不过嘛，抗日的时候，你们可得出力哟。

朱来福说，那就多谢了。虽说没有签协议，但是条款我都看了。共同抗日是我们达成谅解的基础，在抗日这方面你请放心。按照你们说的，国军正规部队担任正面阻击，我们一起担任协防。按照分工，穿插打游击。只是你们说的，莫树杰将军已经汇报委员长，火速调池峰城和于学忠部，我们也不知道编制，不知道有多少人，中用吗？

兄弟，这些都是高层机密，我们不必过问。吴绪红说，一个鹭鸶把一个田缺子，我们只管种好自己的一亩三分地儿。

朱来福说，这就说得不对了。我这是关心呀，只有上下一心，才能搞好协作。这么跟你说吧，我们要是打仗，就让游击队员都参加研究，各抒己见，才能打好仗。

原来是这样。吴绪红说，我说我们为啥没有你们跑得快，原来是这样的。

也不全是。朱来福说，该让战士知道的必须让他们知道。抗日，是民族大义，人不分老幼，地不分南北，只要是中国人，都责无旁贷。再说了，让战士知道了，就有目的性，到时就不会害怕。战士们齐心，还怕打不垮东洋鬼子吗？

十分有道理。吴绪红抱拳说，我回去之后把你的建议向石司令和特派员汇报，再定夺。到时候再研究布防问题。

管雪凤又回来了？朱来福问。

什么又回来了？吴绪红说，军统成立后已经明确，雪凤就是这一方的特派员，负责督战。

哦。朱来福发抖，感觉难受，端着酒杯说，来，还喝。

吃过了，喝过了，吴绪红也不想停留，急忙想赶回去复命。叫来宋二丹，说明情况。宋二丹变卦了。还是吴绪红先做工作。吴绪红说，来时不是说好的吗，来了怎么就变卦了呢？

这一下不得了，也是真实情况，可是朱来福听了，心都是颤的。这般亲切，还是事前说好的。看来这里有阴谋呀。这么多年，宋二丹潜伏下来，原来是为这一天呀，但是又说不过去呀。这些年，宋二丹也没有做什么对不起党的事情，也没有露什么马脚。朱来福想不明白了。

朱来福看着宋二丹，不冷不热地说，这是组织决定的，你就去吧。再说了，国共合作，成了一家人了。

宋二丹听了朱来福这么说，哭了起来，哭得很伤心。他一边哭一边蹲在地上，抱着头，使着劲儿，好像要把一切难过都宣泄出来，就差没有在地上打滚了。

山风比较大，只听到呜呜响。也许宋二丹是想到那些死去的人，哭得更厉害。朱来福更是看不起，觉得宋二丹在表演，坐在那里，也不管他，看着天空。秋高气爽，一点雨水也没有，只有几朵白云飘过，还不时停下脚步，看人间的苍凉。

吴绪红带着酒气拉宋二丹的胳膊，一边拉一边说，你要是反悔就算了，这般孩子气，到我保安大队，我让你当参谋，干一阶段我就升你做副队长，你看咋样？

宋二丹还是哭，还抽泣。朱来福火了，站起来大声说，号什么号？组织决定，你就滚吧。

宋二丹抽泣几下，终于忍住了哭泣。

朱来福对吴绪红使了一个眼色。吴绪红直起腰说，娘娘庙还真的很阔气，我虽住了一段时间，因为养伤，也没仔细观察呢。你们聊，我到外面转转。说过，出了大门，由两位游击队员带路，去参观娘娘庙的外观去了。

吴绪红一走，朱来福说了一句，这回你称心如意了吧？

宋二丹盯着说，队长，你说这话是什么意思？嗯？什么称心如意？

朱来福也是一惊，觉得不该太直接，毕竟没有把柄嘛。好在朱来福没有吱声，宋二丹也十分冷静，仰起脸，跪在朱来福面前说，队长，看在我侍候你的份上，你就别让我走了吧？我本来就是个孤儿，是丹丹俺娘收留了我，俺认她做干妈，实际上我已经把她当作俺的亲妈对待了。我太渴望有一个妈了。干爹、干妈都被管雪凤那个"婊子"杀了，我要为他们报仇雪恨。你让我跟吴绪红，也没办法，但是我想，我要留在他们身边，伺机报仇，所以，我不能死，我就跟了吴绪红。这些事情我也跟你说了，你就是不信。那时候为了救你，我就暗暗想过，就是拿我的命换你的命，我也愿意。为了能救活你，我也跟你说过，被狗咬过，受人欺负过，伤过，这些都是小事，但是，还有你不知道的。那一次，你高烧，一两天不见好，我也是急了，就跑到吴大麻子家偷盐，给你消炎，被吴世恒逮住了，把我吊在树上毒打，昏死过去了，才把我放下了，拽着我，就像拽一条死狗把我丢在两塘口，我几乎是趴着回到山上的，把撒在衣服上的盐用水泡，弄点盐水，给你擦伤口，才救活你。我救了你，就已经把你当亲人了，有个人说说话，也好。你却认为我是奸细，我不伤心。我还小，等我长大了，干革命了，为革命做出贡献了，你自然相信。这点苦算啥呢？干爹说过，干大事不拘小节，你是我的同志，我还在乎吗？我现在是受罪的时候，这是命。等罪受完了，就该我干大事了。我要为干爹干妈报仇，要亲手杀了管雪凤那个"婊子"！

看着跪在地上的宋二丹，听着这一番话，朱来福心里十分感动，一时不知道该怎么办，难道原来的想法与判断错了吗？朱来福有点质疑。

朱来福说，你说的这些我知道，这次让你跟着绪红，就是让你打进国民党，做一个棋子，有了你这颗棋子，我们就满盘皆活了。你及时给我们送情报，也算是我们的同志。要注意安全，别没打着狼，套带走了。

朱来福虽然没有被宋二丹那几句话彻底打动，但是，想到国共两党合作抗日，有宋二丹在吴绪红那儿，也许是好事，关键时候也许用得上。再说了，不管宋二丹过去做过什么，但是刚才的表演是真实的。朱来福不自觉地把声音放软和了。

嗯。那你也保重。宋二丹抹抹眼泪说，我想，趁这个时候发动群众，是个机会。

朱来福不知道是什么感觉，觉得眼前这个宋二丹不是宋二丹了。这些事情他也能说得出来。宋二丹长大了，成熟了。朱来福想，但愿他走正路，不要走邪路。

做好宋二丹的工作，吴绪红转了一圈儿也回来了。看见宋二丹的泪痕已经被风吹干了，知道事情做好了，于是笑着说，二丹，你真的是个“二蛋”，怎么一眨眼工夫就不哭了呢？

宋二丹说，我马上要走了，这么多年跟朱队长出生入死，舍不得。哭一哭，也算是做个了断。

吴绪红笑着说，还挺讲义气的，我喜欢。一个人不讲义气，就是混蛋，也不会长久，一定会完蛋。好了，今天打扰了。酒也喝了，事情也谈成了，完成了任务，但是，日本鬼子可不是好惹的，我们都要提前做好准备。听说南京已经失守，鬼子分六路发兵武汉，从我们这儿经过的是第二路，是配合沿江鬼子的，指挥的是一个叫板垣的师团长，就是攻克南京的那支部队。有五万多人，飞机就有二百多架，还有坦克大炮。这些，我们都没有，我们处于劣势，到时候可是一场恶战。这些天，我一睡着就做梦，还是噩梦，听到的都是喊声，感觉天黑得找不到太阳。对了，兄弟，每次做梦都是黑夜，伸手不见五指，黑得吓人，说明不是好兆头呀。

朱来福还没有说话，宋二丹说，吴团长有点悲观，你只看到了劣势，还没有看到优势。

啥优势？你说说。朱来福说。

宋二丹说，全国，我搞不清楚，就我们大别山，小日本想经过，我看呀，那是痴心妄想。

朱来福有点刮目相看，盯着，思考着。

吴绪红说，说说道理。

好，那我就说说我的看法。宋二丹说，自古以来大别山就是兵家必争之地。尤其是大别山主峰金刚台，有二百多座大小山头，纵横捭阖，首尾呼应。每座山都是沟壑林立，悬崖峭壁。好多山，荒无人烟，人迹罕至，要是大兵经过，无路可走。在豫皖交界处有一隘口，名曰峡口，可设伏兵。据史书记载，当年曹操兵发江南，诸葛亮火烧战船，导致曹操兵败，但是曹操不是怂人，也留了一手，让大将张合守合肥。周瑜攻合肥，兵败，走到此处，没算着遇到诸葛亮伏兵。周瑜说，要是曹操设伏兵于此，我命休矣。

朱来福说，你个毛孩蛋子，从哪儿弄来的《三国演义》读？

宋二丹说，不是我读的，是蒋先生讲的。讲过了，前些年我要饭，路过峡口，专门看了看，确实险峻，真是一夫当关万夫莫开。峡口呢，你们两个都知道，很特别。特别到什么程度呢？大别山是东西走向，东达南京，西衔桐柏，如一条玉带把中华大地拦腰束起来了。像一个人，要是没有腰带，裤子就会掉，裤子掉了，一个人不仅丢脸面，还丢人格；要是腰间扎个带子，走路跑步就有劲儿。日本鬼子就是坏，坏透顶了，他就想与我们抢这条金腰带。要是被他抢去了，我们不说打仗，就是走路也不方便，等于南北隔开了。

开始，朱来福想笑，听到最后，笑不出来了！宋二丹是有见解呀。心想，当了几年小队长，虽说屁大点儿，还真长见识了。

吴绪红似乎也听出了门道，说，你继续说。

这个峡口呢，可就不一样，它是南北走向。南，手搭金刚台北麓；北，脚丫子延伸到灌河之东，就像玉带前面的锁扣，一下子把大别山扣到这儿了。只有扣紧，才能束紧；只有束紧，才能好看又舒服。再看看峡口的两座山，一座叫青山，一座叫芒山，取名就叫青芒。所谓青芒，古书上解释就是刺刀，也就是一把剑。谁要是打此经过，就给他一刺刀。鬼子不是最喜欢使用刺刀吗？给他一刺刀，让他也尝尝我们刺刀的厉害。

哈哈。虽说是戏言，但朱来福、吴绪红听了，都觉得有意思，笑了起来。

那，这么说，我们可以高枕无忧了？吴绪红说。

其实不然。宋二丹说，什么事情都是一物降一物。虽说我们这地方是个腰带的扣子，但不是死扣，是个活扣，也有解。

此话一出，俩人皆惊。

陈长海背着一个布口袋，急急忙忙往山上跑，一边跑一边往山下看。山上荆棘丛生，好几次都被绊趴下了，赶紧爬起来，一只手用袖子擦掉脸上的汗水，使劲儿跑，终于跑到娘娘庙近前。

宋长伟看见了，对他弟弟宋长岸说，你去告诉朱队长，就说陈长海上山来了。很奇怪，慌慌张张的，我在这儿拦住问问。

宋长岸转身拐过屋角，推开门进屋就喊，队长，陈长海来了，看似不怀好意。

咋不怀好意了？朱来福正在磨刀，一听，掂着刀站起来问。

急急忙忙，慌慌张张，神色有点不对。还口口声声说，鬼子进城了，城里百姓遭殃了。

朱来福说，长岸，有金彪副队长的消息没有？

队长，我们跟金彪走散了。宋长岸说，还没有见他们回来。你不是安排了吗？要是走散了，到娘娘庙遇齐。

是呀。我们刚吃的饭，天快黑了，该出手了。朱来福说，陈长海是来逃难的，不要紧，把他领进来。

陈长海被宋长伟拦住了。陈长海沙哑着嗓音哭着说，长伟呀长伟，赶快让我进去吧，我有急事，求求你了。

你求我，去你的吧。宋长伟说，还不知道你安的什么心思呢！快说，什么事情？朱队长带着我们仨才从老虎岭上来，那地方没鬼子。金副队长绕道金刚台，说是趁黑打游击，还没有回来，你想干啥？

可不得了啦，鬼子进城了。城里有人在抵抗，还没有全部进去，还在街南头打呢。一部分鬼子在城外向这边跑，到河口了，俺老伴被打死了。可怜的阿玉呀。好在家里两个孩子先跑了，要不走，都得死。我在屋里，卷着东西跑来的。朱队长在吗？可不得了啦。陈长海哭着大喊，喊着，用手推宋长伟，要进去。

朱来福听到了，跑到大门口。

宋长岸说，大哥，放他进来，队长说了，他有急事。

陈长海进来了，把东西放下，看看娘娘庙里供着的观世音，也没有藏的地方，就直说了，这是我的家当，二百块，放你这儿，能保险吗？

为啥？宋长岸说。

小哥哥，你就别调戏人了，鬼子进城了。

啥？进城了？照你说的，峡口被鬼子攻下来了？朱来福不相信，反问。

哪是呀？还没有攻下来。鬼子不知道从哪儿冒出来的，一下子就到了河口。你是知道的，河口的百姓都没有准备，耕田的耕田，耙地的耙地。鬼子有几百号人，扛着枪，戴着搭耳朵帽子，躲都躲不及。可怜，我老伴阿玉在家里，正准备出门呢，被拦住了，只一刺刀，那血呀！可怜，老伴阿玉疼死了，还抱着刺刀，鬼子拔刺刀，阿玉就死了！可怜呀，疼死了！

说啥呢，乱七八糟。我问你，是你亲眼见到的吗？朱来福感到事态严峻，与他想象的不一样，要是鬼子到了河口，距离峡口也只有四十里路，不到夜晚就到了，这等于抄了我抗日大军的后路，就等于包了饺子，那还得了！

为了打好武汉保卫战，国民党高层紧急召开会议，把商城的峡口作为抗击日军的第二道屏障，要求坚守一个月。国民党作出的这个决定，就意味着峡口迟早要沦陷，但为了给后面的布防赢得时间，就要利用这里的地理优势。

1938 年 9 月 11 日，日军攻陷富金山后，第十三、十六师团继续西犯，企图占领商城，沿商（城）麻（城）公路南下，直插麻城，进攻武汉。12 日，莫树杰急电武汉，奉命驰援富金山的国民党军池峰城第三十一师进驻峡口地区布防，阻击日军。当日，于学忠第五十一军前哨部队约一个团，宋希濂第七十一军一个营，亦进至峡口，分别布防于晏家山和赵鹏一带。13 日黄昏，日本第十六师团、第十三师团经武庙、方集进入峡口以东的姜棚、卜店。

自从知道日军攻陷南京之后，莫树杰将军就知道要打此经过，亲自带领石生财、吴绪红、管雪凤等人察看地形，安排驻军，进行布防。总体上看，在商城设三道关卡。第一道就是峡口。因为地势险要，是打阻击的好地方。莫树杰亲率八十七军一个团两千多人在此据守。作为特派员的管雪凤，听说蒋夫人为了抗日，亲赴美国演讲，一时激情澎湃，自告奋勇，要求与官兵一起守峡口。莫树杰此时对管雪凤有点意思，考虑到管雪凤是军统的人，还考虑到管雪凤是女人，就不让她到前沿，让她到汤泉池守候。其实，谁都知道，峡口失守，城关作为第二道防线，无险可守，只能退居汤泉池。

城关作为第二道防线，莫树杰是有考虑的。因为城关距离峡口五十华里，南面就是凤凰山，距离城关是四十华里。作为中心，城关就是后勤部，也是莫树杰指挥所驻扎之地。池峰城的部队和于学忠的部队在两边策应，也算势成掎角。再加上山区还有游击队，虽说莫树杰有点瞧不上，但是起到袭扰作用还是可以的。这样布置，莫树杰觉得万无一失。

谁知道有些事情出乎意料。具体说，一是管雪凤真的是让这位爱国将领刮目相看。管雪凤自从接到军统电报，要求她和莫树杰共守峡口，已经下定了必死的决心。一方面积极要求到前沿阵地。当时鬼子还没有来，池峰城和于学忠的部队也没有来，只有莫树杰的军队。管雪凤穿着皮靴，扎着腰带，长发飘飘，在阵地上与战士一起挖战壕，砌水泥墩子，检查掩体，观察地形，搞得灰头土脸，根本不像女孩。

二呢，还是管雪凤。没算到她指出了作战细节，特别是前敌指挥所的位置。莫树杰要求放在山顶，管雪凤说，不能，一定要放在半山腰的洞里，敌人不仅有小钢炮，最主要的是有飞机。说起飞机，管雪凤想到了失落的柯塞式飞机，这时候她就放下架子，找到朱来福，仔细询问飞机埋藏地，但是朱来福想到王树声的话，没有透露，只是嘿嘿笑，忽然想到一个主意，对管雪凤说，带走了。

要是没带走，你想，咋能找不到呢？管雪凤哀求地说，来福哥，那个时候你在我家打长工，我家也没有亏待你，虽说我们结下了仇怨，但是，现在是为党国，我们都应该捐弃前嫌。我跟你说来福哥，要是赶跑了日寇，到那时，你报仇雪恨，要杀要剐随你便，但是，这个时候是关键时候，你得配合找到飞机，也许那架飞机能发挥大的作用。说到这儿，朱来福真的是感动了，但是，忽然想到王树声，再加之老虎岭的那个洞他也找过，没有找到，感动之余还是说了谎。

第三个让莫树杰感到意外的还是管雪凤。战斗打响那天，敌机像蚊子一样嘤嘤叫，飞来了，对着阵地盘旋，搞得战士都往掩体里钻。管雪凤没有。她站在峰顶上，抱着一挺机关枪。日本鬼子可能没有看清楚峰顶是人呢还是一棵松树，或者看清了，是个大美女，于是就俯冲下来，飞得很低，几乎是贴着山坡，也想来个亲密接触。管雪凤等到飞机俯冲到面前了，对着飞机就是一梭子子弹。那挺机枪也许是太老了，也只在飞机的机翼上穿了几个窟窿，只听到叭叭响，飞行员吓傻了，屁股冒黑烟，呜的一下飞跑了。飞到哪儿去了？管雪凤站在峰顶上，眼看着敌机飞向笔架山。

笔架山像笔架，中间是个缺口，两头翘着。飞行员惊魂未定，在飞机上喊爹叫娘呢，飞到笔架山才看清楚，凹陷处有一个山峰尖子对着飞机扑面而来，来不及调整方向，一头撞到笔架山上，烧成了一堆废铁！

莫树杰高兴呀，立即电告武汉，为管雪凤请功。说特派员乃女中豪杰，独自一人，端着机枪，站在峰巅，还没有开战，就打下敌机一架，大大挫伤敌人锐气，鼓舞抗日军民斗志。武汉当即表态，发来电报，管雪凤晋升上校。

上校得来，真的是管雪凤拼命的结果。从此以后，莫树杰倍加珍惜管雪凤，走哪儿带哪儿，将其视如宝贝，只是因为世道变化，管雪凤最后还是跟莫树杰分手了，随蒋介石到了台湾。至于后来的命运，不得而知。

听我爹说，吴承轩与我奶奶的命运有点曲折。

抗日战争时期，吴承轩是出过力的，把在合肥的店铺全卖了，支持管雪凤抗日，还因此得到国民党的奖赏，并再度任河口乡乡长。

商城县城被刘邓大军攻破，管雪凤走了。有人也劝吴承轩走，他说，走？到哪儿去？几十年来，我出出进进，看出了不少门道。一句话，共产党来了，国民党走；国民党来了，共产党走。不管是谁，老百姓还是老百姓。老百姓要吃饭，要居住，要活命，如今老了，也不划算到处跑了，该叶落归根了。

我奶奶说，实际上吴承轩是舍不得我奶奶，再说了，也是侥幸。总认为自己还是开明绅士，在乡里没有做过恶事，在抗战当中也做过贡献，就是共产党来了，也要看作为吧，一摆弄，也不会死，最多是分田地，分家产。老伴去世了，就雪兰陪着，有两亩薄田种，够吃饭就行了。都六十多岁了，就是让活，还能活几年。于是，也就留了下来。

吴承轩想错了，共产党来，他就与土豪劣绅一起被逮捕了，关在县城东岗子一个牢房里，关了一个多月。审查时，他是国民党党员，做过安徽省六安地区党部委员，回到乡里，三度做乡长，即使没有恶迹，就凭这些“硬件”，也够枪毙的。

当时，我奶奶也被关押起来了，因为我奶奶是小妾，属于被压迫阶级。有人动员我奶奶检举揭发吴承轩的罪过。我奶奶说，吴承轩没儿，一个女儿还被石生财害了，也算可怜人。如今，人老恋家，没走，还请手下留情，饶他一命，让他安度余生，老死家里吧。

吴承轩的一个远门外甥叫蔡方贵，1948 年参加革命，在县委任秘书，想提拔，就检举说，吴承轩当过乡长，在当乡长期间变卖家产，为民团剿灭共产党提供资助，同时，吴承轩的侄子吴绪红是民团头子，杀害过无数的共产党员，早期革命者蒋孝智，就是吴绪红杀害的。我作为他外甥，大义灭亲，认为此人不杀，不足以平民愤。

吴承轩是个大肚子，腰围很粗，走路都有点儿困难。也许，这也是他不想逃跑的原因。但是，这也成了他的罪证。当拉到操场批斗时，蔡方贵就指着吴承轩的大肚子说，这就是喝百姓的血，吃人民的肉长起来的。血债要用血来还，接着喊口号，打倒国民党反动派，打倒地主恶霸吴承轩。吴承轩是地主，但不是恶霸，在这种情况下，想活命也没门。吴承轩含着眼泪，跪在地上，后面一个人戴着口罩，拿着一支步枪，枪头顶着吴承轩的后脑勺，只听到“砰”，吴承轩趴到地上，哼也没哼。

爹说，蔡方贵最后提拔了，提升很快，还都向蔡方贵学习。我奶奶埋葬了吴承轩之后，想去县城一趟，走在半道上碰见了蔡方贵。我奶奶是那么温顺的人，居然拽住了蔡方贵的衣领，上去就咬。蔡方贵把我奶奶拨拉开说，疯婆子，你疯了？你要想一想，你还是吴承轩的小老婆，别忘了，找你的事很容易。

我奶奶骂他，他反而笑着说，你知道我今天来是干啥吗？我来，就是给俺舅上坟的。你个疯婆子，别激动，你不懂。我在县委工作，早知道像我舅舅这样的，上面有政策，必杀，你懂吗？即使我不数落舅舅的罪过，我舅舅也是死，这叫在劫难逃！我数落了，一来，我与舅舅划清界限，对我前途有好处；二来，我可以立功，对我前途更有好处。你想想，这样做，我舅舅知道了，还能怨我吗？

我奶奶哭了，把嘴唇都咬开了，骂了一句：无耻！从此再也不进城了。

也许敌人太骄横了，还没有开战，居然损失了一架飞机，丢尽了颜面。敌人不再侦察。敌十六师团、十三师团于13日拂晓对国民党前锋阵地发起猛攻，由于没有及时准备，池峰城部在方集、陈集无险可守，迅速退至段集，打了一仗，也支撑不住，才不得不退守峡口，加入峡口保卫战。峡口人马增至四千余人，只留下于学忠部在西九华山拒敌抵抗。

西九华山在现今的固始县境内，虽是东西走向，但山体向北突出三十余华里。敌人要是通过陈集，必遭重创。即使通过，我军也有可能形成尾追之势，包抄过去，构成威胁，所以，敌十六师团大部猛攻西九华山，把那儿炸成了一片焦土。

挨着西九华山有一条要道，叫棺材铺，实在不吉祥。敌师团长会中文，知道地名后，十分忌讳，停滞不前，让空军支援。被日本高层知道后，立即训斥，同时派第十师团濑谷支队长率一千余人带着五十门重炮和三四门六零炮，对准西九华山猛烈轰炸，把西九华山炸开了一个口子，沿着口子包围了西九华山。此时，敌人又派来飞机轰炸。于学忠部损失惨重，团长阵亡，全团一千多人只剩下二百余人。在宋希濂部队策应下，突破重围，沿着棺材铺下山，通过二道河，走金刚台，过笔架山，直达汤泉池，进行休整，补充兵员，在那里与莫树杰军队合兵一处，一起设防。

西九华山陷落敌手，敌人不再恋战，一天时间就推进到峡口。到了峡口，飞机大炮齐上，对我军阵地实行猛烈进攻。到了下午，组织地面进攻。接连几次，都被峡口守军打退。敌人知道不是一时能攻下来的，再说了，后续部队还没有跟上，于是，当天夜晚，相安无事。

第二天，天刚亮，山上十分平静，除看到日本鬼子的尸体外，国军战士在壕沟里就势掩埋战友。鬼子恼羞成怒，大发雷霆。还是那个濑谷支队长，这小子受过特殊训练，不仅枪法准，而且凶狠，还善于动脑子。听说，濑谷支队长原来只是一个小队长，因富金山一战而成名。这个人在富金山战斗中敢于冒险，带着一个小队三十多人，乔装打扮，摸进了国民党指挥部，一阵乱打，三十几个人死了二十多个，只剩下九人，击毙许多国民党大官，把国民党守将吓坏了，血压上升，四肢乏力，几乎晕倒，立即送到武汉治疗，守富金山官兵赶紧后撤，把于学忠和池峰城部队暴露在包围之中，不得已，且战且退，退至峡口才算稳定军心。于学忠将军气得拔出佩剑，亲自带卫兵与敌人肉搏，砍杀数名鬼子，后背挨了一刺刀，被卫兵拖着从阵地上撤走。

占领了西九华山，敌人的两个兵团立即推进到峡口地界，在前锋猛攻一天之后，于 15 日拂晓发起总攻。此时，飞机轮番轰炸。重炮、六零炮浓烟四起，枪声、喊声震耳欲聋。一天之内，敌人发起了六次冲锋，都被顽强的抗日官兵打退了。

管雪凤这天也在上面，到了晚上，敌人还不死心，又发起了一次规模巨大的攻击，随手把同伴的尸体带下山，进行火化。

濑谷支队也还没有走，在山下观望，觉得此地就像一把铜锁，中间的沟就是铜锁的锁簧，要是冲过去就好办了。

第十师团长想到一个办法，要求飞机投掷毒气弹。在夜间投掷，让我军防不胜防。这招是狠招！你想，战斗了一天，剩下三千多官兵集中在两座山上，他们正在打扫战场，清点战友的尸体。两天下来，牺牲了五百多人，估计敌人也死了二百多。五百多人有一半是被飞机炸死的，有一百多人是被敌人的火炮轰死的，只有一百多人是真正的战斗减员。

团长叫蒋培华，四川人，说话蛮儿旮旯，但有一把狠劲儿。他让人把战友的尸体堆放在一起，唱起了歌，为死去的战友超度。唱的什么歌，听老人讲，不是《义勇军进行曲》，也不是什么红色歌曲，是于学忠的部队带来的《九·一八》，歌词记不太清楚了，只知道唱：九·一八，九·一八，打倒小日本，让我们快回家……声音，很高亢，又是山上，顺风，老百姓都站在远处听。那时候，枪炮声已经停息，这种声音，上千人齐唱，雄壮悲凉，山河震动，人神哭泣。

在歌声中有一个女人的声音特别突出，那个女人就是管雪凤。当晚，莫树杰从西面视察了峡口，记录下阵亡的将士名单，回到县城的岳王庙指挥部，对这里的战况进行了研究，并电告白崇禧，请求支援。

敌人的阴谋没有得逞，倒不是敌人善良，也不是敌人被歌声震撼，而是他们投毒出了问题。毒气弹在阵地上爆炸，一阵风吹了过来，是西北风，往东南方向吹。东南方向恰恰是敌人的第十六师团，师团长感觉不对，赶紧命令士兵戴上口罩。有人说，是那些死去的英魂保佑，才让敌人的阴谋破产的。实际上，战后考察，是独特的地理环境和秋天的气候引起的。两座山突兀拔起，像两个大大的螺丝，根本就存放不住任何东西。一阵风吹来，沿山坡往沟壑深处刮，刮到拐弯处，又遇到对面山坡的风，相互撞击，就形成了旋风，向东南方向旋去。

就是这样，一夜过去了，新的一天又开始了。

新的一天，将是战斗最惨烈的一天。这一天，从黎明开始，站在山上，战士们还在欣赏远处的风光。

大别山深处，从树林里偷偷露出红红的脸蛋，还有那峡谷里云升雾腾，好像仙境。有的战士指着说，听说那地方就是汤泉池呢，地上会冒水呢，身上有血迹，还有好多灰尘呢，要是有机会，咱也到汤泉池“抱抱温泉”呢。

四川人，把“泡泡温泉”说成是“抱抱温泉”，说起话来后缀总是带“呢”，听起来好像已经在泡温泉了，十分爽快。东北人就不一样，背着枪，两条腿叉着，对着老天爷说，要是我还活着，就在这里找块地方住下来，这里也可以种苞谷，土都被炸软呼了，正好种庄稼，可得人疼啰！说得广西人叽里哗呱乱笑，笑够了。广西人说话有点快：狗屁也，鹿皮也，仙境也，陷阱也，这里的女娃长得水灵也，讨个回去做婆姨也，再也不回来也……总之，三千多人，没有几个人的话都能听懂的，但是，只要一个人说话，大家好像都懂，都听，听了，懂与不懂只管笑。笑，也算是战地最开心的事情，因为笑声会减轻痛苦，还能一时忘记牺牲的同志，减少即将死去的恐惧，也算是苦中寻乐。

还在笑呢，飞机飞来了，大家赶紧跑。有个四川兵，用川话说，跑啥子哟，跑啥子哟，没的事嘛。你看你看，飞着玩玩的嘛。还没说完，飞机“嬎蛋”了，那个四川小兵立即被炸飞了。可怜呀，只瞬间，肠子淌了一地，嘴角还在笑。不知道是在笑飞机呢，还是在笑那些跑的战友，那笑，成了永恒。

夜色茫茫，秋天的蚊虫叮人特别疼，在峡口的两个山头上，战士们没有睡意，虽然他们十分疲劳。团长蒋培华让大家轮流睡，说在这里坚守不是一天两天的事情，到明天，敌人还要发起比今天强十倍的进攻，我们是否顶得住还是个问题。于将军会同莫将军，急调宋希濂部协防，还抽调人员支援，只是路程很远，到后天才能到达，所以说，明天是关键的一天，大伙一定要睡好，只有睡好，才能有精气神，才能有力量打击敌人。

说过，各营召开了班、排、连会议，虽然有些班，甚至有些排都没有多少人了，就是一个连最多也只剩下六七十人了，但是，面对着死去的战友，还要召开会议，还要宣布纪律，还要提出严格要求，还要对白天的战斗进行总结。只有这样，才能抹掉泪水继续战斗，才觉得战友还活着，才有信心打败敌人。

活着的一个个面对着死去的战友说，该换班了，累了，你们休息吧，我们接着战斗。敌人已经被你们打怕了，已经不敢再进攻了。你们是英雄，是楷模，是榜样，我们会和你们一样，战斗到最后，直到失去生命。到了那边，我们还是战友，还一起训练，一起行军，一起扎营，一起打架，一起骂娘。敌人并不可怕，他们是外来的蚊子，别看花里胡哨嗡嗡叫，那都是装腔作势，对于勇敢的中国人，那就是一个摆设。敌人并不可怕，敌人是可以战胜的。战友们，你们保佑我们，用我们的意志打退敌人，直到完成任务吧。

但是也有淘气的，他们站在阵地上说，敌人并不可怕，从前两天的战斗看，敌人不比我们多个鸡巴，要多，就是多个“灰鸡巴”。敌人的飞机太讨厌了，就像绿头苍蝇，嘤嘤在头上叫，那个四川小兄弟就是被这绿头苍蝇炸死的。

蒋团长说，都别太抒情了，我们面对的是凶狠残暴的豺狼，不是漠北的山羊，他们拥有我们从未遇到过的过硬的军事素质，还有我们无法比拟的先进武器，更为可怕的是，他们霸道、凶残、没人性，是一群贪得无厌的豺狼，不可掉以轻心呀，兄弟们！

有个新兵叫吴柏丹，本地人，家住河风桥，一家人都死了，自愿参军抗日。谁知道，刚参军就遇到这般硬仗，真的有点害怕。听到蒋团长这般说，他战战兢兢地说，蒋团长说得对，我是本地人，知道，那天我刚从那边过来，迎头就碰见三四个鬼子侦察兵，我们以为他们不太熟悉地形，就掉以轻心了。汪洼有个王老憨，什么也不怕，也该倒霉，准备牵牛出来放，刚伸出头，砰的一枪，大脑打破了。我们赶紧卧倒在田坎子，偷眼看呢，只见那几个鬼子距离王老憨足足有四五百米，人家都不吊，随便出枪，就把王老憨撂倒了。真准！说实话，不知道他们咋练的，打枪，我们还真的比不过。

蒋团长瞅了吴柏丹一眼说，你这说的啥呢？敌人与我们打了两天，你就尿裤子了？该不是想当汉奸吧？宋连长，这是你的兵？

宋连长上去就是一脚，骂道，要是怕死就滚下去，现在走还不迟，要是等到鬼子再冲锋，就晚了。

吴柏丹一挺腰，居然没有被踢趴下。吴柏丹牙咬着说，我一家人都死了，就剩我一个了，我到哪儿去？就是活着，还有啥意思！我不怕死，只是提醒大家要防备敌人。宋连长，你要是不信我，就让我打头阵，先撂倒几个，做个本钱。撂倒一个划算，撂倒俩赚一个……我死了，只一个奢望，就是把我与战友一起埋在这里，看敌人是怎么完蛋的，看东洋鬼子是怎么滚出中国的。

蒋团长一听，知道他有骨气，叹口气，也感动得流泪，走上前，背过脸，拍了一下王柏丹的肩膀说，好样的，兄弟，误会你了。

宋连长是广西兵，因为打仗，脸都是黑的，好像眼珠子还有点白色，就像一块钢板在中间钻一个洞。腿肚子正在冒血，他把褂子撕下一块，使劲儿缠上。虽说缠上了，白布都洇成了红布，走路还有点瘸。他听团长这么说，用手抹了一把头上的汗水说，敌机太可恨了，我们战斗，还得长两双眼睛，一双盯山坡，另一双盯头顶，麻烦！除此之外，敌人有重炮，一炮下来就是一个池塘那么大的坑，我们的人员既不能太集中，又不能太分散。集中了，敌机炸；分散了，敌人攻，我们的力量就难以支撑。对于这两个问题怎么解决，报团部回答。

蒋团长是个国字脸，双下巴，说起话来，悬在下面的那一层肉就会颤动，透出一股狠劲儿。他也没有办法，把手掌对着一块花岗岩石头猛然一砸，骂道，龟儿子，他奶奶的，小矮鬼就是心眼多。

只是骂也解决不了问题。参谋刘南是广西南宁的，壮族，弟兄俩，他是老大，老二叫刘宁。他是抓壮丁抓来的，在部队总是想逃跑，长官就给他送到武汉学习，回来后思想就变了，不想逃了，就在蒋培华团里当了个团参谋。他对蒋团长说，不如把这些情况向莫军长汇报，看他咋办。于是就向莫树杰汇报了。莫树杰在城关的岳王庙办公，接到电台呼叫，报告了情况，就召开了会议。

莫树杰说，前沿送来情报，提出了两个问题，你们看咋办？

管雪凤是从前沿阵地上来的，知道一些，又想到那架失落的飞机，心想，要有高射炮就好了，于是就说出了自己的想法。莫树杰会同于将军研究，采纳了管雪凤的意见。一是速调山炮三门，定于后天早上赶到，支援峡口阻击战。二是采取三班制，每个山头按照九层，梯次配备。每层二百人，三班倒。每一班坚守五个小时，五个小时一过赶紧换班吃饭睡觉，达到疲敌之目的。人员休息都在洞里，敌人的炮弹根本打不进去，别说飞机了。

这边研究方案，电台忙得呜呜叫，对于峡口阵地，光是电台解决不了问题。峡口距离城关近，必须有人亲自前往布置才能达到目的。管雪凤自告奋勇，带一班人，骑着马到达了前沿。部署完毕，莫树杰放心不下，急忙催，并说是戴笠下达命令，赶紧回来，有紧急军务。蒋团长也再三催促，管雪凤不得不回到岳王庙。

回到驻地指挥所时已经半夜，莫树杰才算放心。让人给管雪凤端来洗脸水，亲手端来鸡汤，给她补身子。

管雪凤刚走，事情就来了。敌人十分狡猾。日军十六师团长已经换成了中岛今朝吾，此人不太了解，但不是善茬。刚到任就紧急召见了各大队长开会，采取了意想不到的方式：夜间攻击。夜间攻击，他们地形不熟，伤亡很大，中岛从各大队挑选出敢死队队员二百人，分为三个班，每班选出一个队长带队冲锋，其目的有两个：趁其不备拿下高地，为白天进攻占据有利地形；要是拿不下，轮番进攻，以达疲敌之目的。另，发电板垣师团，急令出动飞机二十架次，利用夜间对峡口进行轰炸。

板垣师团长搞不明白，飞机夜间出动，恐怕不便。中岛说，不是真的轰炸，主要是调动敌人，让中国军队无法安睡，有利于白天进攻。

板垣师团长回电，无法找准目标。中岛说，我们也将发起进攻，大量丢下照明手电，对有亮光的地方投放即可。

飞机就来了一次，没有找对目标，搞得武汉第一次夜间拉响警报，虚惊一场。

飞机没有落实好轰炸任务，日军就组织敢死队。在进行第三次进攻时，伤亡很大，二百多人死伤一半。濑谷支队长当时也到了峡口，虽没有加入敢死队，但是与中岛一起查看战况，看到这个情景，认为峡口坚固，主要是正面，也许背面可以突破。如果绕到背面，形成夹攻，指日可下。这么一想，很自然就想到西九华山国军打开缺口向南逃跑的事情，这说明西南方向一定有路，于是派人侦察，找到一条山路，就报告中岛，要求带领支队，走西九华山直插棺材铺，出河口南边的凤凰山，直捣商城南城关，再会师合围峡口，造成两面夹击，一举拿下要塞。还补充说，西九华山在白天已经炸开了一条口子，另派二十人的侦察小分队回来报告说，那地方有一条地图上没有标注的小路，直插二道河，顺着苏仙石，经龙头山、凤凰山峡谷，可以到达商城南关，到时候，嗯。濑谷做了一个合围的手势，那意思是东西夹击，切断峡口守军退路，同时切断补给线。

这可是一着狠棋，也是一着妙棋，鬼都想不到，濑谷却想到了，但是，这一着也是冒着极大风险的，要是有人知道，半路设伏，会有去无回。濑谷本来就是冒险家，于是亲自带着支队，几乎没有遇到抵抗就进入苏仙石地界。

苏仙石街道是东西走向，住着一百多户人家，古有橘井，是悬壶济世之意。那地方除了有个橘井，还有一样东西比较出名，就是苏仙石臭豆腐。这种东西出名在于有秘方，是祖传的。祖传到这儿时是一个叫费尔巴哈的接任。可能人们一听不太相信，怎么起个外国名字呢？其实不是，这个人姓费，名柏华，音与“会白话”相同，“白话”的意思就是能说谎。费柏华其实也不是那种人，为啥人们给他起绰号“费尔巴哈”呢？原因还是在于臭豆腐的秘方上。

苏仙石臭豆腐闻着臭吃着香，是不错的下酒菜。商城的历届官员，都不远百里到这儿来买臭豆腐，费柏华生意兴隆。这样一来，有许多人也做这方面的生意，但是都没有他做的臭豆腐好吃，就去请教，费柏华就说没有秘方。这不是穷白话吗？于是人们就说他说谎，就给他起了个外号“会白话”，但是，秘方还是想弄到手，就像日寇侵略中国一样，想别人的东西，别人又不给，就采取下三滥手段，巧取豪夺，但是没用，这个“会白话”，一不抽烟，二不喝酒，三不嫖娼。找不到缺点，也就是根本没有缺点，咋办？想去想来，那只有一个办法，就是骂人。我们那儿骂人最痛的就是骂你儿子，我是老子，才显得我大气。又不能明着骂，于是喊“费白话”的同时，舌头故意勾着，就成了“费儿，白话”了，读着读着，因为发音问题，听起来就成了“费尔巴哈”。

费柏华家作坊大，还请了六个人，也算是有些财产。鬼子一进来，烧杀抢掠，搞得鸡犬不宁。按照濑谷的意图，赶快行军，天亮以前抵达县城。没想到这帮好吃的鬼子，在山野乡村看到这些他们不知道的新鲜玩意，又是抢又是抱的，特别是大别山的玉石，更是让他们爱不释手，抢去不少。抢就抢呗，这伙人还烧了房子。百姓没法，只能把值钱的东西收捡一下，逃到大山里去了。费白话什么都没有顾上收捡，听说日本人来了，仓促之间，跑到屋里，抱着一个臭坛子就跑。后来人们才知道，费柏华真的不是“会白话”。做臭豆腐的秘方，到他太爷爷那一辈儿就失传了。

说起来很早，大清朝的事儿，清人入关，他太爷爷感觉耻辱，自杀了。自杀时忘记把祖传的手艺传给儿子，只留下一坛卤水，臭不可闻。

费柏华就抱着一坛臭水跑到山里。鬼子找不到人，追赶着跑反的百姓，还没追赶到河口，因为起火，惊动了莫树杰，于是，急调石生财民团到苏仙石探问究竟，石生财让吴绪红带领民团兄弟四五百人，沿山路火速直插。没想到，刚过河口，就与敌人打了一个照面，吴绪红急忙命令警戒，不一会儿就听见枪响，接上火了。

民团那些人，跟正规军没法比，一触即溃，留下吴绪红带着四五十人，边走边打，退到金刚台以北，靠近凤凰山的一个峡谷里，再也不能退了。再退，就是悬崖峭壁，于是就与敌人殊死战斗。就在这个时候，濑谷见不是正规军，就留下十多人与吴绪红周旋，他亲自率大队人马直奔县城去了。

岳王庙在县城以北，鬼子从县城南面进去的，进到县城，遇到抵抗，但是毕竟事出突然，打了半个小时，就把南门攻下了。攻下以后，鬼子烧杀抢掠。县城商贩惊慌失措，一片狼藉，有三千多人都死在不到一千人的鬼子手里，大街小巷，尸横遍野，路上、墙上到处都是血迹，鬼哭狼嚎，惨不忍睹。

鬼子进城，已经是第二天早上了，太阳没出来，躲进了云雾当中。虽说没有太阳，大白天，到处也能瞧见人。

陈长海听到枪声，看到不少人往北门跑，出门看看，听说鬼子进城了，立即返回屋里，从墙壁上抠掉一块青砖，掏出一个粗布口袋背着，对老婆说，阿玉，跑反呀，你听，鬼子在杀人呢。

阿玉说，孩子我已经送走了。陈长海又催，阿玉又说了一句：覆巢之下。说过，端着簸箕，坐在廊檐下做针线活。

陈长海又说，再不走，我俩都要死在这里了。

阿玉没当回事说，人，谁个不死呢？死在这里也好，非要跑出去，死在荒郊野外吗？

陈长海气急，又去拽。阿玉拿着大针对着陈长海的手背就是一针，陈长海“哎哟”一声，跳起来直甩手。阿玉骂道，亏你还是个男人，这样贪生怕死！

陈长海气急，咬着牙，扭头看了一眼，也不顾阿玉，背着洋钱就出了大门。

陈长海刚走，鬼子就进来了，陈长海躲在对面的墙垛旁，担心阿玉，吓得在那儿颤抖，一边颤抖一边往大门里瞅。鬼子看见板凳上坐着一个面黄肌瘦的臭婆娘，直喊哟西，那意思就是举刀杀了算了。

阿玉笑着下来了，还说，老娘不怕死，小鬼子你就来吧。

一个鬼子拔出刀，笑嘻嘻地走到她跟前，举着刀，又喊：哟西。还没有喊出来，阿玉手疾眼快，一剪刀刺进了那个拿刀的军官的心口窝。

你猜这个军官是谁。他就是臭名昭著的濑谷支队长，这个恶贯满盈的恶魔到死还睁着大眼睛，没算着，他这般神机妙算，竟死在一个黄不拉叽的中国“丑脸婆”手里，那个“丑脸婆”对着濑谷的脸，牙咬着，吐了一口唾沫，大叫了一句：去死吧！一使劲儿，又把剪刀往里送了几厘米，还左右晃晃，再拔出剪刀。扑哧，鲜血喷射。血液也是红的，顺着胸口冒了出来。濑谷“啊呀”一声大叫，吐出一口血。

这个沾满无数中国人鲜血的濑谷，就这样送命了。

跟随濑谷的鬼子，看到濑谷倒地，吓呆了——这个神话，战无不胜的神话，就这样倒地了，真的不相信，但这是事实，不由得你不相信。这个事情听起来令人不可思议，为什么一个中国妇女能够把训练有素的日本军官杀了？经过分析才知道，濑谷该死。一是轻敌。濑谷根本就没有想到阿玉会有这一招，跟随濑谷的鬼子也想不到。濑谷看见阿玉站起来，笑盈盈的，端着筐子，等于赤手空拳，以为是在迎接他，也就没有防备。二是濑谷经过一夜奔袭，没有休息，还在金刚台遇到吴绪红民团纠缠，已经十分疲惫。天亮了，也是人最疲劳的时候，濑谷就是在这种情况下遇到了中国女煞星，活该倒霉。

听说，阿玉还想趁此多杀几个鬼子，无奈她是女流，没有枪，手里的剪刀虽说锋利，但毕竟太短，再刺杀时，站在濑谷身边的士兵已经有了反应，一刀下去，阿玉的头就歪到脖颈上了。鬼子看时，阿玉的眼睛还在转动，吓得扛起濑谷就跑到外面去了。有人会日语，听说鬼子在交流，说是碰到妖怪，中国的妖怪。

鬼子还是训练有素的。濑谷被杀，他们立即推举了一个叫濑龟的做支队长，带着士兵在城关烧杀一阵，打到北门时又遇到莫树杰的卫队。莫树杰卫队可不是吃素的，虽说人少，才一个连队，但是人人奋力，拼死抵抗，打死打伤不少鬼子。濑龟支队长知道捡不到便宜，攻打县城也不是主要任务，就带着队伍，焚烧了尸体之后，退出了县城。

濑龟带着队伍沿原路退回到河口，准备斜插到达峡口。刚到河口，就遇到朱来福的游击队阻击。他们是打游击战的，东一榔头西一棒槌，跟鬼子捉迷藏。鬼子就找，死伤了不少。这个时候，莫树杰已经得知鬼子出了南门，迈过北门，直奔河口去了。虽说不走北门，走河口，似乎是南辕北辙，但是，走河口再到峡口，只不过走了一个弓背，最终还是能够到达目的地。

莫树杰知道后十分踌躇，想调驻扎在汤泉池的人马来把这伙偷袭的鬼子灭了，但是，又恐怕这是计谋，为防止上当受骗，作出了一个错误决定，紧急命令石生财带领驻扎笔架山的民团一千多人阻击，把希望寄托在民团身上。

谁知道石生财民团是个草包，一触即溃。到了下午，莫树杰接到民团战报，说是把鬼子困在金刚台附近。莫树杰听说只是困着，没有消灭，就知道不好，紧急召开作战会议，一致认为赶紧调集汤泉池军队，但是，汤泉池五千人马要是往这儿来，最迟也得十多小时，十多小时一过，已经是半夜，来了只能直接开赴峡口。若敌人攻下了峡口，五千人就成了溃兵，后果不堪设想。要是不调汤泉池兵增援，周围无兵可调，在万般无奈的情况下，莫树杰请示武汉，最后决定，赶紧把指挥部撤至汤泉池，组织第三道防线，让峡口阻击战的战士不惜一切代价再坚守一天，至少也要坚持八个小时，为指挥部撤离赢得时间，也为有效组织第三道防线赢得时间。

陈长海说完，朱来福已经准备好了，腰里别着枪，拿着一把短刀下山了。

走在路上，陈长海说，朱队长，你们打日本我咋搞？

朱来福回头瞅了一眼说，你爱咋搞就咋搞。说完，也不再理他，带着宋长伟兄弟俩，吆喝一声：站岗的几位都跟我下山。

刚下山，朱来福就听到一个人在唱歌，仔细听，仿佛在哭，再仔细听，唱的是改编的《今日世道真反常》，歌词大意是："今日世道真反常，孽障出头自夸奖。螃蟹只说行路正，刺猬遍嘴身上光。屎壳郎推起粪蛋子，口口声声卖麝香。日本鬼子不是人，作死送副棺材瓤。"

朱来福对宋长伟说，走南边吧，好像这人是从山下往上来。宋长伟说，是王百胜。宋长岸说，这个人有点一根筋，我们打鬼子，不想碰见他，碰见了麻烦。朱来福说，虽说这个人一根筋，但是此人一身正气，不得不令人佩服。就说石豹那次，钱没要到，饭也没吃到，传到县城，都成了笑话。宋长伟说，朱队长，你还说呢，这个王百胜，自认为是文化人，经常说些不着调的话，在河口都传遍了。

朱来福感兴趣，问，都说些啥？宋长伟说，最近，这个老夫子把胡须也蓄起来了，穿个长褂子，捧着一本诗书读，读着读着忽然号啕大哭，口口声声念叨，倭寇亡我之心不死，我等愧对祖先啊。忽然又闻鸡起舞，在自家院子里舞剑。有时候读着读着，连声说好，还说什么我岳爷爷在此，不管是什么，跟着了魔一样，乱七八糟。朱来福说，这样的人，在社会上，人们都以为他是个酸儒，实际上，从他为我们做的事情来看，此人身上有魂。只要有魂，人才是人，才知道干啥。不像有些人，没魂，别人轻而易举地就把他牵走了。

朱来福带着五六个人，一边走，一边谈论，没想到刚下到山脚，就碰见了王百胜。王百胜肩膀扛着尖桶，看来不像是上山砍柴的。他来到朱来福面前说，朱队长，你咋还在山上？你们共党就知道磨磨叽叽，国军人马在峡口阻击鬼子，今天是第三天，听说已经死伤了近千人，还有六百多人都挂彩了，蒋团长也阵亡了。

宋长伟火了，对王街长说，你眼睛长到脚背上了？也不看看队长的脸，血迹都还没有擦掉呢。刚回来吃点东西，研究一下咋打，又得到消息，说鬼子杀到岳王庙，是吗？

那是我不对。王街长说，就你们六个人？

朱来福说，副队长已经带着三十多人接应南边去了，听说小日本偷过了二道河，吴团长咋能阻挡得住？我们去看看。

哦，朱队长，我来就是说这件事情的。那股矮鬼很日瞎（厉害），就是他们昨夜摸进城的，烧杀抢掠一阵就直奔北门，北门守军是莫军长的警卫营，抽调一个连，打了半天，好像那些人不在意打仗，边打边走，又往城东南方向跑了。他们是冲着峡口来的，如今到了河口，被吴团总阻击，打得十分艰苦。刚才，石司令奉莫军长的命令，带一千多人沿灌河到了观音山，听说那里也出现了矮鬼，而且还不少，足足千把人。恐怕峡口守不住了。石司令经过我们街道，让我赶紧上山，找到你，组织力量协防南门。还有，特派员带着一个排上峡口了，送去了命令，不知道是啥命令。

哦，那我们知道了。你回去吧。要动员老百姓，赶紧躲藏，别落到鬼子手里。朱来福说，要把能吃的东西都带走，能用的东西藏起来，听到了没有？

可是王街长不动，也没有说话。朱来福带着六个人，大跑小跑就往河口方向去，沿途观察。只听到河口方向不断放枪，乒乒乓乓，这说明吴绪红他们还在坚持，只是声音越来越稀。朱来福急躁，骂道，你他妈的长伟，跑快些，看看情况。

宋长伟答应一声好，跑前去了。

朱来福扭头一看，王街长扛着尖桶跟在后面。朱来福站住了，对王街长说，你这逼老头子，不知道危险吗？还跟着。你以为是去看猴戏呀？真是。

王街长也不买账，还是跟着。这次真的把朱来福气晕了。他再次站住，拔出手枪对着王街长说，你要是再敢往前走，我就开枪。

王街长胡须颤动，结结巴巴地说，好屌事，吓唬我！我跟你们抗日，打矮鬼，你敢打我？

什么？朱来福愣住了，不相信地看着王街长说，你，带着尖桶也去打鬼子？

嗯，咋了？王街长说，别竹筒里看人。想当年，陆放翁“和戎诏下十五年，将军不战空临边”。我堂堂王百胜，大小也是个街长，如今倭寇来犯，我岂能学陆放翁只遗恨写诗消遣？

朱来福一听，立生敬意，劝说，哦，你背的是诗歌呀？可是王街长，你这样去，那是去送死啊!

送死咋了？总得有人死吧？死有何惧？王百胜说："死去元知万事空，但悲不见九州同。王师北定中原日，家祭无忘告乃翁。"我虽然是街长，有些田产，但是我王百胜从来没有忘记庄稼活。不管是栽秧割麦，还是犁田打耙，我都干，在这方面，不比你弱。不信，咱俩试试!

朱来福笑不出来了，感到王街长不是可笑，而是十分可敬，看着他，一时不知道说什么好，想了一会儿，吞吞吐吐地说，我们有枪，鬼子也有枪，你带个尖桶，能打赢鬼子吗？

那可说不定。王街长反而挺直腰板说，自古道，不要脸的怕不要命的，不要命的怕使横的。小日本，个头比我矮，他们不好好在自家种田养家，繁衍子孙，大跑小跑到我们国家来抢东西，还杀人放火，这就是不要脸。可是他不要脸，我不要命。这些天，我天天练习用尖桶扎稻把子，我也五十好几了，都见孙子了，死也死得了，为了子孙后代，为了我们这代人的颜面，死有何惧？都说矮鬼上战场就拼刺刀，你没有枪他们就跟你白刀子进去红刀子出来，照这样看，我有机会杀矮鬼。杀一个少一个，杀两个赚一个。矮鬼离我们这儿远，还要翻江过海，要增兵还需要一些日子，只要把现在的矮鬼灭了，就算胜利了。

游击队员听着，都觉得荡气回肠，一个个劝说，王街长，有我们呢，哪能让你老去送死？

这个王街长，认死理，谁都知道的，也没办法。朱来福摇摇头说，那好，但是你得多保重，不准跑到我们前面去呀。

王百胜答应好，这才出了一口长气，跟着朱来福往河口方向奔。此时是傍晚，树林里雾气升腾，还夹杂着硝烟，好像阴霾层层，其实是看不到多远的。他们循着枪声寻找。枪声已经稀稀拉拉，隔好几分钟才听到一声枪响。朱来福知道，吴绪红一定在跟鬼子打游击。那个时候，周维炯两度攻下县城，石生财、吴绪红就往黄柏山里钻，好几次都没有消灭。他们熟悉地形，知道躲藏，不会吃亏。朱来福想到这儿，脚步慢了下来。

王街长说，你脚有毛病？

朱来福不想说啥，只管走。

王街长又说，朱队长，是不是草鞋襻子断了？

朱来福说，不是的，我在听枪声，咋突然稀疏了呢？

这说明敌人很强大，吴团总有危险。

何以见得？

还何以见得？你没有进城，你不知道，鬼子进城，杀了城关老百姓好几千，尸横遍野。说明这伙鬼子很多。吴团总，哦，忘记告诉你了，临危受命，吴团长被任命为团总，带领几百人在二道河死守，他们那些人你是知道的，打仗不行。

民团不是抢过你家吗？朱来福说，二虎还砸了你一枪托子呢。

那算球！都是自家兄弟，窝里斗呗。王街长说，如今不同了，再窝里斗，就有灭种的危险。

朱来福听着，不知道哪儿来了劲儿，脚步顿时加快了。

王街长说，朱队长是跟我比脚力呀？我可比不了你，你年轻。

哦，说得有道理。朱来福又加快了步伐。

癞龟也是一个很有头脑的人，从城关出发，打到北城，遇到了守城的国民党正规军的顽强抵抗，觉得这样下去不占优势，是个消耗战，于是命令队伍边打边跑，斜插原路，想从河口方向折道向北，包围峡口。没想到，斜插是山路，河道纵横，虽说此地干旱，但是这里河道多半是泉水，沟壑很深，他们也不敢大意。为此，斜插的速度放缓。

鬼子刚到河口，吴绪红部队得到消息，从黄柏山向北回援，只留下几十人守要道，自己带着四百多人赶来了。吴绪红民团鬼精，见到鬼子赶紧躲，猫在树林里放冷枪。他们的枪支弹药多半是正规军退役的汉阳造，膛线不准，打出去也是瞎打，只听到枪声，见不到伤亡。开始，癞龟谨慎，赶紧让部队趴下，观察敌情。

吴绪红的部队见癞龟不动，他们也不动，就像猫与耗子，守着，耗着，大气都不敢出。这样耗下去还是癞龟吃亏。癞龟意识到这点，于是组织小股部队往前冲，结果呢，只听到炮响，没有伤亡，知道是民团，虽说穿着国民党军装，但那是猫穿虎皮，做样子的，打仗根本不行，也就拔出指挥刀，带着部队往前冲。

这边一冲，那边急退。濑龟见那边撤退，赶紧收缩部队斜插。这边斜插，吴绪红组织部队又回头放枪。虽说大多打不中，但是也有瞎猫碰着死耗子的，虽打不死，伤员多了也成了麻烦。鬼子又不愿意把伤员丢下，带着他们，行走就有些缓慢，所以打了十七八个小时，鬼子还没有从吴绪红的民团里摆脱出来，急得濑龟哇哇大叫。那边，中岛不断呼叫，让濑龟立即逼近，采取包抄，不能放过峡口守敌。

到了傍晚，乌云密布，好多天不下雨，咔嚓，一个闷雷，居然哗哗啦啦下起了麻风细雨。雨水一淋，濑龟大脑反而清醒了，忽然想起一个主意来：分兵！就这样，濑龟带着二百多人斜插河口，绕道入峡口，由他的副手安倍带着一百多人，与吴绪红的军队周旋。因为此时，他感觉遇到的是杂牌队伍，没有多大战斗力。这般一想，就认为分兵有道理。心想，即使不能取胜，也能拖住，自己脱身，带兵增援峡口，虽说兵力少一点，也能起到包抄作用。

濑龟万万没想到的是，他刚走了两公里就遇到了朱来福。朱来福细听，听到日本军鞋呱嗒呱嗒响，赶紧摆手，让王衔长隐藏，观察后再打。王衔长跟朱来福藏在一条水沟下面。雨，淅淅沥沥地下，日本鬼子也没有算到，全身也淋湿了，一边走一边擦脸，有人还打着喷嚏。

朱来福招招手，宋长伟带着其他几个人瞄准，只听到一声打，噼里啪啦就放开了。打了几枪，打死打伤五六个。

濑龟没算着这里也有部队，赶紧吆喝，让士兵卧倒，只听哗啦，再也找不到人影。真的是训练有素。伤了几个，不知道打在什么地方，开始还哎哟直叫，此时让卧倒就卧倒，也不吱声了。趁着这个工夫，朱来福挥手，宋长伟爬起来就往树林里退，还是晚了，只听到乒乒乓乓的声音，宋长伟等五个游击队员都倒在血泊里。

朱来福难过流泪，用手死死地抠山里的泥巴，牙咬着，盯着动静，不知道怎么办才好。

王街长一见，红眼了，站了起来，从沟里爬到河沟土埂上。他并没有干什么，扛着尖桶，边大声念叨着“早岁那知世事艰，中原北望气如山。楼船雪夜瓜洲渡，铁马秋风大散关。塞上长城空自许，镜中衰鬓已先斑。出师一表真名世，千载谁堪伯仲间”，一边大摇大摆地朝着开枪的方向走去。只听到那边喊，也不知道喊啥，王街长还是走，还是背他的诗歌，就好像要到自己的田间地头干活，根本就没有看鬼子一眼。鬼子以为几个游击队员都死了，走来的是个农民，还叽里呱啦地说着什么，心想，正好没向导呢，捉活的，于是也都站了起来，呼啦围了上去。

干什么，干什么，只听王街长说。

哟西，太好了。还有懂中国话的。一个矮个从地沟里蹦上来说，你的，农民？又看看王街长的胡须，想起这个人叽里呱啦，没有听明白，就说，你的，教书的有？

王街长笑着说，下雨了，我家田地里有稻草没担回来，我去担回来。

哦，哟西，濑龟队长，他的农民的，让他引路，天已经黑了的，我们不知道峡口的。

嗯，哟西。从田沟里蹦上来的就是濑龟队长。

那个人问，你的，带路的，我的给你钱的。

王街长笑笑，摇摇头。那个矮鬼立即拉下脸皮说，不带路的，死啦死啦的。

我怕，好，我给你带路，你们要到哪里？

峡口，峡口的。

哦，到峡口呀，容易，我知道，喏，看，那边。王街长一只手掂着尖桶，一只手往东北方向指。那个叫濑龟的支队长离王街长最近，脸上一脸水珠，也没顾上擦，看到往东北方向指，就扭过头看。趁这个工夫，王百胜大喝一声，使出全身力气，朝着濑龟刺去，只听哧溜，尖桶穿过濑龟胸口，背部也露出尖桶牙子。王街长想拔，居然拔不出来。靠近旁边的副队长安倍，拔出军刀就砍了过去。可怜王街长手还攥着尖桶，脑袋被劈成了两半，轰然倒地，血溅如注，脑浆也铺散开来，还糊了安倍一脸。

朱来福看着，热血沸腾，再也抑制不住，拔出手枪，对着鬼子就打。只可惜，没有多少子弹，开了三枪，打倒三个人，再扣扳机，没了。朱来福转过身，沿着水沟逃跑。

也许鬼子接连死了两个中队长，两个中队长至少都是中佐，中佐相当于团长，至少也是个营长，而且都是死在中国农民手里，还都是死在最落后的农具下，他们感觉羞辱和愤怒，已经失去了理智，“八格牙路、八格牙路”地叫个不停，安倍显然不如濑龟，砍杀了王街长之后还不过瘾，情绪激动，看样子已经近于疯狂，转过身，对着小松树就砍，哗啦，呼啦，几个小松树的枝丫被砍断了，其余鬼子分散在四周警戒。过了一会儿，安倍冷静下来，居然没有枪声，知道放枪的只是土八路，还只是几个人，现在还剩下一个人，于是把刀一指，五六个鬼子立即下到沟底，端着刺刀，大耳朵帽戴着，飞跑着追朱来福。

那条沟很邪门，是顺着凤凰山而下的，上游是金刚台，连接河口，就是吴绪红他们阻击的地方，下游就是峡口。朱来福不能带他们到峡口，他想也没想，就朝河口方向跑。可是，要是朝河口方向，就有可能被围住。这个时候，朱来福在山上那几年也没有吃白饭，王世杰教他的几招，他都学会了，尤其是跑步，健步如飞。跑了一里多路，他以为摆脱了鬼子，回头一看，还有三四个跟在后面。鬼子知道，朱来福这样跑法是跑不掉的，那上面，再跑几步就碰到他们的人了。就在朱来福感到死亡临近的时候，只听啪啪啪三声枪响，后面的三个鬼子被干掉了。还有一个，回头一看，那几个已经死了，心生胆怯，也停下脚步。

朱来福也不跑了，停下来，擦掉汗水和雨水，从腰里拽出短刀，等待那个鬼子到来。鬼子并不是人们说的那样，跟你拼刺刀，那是鬼扯，此时，居然端着枪瞄准了朱来福，只听到砰的一声，朱来福以为自己完蛋了。看着前方，原来那个鬼子的枪被打飞了。又听到砰的一声，鬼子被打死了。朱来福愕然，回头看看并没有人。再看看沟里，有几个人头上戴着松毛，卧在那里一动不动，从背影看是吴绪红。

此人正是吴绪红。

天黑了，鬼子打枪少了。宋二丹觉得蹊跷，就对吴绪红说，敌人有可能是分兵之计。这里鬼子不太急迫攻击，就说明另有道路可达峡口。吴绪红问道，咋办？宋二丹说，兵来将挡水来土掩。让二虎、石豹两位队长带着人马缠住敌人，我们带着人到凤凰山峡谷侦察。要是没有敌兵，就说明敌人是黔驴技穷；要是有敌兵，再召集人马抵御，至少也可以拖住敌人八小时以上，那样，我们也算完成任务了。

吴绪红就听了宋二丹的话，带着几个团丁过来侦察，就碰见了这档子事。

朱来福与吴绪红又见面了，两个人都变了，都没有说话，卧在水沟旁，听枪声停下来了。天黑了，阻击不再打了，大多都牺牲了。朱来福想先安葬游击队员，但又觉得此时危险，没办法，只能找到宋长伟、宋长岸等游击队员的尸体，把眼睛合住，再找树枝或草把他们的脸盖上，也算是没有见天。因为有说称见天了，这些人就不能再托生了。当找到王百胜时，王百胜的脑壳被劈成了两半，双臂也被砍掉了，在十米开外的一棵松树下找到的。看来这些都是鬼子所为，说明鬼子太痛恨王百胜了，砍掉双臂，用脚把臂膀踢飞的，好在有松树挡着，才不至于找不到。

朱来福把王百胜的双臂捡来与尸体放到一起，尖桶就让在那儿翘着，第二天容易找到。泪水已经流干了，也没有恐惧。他站起来，吴绪红也在面前。吴绪红说，这不是那个吝啬的街长吗？朱来福点点头。吴绪红又说，他咋死在这儿呢？朱来福说，王街长也是来杀鬼子的。吴绪红不信，把嘴一瘪说，真是老夫子，可笑，一个农民，扛着尖桶，能杀鬼子吗？朱来福说，你可别笑话，王百胜比谁都强，他还真的杀了一个日本军官，还是拿军刀的。吴绪红哦，然后说，他就是一根筋，吃亏就吃亏在这方面。朱来福说，绪红，我们最缺的恐怕也是王街长才有的，也就是你说的他吃亏的这方面啊。也许我们都不了解王街长，我今天算是开眼界了，要是你看见了，一定也和我一样，不仅是佩服，简直是震惊！吴绪红说，我的兄弟也战死不少，你的游击队大部分都死了，可你，咋为一个这样的人发感叹呢？我从来没见到你这么激动过。朱来福说，王百胜真是百胜，在这方面，他一点也不输给任何人，包括那些鬼子。我记得王街长大摇大摆还唱着走向敌人的，敌人根本就没把他放在眼里，就在这个时候，他还念叨“家国不幸有男儿，大别巍峨斩倭寇”，并大喝一声，就把尖桶刺进了鬼子的胸膛，后背还透出铁尖。别说鬼子，我当时就愣住了。感觉我踩到的这块土地都在颤抖。

哦，原来是这样。吴绪红说，这一点，我还真的看走眼了。天黑了，也没有工夫和精力处理这些事情了，跟我回县城吧？

不去了，鬼子在往峡口摸，我们也算尽力了，此时，莫树杰他们也都撤往汤泉池，一座空城，还去干啥！朱来福说，绪红，你也别走，跟我回娘娘庙，等明天再说吧。

吴绪红想想，也不能回县城，寻找落下的兄弟也有危险，于是，两个人搭伴同行。走在路上，吴绪红说，接到命令，明天要赶到汤泉池布防，我们防守的阵地是猫儿岭，那地方在汤泉池南边，距离笔架山不远。来福，你的人都牺牲了，你就跟着我吧，当个副团总咋样？这边，宋二丹还在呢。

朱来福摇头说，天太黑，咱俩都饿了，到娘娘庙吃点饭，你们也没有带干粮，到猫儿岭少说也有五六十里，又是山路，空着肚子，吃不消呀。

吴绪红想想也对，就对宋二丹说，你去通知已经找到的弟兄，让他们就近找些吃的，吃过了也不要睡觉，连夜赶到猫儿岭，敌人今夜可能攻下峡口，上级命令我们在那里设防。

宋二丹问，峡口那些守卫的将士咋办？

殉国呗！吴绪红无可奈何地说着，可能是想到管雪凤了，以为管雪凤也在山上，眼泪就流了出来。

宋二丹看看吴绪红，又看看朱来福。两个人虽说都很忧伤，但是在表现上还是不同。吴绪红走一路叹息一路，还流眼泪。而朱来福呢，直着腰，嘴抿着，牙咬着，走一路念叨着“家国不幸有男儿，大别巍峨斩倭寇”，虽在流泪，但显得特别刚毅。特别是朱来福对待死去的同志，反复用手摸，把眼睛抿合住，再把衣服拽整齐了，敬个礼，才离开。吴绪红没有看死去的人，是因为太慌张了，没有时间吗？也许吧。宋二丹看着，总觉得有什么不一样，但也说不出来。

时间很紧，说实话，吴绪红也好，朱来福也好，都有一肚子话要说，他们没有说其他事情，没有谈论联合抗日，也没有谈谁救过谁，只谈将来。在路上，吴绪红跟朱来福说过几次，要他过来，跟着自己干，实际上就是跟着国民党干。朱来福不光死活不干，还感觉是天方夜谭，走一路笑一路，也不说原因，问急了，就一句话：除非太阳打西出！

在娘娘庙，两人都很悲伤，主要是想到死去的人。那么多人，眼泪都流不过来，流不过来就别流。吃饭喝酒。山上没有好饭，有红薯，烧了一大锅，一个人弄了三四个，每个都有半斤多。小米酒，说是打胜仗了，庆祝的。今天拿出来，算不算胜利呢？虽然路很长，还有好多事情要做，但是他看到王街长，看到牺牲的游击队员，就没有话可说了。

端着酒杯，居然都没有话说，朱来福没话找话说，绪红，咱俩从小就在一起，互相了解，哥哥劝你，过来吧！

吴绪红摇摇头说，流出的水不会回头，除非有低处。

朱来福说，低处，有呀。大地比高山低，高山比天空低，天空比情义低。我们虽说在山上，可比你们住在城里要低多了。你要是上山，很容易的。听说，管雪风已经……

那我就更不能参加了。我有自知之明，我知道情义都是在天空之外。但是，我有我的路子。吴绪红说完，又喝了一杯酒。

临走，已经半夜了，推开门，吴绪红问，游击战真的很管用，只是，你的队员都牺牲了，你一个独人，以后咋办？

他们牺牲了，但是他们还在，王街长不是说“家国不幸有男儿，大别巍峨斩倭寇”吗？朱来福按着吴绪红的肩膀说，有他们在，我就在这个地方坚持战斗。

你为啥不离开这个地方呢？吴绪红说，我总觉得你还有什么事情瞒着。

朱来福说，秘密，咱俩是生死之交的哥们儿，我告诉你，要为我保密。

吴绪红说，咱俩，还不信任我？

那好，我告诉你，你们那架柯塞式飞机降落后，我们给改了，改成“列宁号”。

这个我知道，吴绪红说。

朱来福也许喝大了，摇着头摆着手说，还有你不知道的，告诉你也无妨，那架飞机就藏在这座山上，老虎岭，你知道吧？

知道，我当是什么大秘密呢。吴绪红说，早就知道了，我们到老虎洞找了，旮旮旯旯都找遍了，没有。

嗯？朱来福的酒醒了一半。

宋局长是山东人，淮海战役时在战场上投诚过来的，对朱来福的过去不太了解。县委书记是个老红军，没有共过事，对飞机知道甚少。听说朱来福就是第一个找到并抢下敌机的人很高兴，让人带着找到了朱来福，在县委办与之一番交谈，感觉朱来福过于兴奋，同时说出来的事情也是闻所未闻，县委书记警惕性高，觉得有点不靠谱，就让宋局长派人监视，看看朱来福的言行。

朱来福平时不大言语，听说抗美援朝，就想到飞机。想到飞机就拿着锄头，背着粪筐，一边拾粪一边寻找。几乎是每天都出门，而且是到凤凰山。凤凰山转完了又到金刚台，再到黄柏山，孤山寺也去过，包括峡口，为此，焦躁不安，经常半夜起床坐在当院里，喝着闷酒，看月亮。

新中国成立了，在朱来福老家，居然没有一个他认识的人，新来的人也都不知道朱来福的过去。那些曾与之并肩战斗的同志，牺牲的牺牲，走的走。回忆起来，有的又随着解放大军渡过长江，如今在哪儿也不知道。

朱来福在当院里看月亮，他不是真的看月亮，是在回忆，是在想心事。是呀，想想自己，1928 年入党，1929 年巧取商城，成立赤卫队，斗地主，打民团，打日本，为的是啥？为的就是推翻压迫。大山推翻了，美帝国主义又要犯我国境，自己也要求参加抗美援朝，但是，说我年纪大了，又有病，身体不好，不让去。这些都是幌子，真正的原因，是对我的问题没有搞清楚。老红军，都是按照资格，按照参加革命的时间评的，你呢，个人申报的，当然，条件也符合，只是嘛，没有人能证明。对呀，这就是我苦恼的地方。当然，县委书记也是老革命，他说，老朱呀，你说的这些我都明白，你想一想，革命是为了啥？不还是为了人民吗？可不是为自己贪图享乐呀。老红军，待遇高，是肯定的，但是，你申报了，对你说的这些事情，我们还要一一查对，要是真的，党不会亏待你的。

说到这儿，朱来福肃然起敬。忽然想到那么多牺牲的同志，不由得热泪盈眶。心想，蒋孝智哪里人都不知道，死了，那么惨烈，他要待遇了吗？花花、老娘、范大麻子、宋丹丹、宋长伟、宋长岸，还有那个天天念叨诗词歌赋的王街长，长得并不漂亮但是能拿剪刀拼命的阿玉等。能知道名字的就能排成一个长队，要是军队建制，恐怕有一个营了，还有不知道名字的，要是列举，十天半月也回忆不完，不过嘛，这些人，当时想的是啥？难道他们不知道革命会胜利吗？他们把曙光留给了我们，自己毅然走了，他们跟谁争待遇？想到这里，朱来福忽然来了傲气，站起来，就没有跟书记打招呼，心中想着：我就是老红军。你说我是老红军我就是老红军，你不说我是老红军我还是老红军，即使都不承认我是老红军，那么我仍然是老红军。朱来福有点犯傻，心想，我要这些虚头巴脑的东西干什么？我要的是花花、老娘，还有蒋先生，要的是跟他们聊聊，道道掏心话儿，其他什么都不在乎了。

从县委办出来，书记就一直盯着他，感觉这人很怪，眼泪巴嚓的，也不说话了，走了。书记叫住县委办主任王水说，你注意着，刚才这个上访户自称老红军，就是找不到证明人。我们知道，商城出来的大多都牺牲了。红四方面军在1935年到1936年期间，由于张国焘另立中央导致了失败，西征的时候又牺牲了不少人，剩下来的不多了。要是老红军，大都在外面，也许这个人不知道，也没有说出几个有价值的人物。我就是怀疑，这个人是不是特务？目前，朝鲜战场扑朔迷离，国内敌特活动猖獗，我们这个地方又是中原腹地，有没有特务，很难说，你们得注意。

朱来福此时没有下山，就住在娘娘庙，种几亩茶园，在山边儿开荒种地，过着与世隔绝的生活。其间，也动员他下山，给了一间破房屋，住了一段时间，感觉邻居都认不得，再加之老娘、花花、蒋先生的老坟都在山上，也过不惯，半年之后又搬回娘娘庙去了。

书记让王水了解，王水就让当地干部了解，当地干部根本就没有找到朱来福，在山上转了一圈儿，与几个上山砍柴的人谈了谈，回去汇报说，这个人大脑有点不好使，胡说八道。

王水说，怎么胡说八道？说来我听听。

来人说，吹，说得五大八大的。他说他是豫南最早参加革命的，飞机就是他抢下来的。我们查了县里资料，是两架。一架是国民党的，掉落在河沙滩上，被改装了，还能使用，至于最后结局，不知道。还有一架是抗日战争时期，小日本的飞机，落在笔架山。后来，日本占领商城，还组织几十人到那地方捡碎片，也没有结果。至于第一架飞机是谁抢来的，没记载，我也是第一次听说。他说的好几个人我们都不知道。

王水说，不是红军，最起码不会是特务吧？

这个嘛，我们走访了群众，他们说这个人每天都在山里转，挖野菜，找山洞，就是刺铺笼子也钻进去看一看，好像是在寻找什么。

找什么？王水警觉起来说，要不，我们向书记汇报，让公安局先关起来审问。

两个人说，也对。

就这样，把朱来福给抓起来了。

朱来福放出来后一句话也不说，还在寻找飞机的下落，但是，就是找不到，成了一个谜！这个谜打了许多结，每一个结都是一个问号，闷在心里，久而久之就会出问题。到了1953年，抗美援朝结束的时候，朱来福再也憋不住了，到了城里找到宋局长，想说说心里话。

对于朱来福的心里话，宋局长还是很感兴趣的。宋局长热情招待，还像接待宋二丹一样在一起喝酒。喝着喝着就说起飞机，说起飞机就涉及红军。宋局长说，这么长时间了，什么都好说，就是找不到证人。

朱来福说，找不到证人你为啥把我放出来？

宋局长就直说了。他说，是我一家子的，参加抗美援朝去了，临走时说，也是听说，说你不是特务，就是当地人，当过赤卫队队长，就是抢下飞机的那个人。

朱来福很激动，声音有些颤抖。因为宋局长没有说出名字，让他猜，他也猜不出是谁，就问，这个人是谁？

宋局长说，叫宋国庆，你认识吗？

朱来福摸摸头，想了一会儿，觉得没有这个人，就摇摇头说，不认识。从前呢，倒是认识一个叫“顺二蛋”的，就是“扛二蛋”的意思，后来改为“宋二丹”，还叫“宋红军”，是个小孩子，我不太喜欢，跟我打交道好几年，长成了小伙子。其间恩恩怨怨，一时扯不清，但是，我总是怀疑他，觉得他就是特务，就是卧底，到后来也不知道去向。

“顺二蛋”？宋局长说，老朱，说实话，你很特殊，是我到这个县任局长以来碰到最为特殊的人物。但是，我尊重你，也希望你自重，也是对我的尊重。跟你说正儿八经的事，你跟我开玩笑。我问你，谁叫“顺二蛋”？那不是奚落人的话吗？

不是，宋局长，我说的都是真的，你不要怀疑我指桑骂槐说你。朱来福要赌咒，宋局长把手摆摆，连说，好了好了，商城人咋都这样呢？还没有说两句就带妈，还说“商城县两头洼，不带妈不说话”，倒成了风俗了。还有，没说上三句话就赌咒。你说的是真是假，靠赌咒，人家能相信吗？

朱来福仰头喝了一口酒问，这个人长得啥样子？

宋局长说，说起来你也不认识，他在部队里是营长，受伤回到地方。人家才是真正的老红军呢。年岁不大，认识洪学智，跟洪学智到朝鲜打仗去了。

长得啥样？朱来福不死心，再三追问。

长相嘛，大高个，国字脸，满脸红豆，三十来岁。

哦，可能不是他。朱来福自言自语。年龄像，长相不像。二蛋，长弧脸，双眼皮，在民团时有饭吃，面皮就白净。要不知道他的过去，还以为是白面书生。人呀，都是包装的，那个时候没饭吃，饿得面黄肌瘦。这个人，长得这样，不多像。

你今天来，我知道你的意图。宋局长说，只是，你不说出跟你一起战斗的，哪怕是反面人物，只要有人证，能够写下来，就算证据。唉，可惜，实在可惜呀！

说完，宋局长抽烟，让朱来福在那儿思考。

朱来福思考半天，吞吞吐吐，没办法说，我说一个人你肯定知道，不过嘛，这个人跟我虽说有点瓜葛，但是他是国民党，此时可能到台湾了。台湾解放了，逮住了这个人，也许能证明。

谁？

吴绪红。

吴绪红？宋局长说。民团头子吴绪红吗？

嗯，就是这个人。

这个人？宋局长翻着大眼睛盯着他，烟也不抽了，问，你咋认识他？

朱来福简单说了：我们从小就在一起，我咋不认识他，就是剥了皮我也认识。唉，他不听我劝，要是听我劝，参加共产党，成了新四军，打鬼子。哦，告诉你，他的枪法准，百步穿杨。还告诉你，我这大腿的枪伤就是他留下的。

哦，你说这些事情呀。宋局长说，他没到台湾，还在大陆，被捕了。据他交代，在商城期间，他杀了不少革命同志，犯下了滔天大罪，而且不日认罪伏法。

吴绪红，你说的没走，被捕了？朱来福放下筷子，惊讶，睁大眼睛问。

嗯。

他认罪伏法？

嗯。

这是咋回事呢？

宋局长说，巢湖公安局来了一位刑侦科长，是来调查吴绪红的。据他说，吴绪红被捕纯属偶然。

吴绪红在1949年秋到巢湖。这年秋天雨水多，吴绪红戴着一个斗笠，背一个背带，背带捆着一个两岁多的小女孩，挨家挨户要饭。巢湖有个无为县，吴绪红到了那里，很为“无为”俩字所打动，心想，半辈子都在奔波，一心拼命做点事业，到头来还是一枕黄粱。再加之淮海战役，国民党失去中原，退守南京，正筹划划江而治。此时，管雪凤也随毛人凤走了。想去找吧，很没有由头。

一是这么多年，在雪凤身边干过不少事，其中有好事，也有坏事。雪凤对待他，忽冷忽热，到最后总算看清楚了——雪凤的心思没在自己身上。既然心爱的人的心思没在自己身上，跟去了也没啥意思。再说了，年轻时还有资本，到了不惑之年，再回头看，就很自卑。如今没在民团干了，回到家，还是个农民。大别山，这些年，一直不消停——清政府下台，国民党粉墨登场；国民党下台，共产党又到幕前表演；共产党退居幕后，国民党又重新表演；后来鬼子来了，国共两党捐弃前嫌。这么一块地方，二三十年来，你折腾去我折腾来，像拉大锯，不说当地百姓，就是山河树木，也换了好几茬子了，哪里还能找到老巢呢？如今连家都没了，回去在哪儿居住？更何况曾经是个土匪，虽说认识自己的人不是死了就是逃了，但历史还是有痕迹的。大别山，那块青山绿水的地方，那段伤心痛苦的时光，再也回不去了。一句话，老了，成丧家之犬了。不说这些身外之物，就说身体。如今头也光了，头上还结了一个像帽子一样的疤。每次召开会议，从进门开始，就被人一直盯着，心里也不知道有多恶心。

二是国民党要守住江南。江南孤舟，能守得住吗？自古都是北方统一南方，还没有听说南方统一北方的。再加之国民党军队没有战斗力，各地官员蝇营狗苟，自我谋划，寻找出路，这说明气数已尽。此时到江南，还有希望吗？拼命去巴结一叶将要倾覆的破船，值得吗？如今来到一个陌生的地方，想过新的生活。这个地方叫巢湖，巢湖巢湖，说白了，就是无家可归人的江湖。这般一想，吴绪红也就不走了，觉得在无为定居挺好的。再说了，半辈子都没有作为，如今国民党要完蛋了，自己还能有多大作为？

路过马鞍山时是夜晚，灰灰的月光，旷野寂静，就在此时，听到孩子哭，停住脚步，顺着哭声找。找去了，孩子不哭了。借着月光，有好几条狼围绕，没有伤小孩。自己去了，狼群居然散去。这，也许就是佛说的“缘”。捡到了，也需要安顿下来抚养。这个女孩恐怕就是后半辈子的依靠了。为了这个女孩，也为了自己，应该定居下来。

吴绪红想到依靠，不能不想到朱来福，因为朱来福是共产党，虽说共产党马上就要得天下了，大别山也已经被共产党占领了，但是自己没有参加共产党。到了巢湖，仔细想想，也不后悔。朱来福他们那一批人太苦了，死的死，亡的亡，自己认识的不多了。死去的共产党，有些是被管雪凤杀的，有些是被石生财杀的，还有一些是被他们自己人杀的，但是我吴绪红，手也不干净，那个范老五就是我杀的，还有好几个抢夺飞机的游击队员，算一算，最起码也有十个八个。再说了，共产党连自己人都杀，自己也不放心。记得是在1929年夏天，周维炯拿下商城，湖北那边派来的共党被杀了，都说是周维炯干的。1931年，张国焘来了。这个人太狠了，比管雪凤还狠。没过多久，就开始杀人，主要是杀自己人，杀红眼了，连周维炯都没跑掉。听管雪凤说，周维炯是投机革命，要不，咋杀了湖北派去的共产党呢？管雪凤还说，共产党有点傻，我们略施小计，他们就上当了，还说成是"肃反"。啥叫"肃反"？就是查找他们内部有我们的人，差一点把我搞糊涂了。我当时就问管雪凤，周维炯真是你们军情局派来的？雪凤看着我说，你呀，太傻，太愚，都说共产党傻，我看你比共产党还傻。共产党把我们最想杀的人除掉了，你认为是我们的人，大傻瓜！

说个实话，我这样到处流浪，还有一个原因，就是要对得起朱来福，因为朱来福告诉我一个不该告诉的秘密。我到处流浪，等于这个秘密也在流浪。我行走到巢湖，又到无为，在李家寨刚好有三间破房，我就搬了进去，算是安顿下来了。

宋局长说，这个吴绪红改了名字，如今叫"吴旭宏"。安顿下来了，没过多长时间，无为也解放了。无为特务多，又靠近长江，阶级斗争复杂，也抓得很严。当时登记户口，吴旭宏因为不是本地人，不好办。

凡不是本地人，都有可能是国民党逃兵，还可能是国民党特务。无为县第一步就是清查户口。吴旭宏没有户口，长相、穿戴又十分奇怪，就引起了公安部门注意，并作为重点对象调查。还好，吴旭宏是个哑巴，只知道"啊啊"，一会儿指指头，意思是长疮，头破了，如今大脑也不行了；一会儿又指指腿，那意思是要饭的，风里来雨里去，一条腿也坏了。最主要是吴旭宏有一个小女孩，这说明他不是特务，也不是当兵的。当地百姓也给吴旭宏证明，说这个人到这里一年多了，一直住在这里，是个要饭的，从来也没有干过坏事。这个人，也许家里遭到灾荒，这年头，兵荒马乱的，在家待不住出来要饭，也是正常的。

总之，这个人到这儿之后，安分守己，也没有听到他说过一句话。刚来到这儿，到处要饭，分了田地，就干活。车水插秧都是行家，还会犁田打耙。大忙季节，要是谁家没有劳力，他就去帮忙，从不惜力。这样的人，一看就知道是老实巴交的农民，咋能是国民党特务呢？更不是拿枪杆子的。这般说，公安局相信了，也就不在意。在李家寨居住，过上了安稳的日子。

问题出在两件事情上。

第一件事情是巢湖地区过去是新四军的根据地，洪学智将军带领新四军在巢湖地区打过游击，所以说，巢湖留下来的老干部非常多。宋二丹就是那时候留下来的，后来病好了，参加了淮海战役，负伤回到商城。

巢湖来了一位老干部叫蔡三铎，别人都叫他“蔡三多”。老蔡脾气好，也不计较。

老蔡为啥叫“蔡三多”呢？说起来很有意思。此人在新四军里面当过警卫排副排长，业余爱好广泛，既会拉二胡，又会唱歌，这样的人就有点绯闻。不是跟这个女人有来往，就是跟那个女人关系好，这就是“是非多”。再一个就是喜欢浪漫，经常带着猎枪到农村打猎，在农村打猎。不免认识许多人，老蔡也没有架子，见人就打招呼，久而久之，大人小孩都认识老蔡，所以人们都认为老蔡“朋友多”。最为可笑的是爱吹，走到哪儿吹到哪儿，见人就拉家常，一拉家常，就说起洪学智当年到巢湖的事情，所以，人们又说老蔡爱扯淡，“闲话多”。其实，人们都不知道，老蔡被安排到地方，如今是巢湖地区公安局干部，虽没有明确职务，但有重要任务。最近一阶段主要是明察暗访，寻找特务踪迹。以上“三多”，都是老蔡为了掩人耳目搞出来的幌子而已。

但是老蔡也不纯属扯淡，来到无为休假，带着枪打猎，忽然失去准头，旁边就站着吴旭宏，每次看着，似乎很认真，又显得很内行，碰见蔡三铎打偏了，就有点瞧不起。

还是吴旭宏修炼差了。蔡三铎是什么人？当过洪学智警卫排的副排长，还当过侦察连连长，参加过辽沈战役，转业到地方已经是团级干部了。此人看上去大大咧咧，像个马大哈，实际上目光敏感，胆气过人，富有谋略。蔡三铎从吴旭宏的态度，一眼就看出这个哑巴会使枪，而且还是大行家。再一次打猎，蔡三铎瞄准一只野兔，瞄着瞄着，手故意一抖，打偏了，兔子那么近，居然没有打到，叹口气，招招手，对吴旭宏说，哑巴，你会玩不？吴旭宏摇摇头，那意思是不会。蔡三铎哈哈大笑说，你会不会，别人不知道，我知道，但是，说个实话，老哥，你会使枪，至于使枪的手艺嘛，那就不敢恭维了。吴旭宏没有否认，也没有承认，只是微笑。蔡三铎又把枪灌上了子弹，刚灌好，从树林跑出一只狐狸，蔡三铎想都没细想，一下子把灌好的猎枪掷给了吴旭宏。吴旭宏本能地作出了反应。接住枪，看都没看，对着就是一枪。这一枪奇准，居然把狐狸头打破了。蔡三铎内心惊讶，但表面上装着镇定，拍手说，好，神枪！

这天晚上，蔡三铎没走，就在吴旭宏家吃的饭，两个人喝得酩酊大醉。

蔡三铎指着吴旭宏说，你，要么是个恶人，要么是个善人，但是绝不是平庸之人。我相信你，原因是你养一个小女孩，这些天我都在观察，你对待小女孩很好，也没有陌生人找你联系，从这一点上说，你不会做出恶事来。你是个外地人，又是个哑巴，在这里定居，一定有你的苦衷，我会给你保密的，但是，有一个条件，你不能是国民党留下来的特务，要是特务，我第一个饶不过你。

吴旭宏一会儿点头，一会儿摇头，两个人还抵足而眠，到了第二天早上，蔡三铎背着枪走了，临走时说了一句话：我再也不到此地来了。

蔡三铎就在巢湖公安局任职，接到吴旭宏的案子，看了看说，吴旭宏，是无为县李家寨的那个吴旭宏吗？这个人不是个哑巴？装哑巴？还是民团团长，可恶！太可恶了！于是，在吴旭宏材料上批示：此人系国民党特务。

第二件事情就是吴旭宏会说话的秘密被人发现了。

说来与吴旭宏收养的闺女有关。

吴旭宏为了不让人听出他的口音，一直装哑巴。女儿长到四五岁了，村庄的人都以为吴旭宏是个哑巴。女孩长大了，需要上学。吴旭宏就给孩子送到学校，老师帮起了一个名字叫吴红君，谐音“吴红军”，当时起“红军”“建国”“国庆”“援朝”什么的，很时髦，就如同现在叫大款或老板。小女孩回去了跟爸爸说，自己有名字了，叫吴红君。吴旭宏想了半天，觉得自己叫吴绪红，女儿叫吴红君，读音上都有一个“红”字，重叠了，不好。再说了，这个名字让吴旭宏想到了大别山，想到了大别山的共产党，心中不安，于是跟女儿说，这名字不好，改过来，叫“吴雪兰”，意思是像雪一样洁白无瑕，如君子兰一般高雅。其实，吴旭宏还有一层意思，就是忘不了管雪凤，用一个“雪”字提醒自己。这般改，字写在作业本上，拿到学校，老师看到名字，觉得字体娟秀，不像大老粗写的。问女孩，女孩说是爸爸写的，老师惊诧，就怀疑，就对校长说，这个吴旭宏很可疑，一个哑巴咋会写字呢？还把“吴红君”改成了“吴雪兰”，啥意思？明显的，是对红军不满。

校长说，别想歪了，改个名字很正常。

老师走了，校长也没当回事。有一天到教育局开会，局长传达上级文件，提到阶级斗争，还说在巢湖，形势相当严峻，最近一阶段，接连发生了多起刺杀和破坏事件，造成恐慌。要求不管是学校还是农村，都要提高警惕，一刻也不能放松。校长回到学校，在大门口又见到那位老师，忽然想起老师报告的事情来，越想越觉得老师说得有道理，于是，就派学校保卫人员暗地监视。

女儿回家了，吴旭宏跟女儿说话，问女儿学了什么，还给女儿辅导。监视的人趴到后窗看，听到了，一时木了，吓傻了。回到学校，立即报告校长，校长又报告派出所。吴旭宏就是这样被抓起来的。不过，吴旭宏在牢狱里最放心不下的还是他的女儿吴雪兰。他跟组织说，只要不为难我的孩子，我就认罪伏法。组织答应了，并说，孤儿很多，孤儿没罪。我们党的政策，孤儿一律由国家抚养。

吴旭宏噙着眼泪，又抱着女儿亲亲，从怀里掏出管雪凤给他的那块绣着鸳鸯的手帕，装在女儿口袋里，把女儿交给别人，到了公安局，一五一十交代了问题。

朱来福自己也不知道是什么时候回到凤凰山的，回去之后抱头痛哭，哭够了，到街上买了许多纸，又买了许多炮，到凤凰山下那片老坟地。

那地方是个避风的港湾，两边都是山，是个缓坡，有十多亩，全是老坟。那些老坟都是朱来福亲手堆起来的。县委书记来了，他领着，指给他们看，一个又一个介绍着每个人的生平，但是唯独没有他朱来福的。这次，他一个个给老坟烧纸，念着刻在碑上、木牌上还有就近树上的字，然后叩头。叩头之后，走了。

老坟旁边有一棵迎客松，那是朱来福栽的。多年过去了，如今也有碗口粗细。那迎客松不到两米的地方有一个枝丫，头砍掉了，那也是朱来福砍的。迎客松旁边就是一个老坟，不大，也是朱来福包起来的。那里面埋着花花和老娘的衣服。朱来福围着老坟走了一圈，又用手摸摸，山上的土都是沙土和石子，经过风雨的洗礼，都变得硬了，摸着有点扎手。朱来福又用手抠，抠不进去。朱来福放心了。朱来福走回到迎客松下，对着迎客松磕了三个响头，再转身爬到坟头上，坐了下来，对着迎客松，唱了一首大别山情歌《阴曹地府拜花堂》：“叫声妹子你莫慌，苦命哥哥情意长。十冬腊月打赤脚，过年晚上喝米汤。两人一起虽说苦，妹子死也不冤枉。再把香蜡备停当，阴曹地府拜花堂。”

朱来福唱着，抹着泪水，心里喊着，二十多年了，花花呀，老娘呀，你们不寂寞吧，等等我呀。抹掉眼泪，朱来福掏出了麻绳，打个活结，一头套上那棵迎客松的枝丫，一头套进想不开的脖颈，就这样，在一个清晨，太阳从老虎岭升起的时候，一缕缕阳光刚好照到朱来福的身上。

宋局长来了，到屋里找到了一封短信，内容是这样写的：

党，我也不知道属于哪个组织，但是我的心里装着一个字：党。我出卖了党的最高机密，我有罪。想当年，王树声师长率领队伍出征时千叮咛万嘱咐，一定要保护好“列宁号”飞机的秘密，我是用党性作保证的，但是，飞机不翼而飞了。现在，革命胜利了。飞机还是没有找到，我无法向党交代。我虽然没有找到飞机，但我在死之前，总算知道了飞机的下落，是被特务吴绪红弄走了。咋弄走的我不知道。是谁个出卖了这个秘密？是我。

王师长说过，谁也不要告诉。人呀，有时候都是无意中犯下的错误。可是，这个错误无法原谅！不是组织无法原谅，是我自己无法原谅。我记得抗日的时候，吴绪红要离开的时候，我亲口告诉过他飞机的下落。是他出卖了我，我不可饶恕呀。

现在，我懊悔不已。我只有一死，向党谢罪！

我没有积蓄，也没有钱向党缴纳党费，要是以后给我安葬费，我就不要了。不要棺材，也不要衣服，更不要陪葬品，就穿着这身破衣服。这件衣服是花花活着的时候用染成靛蓝色的粗布做的，是花花一针一线给我缝制的，还在帽子上缀了一个五角星，只可惜，帽子丢了，我的心也丢了。这件衣服，平时舍不得穿。我要上路了，要去见我的同志，我的老师，我的老娘，我的花花了，就穿上这一身。

我死后，要是有缘人碰见了，请把我埋在花花旁边，就是我旁边的一个老坟，没有牌位，只有一棵松树，也算是标志。要是这样，我也就满足了。我没有钱感谢安葬我的人，只能在阴曹地府保佑你，我已经给你磕过头了，也算是谢谢你。要有了安葬费交给党，就算我的党费！

宋局长不知道说什么好，把信递给县委书记，书记看了，递给王水，并说，收好，这不算定论！

王水扭过头对宋局长说，不是说盖棺论定吗？都承认了，咋还不是定论呢？

宋局长随便说了一句：一派胡言。

王水说，是嘛，这都写的是啥，看不懂，逻辑也不通呀，一派胡言。

宋局长也不想再说话，没有完全遵照遗愿，安排人做了一副薄棺，把朱来福安葬在一块石头下面，那块石头是朱来福自己刻好的。上面写着：朱来福（右），白花花（左）。下面写着，夫妻合葬。朱来福立。时间：1953 年 9 月。

抗美援朝凯旋，1955 年授衔，洪学智授上将军衔，听说跟随洪学智当警卫的宋二丹，参加了抗美援朝之后才算把名字真正定下来，如今都喊宋援朝，要么叫宋老红军。其实宋援朝不算老，至于顺二蛋、宋二丹、宋红军还有宋建国、宋国庆等，都不知道了，也许档案里有。喊个名字还要查档案吗？未必。宋援朝升任师长，授大校。

王树声是红四方面军当地人里面授衔最高的，授大将衔，曾任湖北军区司令员、中南军区副司令员，后调中央军委任职，还担任过老区访问团团长。

王树声倒不是刘邦，唱着大风歌回到红安的，也不是项羽，沐猴而冠，而是红安县委、县政府邀请他回归故里，寻访当年打游击在金兰山的战争足迹，家乡也得搞爱国主义教育。来之后，忽然想到“列宁号”飞机，那个朱来福不是说王树声当年是师长，就是他嘱托的吗？那好，也许王大将知道。吃饭的时候，聊起当年红四军战斗事迹，有人就跟王大将说了，王树声感慨地说，虽说百废待兴，我也很忙，你们说“列宁号”飞机，那可是秘密，谁都不知道，只有一个老兄弟知道，这个老兄弟是老赤卫队队长，时间太长了，名字记不得了，不知道还在否。走，去看看。

王大将来到他当年战斗过的地方，在一个山下，确实有一个洞，也叫老虎洞，这个岭也叫老虎岭。王大将指着说，洞旁边有一群古墓，就藏在那里面。

随行人员中有修县志的同志，他们问，朱来福说的是藏在洞里，咋在古墓里呢？

王树声大将笑着说，在当时，也是个大秘密，但随着时间的推移，已经解密了。是这么回事。当时，是想把飞机藏在洞里，这个游击队队长说，藏在洞里安全，而且说出了具体藏在哪个洞里，还说出了安全的理由。一下子提醒了我。你想，我们游击队队长都能想到藏在洞里安全，难道国民党反动派就想不到吗？这就说明，藏在洞里是最不安全的，是最容易想到的，也是最容易找到的。再一个，当时，我就想，也好，让赤卫队员都以为藏在洞里，要是秘密泄露了，国民党反动派必定下苦功夫在洞里寻找，那样就会转移注意力。也就是说，把飞机藏在意想不到的地方，才是最安全的地方，才能确保飞机的秘密。

王树声大将说完，在场的人都哑然，随后恍然大悟！

在王树声大将指点下，县里抽调四十多个民工，走到老虎洞对面的一块墓地，挖了一米多深，果然挖到了一堆铁。翻开看，都已经腐烂，弄到县里拼接，还真是一架飞机，只不过已经不能用了。于是，按照“列宁号”飞机大小的原尺寸，又重新做了一个，目前安放在鄂豫皖革命纪念馆大院内。

当时也是秋天，天高云淡，王大将看着一堆废铁，掐着腰，抬起头，刚好一群大雁嘎嘎飞过头顶。王大将感慨地说，大雁要南飞了，也不知道你们说的那些游击队员安葬在哪里，他们才是真正的英雄，才是经受住考验的真正的马克思主义者，才是我们的灵魂。走，去祭拜祭拜，告诉他们，我王树声回来了。

到了，是一堆乱坟岗，上面长满了茅草，还有在风中呜呜发出响声的松树，有多少座坟，已经无法数清楚了。王大将迈开大步往前走，随行人员赶紧拿棍跑到前面探路，分开露水珠儿的茅草，王树声到了朱来福夫妻合葬的墓前停住了，看了看，又围坟墓走了一圈，回到来时的地方停住了脚步，随手接过随行人员手中的棍子，在那块小小的断石前拨弄了一下，注视良久，似乎在回忆。又过了一会儿，叹口气说，当时是一位赤卫队队长，不会错的，但是，是不是叫朱来福，记不清楚了。我刚才使劲儿回忆，还是想不起来，只想到那个人黑瘦，脸上全是泥巴，在雨中，我忽然想到我死去的一位战友，就拍着他的肩膀说，老兄弟，这个秘密就交给你了！保重！说完，就走了。

是呀，王司令经历过那么多生死大战，这个事情咋记得呢！随行人员说。

王树声大将好像不太高兴，连说两个“不”字，然后说，你不要小看这个事情，这不是小事，在当时，那可比生命都重要，交给这个赤卫队队长，不仅仅是光荣，那也是很可靠的，也是当老兄弟看待的。我们走得太急，没有问名字，遗憾呀！

王树声对着朱来福的墓三鞠躬说，既然你们都是为了“列宁号”飞机牺牲的，那你们都是老红军了，我王树声可以为你们做证，这里的青山也可以做证。我王树声回来了，代表红四方面军回来了，来给你们鞠躬了，你们不仅仅守住了“列宁号”飞机的秘密，也严守了党的秘密，是值得信赖的老兄弟，是合格的共产党员，都是党的好儿女，也是大别山的灵魂！安息吧，老兄弟！

山间回荡着乒乒乓乓的鞭炮声，随着潺湲小溪流淌，一直流向远方。